다시,
묘목을
심다

다시, 묘목을 심다

2016년 9월 9일 초판 1쇄 발행
2017년 4월 17일 초판 2쇄 발행

지은이 기진
발행인 이종주

기획 편집 주수지 이은정
경영 지원 배진경 이미현
마 케 팅 김정수

발행처 (주)로크미디어
출판등록 2003년 3월 24일
주소 서울특별시 마포구 성암로 330(상암동) DMC첨단산업센터 B동 314호
Tel (02)3273-5135 **Fax** (02)3273-5134
홈페이지 rokmedia.blog.me
E-mail romance@rokmedia.com

ⓒ 기진, 2017

값 10,000원

ISBN 979-11-5999-980-2 03810

다시,
묘목을
심다

기진
장편소설

ㄹㅋㅋ
ROCODO

c o n t e n t s

프롤로그

남편에 대하여 묘사하자면, 우선 차갑다.

차갑다고 부르는 것들. 얼음 같은 냉정, 상대를 서늘하게 만드는 눈빛과 말투. 성준은 그러한 것들을 가지고 있는 남자였다.

남편은 결혼 후에도 스캔들을 몰고 다녔다. 외모 탓도 있었지만 그 배경 탓이 컸다. 거대 기업인 H그룹에서 버리는 셈 치고 물려줬다는 A식품을 상속받아 저 바닥에서부터 기어 올라온 남자이며, 그 그룹 총수가 유일하게 이름을 지어 줬다는 손자가 이성준이었다.

반듯하게 입어도 어딘지 날 티 나는 얼굴에 눈썹과 눈매는 짙고 또렷했다. 주목받는 것이 당연하지만 별달리 관심은 없다는 듯한 태도. 그가 눈을 느슨하게 뜰 때는 거만했고, 세상에 두려울 것이 없어 보였다.

그는 365일 중 360일 정도를 매일 꼬박 열두 시간가량 회사에서 보냈다. 일에 잡아먹힌 사람 같았다.

성준은 허리를 숙이고 화장대 거울을 보며 넥타이를 바로 잡고 있었다. 기울인 몸의 어깨선은 타고나길 반듯하고 넓은 데다가, 퍼스널 트레이너가 상시 붙어서 운동을 하기 때문에 균형 잡힌 근육질이다. 그는 체형만으로도 다른 남자들을 자괴감에 빠뜨리기 충분했다.

그가 입을 열었다.

"늦을 거야."

남편의 낮고 무심한 목소리에 그를 등지고 누워 있던 유하가 침대에서 억지로 몸을 일으켰다. 하얗고 가녀린 등허리가 아치를 그렸다. 그러나 곧 팔로 제 몸을 지탱하지 못해 다시 쓰러졌다. 가능하면 남편이 원하는 만큼 잠자리에서 버텨 주고 싶었다. 그러나 늘 집에만 있고 운동도 안 하는 여자가 360일을 일하고도 너끈히 운동까지 하는 남자의 체력을 버티는 것은 버거웠다.

남편은 오늘도 저렇게 자기 성욕만 채우고 집을 나갈 테지만 유하는 상관없었다. 한 번 나가면 집에 잘 들어오지도 않았지만 그래도 여전히 상관없었다. 어려서부터 그녀에게 필요한 것은 아이뿐이었다. 아이를 낳아서 자신이 가진 모든 애정을 쏟아 기를 것이다.

애초에 사랑을 바란 것이 아니었다. 이 결혼에 맞았던 것은 둘의 성격도 이상형노 아니었으므로. 둘의 집인은 다른 수준 맞는 집안을 찾기 어려울 정도로 부유했고, 둘이 잘 어울렸던 건 재정 상황뿐이었다.

유하는 문득 결혼하고 시간이 얼마나 흘렀는지 가늠해 보았다. 스물일곱에 결혼한 남자와 3년. 유하는 올해로 서른이 되었고 성준은 그녀보다 세 살 연상이었다.

3년이라고는 해도 결혼하고 한동안은 남처럼 살았다. 같은 침실을 쓰기 시작한 것도 결혼 후 꽤 시간이 흐른 뒤였다. 둘 다 무뚝뚝한 편이라 지금도 부부는 거의 대화가 없었다. 유하는 저처럼 수수한 여자가 애교까지 없으니 남편의 마음을 사로잡기는 무리구나 하고 어느 정도 체념한 상태였다.

지독한 워커홀릭인 성준이 집에 오는 날은 아마도 '여자 비위를 맞춰 주기는 피곤하지만 섹스는 필요할 때'일 것이라 유하는 생각했다. 그렇지 않을 땐 스캔들이 터졌던 그 여배우와 함께 있지 않을까.

성준은 잠자리에서 늘 거칠었다. 마치 한 달, 혹은 그 이상 참아 온 사람 같았다. 그사이에 애인들을 많이 만났을 텐데 왜 이렇게 말이 통하지 않을 정도로 짐승같이 저를 물어뜯는지 모를 일이었다.

출근 준비를 마친 성준이 다가왔다. 유하는 그를 봐야 하나, 시선을 피해야 하나 망설였다. 그가 여전히 침대에서 일어나지 못하는 유하의 머리맡에 손을 디디고 그녀를 내려다보았다.

"넌 죽은 나무 같은데."

"……."

"안기에는 꽤 괜찮아."

감을 걸 그랬다. 유하는 이제 와서 눈을 감지도 못하고 남편을 물끄러미 올려다보았다. 그는 짧지만 멋을 낸 머리에 바른 콧대, 흰 피부와 얇은 입술, 운동을 해서 탄탄하긴 하지만 전체적으로 마른 편에 속한 몸 때문인지 상당히 날카로운 인상이었다.

그리고 눈. 유하는 그의 눈동자에서 회색빛이 난다는 착각이 들 때가 있다. 유하만 느낀 것은 아니었다. 그녀의 수행 비서인 찬후도 그런 적이 있다고 했다.

그가 내려다볼 때는 마치 짐승의 관심사가 된 기분이다.

"……다행이네요."

칭찬인지 뭔지 알 수 없지만 일단 대답을 했다. 이 결혼에서 사랑은 포기한 지 오래였지만, 그와의 관계가 아예 틀어질 수는 없었다. 아이를 가지려면 배란일 즈음에 다시 관계를 가져야 했다. 더 이상은 아이도 없이 이 외로움을 견딜 수 없었다. 그리고 무엇보다 성준은 상대가 대답이 없는 것을 매우 싫어했다.

유하가 여느 때보다 기대감 없는 목소리로 말했다.

"다음에는 6일 정도에 집에 와요."

"봐서."

문제는 그가 집에 들어오지 않는 날이 많다는 것. 쓰러져 가던 식품 회사를 상속받아 이름만 대면 다 아는 커피 프랜차이즈로 성장시켰다. 그러니 정신없었겠지. 가파르게 성장 중이니 바빴겠지. 결혼 후 3년 동안은 그렇게 그를 이해하려 애썼다.

그러다가도 남편이 저렇게 기약 없는 대답을 하고 방을 나갈 때면 감정이 요란한 소리를 내며 무너지는 것만 같았다.

3년. 침착하던 그녀를 무너뜨리기에 충분한 시간이었다. 불

꺼진 방. 유하는 한참을 침대 위에 누워 있었다.

성준 딴에는 작은 집을 골랐다는데, 둘이 살기에는 너무 넓었다. 침실만 해도 그랬다. 사람의 온기가 퍼지는 공간은 한정되어 있으니, 뛰어다녀도 될 정도로 넓은 이 방을 유하 혼자만의 온기로 따듯하게 할 수는 없었다. 곧 봄인데도 추웠다. 그나마 한쪽 벽이 정원으로 통하는 유리문으로 되어 있어, 올해도 간신히 겨울을 넘긴 나무와 풀이 보이는 덕분에 심심하지는 않았다.

유하는 점심시간이 가까워서야 간신히 침대에서 일어났다. 결혼 이후 더 말라 버린 팔을 들어 허리까지 내려오는 긴 머리칼을 올려 묶었다. 아이가 있었다면 더 빨리 일어났을 텐데. 유하가 아쉬워하며 침대 아래로 내려서다가 입술을 깨물었다. 아무래도 몸살이 난 것 같다.

이제는 성준이 집에 올 때면 겁부터 났다. 또 얼마나 사람을 잡으려고 집에 들어왔나.

유하가 거실로 걸어 나왔다.

집안일을 거드는 여자가 둘 있다. 하나는 일흔 가까이 되고, 다른 하나는 삼십 대 중반이었다. 삼십 대의 여자는 장을 보거나 하는 일로 들락거려 집에 잘 있지 않았다. 둘 다 성준의 회사에 소속되어 있었다. 그들은 사근사근한 편이었으나 성준이 집에 왔다 가는 날이면 다들 유하를 못 본 척했다. 아니, 못 본 척해 주었다. 이 부부가 오늘도 대화 한 마디 없었다는 것도, 유하가 집에 와 달라고 한 날짜가 아니라는 것도 알고 있었기 때문이다.

일흔에 가까운 강영 아주머니가 먼저 유하의 취향에 맞게 따뜻한 커피를 내리기 시작했다. 드물게 유하가 그녀에게 말을 걸었다.

"손녀가 초등학교에 들어갔죠? 축하드려요."

생전 말이 없던 유하가 묻자 강영이 반색했다.

"어떻게 아셨어요?"

"저번에 마당에서 전화하시는 거 들었어요."

그녀의 앞에 뜨겁지도 미지근하지도 않은 온도의 커피가 놓였다.

"부럽네요."

강영은 '사모님도 금방 아이를 가지실 거예요.' 하는 입에 발린 소리가 나오지 않았다. 오히려 그 말이 유하에게 상처가 될 것임을 알고 있었기 때문이다.

유하가 향이 은은한 커피를 한 모금 마시고 강영에게 말했다.

"저 취미를 가져 보려고요."

"아우, 좋지요. 취미."

"카페를 열어 볼까요?"

"카페! 그거 좋네요. 대표님이 카페를 하시니까 사모님도 많이 공부하셨죠?"

"네."

웬일일까. 유하가 이렇게 말을 많이 한 것은 강영이 이 집 일을 도와준 이후 처음이었다.

유하의 개인 서재에는 육아에 관한 책들이 있었다. 그녀는 항상 아이에 대해 공부했다. 그녀는 자신이 세상에서 이렇게 외톨이가 된 이유를 무뚝뚝한 성격 때문이라고 생각했다. 아이는 그렇지 않았으면 했다. 열심히 공부해서, 밝고 선한 아이로 기르고 싶었다.

"갑자기 무슨 바람이 부셨어요."

오로지 아이에게 집착하던 유하가 웬일로 이런 소리를 하나. 강영은 기특한 마음이 들어, 사모님과 가사 도우미의 관계가 아니었다면 꼭 안고 등이라도 토닥토닥해 주고 싶은 심정이었다.

그녀가 취미를 가져야겠다고 결심한 것은 어젯밤이었다.

성준이 갑자기 집에 들이닥쳤다. 갑작스러운 남편의 귀가에 당황하다가, 그가 안방에 연결된 정원으로 나가 전화를 받는 바람에 잠시 기다리고 있었다.

요즘 회사가 어렵다는데 그것 때문인가…….

밤공기가 쌀쌀한데 전화가 꽤 길어졌다. 그의 겉옷을 챙겨 유리문을 열던 유하의 귀에 전화 중인 성준의 목소리가 들렸다.

"응, 아내는 아이를 가지고 싶어 하지."

회사 일인 줄 알았더니 친구인 모양이었다. 유하가 정원으로 나가려는데 성준이 말을 이었다.

"아이는 일하는 데 방해만 돼."

그 말에 유하가 멈칫했다.

"내 발목이나 잡겠지."

성준과 아이에 대하여 깊게 대화를 나눠 본 적이 없었다.

연애 기간이 없는 상태로 결혼을 했다. 그래도 상견례 자리에서 성준의 어머니인 박선경이 아이는 언제쯤 낳을 거냐고 묻자 유하가 처음으로 웃으며 대답했었다. '최대한 빨리 낳고 싶어요.'라고.

그때 성준은 아무 대답도 없었다. 딱히 고개를 끄덕이지도 않았다. 유하는 그런 그의 반응을 그다지 신경 쓰지 않았다. 유하의 집안에서 성준을 유난히 마음에 들어 한 것은 그가 그의 친조부이며 H그룹 총수인 이성칠이 아낀다고 소문난 손자이기 때문이었다. 그런 남자가 제 할아버지에게 증손을 안겨 주겠다는 생각을 가지고 있는 건 당연하다고 생각했다.

그런데 지금, 성준이 무덤덤하게 말하고 있었다.

"나는 아이를 가질 생각이 전혀 없어."

대화해 본 적이 없어서 몰랐다. 유하는 멍하니 제자리에 서 있었다. 남편은 아이를 가질 생각이 없었다. 자신의 꿈을 그는 이뤄 주지 않을 생각이었다.

그는 마치 계산이라도 하는 것처럼 생리 중도 배란기도 아닐 때 관계를 요구했다. 철저하게 피임을 하는 그를 보면서도 몰랐다는 게 더 이상했다. 그저 믿고 싶지 않았던 것이다.

차분하던 유하도 그 순간만큼은 울음을 참기 힘들어 피가 나도록 입술을 물었다. 그녀가 꿈꾸던 유일한 것, 그건 죽은 나무처럼 무뚝뚝한 저와 달리 잘 웃고, 건강한 아이가 유하의 품으로 달려와 안기는 것이었다.

이 남자와는 이룰 수 없을지도 모른다.

사랑은 포기해도 아이는 포기할 수 없었다.

그때, 유하는 결혼 생활 3년 동안 한 번도 한 적 없는 생각을 했다.

이혼하게 될지도 모르겠구나.

며칠 뒤 시어머니 박선경이 찾아왔다. 유하는 모처럼 솜씨를 발휘해 음식을 했다. 가사 도우미가 있더라도 며느리가 직접 음식 하는 모습을 보아야 직성이 풀리시는 분이었다.

다행히도 유하는 요리를 좋아했다. 소식가였지만 맛있는 음식을 자기 손으로 해 먹으면 기분이 좋아졌다.

작년 결혼기념일 전에 열심히 배워 둔 홈 베이킹도 한몫했다. 실패를 거듭한 끝에 성공한 쿠키를 남편에게 선물했는데 아직 이렇다 할 감상을 못 들었다. 아마 어디 처박아 놓고 잊어버렸을 것이다. 결혼 첫해에 선물한 다이어리도 열어 본 적조차 없다. 다이어리 앞에 꼼꼼하게 적은 긴 편지를 그는 읽어 주지 않았다. 결국 유하는 언제까지고 같은 곳에 처박혀 있는 선물을 보기 힘들어 제 손으로 쓰레기통에 넣었다.

성준은 무신경한 남자였다. 일에 있어서는 다를지도 모르겠지만.

유하가 정갈하게 차린 식사를 앞에 두고 선경이 말했다.

"성준이는 요즘에도 일만 하는구나."

"네, 워낙 일을 좋아하는 사람이라서요."

"아직 소식은 없니?"

상견례 자리에서부터 가족계획을 묻던 선경이다. 결혼 후에 3년 동안이나 아이가 없으니 그녀의 고고함에 금이 갈 만했다.

서른여덟인 장남은 여전히 자유롭게 놀러 다니지만, 둘째인 성준에 있어서만큼은 이야기가 달랐다. H그룹 총수인 이성칠의 눈에 든 손자 아닌가. 저를 닮았다며 어려서부터 무릎에 올려놓고 기른 성준이 증손을 데려온다면 여든 넘은 노인의 얼굴에 웃음꽃이 피리라. 비록 막내아들이 낳은 어린 손자라 크게 회사를 떼어 주진 않았지만, 여전히 노인이 웃을 때마다 돈이 나왔다. 그런 시스템이었다.

그래서 더더욱, 유하 역시 성준이 아이를 원하지 않을 리 없다고 생각했다. 아직 때가 아닌가 보다, 아직 너무 바빠서 그런가 보다, 그저 그렇게 스스로를 속여 왔다.

유하가 젓가락을 내려놓고 대답했다.

"네, 아직 없어요."

"……여자가 애교가 없으니 남자가 일에만 매달리지."

노력하면, 그럼 그와의 관계가 나아질지도 모른다고 생각했다. 그러나 태생이 무뚝뚝한 유하는 일하고 지쳐서 돌아온 성준에게 애교를 떨거나, 침대에서 그의 냉정을 녹이는 일을 하지 못했다.

유하가 무표정한 얼굴로 대답했다.

"성준 씨가 아이 생각이 없어요, 어머님."

오늘에 와서야 이 말을 확실하게 할 수 있었다. 아마 선경은 이미 이 사실을 알고 있었을 것이다. 다만 유하에게 그 원인을 떠넘기고 있을 뿐.

"바깥일 하는 사람이 아이를 생각할 시간이 있겠니? 네가 침대에서 잘 구슬려야 할 것 아니야. 너는 집에서 하는 게 뭐니?"

유하가 가능하면 집에만 있기를 원한 것은 시아버지인 희강이었다. 생전 유하를 없는 사람 취급하던 외할아버지 역시, 결혼 전에 다시없이 환히 웃으며 결혼하자마자 아이부터 낳으렴, 하고 덕담을 했다.

그러다 성준이 뜻대로 되지 않으니 만만해 보이는 유하에게 비난이 쏟아졌다.

"다른 여자 배에서 나온 아이라도 데려와라."

선경은 고상한 척 굴었다. 절대 언성을 높이지 않았다. 다만 표정과 문맥으로 제 뜻을 전할 뿐이다.

유하가 항상 반쯤 내리깔고 있던 눈을 바로 떴다. 그리고 앞에 앉아 있는 선경을 보았다.

'당신 아들이 결혼 생활에 충실하지 못한 게 자랑인가요?'

그렇게 말하고 싶은 것을 늘 곪도록 속에 가둬 두었다.

선경이 수저를 탁 내려놓았다. 그녀의 눈매는 매서웠다. 오랜 시간 허투루 기업인의 아내로 살아온 것이 아니었다. 특히나 그녀의 남편은 무능력했다. 무능력한 자가 살아남기 위해서는 정치력이 필요했다. 그리고 강압적임도.

"뭘 잘했다고 똑바로 쳐다봐. 네가 할 말이 있어?"

"어머님."

유하가 담담히 말했다.

"이 결혼. 어머님 아들과 며느리인 저의 결혼이기 이전에 두 개 기업의 합병이에요."

"뭐?"

"어머님이 아들의 핏줄을 중요시 여기는 만큼, 저희 집안도 핏줄을 중요하게 여깁니다. 그러니 그건 안 되겠어요."

선경의 눈에 노기가 서렸다. 그러나 함부로 소리 지르지 않았다. 유하의 말은 틀리지 않았다.

유하는 제가 한 말을 잠깐 곱씹었다. 조부가 H그룹 총수가 아끼는 손자와 자리를 만들었다며 그렇게 생색을 냈다. 처음으로 나간 선 자리에서 성준을 만나 결혼을 했다.

부모님은 유하가 집안 어른들에게 떠밀려 결혼하는 것 같아 말리고 싶어 했지만 유하의 아버지 본인도 집안 어른들의 말을 기절하지 못해 재혼을 한 처지였다. 그러니 H그룹과 혼맥으로 이어질 기회를 집안 어른들이 놓치게 둘리가 없었다. 친가가 운영하는 회사도 꽤 규모가 있었지만 국가 경제를 좌지우지하는 H그룹에 댈 것은 아니었다.

그래도 유하는 이 결혼이 자신이 원해서 한 것이라고 생각했다. 선 자리에서 이 남자를 만나, 결혼하자는 성준에게 그러자고 대답한 것은 유하 본인이었으니까.

그런데 지금 생각해 보니 자신이 사랑을 너무 몰랐던 것뿐, 결혼이 아니라 합병이었을 뿐일지도 모르겠다.

유하가 표정, 목소리, 어느 것 하나 바뀌지 않은 얼굴로 말을 이었다.

"제가 노력할게요. 최선을 다할게요. 좀만 기다려 주세요."

그녀가 한 수 접고 들어가자 선경도 천천히 노기를 가라앉혔다. 그녀는 유하가 차려 놓은 음식을 거의 먹지 않고 자택으로 돌아갔다. 유하도 애초부터 선경이 눈으로만 음식을 확인할 것이란 걸 알고 있었다.

시어머니가 오래 머무른 것도 아닌지라 이제 겨우 오후 두 시였다. 유하는 외출 준비를 했다.

아이를 낳지 않겠다던 성준의 말이 머릿속에서 맴돌아 며칠 밤을 설쳤다. 단 하나뿐이던 꿈이 무너지니 삶의 의욕도 무너졌다. 그러나 이대로 산송장처럼 살고 싶지 않았다.

건물부터 알아보았다. 이미 유하 앞으로 상당한 재산이 상속되어 있었다. 그녀의 친가에서 일부, 친어머니의 외가에서 일부 상속받은 돈이었다. 그녀가 결혼할 때, H그룹의 며느리가 된 유하와 관계를 잘 유지하고 싶었는지, 내내 손녀를 없는 사람 취급을 한 것치고는 많은 재산을 떼어 주었다.

그거면 이혼 후에도 충분히 부유한 생활을 영유하며 지낼 수 있을 것이다. 그러나 제 손으로 무언가 생산적인 일을 하고 싶었다. 자식이 아닌, 새로운 꿈을 찾을 것이다. 일을 할 것이다.

유하는 작년 봄에 바니스 뉴욕에서 산 원피스를 입고 핸드백을 손에 들었다. 허리까지 오던 긴 생머리도 며칠 전 날개뼈 위치까지 자르고 아래쪽에 컬을 넣었다. 3년간 늘 비슷한 길이로만 잘라 왔다. 사실 최근 3년이 아니더라도 그 이전의 긴 나날들 동안 유하의 머리 길이는 일정했다. 그러니 그녀에게는 큰 변화였다.

아쉽게도 머리를 새로 한 이후 성준은 한 번도 집에 들어오지 않았다. 뭐, 아마 그녀를 마주 봤어도 변화를 눈치채지 못하리라 확신한다만.

늘 케어를 받아 찰랑찰랑 반짝거리는 검은색의 머리칼 위에 챙이 넓은 모자를 쓰고 8센티미터 높이의 베이지 펌프스를 신었다. 오랜만에 신경 써서 차려입으니 기분이 한결 나았다.

그녀는 돌길을 따라 걷다가 움트기 시작한 목련꽃을 발견하고 잠시 흙을 밟았다.

"아, 올해도 필 때가 되었나 보네."

유하가 목련 나무에 손을 대고 말했다. 기특하다는 듯, 사랑스럽다는 듯. 왕의 사랑을 받지 못하는 정비가 밤새 수놓은 비단을 어루만지듯이.

"내가 만약에 이혼해서 이 집을 떠나더라도 너 하나만큼은 데리고 갈게."

그녀가 아이를 안듯이 두 팔로 나무를 포옥 안았다.

이제 유하에게는 아무것도 필요하지 않았다. 이 집도, 그간의 호사도 필요 없었다.

그러나 이 집을 떠날 때 다른 건 몰라도 이 목련 나무 하나만큼은 남편에게 달라고 할 생각이었다.

이혼 후에 머무를 곳을 떠올리다가 카페를 해야지 결심했다. 그리고 카페 정원엔 따로 꽃을 심지 않고 목련 나무 하나만 두려 한다. 지나가던 들꽃 씨가 그 흙이 맘에 들어 둥지를 튼다면 좋겠다.

모처럼 밖으로 나오니 피어나는 봄기운에 미소가 절로 지어졌다. 수행 비서가 운전하는 차를 타고 전화로 미리 연락해 뒀던 건물로 향했다.

서촌 구석에 있는 건물은 벽에 나무 질감을 그대로 살린 2층짜리 집이었다. 안은 아직 난장판이었다. 갑자기 서촌 집세가 너무 올라 급하게 이사를 나갔다고 들었다.

유하는 그곳이 아주 마음에 들었다. 벽이 예뻤고, 마당도 넓었다. 목련 나무가 있을 자리가 충분했고, 흙이 촉촉했다.

"여기로 할게요."

유하가 말하자 그녀를 따라온 수행 비서 박찬후가 걱정스러운 표정을 지었다. 아무래도 세상 물정 모르는 사모님의 막무가내가 걱정스러웠던 모양이다. 그가 허리를 숙여 유하에게 말했다.

"사모님, 너무 급하게 결정하시는 것 같습니다."

"괜찮아요, 찬후 씨."

"대표님께서 아시면……."

그의 말에 그제야 유하가 당황하며 물었다.

"제가 곤란하게 했나요?"

"예?"

"성준 씨에게 말하시면 안 되는데……."

나중에 성준이 알게 되었다가 찬후에게 피해가 갈까 걱정이 됐다.

유하보다 두 살이 어린 그는 고등학교를 졸업하고 바로 A식품에 고졸자 공채로 들어갔다. 그리고 몇 년 뒤 성준이 A식품에서 일하기 시작한 후, 찬후의 성실함이 사람을 가려 쓰지 않는 성준의 마음에 들어 유하의 수행 비서 일을 맡게 되었다고 들었다.

그녀의 수행 비서 일을 하고 있기는 하지만 유하가 집 밖을 잘 나가지 않는지라 만날 일도, 대화할 일도 많지 않았다. 게다가 그는 성준의 회사에 소속되어 있었다.

유하의 주변은 철저히 성준의 사람들로 둘러싸여 있었다. 찬후는 그중에서도 특히 성준이 아끼는 직원이었으니 아무리 제 수행 비서라도 자기 사람이라는 생각이 들지 않았다. 너무 부담스러운 비밀을 안겨 준 건가 싶었다.

그래서 그녀가 안절부절못하자 찬후가 안심하라는 듯이 싱긋 웃었다.

"그게 걱정되는 건 아닙니다."

"그래요?"

성준은 입버릇처럼 아내가 죽은 나무 같다고 했다. 찬후도 거기 공감했었다. 그는 유하의 무표정한 얼굴 외에는 그다지 볼 일이 없었다. 그런데 지금 찬후가 피해를 볼까 봐 당황하는 것이 꽤나 귀여웠다. 늘 우울하게 눈꼬리가 처져 있었는데 지금은 놀라서 동그래진 눈을 깜빡거린다. 자르고 컬을 넣은 머리칼도 경쾌해 보인다.

"사모님이 손해를 보실까 봐 말씀드린 것뿐입니다."

찬후가 올라오려는 웃음을 삼키며 대답하자 유하가 다시 평정을 찾았다. 그녀가 여느 때처럼 무덤덤한 표정을 지었다.

"제 걱정이라면 안 하셔도 돼요."

"죄송합니다."

그가 자그마한 머리통을 숙여 사과하자 유하가 작은 목소리로 말했다.

"……미안해할 건 아니에요."

"저는 사모님 사람입니다. 대표님께 말씀 안 드리겠습니다."

찬후가 뒤로 물러났다.

결국 유하는 건물을 샀다. 그녀는 그 건물을 인테리어 디자이너가 뜯어볼 때까지, 남편 몰래 한 이 거래가 얼마나 안일했는지 몰랐다.

같은 날 깊은 밤. 새벽이 넘어서 집에 성준이 돌아왔다.

아무리 있는 돈으로 시작한 카페라고 해도 새로운 시작이 불안했던 유하는 잠이 잘 오지 않아 따듯한 우유를 한 잔 마실까 하여 테이블 앞에 앉아 있었다. 그렇게 앉아 강영이 가져다준 우유를 마시고 있는데, 때마침 집으로 들어오던 성준이 그녀를 발견했다.

"아…… 오셨어요?"

유하가 인사하고 말간 눈으로 잠깐 성준을 보았다가 꼭 쥔 머그잔으로 시선을 옮겼다. 성준의 사나운 눈이 그녀의 머리칼에 닿았다. 유하가 보지 못하는 사이 그의 표정이 구겨졌다.

아내가 멋대로 머리를 잘랐다.

왠지 그것이 그의 심기를 거슬렀다. 집에 있는 모든 것은 언제나 어제와 같아야 했다. 그게 성준에게 필요한 집이었다. 그는 모든 것을 자기 힘으로 이끌어 왔다. 그의 인생, 그의 사업, 심지어 그의 부모까지.

세상은 마치 언제 어디서 뭐가 나타날지 모르는 밀림과 같았다. 그렇기에 그가 쉬기 위해 돌아갈 집은 언제나 그대로여야 한다. 아내는 그에게 마지막 퍼즐 조각과 같았다. 그녀가 성준의 평화를 완성했다.

늦은 새벽, 침실로 들어가면 유하는 언제나 침대 위에 잠들어 있어야 하고 그녀의 머리칼은 등허리를 타고 흩어져 있어야 한다. 유난히 얌전하게 자는 그녀는 입술 바로 앞에 귀를 대야 숨소리가 들릴 정도로 조용히 자고 있을 것이다. 그 하얗고 예쁜 얼굴로 곤히.

성준은 자신의 집의 아주 사소한 것까지 기억했다. 디테일을 기억한다는 것은 사업가로서 좋은 자질이지만, 유하는 그것이 자신에게도 적용되고 있다는 것을 몰랐다.

성준은 그 변화에 대해 민감하게 반응하지 않으려 했다. 불쾌해하지 않으려 필사적이었다. 그는 인사도 대화도 없이 방으로 들어갔다.

그가 들어가고 한참이 지나서야 유하는 머그잔을 만지작거리며 혼잣말했다.

"머리…… 잘랐는데."

외출

인사도 없이 잠이 들었다가 아침에 눈을 떠 보니 남편은 벌써 출근한 후였다.

혼자 잠에서 깬 유하가 가만히 침실의 하얀 벽을 보았다. 성준이 하얀색 외에는 거슬린다고 해서 집 안 대부분의 벽이 하얗다. 결혼 초기에는 그 하얀 벽에 아이가 크레파스로 낙서하는 상상을 했다. 그럼 남편도 마지못해 다른 색을 칠하자고 하겠지? 그런 상상을 하면 즐거웠다. 웃음이 나왔다.

그러나 그는 유하를 죽은 나무 같다고 평가했다. 유하는 그 말이 이토록 아플 줄 몰랐다.

성준은 어떤지 몰라도 유하에게 그는 가족이었다. 성준도 유하도 무뚝뚝해서 대화가 적었지만 같이 저녁을 먹었고 같은 침대에서 잠들었다. 그러면서 유하는 천천히 그에게 마음을 열었다. 가끔 세상모르고 잠든 성준의 매혹적인 얼굴을 쓰다듬기도 했다. 이런 게 사랑일까 생각할 때도 있었다.

그러나 남편은 언제나 첫날과 같았다. 잔인할 정도로 바쁘고, 냉정했다.

그는 '늦을 거야.' 한 마디면 며칠간 연락이 없어도 되는 줄 아는 남자다. 성준은 일이 너무 늦게 끝나면 회사 근처 호텔을 자주 이용한다고 들었다. 그러니 점점 더 의심이 커질 수밖에 없다. 하기야 그가 그곳으로 다른 여자를 부른들 부부라고는 하지만 감정 교류도 거의 없는 관계에서 안 된다고 말할 권리나 있는 건가 의심이 들 지경이다.

유하가 집에 와 달라고 했던 배란기 내내 성준은 집에 들어오지 않거나, 들어와서도 바로 침대에 누워 잠이 들어 버렸다. 그는 의도적으로 임신을 피하고 있었다. 이미 결정 난 사실임에도 유하는 미련을 가졌다. 꿈을 포기하는 것이 어려웠다.

'내 발목이나 잡겠지.'

유하는 환청이 들리는 듯해서 두 손으로 귀를 막았다. 성준의 그 말이 유하를 괴롭혔다. 아니겠지. 그게 나를 의미하는 건 아닐 거야. 몇 번이고 스스로를 달랬다.

착한 아내라고 생각했다. 그가 유하에게 요구한 것도 없었지만, 유하가 그의 요구를 거절한 적은 더더욱 없었다. 그런 자신을 죽은 나무라고 표현했을 때 남편은 답답한 마음이었을까. 이 애정 없는 결혼에서 벗어나고 싶었을까.

나를 발목을 잡는 존재라고 생각하고 있을까.

그래서 아이 낳는 것도 거부했을지 모른다. 아이를 낳으면 더더욱 아내가 제 발목을 잡을 테니까.

자신이 헤어지자 말하면 그는 기뻐할지도 모르겠다. 붙잡는 시늉은 해 줬으면. 그럴 줄 몰랐다는 듯이 당황하는 척이라도 해 줬으면. 그렇지 않으면 마음이 아플 것 같았다. 비어 있는 침대 반대쪽을 바라보다 혼자 잠들 때처럼.

유하가 카페를 하겠다고 결심한 것은 별 이유가 없었다. 남편이 대형 프랜차이즈 카페의 CEO이기 때문에 알게 모르게 익숙해진 탓이었다.

워낙 일밖에 모르는 사람이라 같이 회사 이야기를 하면 대화가 되지 않을까 하여 수행 비서인 찬후에게 A식품에 대한 자료를 얻어 꼼꼼하게 공부했다. 그러나 그와 회사에 대해 이야기할 일은 3년간 없었다. 유하가 회사에서 어땠느냐고 물어도 그는 '신경 쓸 거 없어.' 한 마디로 일축했다.

오늘, 유하는 계속 메일로 연락하던 소규모 인테리어 회사의 디자이너를 만나기로 했다. 젊고 세련된 여자였다.

"신나리입니다."

"……박유하입니다."

이런 식으로 이름을 말해 본 것이 오랜만이라 순간 제 이름이 낯설었다. 저 세련된 여자가 자신을 세상 물정 모른다고 얕잡아 볼까 봐 걱정이었지만 그것은 기우였다.

"집에만 계셨죠?"

어차피 나리의 첫 질문이 이것이었다. 딱 보면 세상 물정 모

르는 거 알 텐데 괜한 걱정을 했다. 유하가 무표정으로 그녀를
보자 나리가 웃었다.

"아니 이렇게 허무맹랑한 클라이언트는 처음이라서요."

"그래요?"

"그렇게 경계하지 마세요. 꼼꼼하게 알려 드릴게요."

유쾌한 사람이었다. 유하와 전혀 다른 타입이었다. 당당한
커리어 우먼이 딱 저런 이미지일까. 말도 잘하고 호탕했다.

유하를 데리고 건물 안을 걷던 나리가 어이없어하더니 벽을
뜯어냈다. 벽은 합판을 대충 박은 거라 금방 떨어져 나왔다.
합판에는 그럴싸하게 대리석 모양으로 프린트된 필름이 붙어
있었다. 시세보다 훨씬 비싸게 판 것도 모자라, 불법으로 증축
한 부분을 합판으로 감춰 놓았다. 나리가 말했다.

"불법으로 증축해서 장사하다가 이행 강제금을 내기 싫으니
까 이렇게 대충 막아 놨나 봐요. 눈 가리고 아웅이네요."

아⋯⋯.

뭔지 잘 모르겠지만 사기당한 건가 보다.

뒤늦게 눈치챈 유하가 난감하게 허물어진 벽을 보았다. 건
물 내부는 오싹할 정도로 엉망이었다. 나리가 혀를 찼다.

"게다가 어떻게 이 건물을 그 가격에⋯⋯. 전 주인이 그냥
유하 씨한테 팔아 치운 거네요. 딱 봐도 돈 많고 순진하니까.
도대체 뭘 보고 이 집을 고른 거예요?"

"마당⋯⋯이요."

"마당?"

예상치 못한 대답에 나리가 후련하게 웃자 유하가 난처한

얼굴로 물었다.

"뭐가 그렇게 재미있으세요?"

"남편분이 이성준 씨잖아요? A식품 대표. 보통 성격이 아닌 것 같던데. 법적으로 확실하게 자본의 맛을 보여 줘요."

나리가 말하는데 어쩐지 유하가 대답이 없다. 나리가 고개를 기우뚱했다.

"왜요?"

"저…… 이거 몰래 하는 거라서……."

"네?"

"남편 몰래……."

"……."

나리가 그제야 표정을 찌푸렸다. '남편 몰래 건물을 샀다.'라는 문장이 소시민으로서 이해가 안 갔다. 가냘픈 여자가 무슨 손이 저렇게 큰지.

"진짜 간이 부은 고객님이네요. 건물을 몰래 사다니."

유하 본인 생각에도 황당하긴 했다. 그러나 몰래 이혼 준비를 하는 중이라고는 나리에게 말할 수 없었다. 나리가 한참 뒤 말했다.

"건물을 원상 복구하려면 시간 많이 걸려요."

"아……."

최대한 빨리 카페를 시작하고 싶었는데 시간이 필요하단다. 그렇게 오래 성준에게 건물을 산 사실을 숨길 수 있을까. 차라리 남편에게 실토하고 빨리 이혼 서류를 내미는 게 나을 것 같다. 이렇게 큰 거짓말을 해 본 적이 없었다.

사회로 나오려니 바로 장애물에 발이 걸려 넘어졌다. 유하는 처음 내는 수업료가 아프다고 생각하며 나리에게 말했다.

"할 수 없네요. 그래도 복구해 주세요."

"저거 뜯어고치려면 비쌀 건데요. 엄청."

"괜찮아요. 저 돈은 많거든요."

그녀의 말에 나리가 씨익 웃었다. 어리숙한 재벌 클라이언트가 돈 걱정하지 말고 뜯어고치라니. 예술인의 혼이 불타올랐다.

"와…… 그럼 바가지 씌워도 돼요? 저 막 엄청 사고 싶었던 고급 가구 많은데."

"바가지는 안 되지만, 고급 가구는 괜찮아요."

영 순하게 생겨 가지고 말하는 걸 들으면 은근히 강단이 있다. 그렇게 생각하는 나리에게 유하가 담담하게 말을 이었다.

"아마 집보다 더 오래 있게 될 거예요. 그러니까 집처럼 편안했으면 좋겠어요."

"집처럼요?"

"네, 집처럼."

그렇게 말한 유하의 표정이 씁쓸해진다. 남편 몰래 건물을 샀고, 집보다 오래 있겠단다. 대충 짐작을 한 나리가 고객의 기분을 풀어 주기 위해 유하의 손을 꼭 잡았다.

"유하 씨. 이렇게 합시다. 지금부터 우리는 파이팅을 자본이라는 말로 대신하는 거예요."

"네에?"

"자. 따라 해 봐요. 하나 둘 셋, 자본!"

나리가 두 주먹을 쥐어 포즈를 취하며 외치자 유하도 얼떨 결에 '자본'이라고 말하며 두 주먹을 쥐었다.

장난스럽고 유쾌한 나리를 따라 하던 유하가 저도 모르게 웃었다. 이런 친구가 있었으면 좋겠다는 생각을 했다. 살다 보면 남편보다 친구라고, 새어머니가 아버지 몰래 투덜거렸는데.

신나 보이는 나리의 유쾌한 수다를 가만히 듣던 유하가 입을 열었다.

"나리 씨……라고 했죠?"

"네."

"친구 할래요? 제가 친구가 별로 없어서요."

그녀가 묻자 나리가 말문이 막히는지 입을 열고 멈췄다가 한쪽 입꼬리를 올려 웃었다.

"유하 씨, 술 마셔요?"

"아뇨."

"담배는."

"안 펴요."

"남자는 많이 만나 봤어요?"

"남편밖에 안 만나봤어요."

유하가 말하고 입을 다물었다. 서른. 이제 와서 집 밖으로 나가려니 없는 것이 많았다. 취미는 물론이고 연애 경험도 없고 노는 법도 모른다.

유하의 어머니가 열 살에 돌아가시고 들어온 새어머니는 따듯한 사람이었다. 다만 갑자기 생긴 열 살짜리 딸을 제 배로 낳은 것처럼 사랑하는 것이 힘들었던 것뿐.

차라리 나쁜 사람이었으면 좋았을 거라는 생각을 가끔은 했다. 미워할 수 있었다면 오히려 집이 편했을까.

유하는 자신과 열다섯 살밖에 차이 나지 않는 새어머니를 위해 하루라도 빨리 집을 나와 주려 했다. 새어머니에게 자기 배로 낳은 두 아이와 남편이 있는 단란한 집을 만들어 주고 싶었다. 그들의 행복한 가정에 방해가 되는 것은 자신뿐이었다.

꾸준히 선을 봐서 스물여섯 살에 성준을 만났고, 너무 바쁘던 그가 겨우 시간을 낼 수 있었던 다음 해 봄에 결혼을 했다. 결혼 후에는 가급적 집에 전화하지 않았다.

자신도 어서 남편과 행복한 가족을 꾸려야지 생각했다. 나도 내가 온전히 속할 가족을 꾸려야지. 좋은 엄마가 되어야지. 그게 그녀가 늘 가졌던 꿈이었다.

그러던 꿈이 3년 만에 산산이 부서지고 지금은 이혼 후에 살아갈 곳을 마련하고 있다. 그렇게 생각하니 씁쓸하다. 유하가 아쉬운 표정으로 물었다.

"친구론…… 별론가요?"

"그럼 딱 한 잔만 마셔요."

"술이요?"

"네, 조만간 저랑 한 잔만 마셔요. 그럼 친구 해 줄게요. 한 잔도 못 마시는 사람이랑 어떻게 친구를 먹나."

나리의 말에 유하가 눈을 깜빡거렸다. 어른이 주시는 술을 몇 번 마셔 본 적은 있지만 술집에 가 본 적은 한 번도 없었다. 자신의 인생은 참 심심했다. 술을 마시자는 권유를 들으니 괜히 설레서 한 번쯤 마셔 볼까도 싶었다. 새로운 경험을 해 보

는 거다. 한참 망설이던 유하가 멀리 떨어져 서 있던 찬후에게
물었다.

"죄송해요. 하루 정도 퇴근이 늦어도 괜찮을까요?"

"예, 괜찮습니다."

평소 유하가 외출이 없었기 때문에 찬후도 이렇게 연장 근
무를 할 일이 없었다. 그가 흔쾌히, 오히려 기쁜 표정으로 대
답했다.

그로부터 며칠 뒤, 성준은 모처럼 집으로 향했다. 그는 기사
가 모는 차에서도 여전히 일을 하고 있었다. 비서인 기현이 잡
지에 포스트잇으로 표시해 둔 타사 커피 전문점 광고들을 확인
하는 중이었다.

6일이 배란일이었으니 지금쯤이면 안전할 것이다. 어차피
콘돔도 하겠지만 성준은 만에 하나의 가능성도 감수하고 싶지
않았다. 그는 오늘 품에 안을 아내가 필요했다.

며칠 전 본, 그녀의 짧아진 머리칼을 떠올리니 욕설이 치밀
었다. 어울리기야 했다. 다만 그녀의 변화가 거슬렸을 뿐. 그
는 그날 자신이 집에 들어섰을 때, 세필로 그린 깃처럼 섬세한
유하의 눈이 흔들리던 것을 떠올렸다. 인사만 하고 바로 고개
를 숙여 우유를 마셨다. 마치 뭔가 잘못한 것이 있는 것처럼.
내내 집에만 있는 여자가 성준의 눈을 피할 정도로 잘못한 게
뭐가 있을까. 그녀는 워낙 무덤덤한 여자라 그렇게 사소한 변

화만 일으켜도 성준에겐 매우 크게 느껴졌다.

"대표님."

조수석에 앉아 있던 기현의 말에 성준이 잡지를 넘기던 손을 멈췄다. 그가 싸늘한 눈으로 비서를 보았다.

"왜?"

맹수 같은 기세에 기현은 오싹한 기분이 들었다. 성준은 자기 사람에겐 잘해도 해가 되는 인물은 목을 물어뜯어 숨을 끊어 버릴 무서운 사람이었다. 그러나 그가 집에 도착하기 전에 유하에 대한 정보를 전달해 줘야 했다. 안 그랬다간…… 상상하기도 싫다. 성준은 표현하지 않았지만 유하의 사소한 변화를 알아차렸고, 오싹할 정도로 그것을 경계했다.

그는 완벽한 곳에서 쉬고 싶어 했다. 완벽한 곳이란 유하가 인형처럼 나갈 때와 똑같이 놓여 있는 곳이라는 것을 그의 집에 드나드는 모든 사람이 알고 있었다.

"음, 아주머니 말로는 사모님께서 취미를 가지고 싶어 하신답니다."

"취미?"

"예, 최근 외출이 잦으세요."

그 여자가 웬일로. 성준이 다시 잡지를 넘겼다.

'외출'

어쩐지 마음에 안 드는 말이었다.

그의 머릿속을 헤집던 유하의 변화와 '외출'이라는 단어가 뒤섞였다. 성준은 속이 짐승 그 자체라서 '외출'과 '변화' 뒤에 바로 '외도'와 '섹스'를 떠올렸다. 그럴 가능성이 아주 낮다는 건 알지만 사람 속을 누가 알까. 그녀의 도자기같이 매끄러운 피부와 유난히 반짝거리는 눈동자를 떠올렸다. 그 막 쌓인 눈 같은 하얀 뺨에 다른 남자가 손이라도 대면, 자신이 미치지 않고 견딜 수 있을까.

성준이 마당 안 차고에 댄 차에서 내리자 기현이 달려가 현관문을 열었다. 기현은 오늘따라 성준의 걸음 속도가 조금 빠른 것 같다고 생각했다. 기분 탓인가, 하고 고개를 기우뚱했다. 지금까지 그가 조급해하는 걸 본 적이 없었다.

성준이 집 안으로 들어갔다. 아직 아내가 잠들 시간이 아닌데, 웬일인지 유하 대신 강영 아주머니가 그를 맞았다.

"대표님, 안녕히 다녀오셨습니까."

성준이 대답도 없이 재킷을 소파에 던지고 넥타이를 풀며 방으로 향했다. 그의 존재감이 집 안 분위기를 단숨에 차갑게 얼렸다.

성준이 넓은 보폭으로 걸어가 부부 침실의 문을 열고 불을 켰다. 침대가 비어 있었다.

그가 방을 나와 강영에게 물었다.

"유하 어디 있습니까?"

"저기…… 오늘 몸이 좀 안 좋으십니다."

"그래서요."

"따로 주무신다고……."

"어디 있냐고 물었는데?"

그의 목소리는 감미로웠다. 그런데 오늘은 어쩐지 늦은 밤, 짐승 우는 소리 같은 서늘함을 주고 있었다. 늘 손윗사람에게

만은 정중하던 그의 말투가 사나워지는 것도 그랬다. 질문에 정확히 대답하지 않는 걸 싫어하는 성준의 성격을 뻔히 알면서도 유하가 걱정되어 빙빙 말을 돌리던 강영이 결국 어쩔 줄 모르며 대답했다.

"서, 서재에 계세요."

성준의 걸음이 서재로 향했다. 그가 한 손으로 잘 가다듬어져 있던 머리를 엉망으로 뒤섞었다. 단정하던 그의 모습이 단숨에 흐트러졌다. 큰 키로 성큼성큼 걸어가는 그의 모습은 어마어마한 위압감을 주고 있었다.

성준이 3년간 두 번이나 들어갔을까 싶은 유하의 서재 문을 열어젖혔다.

집은 둘이 살기에 지나치게 넓었고, 그래서 각자의 공간이 있을 이유는 충분했다. 성준은 그녀의 서재에 관심을 두지 않았고, 유하에게도 자신의 서재에 들어오지 말기를 권고했다.

그런데 지금은 그따위 생각을 할 여유가 없었다. 서재에서 술 냄새가 확 퍼지자 성준의 표정이 더욱 사나워졌다.

'외출'. 그 단어를 다시 생각하니 피가 거꾸로 흐르는 기분이었다. 아내가 밖에서 술을 마시고 들어온 것이다. 지난 3년간 단 한 번도 없었던 일이다.

그가 책장과 책장 사이를 걸어갔다.

서재 끝까지 걸어가니 넓은 공간이 나왔다. 커다란 창 아래에 책상이 있고, 맞은편에 침대가 놓여 있었다.

그 침대 위에 유하가 잠들어 있었다. 그것도 완전히, 헝클어진 모습으로.

성준이 들어왔다는 것도 모르고 실크 이불에 감겨 새근새근 자고 있었다. 성준이 두 주머니에 손을 꽂고 그녀를 내려다보았다. 평소엔 완전히 캄캄하지 않으면 못 자던 여자가, 창문을 열어 두고 밝은 보름달빛을 온몸으로 받으며 깊이 잠들어 있다.

그녀는 늘 숨소리도 내지 않고 잤다. 그런데 지금은 술을 마셔서인지 새근새근 아기 같은 숨소리를 냈다.

성준은 유하의 서재에 침대가 있다는 것조차 몰랐다. 그녀가 그의 침실이 아닌 곳에서 잠드는 것은 상상조차 해 본 적 없었다. 두 눈으로 제 방이 아닌 곳에서 잠든 유하를 확인하니 미쳐 버릴 것 같았다.

스스로가 왜 이렇게까지 화가 나는지 알 수가 없었다. 밖에서 술을 마시고 집에 와서 곱게 잠든 아내를 보고 이렇게 살의마저 느낄 줄이야. 성준이 낮게 그녀를 불렀다.

"박유하."

그의 목소리가 단번에 유하를 깨웠다. 그것이 마치 늑대가 짖는 것처럼 들렸기 때문이다.

술기운으로 몽롱한 눈에 달빛을 등진 커다란 형체가 보였다. 당장이라도 그녀를 덮칠 듯한 어둠 사이로 날카로운 눈이 보였다.

그녀가 서둘러 자리에 앉았다. 잠옷 단추를 다 채울 정신도 없었는지 늘 감추고 있던 곧은 쇄골과 마른 배가 드러났다. 늘 단정하던 머리칼을 묶었던 끈이 풀리기 직전까지 흘러내려 와 있었다.

불규칙하게 들어오던 남편이 왜 하필 오늘같이 술을 마신

날 집에 온 것인지…… 유하는 너무 당황해 뭘 어떻게 해야 할지 판단이 서지 않았다. 무엇보다 성준이 뿜어내는 기운이 너무 강해 유하를 완전히 얼게 했다.

혹시 남편이 집에 들어오더라도 자신에게서 술 냄새가 나면 신경 쓰일까 봐 서재로 와서 잠들었다. 그가 서재로 자신을 찾으러 올 거라고는 상상도 하지 못했다.

그녀가 일단 이불로 감싸 몸을 가리는데 성준이 한 손으로 이불을 붙잡았다. 그는 힘을 주는 것 같지도 않은데 유하가 두 손으로 당겨도 이길 수가 없었다. 그가 허리를 숙여 유하에게 아주 가까이 다가왔다. 얼떨결에 눈이 마주쳤다.

"불렀잖아."

"네…… 오셨어요?"

성준의 눈이 이런 느낌이었나? 유하가 검고 깊은 눈을 깜빡이며 생각했다. 그를 이렇게 가까이에서 본 적이 별로 없었다. 성준과 마주 본 적 자체가 별로 없었다. 유하의 심장이 여러 가지 의미로 뛰기 시작했다. 남편이 잘생겼다는 걸 몰랐던 건 아니지만 이렇게, 사람 미치게 할 정도로 섹시한 줄은 몰랐다.

"아프다던데."

그가 말하자 유하가 고개를 저었다. 그러자 그가 가뜩이나 싸늘한 표정을 더욱 찌푸리며 말했다.

"대답해."

그는 상대가 대답이 없는 걸 싫어했지만 아내에게는 예외였다. 그런데 지금은 마치 제 소유물을 대하듯이 말하고 있었다.

"아, 안 아파요."

아프다는 건 당황한 강영이 둘러댄 말일 것이다. 성준도 유하도 그 사실을 알았다. 그러나 성준은 화가 났고, 유하는 강영의 탓을 할 수 없었다. 유하가 별수 없이 대답했다.

"술을 좀 마셨어요."

"왜 술을 마시고 거짓말까지 했어?"

나지막이 묻는 말에 숨이 턱 막혔다. 유하는 성준이 회사에서 일하는 모습을 본 적이 없지만 아마도 평소 제게 보이는 모습과 같을 거라고 생각했다. 그는 무뚝뚝했고, 깔끔했고, 냉정했다.

기현의 말을 들어 보면 성준은 어머니 선경처럼 목소리를 높이는 법이 없다 했다. 그래서 오히려 모시기 무섭다고. 차라리 화가 났을 때 욕이라도 해 주면 좋은데 싸늘한 눈빛으로 보기만 하니까 그게 더 소름 끼친다고 투정하는 걸 들었다.

지금 그녀는 기현의 말을 100퍼센트 이해할 것 같았다.

왜 이렇게 정신없이 취해서 자고 있냐고 한 소리 해 주는 게 나을 지경이다. 차라리 큰 소리로 화냈으면. 그녀가 억울한 듯 대답했다.

"당신도 가끔 취해서 들어오잖아요. 왜 화를 내요?"

"화 안 냈어."

거짓말이다. 화가 안 났는데 이렇게 무서울 리가 없다.

"누구랑 마셨어?"

그가 물었다. 누구랑 마셨다고 해야 하나. 유하는 변명할 말이 떠오르지 않았다. 그렇다고 인테리어 디자이너와 마셨다고 하면 어떻게 알게 됐냐고 묻지 않을까.

유하가 아무 대답도 없자 성준이 몸을 바로 세웠다. 그리고 넓은 어깨와 탄탄한 근육질 몸에 딱 맞춰 입은 셔츠 단추를 풀기 시작했다.

"아무튼, 할 수 있겠네."

"네?"

"안 아프다며."

유하는 지금 성준이 무슨 생각을 하고 있는 건지 전혀 알 수가 없었다. 3년이나 같은 침대를 쓰던 남편이 낯설었다. 평소에는 무심하다고 생각했던 눈이 오늘따라 자신을 원하고 있는 것만 같은 느낌을 줬다. 취해서 그런 착각이 드는 모양이다. 평소에 원하던 바니까.

술기운에 몸도 머리도 말을 듣지 않았다. 유하가 한 손으로 어지러운 이마를 감싸는데 성준의 손이 그녀의 허리를 붙잡았다. 그리고 그의 입술이 유하의 목에 닿는 순간 그녀가 서재에 울리도록 신음 소리를 냈다.

그 순간 유하도 성준도 멈추고 말았다. 유하의 얼굴이 순식간에 달아올랐다.

"수, 술…… 때문에…….."

자신이 이렇게 술에 약한지 몰랐다. 조금 아까 성준의 목소리에 깼을 때는 그에게 적당히 맞춰 줄 생각이었는데. 지금 자신의 상태를 보니 도저히 안 되겠다.

"오늘은 안 되겠어요."

지금까지 없었던 그녀의 거부에 성준의 눈빛이 거칠어졌다. 더 화나게 하기 무서울 정도로 화가 나 있었다. 아내에게 이

화를 쏟아붓지 않기 위해 이를 꽉 물었던 그가 천천히 입을 열었다.

"왜?"

"생각해 보니까 머리가 아파요."

진심이었다. 잠에서 깨서 잠깐 앉아 있었더니 머리가 쪼개질 듯 아프고 목이 탔다. 유하의 가냘픈 두 손이 성준의 어깨를 밀어내려는데 밀리지 않았다. 오히려 더욱 가까워질 뿐.

보통 둘은 별다른 전희 없이 관계를 했다. 그런데 오늘따라 성준이 뭐에 그렇게 화가 났는지 자꾸 평소와 다른 행동을 보였다. 유하가 성준의 손길에도 소리 내지 않으려고 입술을 깨물었다. 그러자 성준이 손가락으로 그녀의 입술을 누르며 명령조로 말했다.

"소리 내."

"안 돼요……."

"듣기 좋아."

그의 허스키한 목소리에 유하가 멈칫했다. 그가 모처럼 한 칭찬이 교성에 대한 거라니…….

유하의 얼굴이 더욱 붉어졌다. 그녀가 고개를 마구 저었다.

"평소에 원하는 대로 해 드렸잖아요. 오늘만요."

"평소엔."

계속 거부하는 것이 못마땅했는지 성준이 유하의 손목을 붙잡았다. 그리고 자기 쪽으로 더욱 당겼다.

"내가 원하는 대로 움직여 주지 않았잖아."

"……네?"

"그렇게 뻣뻣하더니."

그의 손이 유하의 등허리 곡선을 따라 쭉 내려왔다. 유하는 그의 손길에 안달이 난 자신이 싫어서 피하기 위해 허리를 휘었다. 그러자 성준이 유하를 단단한 품에 꽉 끌어안으며 말했다.

"오늘은 아주 유연하네."

큰일이다. 그의 손이 움직일 때마다 유하는 입술을 깨물고 있었다. 만져질 때마다 온몸에 소름이 돋도록 강한 자극이 왔다. 특히 제일 심각한 건 귀 바로 옆에서 들리는 그의 목소리였다. 그녀를 울려서라도 누구와 있었는지 알고 싶은 마음을 짓누르는 그의 목소리는 거칠었고, 그래서 섹시했다.

유하는 그를 밀어내겠다는 의지가 없었다. 입으로는 하지 말아 달라고 하면서, 그의 손끝이 닿기만 해도 야한 소리를 냈다. 유하의 얼굴에 가까워진 그에게서 약간의 향수 냄새가 났다. 몸에 힘이 완전히 풀리도록 좋은 냄새다. 아, 정말 술이 문제다.

그녀가 입은 잠옷 안으로 성준의 커다란 손이 들어와 가슴을 잡았다. 그의 손가락이 느릿하게 여린 살 위를 움직이더니 예민한 부분을 힘주어 눌렀다. 유하가 입을 다물어 봤지만 여지없이 야릇한 소리가 새어 나왔다. 차라리 더 취할 걸 그랬다. 몸은 말을 듣지 않는데 정신은 멀쩡하니 부끄러워 죽을 것 같았다.

"성준 씨……."

"누구랑 마셨는데 말을 안 해."

"친구…… 흣……."

"남자?"

평소 유하의 일상에 전혀 관심이 없던 남편이 자꾸만 질문을 해 온다. 별로 관심도 없으면서 왜 자꾸 묻는 걸까. 유하가 눈물이 고인 채 고개를 저었다. 그러자 성준이 그녀의 턱을 잡아당기며 말했다.

"대답해야지. 몇 번이나 말해야 돼?"

입을 열면 이상한 소리를 낼 것 같은데, 이 남자는 그걸 뻔히 알면서 대답을 강요한다.

"여, 여자예요……."

"어떤 여자?"

그는 유하가 곤란해하는데도 봐주지 않고 답을 알아내려 했다. '어떤 여자?'라고 묻는 성준의 목소리가 조금 누그러졌다. 이전의 찌를 듯이 날카로운 목소리와 대비되니 다정하게 들릴 지경이었다.

그와 꽤 여러 번 관계를 했다고 생각했다. 3년이나 부부였으니까. 그런데 오늘은 이상했다. 처음 관계를 하던 날보다도 그가 낯설다. 평소의 냉정함이 반 넘게 깎여 나간 것 같았다. 목소리는 누그러졌지만 눈빛은 그렇지 않았다. 더 화가 나게 하면, 정말 자신을 해칠 것 같은 눈이었다. 어떻게든 말을 둘러대야 하는데. 취했시, 그는 못살게 굴지. 머리가 하얘져서 거짓말이 떠오르지 않았다.

유하는 결국 거짓말하기를 포기하고 순순히 실토했다.

"저도 일하고 싶어서 카페를…… 하려고 건물을 샀어요."

"……건물?"

"거기 인테리어 디자이너가 성준 씨랑 동갑인 언니라서……. 별로 마시지도 않았어요. 제가 술을 못 마셔서 취한 거지……."

취한 와중에도 대답하면서 눈치를 살피는데, 성준의 눈빛이 오히려 부드러워졌다. 숨을 못 쉴 정도로 그녀를 옭아매던 날카로운 기세가 느슨해졌다.

그는 아까 기현에게 유하가 취미를 가지고 싶어 한다는 말을 들었다. 지금 유하의 답을 들으니 아주 거한 취미를 가지는구나 싶었다.

"다른 여자들은 쇼핑을 가면 옷이나 가방을 사 온다던데. 내 아내는 남편 몰래 건물을 샀단 말이지."

"그게……."

"간이 부었네."

요즘 이 말 자주 듣는다. 고분고분 대답하고 나니 성준은 더 자세한 것을 묻지 않았다. 크게 화를 낼 줄 알았던 남편의 표정이 오히려 풀려서 더 무서웠다. 그의 기분이 풀린 이유가 '건물을 산 것'이 '외도를 한 것'에 비할 바가 아니기 때문이라는 걸 유하가 알 턱이 없었다.

정략결혼

성준은 그제야 잘 준비를 위해 목욕을 했다. 그리고 유하가 있는 서재로 돌아왔다. 유하는 술기운에 다시 반쯤 잠들었다가 성준의 손에 잠이 확 달아났다. 침대 위에 걸터앉은 성준의 손이 유하의 잠옷 상의 안으로 들어가 나올 줄을 몰랐다. 유하는 자꾸 이상한 소리가 나오는 입술을 깨물었다. 그녀의 도톰하게 부어오른 입술이 투명한 체리맛 사탕 같았다. 곧 성준의 손에 그녀가 입은 옷이 전부 벗겨졌다.

"이렇게 겁이 없는 줄 몰랐네."

"건물 산 거 비밀이었는데……."

술기운에 정신이 없어서 유하는 자기가 무슨 말을 하는지도 잘 몰랐다. 그렇게 정신이 없는데도 성준에게서 스킨 냄새를 느꼈다. 그가 유하의 오른쪽 발목을 잡았다. 그녀의 다리를 들

고 허벅지 안쪽을 혀로 핥았다가, 이로 살짝 물자 피부가 붉어
졌다.

"아! 왜 깨물어요!"

"혼내는 거야."

"너무해…….."

그가 안 하던 짓을 하니 유하가 발끈했다. 깨무는 부위가 점
점 올라오자 그녀는 자꾸 뒤로 물러났다. 그러자 성준이 그녀
를 확 자기 아래로 잡아끌었다.

"왜 도망가."

"자꾸…… 깨무니까."

완전히 제 아래 눕혀져서 투정하는 유하를 보니 미치도록
군침이 돌았다. 눈물에 속눈썹까지 젖어 있고 반쯤 열린 입술
에서 더운 숨이 내쉬어졌다.

성준의 손이 유하의 허벅지 뒤를 쓰다듬고 엉덩이를 감싸
쥐자 그녀가 입을 꼭 다물어 버렸다. 평소 같으면 부끄러워 눈
을 감았을 텐데 오늘따라 가만히 성준을 보았다. 신기하다는
듯이.

그 눈빛이 성준을 돌게 만들었다. 오늘은 유하의 반응이 재
미있어 한참 데리고 놀려고 했더니, 젖은 눈으로 남자를 돌아
버리게 만들고 있다.

엉덩이를 놓은 손이 날씬한 배 위를 쓰다듬고 딱 쥐기 좋은
가슴까지 도착했다. 그의 커다란 손이 다시 가슴을 쥐더니 이
번에는 마사지하듯 주물렀다. 유하는 그게 좋은지 싫은지 알
수 없는 표정을 짓고 있었다. 그러더니 피하기는커녕 성준의

팔을 꼭 쥐었다. 더 만져 달라는 듯이.

이러다 정말 허리 아래가 끊어질 것 같았다. 결국 성준이 유하를 가지고 장난치기를 포기하고 콘돔을 찾아 꺼냈다. 그러자 유하가 그의 팔을 붙잡았다.

"오늘은 안 하면…… 안 돼요?"

술로 인해 용감해진 김에 물었다. 항상 생각만 했지 이 말을 입 밖으로 낸 적은 별로 없었다. 그러나 그는 오늘도 늘 그렇듯, 못 들은 척 행동을 이어 갔다. 그 순간 유하의 얼굴을 스친 표정에 성준이 멈칫했다. 불안할 정도로, 그녀가 실망스러워했다.

하긴 그녀는 아이를 원했지. 이 표정의 의미를 모르는 것은 아니었다. 다만 그녀의 뜻을 들어줄 수 없는 것뿐이다.

그는 생각을 지우기 위해 그녀의 골반을 꽉 잡아당겼다. 술기운에 더욱 뜨거웠고, 조였다. 평소와 너무나 달랐다.

"흐읏!"

유하가 고개를 젖혔다. 그녀의 숨이 거칠어지고 허리가 유연하게 휘었다. 달아오른 유하의 발끝이 바르르 떨렸다.

성준은 결혼 전에 여자를 꽤 많이 만났다고 생각했다. 그런데 오늘부로 그 모든 생각들이 사라졌다. 이런 경험은 처음이었다. 안고 있는 여자가 그를 미치게 했던 경험. 이대로 정신을 잃을 수도 있을 것 같았다. 정신을 차려 보면 유하를 물어뜯어 놓고 말 것 같았다.

웨이트 트레이닝으로 다져진 그의 등 근육에 바짝 힘이 들어갔다. 안에서 거대한 것이 이성을 잃고 움직이자 취한 중에도 고통스러워 유하가 애원조로 말했다.

"성준 씨, 천천히……."

그렇게 말하는 그녀의 얼굴이 야해서 성준의 안에 있던 가
학적인 부분들을 건드렸다.

'외출'이라는 단어가 아주 사람을 미치게 하더니. 취한 그녀
는 한바탕 더 성준을 미치게 하고 있었다.

다음 날 정오에서야 눈을 뜬 유하는 말 그대로 죽기 직전이
었다. 어째서인지 제 몸이 부부 침실 침대에 있었지만 여기까
지 오게 된 과정을 기억하고 싶지도 않았다. 숙취와 근육통 때
문에 엎드린 상태로 몸도 못 뒤집겠다.

"다신 술 마시나 봐라……."

유하가 베개에 얼굴을 파묻으며 중얼거렸다. 사람을 이 모
양으로 만들어 놓고 남편은 잘도 출근을 했다. 그래 놓고 한다
는 소리가 '배웅 안 나와도 돼'였다. 안 나가는 게 아니라 못 나
가는 건데. 피임을 안 했으면 아주 다둥이를 낳았겠다.

유하가 속으로 생각하며 두들겨 맞은 것 같은 몸을 일으켰다.

겨우 준비를 마치고 서촌으로 가기 위해 차로 향하는데 유
하가 비틀거렸다. 당황한 찬후가 그녀의 팔을 붙잡았다.

"괜찮으십니까?"

"아…… 숙취가……."

남편이 자신을 이 모양으로 만들어 놨다고는 말할 수 없어
서 숙취 탓을 했다. 어쨌든 숙취도 심하긴 심하니까. 찬후가

걱정스러워하며 물었다.

"약 사다 드릴까요?"

"약 먹으면 좀 나아요?"

"당장은 아니어도 훨씬 빨리 가라앉을 겁니다."

그러더니 그녀가 차에 잠깐 앉아 있는 사이 달려가 숙취 해소를 위한 약을 사 왔다. 성준이 해 준 배려라고는 고작 배웅 안 나와도 된다는 말이었는데…… 남편이 찬후 반만 다정했으면…… 하긴 그럼 이혼할 마음을 안 먹었겠구나.

약을 먹은 후 차가 출발하자 유하가 창가에 머리를 기댔다. 느리게 출발하는 차 옆으로 어린아이들이 웃으며 지나갔다. 유하가 고개를 들어 스쳐 가는 아이들을 보이지 않을 때까지 바라보았다.

찬후는 백미러로 그 모습을 바라보았다. 보통은 아무 표정도 짓고 있지 않는 그녀였지만 어린아이들을 볼 때의 눈빛은 사뭇 달랐다.

결혼하고 얼마 뒤에는 희망적이었다. 그러다가 1년이 지나고부터는 유하가 아이들을 보는 눈빛에 초조함이 어리기 시작했다. 얻을 수 없는 것에 대한 슬픔이 짙어지더니 3년이 가까운 지금에는 체념에 가까운 눈빛이 되었다.

유하가 고개를 떨궜다. 이제는 한숨도 나오지 않는 듯했다. 찬후가 일부러 밝은 목소리로 물었다.

"바로 서촌으로 갈까요?"

그의 질문에 유하가 백미러를 보며 고개를 기울였다. 무슨 의미냐는 표시였다. 찬후가 하하 웃고 말을 이었다.

"한강에 잠깐 들러도 되고요."

"한강이요?"

"숙취 있으시잖아요. 강바람 좀 쐬고 가셔도 좋을 것 같아요."

"아……."

도를 넘는 참견이었나 싶어 찬후가 괜히 쫄아 있는데 유하가 그를 따라서 생긋 웃었다.

"한 번도 그런 생각을 못 했어요."

"네?"

"답답할 때 한강 한번 가 볼걸. 그렇게 멀지도 않죠?"

"멀지는 않습니다."

혜화동에서 출발한 차가 경복궁을 끼고 천천히 서촌 방향으로 돌았다. 유하가 말했다.

"다음에 혼자서 가 볼게요."

"혼자서는……."

"나이 서른에 한강도 혼자 못 가다니 말이 안 되잖아요."

성준의 말이 맞을지도 모르겠다고 생각했다. 죽은 나무다. 한 자리에서 움직일 생각조차 못 하고 의미 없는 뿌리를 박고 있던 나무.

3년 동안 정말 성준 하나만 보고 살았다. 처음에는 곧 친해지겠지. 사랑하게 되겠지. 안일하게 생각하다가, 톡톡 튀는 미인들을 만나며 살아왔던 성준의 눈에 자신이 미치지 못하리라 서서히 생각하게 되었다. 그의 무심함이 3년이 지나도 변하지 않았으니까.

차에는 다시 침묵이 흘렀다. 그러다 서촌에 다다를 무렵 찬후가 말했다.

"사모님."

"네."

"자주 웃으세요."

그가 말하자 유하가 살짝 몸을 앞으로 숙여 물었다.

"찬후 씨도 저랑 친구 할래요?"

"사모님은 친구 두 번만 더 만들었다간 숙취로 못 일어나실 겁니다."

"어제는…… 너무 신나서 그랬어요."

유하가 다시 바로 앉으며 말했다.

어제 나리가 자주 간다는 작은 술집에 들어가 둘이 술을 마셨다. 유하는 태어나서 처음으로 테킬라 샷을 한입에 털어 넣어 보았다. 그 후에는 모든 경계가 풀려서 계속 웃었던 것 같다. 집으로 돌아오는 길에 본 달이 참 예뻤다. 내가 이렇게도 살 수 있었구나. 그런 생각을 했다.

남편만 집에 안 왔으면 완벽한 하루였는데.

성준을 탓하려던 유하가 확 달아오르는 얼굴을 두 손으로 감쌌다. 어제의 성준은 너무도 이상했다.

지금까지 그가 알려 주었던 섹스는 뭐였을까 싶을 정도로, 유하를 울리고야 말겠다는 듯한 뜨거움이었다. 어딘가 초조해 보였고, 그 초조함을 감추려 그녀를 더욱 움켜쥐었다.

평소에 하듯 냉정한 얼굴로 유하를 안아 성욕만 풀고 잠드는 게 아니라, 그녀가 괴로워할 때까지 느끼도록 만들었다.

유하는 전날 일을 생각하자 너무 부끄러워 한숨을 쉬었다.

자신이 이렇게 남자 손에 예민하게 반응하는지 몰랐다. 마음을 정리하려는 마당에 이렇게 화끈거리면 안 된다고 생각해 마음을 가라앉혔다.

서촌 건물에 들어서니 전날 술 먹은 사람이라곤 믿을 수 없을 정도로 팔팔한 나리가 유하를 반겼다.

"유하 왔어?"

"아, 언니."

"컨디션 괜찮아? 와, 너 진짜 술 못 마시더라."

나리의 걱정과 놀림을 들으며 유하가 걸음을 옮겼다. 둘은 어제 술을 마시면서 서로 말을 놓기로 했다. 나이 차도 겨우 세 살밖에 나지 않았다. 이것저것 경험이 많은 나리는 말하기를 좋아했고, 유하는 감탄 하며 듣기를 좋아했으니 둘이 꽤나 잘 맞았다.

유하가 그녀의 옆에 서며 말했다.

"나도 내가 그렇게 술을 못 마시는 줄 몰랐어."

"계속 마시면 늘어."

태연하게 말하는 나리의 눈이 반짝거렸다. 술을 마시고 들어가서도 밤새도록 친환경 페인트 회사인 벤자민 무어에서 색깔을 골랐다. 유하가 걱정스럽게 말했다.

"피곤하겠다, 아침부터."

"피곤하긴. 이런 기회가 어디 있어?"

"무슨 기회?"

"남의 지갑으로 자아실현 할 기회."

그녀의 장난 가득한 대답에 유하는 어처구니가 없어 웃었다. 저렇게 일이 좋을까 싶다. 누구처럼.

나리가 유하를 데리고 2층으로 향했다. 그녀가 벽을 세우기로 했던 위치에 서서 자기 손으로 T자를 만들어 보였다.

"이런 식으로 벽을 세우기로 했잖아."

첫날 본 합판 벽을 떠올린 유하가 민망한 표정으로 고개를 끄덕였다.

"응."

"그런데 이쪽으로 와 봐."

나리가 유하의 두 팔을 붙잡아 창밖을 보게 했다. 그쪽 창문으로 곧 저물 해가 천천히 육지를 향해 내려오고 있었다. 유하가 감탄했다.

"와……."

"여기서 보면 노을이 진짜 죽여줄 거야. 근데 벽을 세우면 반대쪽 손님들은 이 풍경을 볼 수가 없잖아. 아깝지?"

"아까워."

"물론 벽을 세우면 프라이버시에는 좋겠지만."

유하가 잠시 고민했다. 유하의 의견을 바탕으로 그려지고 있던 설계도에는 사생활 보호를 목적으로 만든 공간이 많았다. 제 공간에 누가 난입하는 걸 끔찍하게 여기는 성준의 성향이 옳았던 모양이다. 그 벽을 허무는 것이 유하에게 꽝장히 어색하게 느껴졌다. 마치 제 성격에 밴 성준을 잘라 내는 것 같아서.

그녀가 몸을 돌려 이번엔 반대쪽을 보았다. 앞에 있는 정원을 보니, 저기 목련 나무를 심으면 딱 좋겠다는 생각이 들었다.

유하가 다시 창밖을 보았다. 그리고 그녀가 대답했다.

"벽을…… 아예 세우지 말자. 언니."

"진심?"

"응. 사람들이 이렇게 넓은 카페를 오는 목적은 편안하고 분위기 좋은 곳에 앉아 있고 싶기 때문이잖아. 벽은 직원이 있는 쪽만 가려지게 세우면 될 것 같아."

그렇게 말한 유하가 반대쪽 창문으로 걸어가 앞마당을 가리키며 말했다.

"저기에 우리 집에 있는 목련 나무를 심으려고. 엄청 큰 나무거든."

"아, 좋다. 맘에 드네. 딱 이 카페를 생각할 때 떠오르겠다. 목련 나무."

"응, 그랬으면 좋겠어."

이제 나는 달라질 거니까. 더 이상 아무것도 하지 못하는 고목은 되지 않을 거라서. 그리고 언젠가는 내 아이가 목련 나무 아래에서 웃으며 뛰어놀게 하고 싶으니까.

변할 것이라고, 변하고야 말 것이라고 유하는 생각했다.

성준은 하루 종일 일이 손에 잡히지 않았다. 유하가 그렇게 다양한 표정을 짓는 줄 몰랐다.

이제 다시는 술을 못 먹게 해야겠다고 결심했다. 그런 표정의 여자를 두고 제정신으로 있을 남자는 없을 테니.

3년 동안 그녀는 변한 적이 없었다. 처음 만난 날부터 늘.

조금 더 말수가 줄어든 것 외에는 언제나 그대로였다. 외출도 그다지 즐기지 않았고 책을 읽는 것 외에 특별히 하고 싶어 하는 것도 없어 보였다. 그래서 성준은 그녀에게 크게 신경을 써 본 적이 없었다. 아내는 당연히 제집에 있는 물건 같은 것이었고 그의 집 방범은 완벽했으니까.

그런데 갑자기 카페를 시작한 것은 왜일까. 아무리 세상 물정 모르는 여자라도 취미치고는 거했다. 너무 큰 변화였다.

회의가 끝나고 빈 회의실에 성준과 마케팅부장 정해연만 남았다. 성준은 굳은 얼굴로 테이블에 기대서 팔짱을 끼고 서 있었고, 해연은 스크린과 연결된 태블릿으로 타사의 15초 광고를 틀었다.

광고 초반에는 로봇이, 그다음에는 요즘 핫한 모델 출신의 남자 배우가 커피를 내리는 장면이 나왔다. 스무 살을 갓 넘은 남자가 테이블에 앉아 눈웃음 지으며 묻는다.

–커피 어때요? 제가 만들어 주니까 다르죠?

그들의 라이벌인 C커피의 광고가 끝나자 해연이 성준에게 말했다.

"완전 우리 커피 저격했죠?"

"응, 저격한 거 맞네요."

로봇이 만든 커피라. 우리 브랜드가 그따위 이미지라니. 생각하던 그가 뒤늦게 깨달았는지 말했다.

"근데 저거…… 나 아니야?"

성준이 한쪽 눈썹이 휘어지게 표정을 찌푸렸다. 그의 말에 평소 호탕하던 해연이 당황하며 말했다.

"아뇨! 전혀요! 내 눈엔 우리 대표님은 하나도 로봇 같지 않으신데."

로봇.

너무 이성준이라서 이성준이 광고에 나온 줄 알았다. 직원들도 왜 우리 대표님이 경쟁사 광고에 나오느냐고 농담하는 중이었다.

성준은 뭐 하나 흐트러지는 것을 극도로 싫어했다. 지나칠 정도로 깨끗하고 하얀 벽, 까만색 바탕에 은색으로 이름이 적힌 로고. 최고급 기계에 정확한 레시피로 뽑아낸 커피와 철저히 매뉴얼을 교육받은 직원.

그것을 유지하기 위해 쉬지 않고 매장을 방문했기 때문에 직원들은 평소에도 긴장 상태였고, 직원들의 경험담 중에는 성준이 웃거나, 칭찬해 주거나 하다못해 언성을 높였다는 얘기도 없었다. 그저 무표정하게 평소와 같은지를 확인하더라는 이야기뿐.

그러니 저 광고 속 삑삑거리며 커피를 뽑아내는 로봇은 이성준이 맞다. 100퍼센트다. 다만 절대 갑에게 그런 말을 할 수 없을 뿐이지. 급하게 둘러댄 해연이 성준의 눈치를 살폈다.

성준은 저게 자신을 비하한 것이라 해도 상관없었지만, 꾸준히 떨어지는 매출을 떠올리니 목이 탔다. 그가 차가운 자사 커피를 들이켜는데 해연이 슬쩍 콘티를 들이밀며 말했다.

"거 봐요, 대표님. 디렉터가 대표님을 모델로 쓴다고 할 때

하시지. 저까짓 배우는 대표님이 얼굴로 이긴다니까요."

이번에 계약한 유명 광고 디렉터는 문을 열고 성준의 얼굴을 보자마자, 지나치게 경직된 A식품 브랜드에 젊은 이미지를 주기 위해 그를 모델로 써야 한다고 주장했다.

성준이 무덤덤하게 대답했다.

"빈말은 됐습니다. 이것보다 더 얼굴 팔리기도 싫고."

"콘티만 한번 읽어 보시면 안 될까요?"

"애초에 매출에 도움이 되면 모르지만, 그런 의미 없는 짓은 안 합니다."

네 얼굴이면 매출에 도움이 될 거다, 인마…….

속으로 삐죽거리는 해연의 마음도 모르고 성준이 말을 이었다.

"뭐든 좋으니까 다 시도해 봅시다. 정해연 부장님."

자기가 모델이 되는 것만 쏙 빼놓고 '뭐든' 해 보잔다. 갑 오브 갑이 그러자는데 을이 무슨 힘이 있나. 해연이 한숨을 푹 쉬었다. 저 숨 쉬듯이 야근하는 걸 당연히 여기는 대표 때문에 당분간 집 들어가긴 틀렸다.

성준은 하루 종일 영 업무 효율이 나지 않았다. 결국 모처럼 세 시 즈음 회사를 나섰다.

그는 성북동 토박이로 친가 대부분이 그 근처에 살았다. 유하와 결혼한 이후에는 혜화동의 주택에서 살고 있었는데, 친조부가 사는 곳과 가까웠다.

요즘 친조부가 성준을 보고 싶다고 성화셨다. 친조부만 성화이면 모른 척할 텐데, 중간에서 중계하는 부모가 난리였다.

거듭된 사업 실패로 성칠의 눈 밖에 났던 성준의 아버지가 되찾은 돈줄이 둘째 아들 성준이었다. 성준은 친조부인 성칠이 유난히 예뻐하는 손자였다. 모든 권력은 친조부에게서 나왔고, 무능력한 성준의 부모는 성준을 친조부의 입맛에 맞추어 키우는 것으로 재정을 유지해 왔다.

아들이 공부가 싫어 도망치려고 할 때마다 문을 잠가 놓을 정도로 지독한 교육 방식이었다. 성준에게는 하루 종일 가정교사가 붙어 있었고 부모는 언제나 네가 우리의 희망이라 징징거렸다.

성준은 일찍 퇴근한 김에 잠시 친조부 댁에 들렀다. 둘은 술도 야구도 좋아해 서로 잘 맞았다.

생각해 보면 사실, 자신이 술과 야구를 좋아하는 것이 과연 제 의지였을까 싶다. 그것마저 성칠의 입맛에 맞게 양육된 것은 아닌가. 혹독하게 교육시키던 부모. 성준의 옆에는 언제나 가정교사가 붙어 있었다. 그에게는 아이로 살아 본 시간이 없었고, 그의 부모는 성준에게 그리 소중한 존재가 아니었다.

뭐, 이제 와서 무슨 상관이겠냐만은.

친조부의 집에도 봄기운이 스미기 시작했다. 나무에 봄꽃이 움트려고 망울져 있었다. 넓은 창으로 수려한 풍광이 보였다. 친조부 성칠이 테이블에 모처럼 손자와 마주 앉아 술잔을 기울이며 물었다.

"요즘 사업이 안 좋다며."

"회복할 겁니다."

성칠은 여든 넘은 노인이면서 막걸리가 담긴 주전자 두 개는 너끈히 비웠다. 다른 건 무조건 제일 좋은 것만 쓰는데 술만큼은 막걸리, 소주를 좋아했다. 젊은 시절, 어른들 사이에서 일하며 배운 술이 제일 입에 맞아서 그렇다고 했다.

막걸리를 벌컥벌컥 들이켜고 난 성칠이 물었다.

"해외는?"

"한국보다 매출이 낫습니다."

"뭔 놈의 커피 장사냐, 너는."

성칠은 자기도 잘 모르는 식품 사업을 손자에게 맡겼다. 젊은 사람들 입맛은 젊은 사람이 더 잘 알겠지 싶어서였다. 경영 위기기는 해도 서른도 안 된 녀석을 주기엔 너무 큰 회사였다. 그래도 예뻐하는 놈이라 믿고 맡겼더니, 고작 프랜차이즈 카페 사업에 올인 하고 있는 게 영 마땅치 않았다.

그러나 여전히 말은 이렇게 못마땅한 듯이 해도, 그 '고작 커피 사업'이 탄탄한 무역 회사를 전부 나눠 먹은 손위 형제들이 견제할 정도로 커졌다는 건 인정했다. 솔직히 뒤로는 웃음이 나올 정도로 기특했다.

A식품을 맡기자마자 성준은 자질구레하게 수익을 내거나, 혹은 못 내던 냉동식품 파트와 레스토랑을 깡그리 정리했다. 그리고 커피 전문점 하나만 남겼다. 그 하나 남아 있던 커피 전문점은 유명무실하던 A식품에 단숨에 빌딩을 안겨 주었다.

성준은 성칠의 젊은 시절을 쏙 빼닮았다. 오로지 이익으로 모든 것을 판단하고, 가정에 소홀했다.

노인이 인생을 돌아보았을 때, 남자로서는 만족했지만 남편이나 아버지로서는 실격이었다. 그는 손자가 자신과 다름없는 삶을 살고 있음을 알고 있었다.

성칠이 성준의 잔을 채워 주며 말했다.

"안 풀릴 땐 정공으로 가라. 어느 손님이든 바짓가랑이 붙잡고 매달리면 안쓰러워서 사 주게 돼 있어. 한 번 잡아서 안 사 주면 두 번 잡아. 두 번 잡아도 안 사 주면 세 번 잡고. 욕을 처먹어도 끝까지 붙들고 늘어져. 왜 안 사 주는지 이유라도 알고 나 드려라. 그게 세일즈맨이야."

"예, 압니다."

성준이 다섯 살일 때도 하시던 말이니 모를 리가 없다. 돌이켜 보니 결국 자존심 다 버리고 두 번, 세 번 잡았던 것이 성공 전략이더란 말. 그가 미소 짓자 그 얼굴을 유심히 보던 성칠이 말했다.

"근데 너 나 닮은 거 맞지?"

"항상 닮았다고 하셨잖아요."

"내가 이렇게 잘생겼나……."

노인의 짓궂은 말에 성준이 고개를 돌리고 웃는다. 예뻐하는 손자가 웃으니 성칠도 낄낄 웃었다.

"집에 가서도 그렇게 좀 웃어라. 농담도 하고."

손자는 좀 덜 삭막하게 살았으면 좋겠다고 생각했다. 성칠은 제가 나이가 들긴 들었나 보다 싶었다.

성준은 무엇을 생각하는지 잠시 대답이 없었다. 그러다 곧 고개를 끄덕이며 대답했다.

"예, 그럴게요."

성칠과 이런저런 상담 겸 근황 이야기를 나눈 뒤, 성준은 술도 깰 겸 느린 걸음으로 혜화동의 집까지 걸어 내려왔다.

집에 들어갔는데 유하가 없었다. 이미 아홉 시라 해가 졌다. 그가 1층 거실 소파에 털썩 앉았다.

어쩌면 별것 아닐 수도 있다. 자신이 지나치게 예민한 건지도 모르겠다고 생각했다.

머리 좀 자를 수도 있지. 외출 좀 할 수 있지. 이제 서른인 여자가 아홉 시 넘어서 들어오는 게 이상한 일도 아니고, 카페는…… 3년쯤 아이도 없이 집에 있다 보니 심심해서 찾아낸 취미일 거다. 하필 커피인 이유는 가장 가까이에서 많이 봐 와 익숙하니까.

성준은 유하의 변화에 하나하나 이유를 붙이고 있었다. 그러지 않으면 불안해서 견딜 수가 없었으니까. 그가 정서적으로 안정을 찾을 수 있는 유일한 공간이 무너지는 기분이었다.

성준은 본인이야말로 안 하던 짓을 계속하고 있었다. 어젯밤에도 술기운에 힘들어하는 유하를 안았다. 안고서도 불안해서 그녀의 팔에 멍이 들 정도로 꽉 움켜쥐었다. 오늘은 여간해선 걷지 않던 그가 친조부 집에서 술을 마시고 가깝지도 않은 길을 터덜터덜 걸었다. 머리가 복잡해서 그냥 걷고 싶었다.

빨리 유하가 돌아왔으면, 그래서 이 불안을 잠재워 줬으면 좋겠다고 생각했다. 그래 봤자 약해지거나, 실패하는 것이 허락되지 않았던 그는 이 불안을 표현하지도 못할 테지만.

성준이 소파에 파묻히듯 앉아 있는데 유하가 들어섰다.

늘 집에만 있던 여자가 돌아다니려니 피곤했나 보다. 유하는 겉옷을 벗으며 바로 부부 침실로 향했다. 그러다 멈춰서 어느새 현관에 서 있는 성준을 보았다.

그리고 믿기지 않는지 시계를 확인했다. 그녀가 물었다.

"무슨 일이에요?"

성준의 미간이 좁혀졌다. 집에 들어와선 성준을 귀신 보듯하더니 시계를 확인하고 처음 하는 질문이 '무슨 일이냐'라.

"내 집에 이유가 있어서 와?"

그가 되물었다. 무슨 일이냐는 질문이 성준을 더욱 불안하게 했다.

그녀는 항상 성준을 기다리고 있었다. 그가 모처럼 일찍 귀가하는 날이면 그 무덤덤하던 표정에 기쁨을 숨기지 못했다. 그랬는데…… 너는 그런 여자여야 하는데 왜.

요즘 들어 왜 그렇게, 더 늦게 오지 그랬냐는 듯한 표정을 할까.

그의 사나운 시선에 유하가 멈칫했다. 아직도 남편에게 익숙해지지 않는다. 그녀가 벗은 겉옷을 방패처럼 꽉 끌어안았다.

"당신은 이유가 없으면 집에 안 오잖아요."

"내가 집에 오는 이유가 뭔데."

애인 비위 맞추기는 귀찮지만 섹스를 하고 싶을 때. 그때라고 유하는 생각했다.

"내가 필요해서요."

"무슨 의미야."

그녀는 이제 자신에게서 성준을 잘라 낼 생각이었다. 그래

62

서인지 그에게 하고 싶은 말을 쉽게 털어놓게 되었다.

"죽은 나무라도…… 안고 자고 싶을 때."

성준은 그녀가 '죽은 나무'라는 말에 상처받았음을 그제야 알았다.

그는 어디에서나, 누구에게나 갑이었다. 심지어 그의 부모에게조차 그랬다. 말을 조심해 본 적이 없었기에 생각나는 대로 툭툭 내뱉곤 했다. 상대가 받을 상처 같은 건 생각해 본 적 없었다.

그래서 무심코 아내에게도 머릿속에 있던 생각을 말했다.

"내가 그렇게 말한 건……."

"알아요. 재미없죠. 뻣뻣하고."

유하가 성준에게 가까이 섰다. 키 차이가 너무 심한지라 그녀는 성준과 눈 마주치기를 포기하고 그의 넥타이를 보며 말했다.

"아이가 가지고 싶어요, 성준 씨."

그의 차가움에서, 이 넓은 집의 차가움에서 벗어날 수 있는 방법은 그것뿐이니까. 유하는 그렇게 말하는 자신이 미련스러웠다. 참 포기를 모른다. 한 번 더 이렇게 애원하게 된다. 나와 계속 가족으로 있어 달라는 말을.

그런 유하의 간절함이 무색하게 성준이 대답했다.

"안 돼."

"……."

"들어가자."

그가 돌아서 부부 침실로 향했다. 성준의 등이 야속했다.

결국 그의 입에서 안 된다는 말을 듣고야 말았다. 유하가 입

63

술을 깨물었다.

"그럼 이혼해요."

그녀가 간신히 말했다. 그러자 성준이 멈춰 서서 유하를 돌아보았다. 그녀는 바닥을 보고 있어서 보지 못했지만 그 순간, 성준은 방금 사람이라도 죽인 것 같은 표정을 하고 있었다. 그것을 보지 못한 유하가 말을 이었다.

"나는 아이 없이는 안 돼요. 있어야만 해요."

"……."

"한 명이라도 좋아요. 당신이 전혀 신경 안 쓰이도록 할게요. 제가 혼자 키울게요."

"……."

"그게 안 되면…… 이혼해요."

그녀의 말을 듣고 있던 성준이 유하에게 다가갔다. 그는 지금 자신이 가진 모든 인내를 꺼내 본능을 억누르고 있었다.

지금 기분대로 하자면 당장 눈앞에 이 가냘프기 짝이 없는 여자를 방으로 데려가서 꼼짝도 하지 못하도록 손목을 묶고, 눈을 가리고 그녀가 혼자 무언가 행동하기를 포기할 때까지 가둬 두고 싶었다. 자신이 없으면 숨조차 멋대로 쉬지 못하게 만들고 싶었다.

차라리 바람을 피웠다는 말이 나았다. 자신을 떠나겠다는 말보다는.

그는 이 모든 것을 참았다. 태어나서 이토록 거센 분노를 견뎌 본 것은 처음이었다. 오로지 이 여자 하나를 위해 성준은 참아 보기로 했다. 덕분에 목소리만은 이를 악물어, 감정을 짓

씹듯이 흘러나왔다.

"할 수 있으면 해 봐."

"……."

"난 안 해 줄 거니까."

달래는 것을 할 줄 모르는 남자의 완고한 대답에 유하의 가슴이 답답해졌다. 왜? 어째서…….

그가 쉽게 대답할지 모른다고 생각했다. 마음의 준비까지 했다. 만약 그가 '그러자.'라고 쉽게 말해 버리면 분명 가슴이 아플 테니까.

아쉬운 표정 짓지 말자. 내가 그를 소중히 여겼다는 것을, 그토록 쉽게 대답하는 남편에게 들키지 말아야지. 그렇게 결심했었다.

저렇게 쉽게 '안 된다'고 말하리라고는 상상도 하지 못했다.

성준이 혼자 침실로 향했다. 자신이 유하에게 무슨 짓을 저지를 것 같아 걸음을 빠르게 옮기는데 유하가 그의 팔을 붙잡았다. 그리고 원망을 견디지 못해 그를 붙잡고 소리치기 시작했다.

"왜? 도대체 왜요? 나와의 아이가 싫은 거라면 다른 사람과 만나면 되잖아요!"

"그게 무슨 말이야."

"당신 어머니가! 다른 여자 배에서 나온 아이라도 데려오라잖아요!"

성준의 표정이 굳었다. 평생 자신의 성장에 간섭하던 부모가 이제는 결혼 후의 생활까지 간섭하려 든다. 그것도 아내에게 저딴 말을 지껄이며.

"너는 그딴 말을 듣고 가만히 있었어?"

"아뇨, 싫다고 했어요. 싫어요. 나는 내 아이를 낳고 싶단 말이에요!"

"나는 너와도, 다른 여자와도 아이를 낳을 생각이 없어."

제대로 대화를 해 본 적도 없는 부부였다. 그리고 평생 싸움을 해 본 적 없던 유하는 성준의 냉정함에 숨이 막혔다. 이 젊은 사업가에게는 유하가 애초부터 싸움의 대상조차 되지 않는 것 같아서.

자신은 이렇게 모든 감정을 내뱉는데, 그는 마치 거대한 공장처럼 평소와 같았다. 유하가 감정에 사무쳐 아무 말도 못 하자 성준이 다시 입을 열었다.

"너도 알듯이 이건 우리 이전에 두 사업체 간의 결혼이야."

"……."

"너 혼자 마음에 안 든다고 이혼할 수 있는 게 아니야. 우리의 결혼은. 그렇게 감정적인 게 아니니까."

그걸 알고 있었으니까. 보통 사람들의 이혼보다도 훨씬 더 얽힌 것이 많은 결별임을 알고 있었으니까 3년이나 참았다.

유하는 지금, 무표정으로 자신을 보는 성준이 너무도 미웠다.

사랑해서 한 결혼은 아니었지만, 3년을 부부로 살았다. 유하가 지금 남편에게 가지고 있는 감정은 저토록 담담한 것이 아니었다.

알고 있었다. 그가 자신에게 애틋한 감정을 가지고 있을 리 없다는 걸. 그런데도 정작 '감정적인 게 아니니까'라는 말을 들으니 짐승의 발톱이 가슴을 할퀴는 것처럼 아팠다.

유하는 그가 대화할 마음이 없다는 걸 알고 결국 성준을 놓았다. 성준이 붙잡으려다 눈물이 흐르는 그녀의 얼굴에 멈칫해 놓치고 말았다. 그녀가 울며 서재로 달려갔다.

그녀가 서재 안으로 들어간 뒤에 한동안 성준은 제자리에 서 있었다. 그는 늘 한 방향으로만 걸었다. 모든 사람은 그의 아래에 있었다. 애초에 누가 감히 자신에게 화를 낸 적이 거의 없었다. 아내도 당연히 그렇다고 생각했다.

유하는 며칠간 곱씹어 익숙해졌던 이혼이라는 단어가 성준에게는 눈앞이 캄캄하도록 낯설었다.

그의 머릿속에서 이 결혼은 두 사람의 만남보다 두 기업의 만남이라는 의미가 더 컸다. 그래서 저런 감정적인 이유로 이혼이라는 말이 나올 거라고는 상상도 하지 못했다. 그래서 지금 그는 자신이 무엇을 해야 하는지 알 수가 없었다. 뭐가 문제였는지, 왜 그녀가 화가 났는지, 어떻게 자신을 떠나겠다는 마음을 먹을 수가 있는지 이해가 가지 않았다.

그냥, 지금 그는 아무것도 알 수가 없었다.

서재

서재로 들어온 유하는 침대에 웅크리고 앉아 한참을 울었다. 아이를 가지는 것도 싫다, 이혼도 안 한다. 도대체 어떻게 해야 할지 막막했다.

왜일까. 왜 이혼을 하지 않겠다는 걸까? 그러면서 아이는 왜 싫다는 건지.

시부모님은 3년이 지나자 슬슬 유하를 내치고 싶어 했다. 손주는 있어야 하는데 며느리가 살가운 구석이 없었던 것이다. 저런 여자에게 아들이 넘어갈 일은 절대로 없으리리 판단했다.

그러느니 차라리 그간 성준에게 호감을 보인 연예인들을 데리고 들어오는 것이 나을지도 모르겠다고 생각한 듯했다. 유하를 만나기 전까진 그런 여자들은 '배경이 미천하다'며 싫어했지만, 손주를 보지 못하는 것보다는 나았던 것이다. 다른 여자의 아이라도 데려오라는 건 아마 그들을 말하는 것이겠지.

특히 성준의 전 여자 친구인 여배우 강세영. 신인 때부터 A식품의 전속 모델이던 그녀와는 결혼 이후에도 한 번 스캔들이 났었다. 성준이 그녀와 헤어진 지 오래라고 칼같이 끊어 냈음에도 지라시가 돌았다.

그럴 수밖에 없었다. 왜냐하면 아직도, 결혼한 지 3년이 지난 지금까지도 성준의 회사 전속 모델은 강세영이니까. 세영에 대하여 물어본 적은 없었다. 진실을 알고 싶지 않았다.

혹시 아직 그녀와 만나고 있는 걸까? 그래서 자신과의 아이는 가지고 싶지 않은 건가. 그렇다면 이혼을 해 주지 않는 이유는 또 뭐란 말인가. 서재에서 우는 유하의 머릿속에는 온갖 고통스러운 가정들이 샘솟았다. 머리가 아프도록 울고 지쳐서 침대에 쓰러져 누워 있을 때, 문 열리는 소리가 들렸다. 유하가 고개를 들어 문 쪽을 보았다.

침실로 간 줄 알았던 성준이 서재로 들어오고 있었다. 문을 잠갔어야 하는데, 너무 머리가 복잡해 잊고 말았다. 성준이 유하가 앉아 있는 침대에 걸터앉았다.

그리고 한동안 말이 없었다. 그가 서늘한 기운을 풍기며 옆에 앉아 있으니 유하도 더는 약해 보이고 싶지 않아 애써 울음을 그쳤다.

그녀의 울음소리가 잦아들자 성준이 말했다.

"서재에 자주 오네."

"……왜 왔어요?"

"여기가 우리 방보다 편해?"

성준이 비스듬히 고개를 기울이고 물었다. 달빛을 정면으로 받고 있는 그를 보니 이 와중에도 아름답다는 생각이 들었다. 바른 콧대가 얼굴 균형을 완벽하게 잡고 있었다.

울고 있는 아내에게 물어보는 것이 고작 서재가 부부의 침실보다 편하냐는 질문이다.

그런데 안방이나 침실이 아니라, 우리 방.

조금 이상한 단어 선택이라고 생각했다. 그와 어울리지 않는다.

그는 여전히 단추 하나 풀지 않은 슈트 차림이었다. 서재에 들어와 꽤 오래 운 것 같은데, 그도 옷을 갈아입을 정신이 없었던 모양이다.

그것도 조금 의외였다. 그는 냉정한 사람이라 빠르게 결론을 내리고 내일을 위해 잠들었을 거라 생각했는데.

"여기가 더 편해요."

이전까지는 그와 관계가 좋아져서 아이를 낳고, 그렇게 가족이 되는 꿈을 꾸었다. 그러나 이제는 그게 안 된다는 것을 알았다. 그 사실이 유하를 단호하게 만들었다.

그녀의 대답에 성준은 고개를 한 번 끄덕였다. 그리고 자리에서 일어섰다.

"내일부터 출장이야. 일주일."

"……네."

달래 주지도 않고. 그것만 알려 준 성준이 서재를 나갔다.

그렇게 각방에서 잠이 들고 다음 날 새벽이 되었다. 유하는 너무 많이 울었는지 몸이 무거워 움직이기 힘들었다. 햇빛이 들기 시작하는 게 불편했지만 커튼을 닫으러 갈 힘도 없어 한숨만 쉬는데 열려 있던 커튼이 조용히 닫혔다.

유하가 억지로 상체를 일으켜 보니 성준이었다. 아직 출근할 시간이 아닌데 무슨 일인가. 그녀가 머뭇거리는 사이 성준이 다가와 말했다.

"더 자."

잠이 깨지 않아서일까. 유하는 목소리가 제대로 나오지 않았다. 성준이 그녀의 곁에 앉았다.

그리고 천천히 헝클어져 있는 그녀의 머리칼로 손을 가져갔다. 그러나 유하가 피해 버리자 강요하지 않고 손을 내렸다. 그가 무뚝뚝한 목소리로 말했다.

"어제 말했듯이 이혼은 어려워. 네 생각보다 우리 집안과 너희 집안이 경제적으로 많이 엮여 있어."

그 H그룹과의 결혼이다. 유하가 이혼하겠다고 하면 그녀의 친가도 외가도 가만있지 않을 것이다. 밤새도록 울면서도 그런 생각을 했다.

성준의 말대로였다. 이것은 그녀가 원치 않는다고 깰 수 있는 결혼이 아니었다. 본인의 의견보다 기업의 의견이 중요했다. 그런 결혼에서 외로움을 느꼈던 스스로가 바보처럼 느껴졌다.

그래도.

어떻게 이렇게 살 수 있을까. 어떻게 이 외로운 곳에서, 저토록 차가운 남자와.

그녀가 다시 울려 하자 성준의 무표정하던 얼굴에 조금 당혹감이 스몄다. 그가 다시 입을 열었다.

"돌아오면 그때 제대로 얘기하자."

……지금 달래 주는 건가? 이 사람 내 남편 맞아?

유하는 당황했지만 담담하게 표정을 감추었다. 성준이 자리에서 일어났다.

일어서는 그를 따라 유하의 손이 올라갔다. 그러나 그에게 닿지 못하고 아래로 떨어졌다. 성준은 돌아보지 않았기 때문에 그녀가 자신을 잡으려 했다는 것도, 그 순간 유하의 표정도 알지 못했다.

반면에 유하는 앞서가는 성준의 넓고, 항상 직선을 유지하던 어깨가 들썩이는 것을 보고 한숨을 쉬었다는 것을 알았다. 나가며 유하가 놀라지 않도록 조용히 문을 닫는 것도 보고 있었다.

한 번도 그와 다툰 적이 없어서 성준이 화난 유하에게 저런 반응을 보일 줄 몰랐다. 한번 싸우기 시작하면 자신보다 더 크게 화를 낼 것이라고 예상했던 것도, 이혼하자고 말하면 쉽게 수긍할 거라고 예상했던 것도 틀렸다. 피곤해 보이던 그의 눈에 밤새 고민한 흔적이 역력했다.

침대에 멍하니 앉은 유하는 답답함과 슬픔이 가신 후, 쿵쾅거리기 시작하는 심장 부근을 손으로 두들겼다.

"약해지지 말자. 박유하."

이혼을 마음먹은 여자가, 제 남편에게 설레서 어쩌겠다는 건지.

유하는 그가 서재를 나가고도 오래도록 심장이 뛰는 것이 못내 억울했다.

성준이 탄 비행기는 출장지로 향하고 있었다.

처음 친조부가 성준에게 A식품을 맡겼을 때, 그는 식품업에 전혀 관심이 없었지만 그다지 상관없었다. 그가 해야 하는 것은 오로지 '수익을 내는 일'뿐이었으므로.

막강한 모기업이 존재하고, 출중한 대표가 들어서니 A식품은 여태껏 순풍에 돛을 단 배였다. 서른세 살의 영악한 풋내기는 폭발적으로 커피 전문점 숫자를 늘려 나갔다.

지금 이 출장은 새롭게 론칭할 베이커리 메뉴를 위한 파티시에를 설득하기 위한 것이었다. 베이커리 사업의 얼굴이 될 천재 파티시에의 작은 가게를 인수하는 것이 성준의 목표였다. 메뉴개발부장을 보냈는데 들은 척도 안 해서 결국 성준이 직접 출장지로 향했다.

지금 그의 사업은 정체기였다. 아니, 뭘 잘못했나 싶을 정도로 수익이 떨어지고 있었다.

그 덕에 최근 성준의 수면 시간이 급격하게 줄어들었다. 게다가 유하에게 이혼하자는 말을 들은 어제는 단 1초도 잠들지 못하고 깨 있었다. 그는 커피를 마시고도 모자라 에너지 드링크를 벌컥벌컥 들이켰다.

목이 타서 미쳐 버릴 지경이었다.

"기현아."

비서를 부르자 건너편에 앉아 있던 기현이 대답했다.

"예, 대표님."

"우리 집 서재, 부숴 버리면 유하가 화내겠지?"

그의 질문에 기현의 눈동자가 빠르게 흔들렸다. 성준이 사적인 이야기를 한 건 처음이었다. 그는 성준이 분명 자신이 송기현인지 박기현인지도 모를 것이라 100퍼센트 확신했다.

지금 왜 이런 질문을 하는 거지? 혹시 대답에 따라 해고하겠다는 말인가?

성준의 비서 일을 한 지 벌써 5년이 넘었다. 성준은 한결같았다. 한결같이 냉정하고, 사적인 대화는 혐오하며, 자신의 질문에 대답이 없는 것을 못 견뎌 했다.

그런 그가 지금 냉정하지 않고, 사적이며, 대답이 알쏭달쏭한 질문을 던지고 있는 것이다.

"왜 갑자기 그런 걸 고민하십니까?"

기현이 덜덜 떨리는 목소리로 묻자, 성준이 그제야 읽던 서류에서 시선을 떼고 대답했다.

"앞으로 유하와 싸울 일이 많을 것 같은데. 그때마다 서재로 들어가 버리면 곤란하니까."

대화는 점점 더 곤란한 방향으로 흐르고 있었다.

겉보기에 성준은 누가 봐도 명문가에서 자란 남자였다. 뛰어난 외모와 골격은 타고났다 하더라도 풍기는 분위기의 차원이 달랐다. 그러나 기현은 그가 얼마나 야생의 짐승 같은 남자인지 알고 있었다.

직원들은 성준이 로봇 같다고 수군거리지만 그와 일거수일투족을 함께하는 기현이나, 성준의 친구들의 생각은 조금 달랐다. 기현이 이성준을 한 마디로 표현하자면 단연 '외골수'였다.

그는 사냥 중인 늑대처럼 한 가지에 꽂히면 다른 것은 아예 생각하지 않았다. 돌아보지도 않았다. 성칠이 성준에게 식품 산업을 맡겼을 때부터 그는 다른 형제들이 악랄하게 탐내는 무역 쪽에 관심을 끊었다.

그런 그가 지금 답이 나오지 않는 질문을 고민하고 있었다. 기현은 성준의 옆얼굴을 보며 오싹한 기분을 느꼈다. 저런 외골수가 한 여자에게 집착하기 시작하면 그 여자는 저 잘난 눈에 빠졌다가, 헤어 나오려고 발버둥 쳤다가, 또 그 눈에 붙잡히겠지.

기현은 그런 여자를 한 명 알았다. 강세영. 성준과 불같은 사랑을 했었다. 불같이 싸웠으니 불같은 거…… 맞겠지? 싸웠다기엔 세영이 일방적으로 미친 사람처럼 소리를 지르다 제풀에 지치곤 했지만.

어쨌든 헤어진 지 꽤 지났지만 세영은 여전히 애절했다. 기현이 아는 한, 성준은 그녀의 사적인 연락을 일절 받아 주지 않았지만.

설마 가정에 충실하시려는 건가? 기현은 의문에 빠졌다. 성준과 가장 안 어울리는 묘사가 '가정에 충실한 남자' 아닌가. 그는 심각한 워커홀릭이니까. 정말 말 그대로 심각한! 한 달 내내 사무실 소파에서 잔 적이 있을 정도였다. 그래서 기현은 늘 유하가 안쓰러웠다.

기현이 다시 서류를 읽기 시작한 성준을 조심스럽게 불렀다.

"저…… 대표님."

"응."

"근데 왜 자주 싸울 거라고 생각하십니까?"

"아내가 아이를 낳지 않을 거면 이혼하자고 했어."

"……예?"

"난 그럴 마음이 없으니 자주 싸우겠지."

이혼이란 게 자기가 그럴 마음이 없으면 안 해도 되는 건가? 기현은 너무 황당해서 지적할 마음조차 들지 않았다. 그가 더욱 조심스럽게 물었다.

"저기 대표님. 그런데 아이는 왜 그렇게 낳기 싫어하십니까?"

"나 같은 놈이 어떻게 아빠가 돼. 실적에 미친놈인데."

그가 이미 일에 관심을 돌렸는지 건조하게 말했다. 엄청 좋은 아빠가 될 거란 말은 너무 입에 발린 말이라 할 수 없었다.

기현은 오늘도 사모님을 안쓰러워하며 예의상 물었다.

"대표님, 사모님 생신 선물은 뭐로 할까요?"

"알아서 해."

저런 대답일 줄 알았다. 자기 생일에도 무관심한 사람이 아내 생일이라고 챙길까. 아이 때문이 아니었어도 이혼하잔 소리가 이제야 나왔다는 게 놀라울 지경이다. 기현이 생각하며 혼자 입을 삐죽거렸다.

그때, 성준이 일에 집중이 안 되는지 몸을 바로 하고 기현에게 말했다.

"잘 골라 와."

"예, 알겠습니다."

"유하가 제일 좋아하는 걸로 찾아와."

"예, 알…….."

"무조건 찾아."

성준이 저렇게 강조해서 뭔가를 요구한 적이 있었나?

기현은 유하의 선물을 제대로 찾아오지 않으면 신변에 위험한 일이 생길 것 같은 기분이 들어 섬뜩해졌다.

원래도 안 들어오는 날이 많은 남편이긴 하지만, 국내에 없다고 생각하니 마음이 더 편했다.

요즈음 유하는 다양한 음료 제조 방법을 꼼꼼하게 배우고 있었다. 무언가에 집중하고 있으니 복잡하던 생각들이 잠시 잊혔다.

거의 새로 짓는 수준이었던 카페 내부 공사도 끝이 났다. 유하는 나리가 준 인테리어 소품 목록을 확인하다가 문득 성준을 떠올렸다.

왜 이혼하기 싫다는 걸까. 오직 회사 이익 때문에?

유하가 아랫입술을 잘근잘근 깨물자 나리가 물었다.

"너 디자인 보고 있는 거 맞아?"

"응? 아…… 미안. 잠깐 딴생각했어."

테이블 앞에 앉은 나리가 한 손으로 턱을 괴고 물었다.

"남편 생각?"

"으응…… 왜 이혼을 안 해 줄까."

"그야 마음을 정리할 시간도 없이 이혼하자고 하면 보통은 싫다고 하지. 너야 한참 생각했지만 네 남편은 처음 들은 거잖아."

78

정리할 마음도 없을 텐데 무슨. 유하는 그렇게 생각했지만 대꾸하는 대신 입술을 살짝 내밀었다. 나리가 말을 이었다.

"너랑 사는 게 좋은가 보네."

좋을까. 그런 생각을 해 본 적은 없었지만 나리의 말에 유하는 '안기에 나쁘진 않다'고 했던 성준의 말을 떠올렸다. 지금 생각해 보니. 정말 안기에 나쁘지 않은 정도라서 자신과 이혼하기 싫은 걸 수도 있다는 생각도 들었다.

성준은 어떤지 모르지만 유하는 세상에 남자라곤 남편 하나밖에 몰랐고 그런 그와의 잠자리가 싫지만은 않았다. 오히려 가끔 기대하게 될 정도로 좋았다. 물론 전에 서재에서 한 섹스만큼 느끼긴 싫었다. 그건 돌이킬수록 부끄러우니까.

이런저런 생각 속에서 잠깐잠깐 긍정의 불빛이 반짝이다가도 종내에는 '발목을 잡는다'던 성준의 말로 끝났다. 유하가 투정하듯이 말했다.

"좋긴. 이것 봐. 출장 나갔으면서 전화 한 통 없고. 항상 이래. 자기가 뭘 하고 있는지 알려 주면 좋을 텐데."

"그건 좀 심하긴 하다. 어떻게 생일에도 연락 한 통이 없냐."

나리가 삐죽거렸다.

그녀의 말대로 유하의 생일에 조차 성준은 연락이 없었다. 아이처럼 생일을 챙겨 달라고 조르고 싶은 건 아니지만 그렇다고 아예 잊히고 싶은 것도 아니었다.

유하가 금방이라도 눈물이 떨어질 것 같은 얼굴로 말했다.

"그러니까…… 나는 남편이 다른 여자를 만난다고 생각할 수밖에 없잖아. 남편 얼굴을 TV에서 더 많이 보는걸. 그것도 스캔들로. 그거에 대한 얘기도 한 번도 안 해 주고."

"……."

"변명하려는 노력이라도 해 줬으면 했는데."

인정하기 싫었지만 유하는 밤마다 그를 기다렸다. 성준이 원해서가 아니라 그냥, 자신이 이 관계 속에서 할 수 있는 일이 그것뿐이었다.

성준은 집에 오지 않는 날이 많았고, 집에 와서도 잠만 잤다. 그래도 좋았다. 다음 날 아침이면 그와 함께 식사를 할 수 있으니까. 비록 둘 다 재잘재잘 떠드는 타입은 아니었지만 혼자 있을 때보다 둘이 있을 때, 식탁은 조금 더 따뜻했다.

무엇보다 유하는, 그가 아주, 정말 손에 꼽을 수 있을 정도로 가끔 소년처럼 웃을 때가 좋았다. 성준이 웃을 때면 모든 외로움이 사라지고, 이런 삭막한 삶을 견딜 수 있게 되곤 했다.

그래서 언젠가는 그와 그럭저럭 괜찮은 가족이 될 거라고, 그런 헛된 믿음을 가지며 조금씩 그에게 마음을 열었는데…….

"유하 네가 먼저 대화하자고 해 봐."

나리의 말에 유하가 힘없이 웃었다.

"나랑 대화하는 거 싫어해. 집에 오면 바로 씻고 자거든."

"그래도 부부 관계는 할 거 아냐."

"그야……."

그건 많이 하지. 지나치게.

유하가 대답이 없자 나리가 말을 이었다.

"그 전에 대화를 유도해."

"대화?"

그가 대화하기 만만한 상대는 절대 아니기에 유하가 한숨을
쉬자 나리가 말했다.

"애교도 부리고 하면서. 지금은 완전 네 말 들은 척도 안 한
다며."

"······애교가 도움이 될까."

"그 남자가 순순히 이혼도 안 해 줄 거 같고."

"으음······."

"넌 애가 너무 순진해. 요 예쁜 얼굴 뒀다 뭐에 쓸 거야? 잘
좀 구워삶아 봐."

나리가 말하자 유하가 부끄러운지 무슨 그런 말을 하냐는
듯 나리의 팔을 살짝 밀었다. 나리가 웃더니 자기 블라우스 소
매를 살짝 쥐는 시늉을 했다.

"남자들 그런 거 좋아한다던데. 옷깃 이렇게 살짝 쥐는 거
있잖아."

"그래?"

유하가 그 모습을 슬쩍 보았다.

성준은 평소대로 귀국하는 날까지 연락이 없었다. 게다가
귀국 후에도 집에 바로 오지 않고 회사에 들렀다.

그래도 양심은 있었는지 집으로 기현을 보냈다. 그녀의 집
에 도착한 기현은 성준이 오지 않은 것이 제 탓이라도 되는 것
처럼 민망해하며 상자를 내밀었다.

"대표님이 선물 먼저 전해 드리라고 하셔서요."

"선물이요?"

"네, 사모님 생신 선물이요."

기현의 말에 유하가 상자를 받아 들었다. 그리고 쓴맛이 감도는 입을 열었다.

"성준 씨가 제 생일을 알고 있었어요?"

"예에? 당연하죠."

"거짓말이죠?"

결혼 첫해. 그래도 생일이니 집에는 들어와 주지 않을까 싶어 그를 새벽까지 기다리다가 소파에서 잠이 들었다. 첫해부터 아내의 생일을 잊어버렸던 남자가 이제 와서 챙길 리가 있나.

유하는 담담하려 했지만 결국 눈에 물기가 어렸다. 그에 당황한 기현이 다급하게 변명을 늘어놓았다.

"아뇨! 진짠데요? 출장 날짜도 웬만하면 생신 아닌 날짜로 잡고 싶어 하셨는데 그쪽 파티시에가 고집을 부려서…… 아, 아무튼 진짭니다!"

기현은 살을 너무 붙여 봤자 나중에 수습할 수 없을 거라고 생각했기에 곧 말을 얼버무렸다. 그런데 유하가 되물었다.

"정……말요?"

"진짜라니까요. 비행기에서도 계속 사모님 화를 어떻게 풀어 주나 고민하셨어요."

기현이 이렇게까지 말하니 순진한 유하의 표정이 조금씩 밝아졌다. 이혼하자고 해서 그런가? 조금이라도 그가 달라질 가능성이 있는 건 아닐까.

그녀가 가녀린 두 팔로 선물 상자를 살며시 끌어안았다. 그러더니 조금 웃었다. 난생처음 보는 유하의 웃음에 기현은 양심이 아파 죽을 지경이었다.

그러게 대표님. 내가 사모님 생신 좀 잘 챙기라고 했잖아요. 오죽 안 챙겨 주셨으면 선물을 열어 보지도 않았는데 저렇게 감동하실까…….

그녀의 미소에 탄력받은 기현은 결국 더더욱 없던 살을 붙이고 말았다.

"이야, 열심히 고르시더라고요. 하루 종일 선물을 고르셔서 제가 얼마나 난감했는데요. 지금은 너무 급한 일이 있어서 어쩔 수 없이 회사로 가셨습니다만."

그 말에 눈이 동그래진 유하가 물었다.

"성준 씨가 고른 거예요?"

"예? 예…….."

"지금 꺼내 볼까요. 잘 골랐으려나."

유하가 혼잣말하며 상자를 열었다. 레이스가 달린 하늘색 봄 원피스였다. 정말 딱 유하의 취향이었다.

"아…… 예쁘다."

"그, 그렇죠?"

"정말 마음에 들어요."

그 무심한 남자가 어떻게 알고 제 취향에 맞는 옷을 고른 걸까 싶어서 유하의 표정이 더욱 밝아졌다.

그녀의 표정이, 옷이 마음에 들어서라고 생각한 기현은 뿌듯해서 눈물이 날 지경이었다. 성준이 안 그래도 이혼할 위기인데 유하 마음에 안 드는 거 골라오면 가만 안 두겠다고 위협을 해서 어찌나 초조하던지.

그날 저녁이 되어 성준이 집으로 돌아왔다. 유하는 문 열리는 소리에 저도 모르게 거실로 나갔다가 멈칫했다.

싸웠는데 마중을 나오면 안 됐나…….

이 남자는 미운데, 안 보면 보고 싶고 생각이 났다. 성준이 있다고 해서 그녀의 결혼 생활이 풍요로웠던 것은 아니지만 그 얼굴 보기 힘든 것도 남편이라고 이혼을 입 밖에 낸 이후, 그 없이 살 생각을 하니 문득 겁이 났다. 타인이나 다름없이 살았다고 해도 유하의 삶에서 그는 언제나 존재했고, 그래서 성준에게 의지했다. 이혼을 결심한 후에도 다른 남자와 아이를 낳아 기른다는 것은 상상조차 하지 못했다. 그런 생각을 하니 더더욱 이 남자가 미워진다.

나는 그 없이 어떻게 사나 겁이 나는데, 그는 오로지 사업적인 이유 때문에 이혼할 수 없다고 하는구나 싶어서.

그렇게 가슴이 아팠다가, 대화를 해 보자고 말하던 그의 뒷모습이 자꾸 그리워지고 직접 고른 생일 선물에 조금 심장이 뛴다. 이보다 얄미운 존재가 있을까. 잘라 내려고 해도 잘라 낼 수 없고, 당기려고 해도 당겨지지 않는 남자.

저도 모르게 현관으로 나온 유하도, 무표정으로 서 있는 성준도 말이 없었다. 유하가 머뭇거리다가 변명하듯이 말했다.

"생일 선물…… 고맙다는 말 하려고 나왔어요."

그녀가 말한 후 성준 역시 대답을 고심하느라 말이 없었다. 유하가 얼굴을 보자마자 화내지 않는 것만으로도 성준은 나중에 기현을 크게 칭찬해 줘야겠다고 생각하고 있었다. 유하가 눈을 세 번 정도 깜빡거린 후에야 성준이 입을 열었다.

"마음에 들어?"

"네, 마음에 들어요."

부부는 평소 거의 대화를 하지 않았기 때문에 이렇게 마주 보고 있는 것이 무척 어색했다.

이혼에 대하여 이야기하기로 했는데, 이렇게 어색해서는 영영 대화를 나눌 수 없을 것 같았다. 성준이 쉬기 위해 그녀를 지나쳐 가자 유하가 그를 막아섰다.

"얘기 좀 해요."

"내일 하자."

그의 무덤덤한 말에 결국, 유하는 나리가 말해 준 것을 해 보기로 했다. 구워삶을 정도는 아니어도 이 무뚝뚝한 남자의 입은 열게 해야 하지 않나. 왜 이혼이 싫은지, 그럴 거면서 아이는 왜 낳지 않겠다는 건지.

유하가 쭈뼛거리며 걸어가더니 성준을 올려다보았다. 그녀의 작고 하얀 두 손이 성준의 허리 부근의 셔츠를 쥐었다.

"친구가 그러는데 이렇게 잡으면 남자들이 좋아한대요."

성준은 일주일간 그다지 좋아하지도 않는 디저트 냄새에 질려 있는 상태였다. 그런데 가까워진 유하에게서 기분 좋은 살 냄새가 느껴지자 모든 피로가 풀리는 기분이었다. 그녀의 조그마하게 쥐어진 손과 올려다보는 사랑스러운 눈이 그의 이성을 마비시켰다.

"……내 마음에 들어서 뭐 하게."

"피곤한 거 아는데, 잠깐만이라도 얘기 좀 하자고요."

그 무뚝뚝하던 여자가 아이처럼 눈을 빛내고 있었다. 머리칼을 한쪽 어깨로 내려 반대쪽의 하얗고 가녀린 목선이 드러났다.

요즘 그녀가 너무 달라졌다고 생각했다. 생기가 있어 보였다. 이제는 어디서 배워 왔는지 이렇게 귀여운 짓까지 한다. 그게 좋으면서 한편으로 열이 받았다. 이혼하겠다고 마음먹고 나서야 저렇게 밝아지다니. 자신이 뭘 그렇게 크게 잘못했기에 이러는 건지.

성준이 유하를 가볍게 안아 어깨에 짐처럼 올려 들었다.

"서, 성준 씨?"

놀란 유하가 이름을 불러 봤지만, 그가 못 들은 척 성큼성큼 안방으로 향했다. 이게 아닌데. 대화를 하려고 했는데! 나리가 분명 이렇게 하면 상대방이 애교라고 느끼고 대화를 해 줄 거라고 했는데 왜 이 남자는 대화를 뛰어넘어 바로 침대로 가 버리는 걸까…….

"아니, 대화를 하자니까요!"

유하는 계속 대화를 시도했지만 성준은 듣고 있지 않았다. 그녀의 몸이 침대에 앉혀지고, 보나 마나 또 대화 없이 덤비겠구나 싶어 유하가 움찔거리는데 그가 그녀의 고운 두 손을 붙잡아 자기 넥타이 위에 올렸다.

"풀어."

"네?"

"너도 침대 위에서 뭔가 좀 해 봐, 박유하."

그러더니 성준이 피식 웃는다. 농담이었다는 듯이. 그러자 유하의 얼굴이 조금씩 붉어졌다. 왜 웃는 거람.

"내가 마중 나갔다고 비웃는 거죠, 지금?"

"어떻게 하면 이게 놀리는 걸로 보일까."

성준이 유하를 쓰러뜨려 눕히고 그녀의 허리를 손으로 쓸었다. 그러자 유하가 눈을 동그랗게 뜨고 말했다.

"안 돼요."

"……뭐가 안 돼?"

"우리 싸웠잖아요."

몸에 손대지 말란 소린가 보다. 성준이 더 이상 안 건드리겠다는 듯 손바닥을 들어 보였다.

그도 애초엔 집에 와서 곧장 자려 했다. 유하가 옷깃을 당겨서 정신이 좀 나갔던 거지. 이 여자가 마음을 먹으니 아주 사람을 들었다 놨다 한다.

어쨌든 그녀를 제 침대에 눕혀 두고서 마음이 놓인 성준이 몸을 일으켰다.

"씻고 올게. 먼저 자."

"저 서재에 가서 잘래요."

그러자 힘줄이 보이는 커다란 남자의 손이 다시 다가와 유하의 가녀린 손목을 꽉 쥐었다.

"안 건드릴게. 여기서 자."

"……이혼 얘기를 하고 어떻게 같이 자요. 불편해."

87

"침대 넓잖아."

성준이 고집을 부렸다. 일주일간 그녀가 사라졌을까 봐 얼마나 불안했는데, 집에 와서까지 침대를 따로 쓸 생각은 조금도 없었다. 성준이 당기니 유하가 힘없이 끌려와 침대에 풀썩 앉았다. 그녀가 화를 낼까 걱정됐는지 성준이 빠르게 말했다.

"그보다."

"네?"

"친구가 또 가르쳐 준 거 없어? 아까 그거 귀엽던데."

그리고 그가 제 셔츠를 잡는 시늉을 해 보인다.

"놀리지 말아요."

유하가 발끈했다. 그녀 자신도 자신이지만, 이 남자야말로 평소와 다른 사람 같았다. 장난을 치질 않나, 웃질 않나. 안 하던 짓 하는 건 사랑을 하거나 죽을 때가 된 거라는데, 그렇다면 당연히…….

남편이 죽나?

또 그런 생각을 하면 가슴이 덜컹한다. 이 남자에게 약한 제 스스로가 미워 죽겠다.

성준이 욕실로 가 씻는 사이 몰래 서재로 가 문을 열었다. 그런데 잠겨 있다. 이 영악한 남자가 유하의 서재 문을 미리 잠가 버렸다.

유하가 별수 없이 방으로 돌아와 뿌루퉁해 있는데 성준이 침실로 돌아왔다. 물기를 덜 말린 채 나온 그를 보니 참 잘나긴 했다. 정말, 잘난 것까지 종합해서 밉다.

성준이 보란 듯이 유하와 저만치 떨어져 누웠다. 진짜로 그냥 잘 건가 보다. 웬일로 남의 말을 듣나, 이 양반이.

진짜 죽을 때가 된 건…… 아니겠지?

"……잘 자요."

그녀가 말하고 평소처럼 그와 한참 떨어져 등을 돌리고 누웠다.

성준은 제 방이라는 확신만 들면 눕자마자 바로 잠드는 타입이었다. 피곤해서 쓰러져 잠들든, 유하를 실컷 안았다 잠들든.

그런데 오늘 성준은 쉽게 잠들지 못했다.

출장지에서 그 일주일 사이에 유하가 도망쳐 버릴까 봐 얼마나 초조했는지. 찬후에게 그녀가 움직이는 일거수일투족을 보고받으면서도 신경이 곤두서 있었다.

이혼.

성준은 잠깐도 그 단어를 잊은 적이 없었다. 일주일의 출장 동안 그는 일에 관한 생각보다 결혼 이후 단 한 번도 생각하지 않았던 '이혼'이라는 단어를 더 많이 떠올렸다.

'나와의 아이가 싫은 거라면 다른 사람과 만나면 되잖아요!'

유하의 목소리가 떠올랐다. 그녀와 이혼을 하고, 아이를 낳고 싶어 하지 않는 다른 여자와 결혼을 한다. 그래, 침실에 늘 앉아 있던 그녀를 다른 여자로 대체하는 것뿐이다. 별문제 아니다.

그런 생각을 했을 때, 성준은 너무 이를 악물어 목에 경련이 일어날 지경이었다. 이어서 성준이 한 생각은 이혼하자는 말을 꺼낸 아내의 입을 틀어막고 싶다는 것이었다. 가지고 싶은 건

다 가질 수 있었다. 그다지 낡지 않은 물건도 싫증이 나면 바꿀 수 있었다. 그런데 아무리 생각해도 아내를 대체할 존재는 세상에 없었다.

성준이 계속 잠들지 못하자 유하가 몸을 일으켰다.

"잠이 안 와요?"

"응."

"맨날 누우면 바로 자더니."

"못 자는 거 알면, 곱게 재워 줄 때 자."

그의 신경질적인 대답을 듣고 난 유하가 무슨 말인지 알았다는 듯 고개를 끄덕이더니 물었다.

"일주일간 못 했나 봐요."

그녀의 순수한 질문에 가뜩이나 불편하던 성준의 표정이 싸늘하게 굳었다.

그가 결국 몸을 일으켰다. 그리고 침대 옆에 스위치를 눌러 조명을 켰다. 밋밋한 사각형 무드 등에 불이 들어왔다. 그의 반응에 의아해하는 유하에게 성준이 짙은 눈썹 한쪽을 치켜세우며 물었다.

"무슨 의미야, 그 말."

"네? 아니……."

유하가 멈칫했다. 부부가 하기에는 부적절한 화제였을까. 이혼을 마음먹은 마당이니 그에게 말을 가려 할 필요가 없다고 생각했다. 그런데 그 말에 저렇게 싸늘한 반응일 줄이야. 그녀가 입을 다물자 성준이 다시 사납게 물었다.

"무슨 의미냐니까."

"아무 의미도 아니에요."

"내가 다른 여자라도 만났을까 봐?"

이렇게 단도직입적으로 대화를 한 건 처음이었다. 유하가 입술을 꾹 물었다가 고개를 끄덕였다. 그는 원래가 그런 남자니까. 유하는 아무렇지도 않으려 애썼지만 진실을 듣고 싶지 않은 마음은 어쩔 수 없었다.

그녀가 깨물었던 입술에 핏빛이 돌았다. 그러자 성준이 유하의 허리를 안아 확 끌어당겼다. 유하는 조금 놀랐을 뿐, 뭐가 문제냐는 듯한 눈으로 그를 바라보고 있었다.

그녀가 지금 무슨 생각을 하는 건지, 성준은 전혀 알 수가 없었다. 어떻게 이렇게 순진한 얼굴로 저렇게 못된 질문을 하는지.

나는 아무리 생각해 봐도 너를 대체할 것을 찾지 못했는데. 그녀는 당연히 나에게 대체품이 있을 거라 생각한다. 성준은 자신이 조건반사 훈련을 받은 것만 같다고 생각했다. '이혼'이라는 말을 들으면 이를 악물게 되고, 쇄골까지 빳빳하게 힘이 들어간다.

그가 침묵을 더욱 가라앉힐 듯한 저음으로 말했다.

"잘 들어. 박유하."

독기가 서린 그의 낮은 목소리에 품 안 유하의 몸이 흠칫 떨렸다. 성준이 뒤늦게 시선을 피하려는 그녀의 턱을 잡아 자신을 똑바로 보게 했다.

"나는 지금 몇 천 억이 움직이는 사업을 하고 있어. 그런데 다른 여자?"

"……."

"여자는 너 하나도 감당이 안 돼."

그의 말에 담담하던 유하의 눈이 조금 커졌다. 성준의 사나운 눈동자에는 지금 그녀밖에 없었다. 그 사실을 알고 나니 유하의 가슴이 빠르게 쿵쾅거리기 시작했다. 이 말…… 무슨 의미일까?

성준은 그녀의 고운 눈빛을 참기 힘들었다. 그녀의 얇은 잠옷 사이로 보이는 하얀 살결에 속이 뒤집어지도록 치미는 성욕을 다 잡아 죽일 듯 억눌렀다.

참아야지. 참자. 이혼하자고 화내던 그녀를 두고 출장까지 다녀온 주제에 지금 싫다는 유하를 안았다가는 정말 이혼당할 것이다.

그런 생각에 성준의 표정이 구겨지자 유하가 움찔했다.

성준이 생각할 때, 자신은 크게 화낸 적이 없는 것 같은데 직원들도 그를 보면 움찔거리고 지금의 유하처럼 얼어 버렸다. 평생 이런 표정만 짓도록 교육받으며 살아왔는데 이제 와서 어떤 표정을 지어 주길 바라는 건지 그로서는 도무지 알 수가 없었다. 미친놈처럼 웃기라도 해야 하나?

성준이 유하를 놓아주었다.

"빨리 자. 내일 얘기해."

그는 자신의 지금 말조차 명령조라는 걸 모를 정도로 언제나 '갑'의 위치였다. 가지고 싶은 걸 못 가져 본 적이, 성인이 된 이후엔 없었는데.

유하는 조금 멍한 얼굴로 도망치듯 침대 끝으로 가 돌아누웠다. 어망에서 뛰쳐나간 물고기같이 잽싸다.

　젠장.

　일주일간 그녀의 화를 풀어 주려고 고민했는데 오히려 겁만
준 모양이다.

정말로 받고 싶은 것

평소처럼 한 침대에 누워, 중간에 벽이라도 있는 것처럼 떨어져 잤다. 다만 다른 게 있다면 성준이 평소보다 가까이에 있어서 그의 열기가 느껴질 정도였다는 것.

아침에 눈 뜬 유하가 한숨을 쉬었다. 어떻게 잠들었는지…….

'밤에 대화한 거라곤…… 아예 없네.'

나리가 가르쳐 준 게 도움이 안 됐다. 무슨 짐승도 아니고 대화 한 번 하기가 왜 이리 힘든지.

그녀가 한숨을 쉬며 두 손으로 얼굴을 감싸는데, 평소 잠귀가 밝은 성준이 유하의 한숨 소리를 듣고 눈을 떴다.

넓은 침대이고, 유하가 점점 더 가장자리로 도망가서 그런지 너무 멀리 있었다. 저러다 떨어지겠네. 성준이 표정을 찌푸리며 상체를 일으켰다.

"왜 아침부터 한숨이야."

"출장에서 돌아오면 제가 하고 싶은 말 다 들어 준다고 그랬잖아요. 거짓말이었어요?"

"네가 먼저 애교 부렸잖아. 곱게 재워 줬더니 고마운 줄을 모르네."

그의 오만한 대답에 발끈한 유하가 성준 쪽으로 몸을 돌렸다. 그는 밤새 오른 열을 견디기 힘들어 상의를 벗어 버린 상태였다. 타고나길 넓은 어깨에 퍼스널 트레이너와 효율적으로 운동한 그의 몸은 작품처럼 아름다웠다. 그러나 유하는 남편 외에 벗은 남자의 몸을 본 일이 거의 없어, 남자 몸은 보통 저렇게 훌륭한가 보다 했다. 그냥 남들보다 엄청 많이 크다는 정도의 차이만 알았다. 그녀가 언성을 높였다.

"제 목적은 그게 아니었단 말이에요. 대화를 하려고 했던 거라고요! 게다가 귀엽지도 않았잖아요. 지금까지 귀여운 여자들 많이 만났으면서."

어제부터 듣자 듣자 하니까 아내가 아주 누구를 바람둥이 문어발로 아는 것 같다. 성준이 어쩐지 억울해하는데 유하가 물었다.

"이혼에 대한 건 생각해 봤어요?"

"말했잖아. 안 해 준다고."

성준은 일단 잠부터 깨려 협탁을 더듬어 담뱃갑을 집었는데 비어 있다. 기현이 항상 일정한 양을 사다 놓아 떨어질 일이 없는데, 지난주에 유난히 많이 피워 댔던 모양이다. 되는 게 없는 아침이다.

"그럼 저보고 어떻게 하라는 거예요? 이혼도 싫다, 아이 낳기도 싫다."

유하의 원망스러운 목소리가 들렸다.

성준은 출장지에서 내내 협상을 했다. 베이커리의 메뉴 개발을 해 달라고 '미첼'이라는 파티시에게 요청했다. 기업에 소속되기 싫다는 미첼을 일주일간 쫓아다니며 온갖 협상안을 내보이니 조금씩 관심을 보이기 시작했다. 대표가 직접 찾아와 스카우트한다는 것이 마음을 움직인 모양이었다.

지금 유하와의 대화도 일종의 협상이었다.

일주일 내내 협상을 했는데도 불구하고, 지금은 니코틴이 없어 뇌가 제 역할을 하지 못했다. 성준이 찌푸린 얼굴로 빈 담뱃갑을 다시 한 번 확인하며 물었다.

"뭘 원해?"

"아이요."

"그것만 빼고."

"그것 말고는 필요 없어요."

당돌하게 말하는 유하의 까만 눈이 성준을 보았다. 깊이 못 잤는지 눈이 조금 충혈됐는데도 미치게 예쁘다. 원망스러움에 꼭 다물려 버린 입술은 꽃 같고, 뺨은 한 입 물어 삼키고 싶을 만큼 달아 보였다.

괴롭던 간밤이 떠오른 성준이 구겨진 담뱃갑을 협탁에 내려놓으며 중얼거렸다.

"젠장."

지금 성준의 상태가 좋지 않았다. 유하에게 이혼하자는 말을 들은 이후부터 하루도 깊이 자지 못했다. 출장지에서 돌아와서도 유하를 볼 용기가 나지 않아 기현을 먼저 보냈다. 유하가 선물을 받고 웃기까지 하더란 소리를 듣고 난 후 집으로 돌아왔다.

그를 반기며 대화를 하자고 옷깃을 잡아당기는 그녀가 변수였다. 그도 그녀의 말을 들어 줄 생각이었는데. 대화 몇 마디 하다 보면 그녀를 한입에 삼켜 버릴 것 같았다.

그러다 겨우 잠이 들었다. 처음엔 뒤척였지만 유하가 곁에 있어서인지 마음이 놓여서 은근히 깊이 잤다. 한 번 피로가 풀리기 시작하니까, 몸속 여기저기에 처박아 놨던 피로들이 쏟아져 나왔다.

담배는 없지, 유하는 저런 눈으로 보지, 밀렸던 잠은 쏟아지지……. 이 상태로는 자신한테 유리한 협상을 못 한다는 판단이 내려졌다.

"미안한데, 유하야."

유하야? 이상한 호칭과 이상한 말투에 유하가 움찔했다. 이 남자가 무슨 수작을 부리려고 이럴까.

성준이 유하의 팔을 붙잡아 자기 쪽으로 끌어당겼다. 그의 탄탄한 몸에 유하의 보드라운 몸이 닿았다. 유하가 놀라서 그를 올려다보자 성준이 입을 열었다.

"지금 담배도 없고."

그의 목소리가 잠겨 있었다.

"네 눈이 버려진 강아지 같아서, 네가 하는 말 다 들어주게 생겼거든?"

"……네?"

"그러니까 협상은 이따가 하자. 좀 더 자고."

"그, 그런 게 어디 있어요?"

피로에 반쯤 감긴 그의 눈빛이 야해서 유하가 시선을 피했다. 이 남자는 자기가 잘생긴 걸 얄미울 정도로 잘 알고 있는 게 틀림없다.

유하가 깨우려고 그의 어깨를 붙잡아 흔들자 성준이 귀찮아 죽겠다는 표정을 짓더니, 그녀를 품에 파묻듯이 끌어안고 침대에 누웠다.

"깨우지 마."

정말 어쩜 이렇게 제멋대로인지. 불만스럽던 유하의 얼굴이 조금씩 붉어졌다. 그녀가 움직이면 움직일수록 유하를 안은 그의 팔심이 강해진다. 그의 탄탄한 가슴팍에 완전히 밀착되는 것이 얼마나 어색한지, 마치 낯선 남자 품에 안긴 것 같은 기분이 들었다.

"제가 유리하면 지금 해요."

"난 잘 거니까 너에겐 변론을 가다듬을 시간이 생긴 거야. 억울해할 거 없어."

뭔가 틀린 것 같은데 반박할 수 없었다. 유하를 안은 상태로 성준은 잠이 들어 버렸다.

그리고 유하는 곧 성준의 말에서 뭐가 틀렸는지를 알았다. 한 번도 이렇게 안겨서 자 본 적이 없었다. 늘 멀찍이 떨어져 잤으니까. 그런데 그가 꼼짝도 못 하게 안아 버리니 당혹스러워 아무 생각도 나지 않았다. 바로 잠들어 버린 성준의 얼굴이 보였다. 꽤 긴 속눈썹과 반듯한 콧대가 수려해 눈을 뗄 수가 없다.

유하가 억울한 표정을 지었다.

미인계를 쓰다니…….

역시 고단수다.

몇 시간 후 잠에서 깬 성준은 제일 먼저 기현이 사다 준 담배를 거머쥐었다. 오래간만에 충분히 자고 모자라던 니코틴을 보충하니 금방 쌩쌩해졌다.

성준과 유하는 테라스 테이블에 앉았다. 드디어 대화할 수 있는 상황이 만들어지자 유하가 따지듯이 말했다.

"우선, 왜 아이를 낳고 싶지 않은지 알고 싶어요."

"바빠."

"제가 키운다고 했잖아요."

"그래도 아이를 낳으면 관심을 가져야 하잖아."

"관심 정도는 가질 수 있잖아요?"

"잘 생각해. 너 애 낳았는데 나랑 똑같은 놈이면 어떡할래?"

이성준이 두 명…… 거기까진 생각 못 했다. 무서워서 어디 살겠나.

"다음 질문 있으면 해."

그가 거만한 투로 말했다. 팔짱을 끼고 뒤로 기대앉은 성준은 무슨 일이 있어도 아이를 가질 생각이 없어 보였다.

일하는 데 방해만 된다고 했다. 저런 일 중독자에게 그보다 그럴싸한 변명은 있을 수 없었다. 유하가 별수 없는지 한숨을 푹 쉬고 물었다.

"이혼은 왜 하기 싫은데요?"

"나는 할 이유가 없다고 생각하거든. 지금 이 상태가 아주 마음에 들어."

"당신이 일하는 데 편하다는 뜻이죠? 이 결혼이 방해가 안 된다는 뜻."

"응."

"이기적이네요."

긴 시간 고민했는데도 대화를 시작하니 담담함을 유지하기 힘들었다.

"저에게는 아이를 낳지 않는다는 게 가장 큰 이혼 사유예요."

"그래, 넌 항상 그랬지."

성준이 혼잣말처럼 중얼거렸다.

유하는 그동안 사람이라도 좀 많이 만나 둘걸, 하고 후회했다. 도무지 그의 표정을 읽을 수가 없었다. 원하는 것을 먼저 말하지도 않는다. 눈썹 조금 꿈틀거리는 것도 없어서 그의 기분이 나쁜지, 좋은지 알 수가 없었다.

유하가 답답해서 돌아 버릴 즈음에 성준이 다시 입을 열었다.

"그럼 이제 내 차롄가?"

"무슨 말을 할 건데요?"

"아이를 낳지 않는 게 이혼 사유라고 했지?"

"네."

"3년 동안. 나를 사랑한 적 있어?"

"……네?"

너무 갑작스러운 질문이었다. 역시, 밖에서 하루 종일 협상을 하고 돌아다니는 남자와 이 테이블에 앉았을 땐 그가 정신을 쏙 빼놓을 것이라는 각오를 해야 했다. 유하가 긴 속눈썹이 하늘거리도록 눈을 깜빡거렸다. 성준이 꼬고 있던 다리를 풀고 테이블에 기댔다.

"아이를 낳는 게 우리의 결혼 생활을 유지하는 유일한 방법이란 건. 나와 둘이 사는 것만으로는 만족할 수 없다는 뜻이군. 그것도 좀 이기적이지 않아?"

"그건 당신도 마찬가지잖아요. 나를 사랑하지 않는 건."

"이혼이 왜 하기 싫으냐고 물어봤지?"

성준이 유하를 바라보는 눈은 누가 보아도 사업가의 눈이었다. 냉정했다.

"내가 당신을 사랑한다는 건 어때. 이건 내가 이혼하기 싫은, 덜 이기적인 이유가 되나?"

"……거짓말하지 말아요."

"사랑해. 당신이 없는 내 집을 상상할 수 없을 정도야."

맙소사. 사랑한다는 말을 어쩜 저렇게 사무적으로 할까. 저 좋은 목소리로 이렇게 안 로맨틱하게 말하기도 어렵겠다. 그가 애틋한 눈빛만 지었어도 살짝은 속았을 텐데, 명백한 사업가의 눈으로 사랑한다고 말하니 어이가 없어 코웃음이 나왔다.

성준이 무덤덤하게 말을 이었다.

"우리 둘에게는 각자 이유가 있어. 이혼을 할 수 없는 이유와 이혼을 해야만 하는 이유."

"아니, 애초에⋯⋯."

아니, 애초에 나랑 이혼하기 싫은 이유가 '사랑해서'가 아니 잖아요?

이렇게 말하려던 유하의 말은 성준에 의해 절묘하게 끊겼다.

"이렇게 하자. 우리 나름의 숙려 기간을 갖는 거야. 둘 다 노 력해 보는 거지."

어쩜 이렇게 뻔뻔할까. 그가 정신을 쏙 빼 가는 것 같아서 유하가 팔짱을 끼고 자신이 할 수 있는 한 가장 날카로운 표정 을 지었다.

"또 무슨 소릴 하려고 그래요?"

그러나 노려본다고 노려본 그 표정이 오히려 성준을 웃긴 모양이다. 새끼 고양이가 발톱 좀 세웠다고 겁먹을 사람은 아 니었지만. 앙앙거리며 발길질하는 게 아이러니하게도 명확하 게 협상을 하려던 성준을 흐트러트렸다.

성준이 순간 웃음을 못 참아 고개를 돌려 버리자 유하가 열 이 받아 테이블을 탕탕 두드렸다.

"왜 웃어요?"

"카페를 하겠다더니, 사장님답네. 아주."

"⋯⋯."

"그래, 사업을 하려면 사나운 구석이 있어야지."

지금 나 놀리는 거지, 저 인간.

유하가 속이 부글부글 끓어서 노려보는데 테이블에 팔꿈치 를 올리고 손으로 턱을 괸 성준이 말했다.

"숙려 기간 동안 너는 나를 설득해 봐. 아이를 가질 수 있도록. 내가 네 말에 넘어갈 수도 있으니까."

그의 말에 한계치까지 끓어오르던 유하의 화가 탁 내려갔다. 그가 처음으로 긍정을 말했다.

"그리고 나는 네가 나를 사랑하게 되도록 노력하지."

"……."

"만약에 우리 둘 다 실패한다면 우리의 결혼 생활은 가망이 없는 거야. 그땐 나도 인정한다. 우리는 이혼밖에 답이 없다는 걸. 깨끗하게 이혼해 줄게."

"정말……요?"

"하지만 만약 네가 나를 사랑하게 되거나, 내가 너에게 설득당해서 아이를 낳게 되면 그때는 결혼을 유지하는 거야. 어때?"

유하가 망설였다. 꽤 어려운 조건이었다. 첫 번째로 저 고집불통인 일중독에게 아이를 낳자고 설득하는 건 매우 어려울 것이고 두 번째 문제는 그녀가 이미 꽤 많이 남편을 좋아하고 있다는 것이다.

반면에 이 협상안대로라면 아이를 낳게 되거나, 완벽하게 이혼할 수도 있다.

그녀가 곧 대답했다.

"그렇게 해요. 그때까지 전 카페를 계속 운영할 거예요. 이혼하게 되면 저도 뭔가는 하고 싶으니까."

"그렇게 해."

"그리고……."

그녀가 입술을 살짝 깨물었다가 말했다.

"이 말은 당신이 이혼을 마음먹는 데 도움이 될 거라고 생각하는데요."

"뭔데."

"전 이 집에서 필요한 게 아무것도 없어요. 딱, 목련 나무 한 그루만 주세요. 어때요?"

성준이 무심하게 '그래.' 하고 대답했다. 마치 그런 말을 할 줄 알았다는 듯이.

협상은 끝났다. 유하의 마음에 쏙 드는 협상은 아니었지만, 그래도 어느 정도 조건이 충족되면 이혼을 해 주겠다는 것만으로도 충분히 성공적이었다. 아이도 안 낳고, 이혼도 안 하겠다고집부릴 때에 비하자면 훌륭했다.

감정 없는 사람처럼 무조건 안 된다고 하고 끝일 줄 알았는데, 꽤나 많이 생각을 했다.

유하가 테이블에서 일어서려는데 성준이 말했다.

"이제부터 시작할까?"

"뭘를요?"

"사랑."

그가 낯간지러운 말을 하더니, 이제야 민망한 듯 혀를 찼다. 유하가 애써 딱딱하게 대답했다.

"당신 오전만 쉬고 회사로 갈 거잖아요. 저도 이제 카페에 가 봐야 해요."

"나에게 20분만 줘."

20분 동안 뭘 하려는 거지. 유하가 미심쩍어하는데 성준이 손을 뻗어 그녀를 잡아다 자기 무릎에 앉혔다. 갑작스러운 그의 행동에 유하의 얼굴이 빨개졌다.

"뭐 하려는……."

그리고 성준의 커다란 손이 유하의 턱을 잡더니 입을 맞추기 시작했다. 거칠던 행동과 달리 봄바람처럼 부드러운 키스였다.

둘의 집은 그리 넓지 않은 대신 마당이 매우 넓었다. 마당에는 나무 여러 그루가 있었다. 소나무, 감나무, 그리고 목련 나무가 있었다. 목련은 아름다운 기간이 아주 짧았다. 그래도 방문하는 모든 손님들은 이 집에 커다란 목련 나무가 있다는 것을 기억했다.

그만큼, 그 잠깐이 눈부시게 아름다운 나무였다. 키스를 나누는 동안 그 목련꽃이 사르르 테이블에 내려앉았다.

성준이 천천히 유하를 놓아주었다. 유하는 놀라서 촉촉이 젖은 눈으로 성준을 바라보았다. 성준이 중얼거렸다.

"자꾸 그런 눈으로 보지 마."

"……."

"판단력이 흐려져."

그리고 유하의 이마에 입술을 살짝 댔다가 그녀를 강하게 끌어안았다. 유하는 그제야 그가 지금 자신을 유혹하고 있다는 것을 알았다.

길고 달콤한 키스, 목련, 그리고 따뜻한 포옹.

성준의 단단한 품에 가만히 머리를 기대고 있는 시간 동안 유하는 멋대로 뛰려는 심장을 가라앉혀야 했다.

이 두근거림을 그에게 들켜서는 안 되니까.

또 한동안 성준은 대화할 틈을 주지 않았다. 외박은 눈에 띄게 줄었지만 여전히 집에 와서 잠만 잤기 때문에, 유하는 성준의 회사에 찾아가기로 마음먹었다.

그녀는 현실을 직시했다. 아무래도 여러 가지 면에서 남편에게 밀리고 있는 게 사실이었다.

아침에는 아무 생각도 없던 사람이 나가서 담배 한 대를 피우고 돌아오면 사업가 모드가 켜진다. 유하는 그를 이길 수 있는 시간이 그가 금단 현상에 시달리고 있는, 막 자고 일어난 시간밖에 없다는 걸 눈치챘다.

피로와 금단 현상. 그리고 또 한 가지 그의 판단력을 흐리는 게…… 버려진 강아지 같은 눈이라고 했지. 그게 무슨 눈이람.

새벽부터 서재에 앉아 공부를 하던 유하의 얼굴이 살짝 붉어졌다.

그녀의 서재는 복잡해졌다. 온 벽에는 다양한 종류의 메뉴판 시안이 있었고, 커피 이론이나 카페 운영에 관한 책들이 산더미같이 쌓여 있었다.

아이가 태어나면 얼마나 좋을지에 대하여 설득할 생각이었다. 자신이 성준의 도움 없이 아이를 양육할 수 있다는 것도 보여 줄 생각이었다.

그런데 그와의 입맞춤이 자꾸 유하의 집중력을 흐트러트렸다. 누가 누구 판단력을 흐린다는 건지.

내가 언제부터 이렇게 미인계에 약했나, 자책했다. 아무래

도 몇 번 만나 보지도 못하고 결혼한 남편에게 처음부터 호감
이 생겼던 건 얼굴 때문인가 보다.

그녀가 서재를 나와 성준이 선물한 하늘색 원피스를 꺼내
들었다. 입고 나자 치마가 무릎 조금 위까지 왔다.

"생각보다 짧네……."

유하가 거울을 보며 당혹스러운 표정을 지었다. 성준이 이
렇게 짧은 옷을 사 오다니 의외였다. 단정한 걸 좋아한다고 생
각했는데.

가는 김에 직접 만든 커피를 가져갈 생각이었다. 그녀가 청
소 중이던 강영 아주머니에게 물었다.

"저 커피 마실 건데 아주머니도 드실래요?"

"그럴까요?"

강영이 반가워했다. 그녀는 여러 자격증이 있었는데 그중
바리스타 자격증도 있었다. 커피를 내리는 것도 그녀의 중요한
업무였지만 요즘에는 유하가 공부를 하며 직접 커피를 내렸고,
강영에게도 대접했다.

그간의 특별 훈련을 한 보람이 있었는지, 에스프레소를 추
출하는 유하의 동작이 여유로웠다. 황금색 크레마가 아름다운
에스프레소에, 스팀으로 고소하게 데운 우유를 부어 카페 라테
를 만들었다. 한 모금을 먼저 마셔 본 강영이 감탄했다.

"어유, 맛있네!"

"정말요? 빈말 아니죠?"

"아니에요. 내가 또 커피 맛은 잘 알지."

강영의 말에 유하의 표정이 밝아졌다. 취미를 가진다는 건

참 좋은 일이었다. 말수가 적던 그녀에게 즐거운 화젯거리가 생겼다.

빵이랑 먹으면 잘 어울리겠다. 그녀가 잠깐, 작년에 사 놓고 쓰지 않았던 제빵용 오븐을 보았다. 쿠키를 구워 선물했는데 성준이 아무 반응도 없어 그 이후에 쓰지 않았었다.

다시 써 볼까.

잠깐 생각하던 유하가 생긋 웃었다.

찬후가 차 앞에서 기다리고 있다가 유하를 발견하고 연한 갈색의 눈을 조금 찡그렸다.

"저기, 사모님."

"네?"

찬후는 오랜 시간 성준 밑에서 일했기에 그가 자기 여자가 짧은 옷을 입는 걸 굉장히 싫어한다는 것을 알고 있었다. 그러나 자신이 감히 유하의 옷차림에 대하여 말하면 안 될 것 같기도 했다.

"아닙니다. 가시죠."

그가 문을 열어 주는데 유하가 물었다.

"별로예요?"

아까 찬후의 표정이 찡그려진 걸 본 모양이다. 유하가 걱정스레 묻자 찬후가 서둘러 손을 저었다.

"아뇨, 예쁩니다. 아니, 그러니까…… 잘 어울리십니다."

예쁘다는 말도 좀 무례할 것 같았다. 유하에 한해서 찬후는 모든 것에 조심스러웠다. 다행히 유하가 웃으며 말했다.

"찬후 씨도 넥타이 잘 어울려요."

"예? 아, 감사합니다."

찬후는 유하가 탄 후 차 문을 닫고 괜히 넥타이를 쓰다듬었다. 햇살을 받으며 걸어오던 유하 덕에 심장이 덜컹 내려앉았다. 저렇게 사랑스러운 여자와 살면서 어떻게 그렇게 외박을 밥 먹듯이 하는지……. 그의 상사는 정말 강심장이다.

차는 곧 성준의 회사 앞에 도착했다. 원래 A식품은 H그룹 빌딩 중 하나에 자리 잡고 있었다. 그러나 성준이 대표직을 맡고 얼마 지나지 않아 A식품은 높은 빌딩을 얻어 H그룹 빌딩에서 나왔다.

내규가 빡빡한 H그룹 빌딩에 얹혀사는 것처럼 슬금슬금 출근하던 A식품의 젊은 직원들이 자유를 얻었다.

유하는 성준이 있는 맨 위층으로 올라갔다. 엘리베이터에 달린 모니터에서 쉬지 않고 A식품 프랜차이즈 커피 광고가 반복되었다. 남편의 전 여자 친구가 모델인 광고를 보는 건 괴로운 일이었다.

―따듯한 커피 한잔 하실래요?

강세영의 목소리가 들리자 유하가 자기도 모르게 입술을 물었다. 외면하려 애썼다. 그냥 광고 모델일 뿐이다. 그녀가 연예 프로그램에서 인터뷰했던 것처럼 남편과는 이제 아무 관계도 아닐 것이다.

남편이 아무리 긴 출장을 떠난다고 해도, 그건 다른 여자를 만나기 위해서가 아니었을 것이라고 유하는 그렇게 스스로를 달랬다.

곧 유하가 집무실에 들어섰지만 성준은 전화를 끊지 않았다. 유하는 성준이 손짓으로 가리키는 소파에 앉았다.

한참 뒤에서야 성준이 전화를 끊었다. 그리고 미간에 주름이 잡히도록 찌푸리고 유하를 내려다보았다. 소파에 앉은 그녀의 무릎까지도 못 미치는 원피스가 눈에 거슬렸다.

그 원피스를 성준이 고른 것으로 알고 있는 유하는 그의 표정이 왜 안 좋은지 알 수가 없었다. 자신이 온 것이 불편한가 싶어 유하가 조심스레 물었다.

"바쁜 시간에 왔어요?"

"아니, 점심 먹기로 했잖아."

아내가 저런 모습으로 여기까지 올라왔을 것이라 생각하니 성준은 피에 불이 붙는 기분이었다. 유하가 자리에서 일어섰다. 점입가경이다. 일어서니 더 짧아 보였다. 타이트하게 조인 허리선 아래로 보이는 그녀의 가느다란 허벅지를 보니 여기가 회사고 뭐고 전부 벗겨 버리고 싶었다. 그녀를 본 다른 사내들도 이런 감정이었을 거라 생각하니 이성에 빨간 불이 들어온다.

"뭐 먹을 거예요?"

"여기서 먹지."

유하는 선물 받은 걸 입고 왔는데도 말 한마디 없는 성준이 얄미웠다. 그래서 그녀를 싸늘하게 보고 있는 성준 앞에서 한

바퀴를 빙 돌았다.

"저 모처럼 차려입었는데. 나가서 먹어요, 네?"

"나보고 칭찬이라도 하라고?"

그의 목소리가 차가웠다. 유하가 멈칫하며 뒤로 물러섰다.

선물해 준 걸 입고 왔느냐며 감동하진 않더라도 어울린다는 정도의 말은 해 줄 줄 알았다.

"칭찬 한마디 정도는 해 줄 수 있잖아요. 어울린다고."

"안 어울려."

성준이 냉정하게 말하자 유하가 서운한 목소리를 냈다.

"열심히 골랐다면서……."

"뭘."

"원피스요."

"……뭐?"

성준이 되묻자 유하의 입술이 저절로 열리고 작은 탄식이 흘렀다.

"당신이 고른 거 아니구나."

그녀의 혼잣말을 듣고서야 날카롭던 성준의 표정이 풀렸다. 기현에게 출장지에 있는 가게를 다 뒤져서라도 유하 취향의 선물을 골라 오라고 했었다. 유하의 화가 덜 풀렸을까 봐 집에 들어가길 피하고 있던 성준에게 기현이 연락했었다. '대표님이 열심히 골랐다고 하니까 웃으셨어요.'라고.

저게 그, 내가 골랐다는 선물이구나.

"아, 그거."

성준이 뭐라고 변명하려 했지만 이미 유하의 표정이 굳어 있었다.

그녀는 이전에도 이런 일을 겪은 적이 있었다. 기현이 결혼 기념일에 준 크림색 원피스였다. 그때도 그는 한 번을 칭찬해 주지 않았다. 언제 나를 봐 줄까 싶어 그의 앞에서 자꾸만 왔다 갔다 했는데도.

지금 생각해 보니 당연한 일이었다. 그가 고른 것이 아니니까 알아볼 수 있을 리 없었다. 결혼기념일이었다는 것조차 몰랐을지도 모르겠다.

성준이 잠시 할 말을 찾는데. 유하가 작은 목소리로 물었다.

"작년에 내가 준 결혼기념일 선물 기억나요? 저 그거 만들면서 정말 즐거웠는데."

그에게서 대답이 없다. 기억을 못 하는 것이다. 아니, 열어 보기나 한 걸까. 유하의 목소리가 조금씩 떨렸다.

"당신은 웬만한 건 다 가진 사람이니까 뭘 주면 좋아할까 한참 고민하고, 생각하고. 그게 참 좋았어요, 나는."

다시 대화가 중단됐다. 유하는 그 침묵 속에서 잠시 어릴 때의 기억을 떠올렸다.

어머니가 돌아가시고 얼마 되지도 않아 젊은 새어머니가 생겼다. 그녀가 집에 온 날부터 유하의 사춘기가 시작되었다.

새엄마는, 지금은 대학의 정교수인 인애는 그때 막 석사를 마치려는 중이었다. 인애가 자신과 친해지기 위해 최선을 다했음을 유하도 알고 있었다.

문제는 인애의 부모가 갑자기 생긴 열 살짜리 손녀가 너무 미워 어쩔 줄을 몰랐다는 것이다. 그래서 바쁜 딸을 돌봐 준다는 핑계로 종종 유하의 집에 와서 눈에 보일 만큼 아이를 타박했다. 어쩌면 인애도 그걸 알았을지도 모르지만, 그녀는 그 사이에 끼어들지 않았다. 그럴 정신이 없었다.

외조부모의 말을 그대로 배운 유하는 인애에게 내 엄마가 아니라고, 내 가족이 아니니까 나가라고 툭하면 화내고 울었다. 악순환이었다.

그러다 2년 뒤, 유하가 열두 살이 되던 해에 인애가 남동생을 낳았다. 학교에서 집에 돌아오기만 하면 그 애, 종현이를 돌봤다. 그제야 유하도 바뀐 가족 구성에 적응했고, 인애를 힘들게 했던 것을 보상해 주고 싶은 마음에 더 열심히 돌봤다.

그런데 아이는 유하가 그랬던 것처럼, 빠르게 어른들의 말을 배웠다.

유하가 고등학생 때, 유치원에 들어간 그 애가 처음으로 짜증을 내며 말했다.

'왜 우리 엄마를 엄마라고 불러? 우리 가족도 아니면서.'

아무것도 모르고 어른들이 하던 말을 따라 했을 어린 꼬마의 말이, 유하에게 비수가 되어 박혔다.

'그러게, 이 집에서 진짜 가족이 아닌 것은 이제 내가 되어 버렸네.'

유하는 그 이후부터, 스스로가 가족에게 불필요한 존재라고 생각하게 되었던 순간부터 그녀가 줄곧 꿈꾸던 것에 대하여 생각해 보았다.

성준의 무심함으로 인하여 유하가 바라던 결혼 생활을 단념하게 된 후에는 '그래, 사랑 따윈 필요 없어. 나는 아이만 있으면 괜찮아' 그렇게 믿었다.

나는 그때 정말 그렇게 생각했던 걸까? 정말 그렇게 생각했다면 왜, 왜 아이에 대하여 상상할 때마다 항상 그 상상 속에 남편이 있었을까. 내 품으로 아이가 뛰어 들어오는 상상을 할 때에 남편은 곁에 있었고, 하얀 벽에 낙서를 해 곤란해하는 그의 모습을 상상하면 저절로 미소가 지어졌다.

다른 남자는 생각해 본 적도 없었다. 언제나 남편뿐이었다.

유하는 그제야 깨달았다.

아이만 필요했던 것이 아니라, 가족이 필요했나 보다. 어쩌면, 저 남자의 사랑이 필요했던 건지도 모르겠다. 다만, 예전에 단념했던 것뿐.

"궁금한 게 있는데요. 성준 씨."

그녀가 다시 입을 열자 성준은 사업에 특화된 유능한 머리를 바쁘게 굴렸다. 지금 이 순간 그녀가 궁금한 게 뭘까. 이 협상에서 그녀에게 절대적으로 필요한 것은 도대체 무엇인가.

성준은 유하의 표정을 읽으려고 애썼다. 원래도 창백하던 여자의 얼굴이 더 하얗게 질렸다는 것 외에는 성준이 얻을 수 있는 정보가 없었다. 왜 저렇게까지 실망하고 있는지도 좀처럼 알 수 없었다. 어차피 내가 바쁘다는 건 알았잖아. 옷을 누가 골랐는지가 그렇게 중요해? 그 정도 거짓말은 할 수도 있는 것 아닌가?

그가 유하의 생각을 읽으려고 애쓰는 사이 그녀가 뒤로 물러섰다. 유하가 비틀거리기에 성준이 잡으려 하자 그녀가 돌아서 버린다. 그리고 차근차근 속에 있는 말을 건져 내어 그에게 물었다.

"나한테 시간 쓰기 싫어요?"

"……무슨 소리야."

"당신은…… 나에게 쓰는 시간이 아까워요?"

유하는 남편에게 자신의 시간을 주고 싶었다. 어쩌면 너무 많아서 그랬을지도 모르지만, 그가 너무 바쁘니까, 바쁜 그에게 내 시간을 조금 나눠 주고 싶었다. 그리고 대신 그의 시간을 받고 싶었다. 아주 조금이라도 좋으니까 그의 시간을 가지고 싶었다.

그녀는 울지도 않았고, 소리를 치지도 않았다. 등을 돌리고 있어 표정도 보이지 않았다.

그런데도 성준은 그녀가 하는 말 한 글자, 한 글자가 날카로운 것이라도 되는 것처럼, 그 날카로운 것을 전부 삼킨 것처럼 속이 아팠다. 속이, 가슴이 너무 아프니 두뇌도 회전을 멈춰 버렸다.

이게 무슨 기분이지.

어떻게 사람의 기분이 이렇게 미치도록 엿 같을 수가 있지.

이걸 도대체 뭐라고 불러야 할지 모르겠다.

외골수

왜 유하가 이렇게 화가 났는지 아주 조금은 알 것 같았다. 그녀가 선물을 받고 그토록 기뻐했던 것이, 지금 유하가 입고 있는 저 기가 막히게 어울리는 원피스 때문이 아니라는 것만은 확실하게 알았다.

유하가 비틀거리며 문으로 걸음을 옮기자 성준이 따라가 그녀의 팔을 쥐었다.

"어디 가."

그가 무겁게 말했다. 그녀가 대답이 없어서 강제로 유하의 몸을 돌려 자신을 보게 했다. 그의 거친 행동에도 유하는 놀라지 않았다. 그녀가 성준을 올려다보더니 입을 열었다.

"무슨 상관이에요. 관심도 없잖아요."

상관이 없으면 얼마나 좋아.

성준은 제 삶에서 이렇게 막막했던 적이 있었나 돌이켜 보았다. 없었다. 내 아버지가 생각보다 무능한 사람이란 걸 알았을 때도, 내 어머니가 그런 아버지의 무능함을 감추기 위해 더욱 사치를 부렸어도, 비뚤어진 교육열로 자신의 방문을 밖에서 잠가 뒀어도.

그랬어도 이렇게 기분이 더럽고 속이 아프진 않았다. 어차피 그 사람들은 가족도 아니었으니까.

그런데 유하는 다르다. 그녀는 자신을 이런 눈으로 보면 안 되는 거다. 유하의 체념한 듯한 눈과 마주하고, 입술이 열릴 때마다, 성준은 생애에 없었던 고통을 경험했다. 말이라는 게 이렇게까지 사람을 미치게 할 수 있었나.

아내는 자신에게 사람의 기분이 어디까지 처박힐 수 있는지를 알려 주고 있었다.

간신히 이성을 찾은 성준이 대답했다.

"어차피 내가 골라 봤자 이렇게 예쁜 거 못 골라. 그래서 기현이 시킨 거야."

"왜 자꾸 거짓말해요."

유하의 눈에 눈물이 고였다. 그녀가 말을 이었다.

"시간이 없었던 거잖아요."

"알잖아. 지금 회사 상황이 안 좋아."

"으응."

그녀가 체념한 목소리로 말했다.

"회사 상황이 안 좋아서, 일이 바빠서. 그래서 내가…… 내가 당신을 떠나고 싶어 하는 걸 알았어도. 그래도 여전히 나에게 쓰는 시간보다 회사가 더 중요했던 것뿐이죠?"

"……"

"그래 놓고 어떻게…… 나를 사랑한다는 말이 나와요?"

"……"

"어떻게 그렇게 사랑한다는 거짓말을 쉽게 해요, 당신은?"

유하가 대답 없는 성준을 밀어내려 했지만 그는 놔주지 않았다. 자그마한 주먹을 쥐어 그를 때려 봤지만 성준은 그녀를 놔주지도, 때리는 것을 막지도 않았다. 놓았다가는 이대로 영영 그녀를 잃을지도 모른다는 생각 때문이었다.

일단은 힘으로 붙잡아 뒀다가 유하가 조금 진정하면 그녀를 달래 줄 생각이었다. 그때 집무실 문이 벌컥 열렸다.

유하가 고개를 돌려 안으로 들어오는 여자를 보았다. 그녀가 성준의 사무실에 오는 내내 반복해서 본 광고 속 여자, 강세영이었다. 단순한 성격인 세영이 놀란 눈으로 말했다.

"어머, 지금 내가 올 때가 아니었나 봐?"

기막힌 그녀의 등장에 유하의 몸에 힘이 풀렸다. 그녀가 쓰러질 것 같아 성준이 급히 유하의 허리를 팔로 감았다. 그러자 유하가 손을 들었다. 그리고 성준의 뺨을 세게 때렸다.

제 딴에는 세게였지만 쓰러질 정도로 기운이 빠진 그녀의 손은 그리 맵지 않았다. 지금 쓰라린 속에 비하면 느껴지지도 않을 정도였다. 유하가 성준의 팔에서 벗어나며 말했다.

"따라오지 말아요."

"잠깐만……."

"따라오면, 정말 끝이에요."

유하가 말하고 집무실을 나갔다.

집무실을 나와서야 유하는 눈물이 쏟아졌다. 언제부터인가 성준이 집에 들어오지 않는 많은 날 중에 며칠 정도는 다른 여자와 있을 것이라 받아들이게 되었다.

정략결혼이라고는 해도 결혼은 결혼이니까. 조금씩 서로가 부부라는 것을 받아들이게 될 줄 알았다.

그래서 언젠가는 정말, 사랑한다는 말이 낯설지 않은 사이가 되기를 그렇게 바랐는데.

유하가 울며 복도로 나섰다. 막무가내로 들어서던 세영과 실랑이하느라 문 앞까지 쫓아왔던 찬후가 당황하며 말했다.

"죄송합니다! 제가 막았어야 하는데……."

유하가 정신이 없었는지 듣지도 못하고 앞으로 걸었다. 그녀가 때마침 두 층 아래 있던 엘리베이터를 타자 찬후가 서둘러 그녀를 따라 탔다.

"사모님."

그가 몸을 숙여 유하의 얼굴을 살폈다. 이런 생각을 하면 나쁜 것 같지만, 사람이 어떻게 이렇게 예쁘게 우나 싶었다. 외로움에 지쳐 무뎌진 표정보다는 우는 게 훨씬 예뻤다. 찬후가 보기에는 차라리 그게 후련했다.

그가 달래듯이 미소를 지으며 말했다.

"한강 갈래요?"

그의 말에 그제야 유하가 고개를 들었다. 눈도 입술도 빨갛고, 주먹도 꼭 쥐어져 있다. 어린애 같았다. 그녀가 울음이 섞인 목소리로 말했다.

"아, 한강……."

"바람 좀 쐬면 기분이 나아질 거예요."

잠시 생각하던 유하가 말없이 고개를 끄덕이자 찬후가 그녀 손에서 핸드백을 받아 들었다. 엘리베이터가 1층에 도착하자 찬후가 뒤로 돌아서더니 자기 등을 툭툭 쳤다.

"제 등 뒤에 숨어서 오세요. 누가 보면 부끄러우니까."

그의 장난스러운 말에 죽은 것처럼 창백해져서 울던 유하가 저도 모르게 살짝 눈물을 그쳤다. 찬후가 앞장서 걸으며 물었다.

"안 오실 겁니까?"

"……갈 거예요."

유하가 두 손으로 눈물을 닦으며 그의 뒤를 따라 걸었다. 찬후는 어떻게 그녀를 더 웃게 하나 한참을 고민했다.

⟡

잠시 후 성준이 정신을 차리고 복도로 달려 나가 보니 엘리베이터가 이미 1층으로 내려간 후였다. 엘리베이터를 기다리는데 좀처럼 올라오질 않는다. 그가 초조한 표정으로 기다리다 결국 찬후에게 전화를 했다. 그가 바로 받았다.

─예, 대표님. 박찬후입니다.

"너 어디야."

−아, 지금 한강 가려는…….

그러더니 전화가 끊겨 버렸다. 유하가 끊어 버린 모양이었다.

성준의 표정이 구겨졌다. 유하는 슬프다고 해서 한강을 찾아가는 여자가 아니다. 내성적이고 사회성도 다소 부족해서 외출을 싫어한다. 새로운 사람을 만나는 것도, 새로운 장소를 가는 것도 선호하지 않는다. 그런 여자가 한강이라니. 도무지 어울리지 않아서 이게 박유하가 맞나 싶을 정도였다.

더더군다나 지금 같이 있는 건 박찬후였다. 스물여덟 살의, 집안만 가난하지 않았다면 지금쯤 훨씬 더 좋은 인재가 되어 있을 녀석. 체격은 좋은데 얼굴은 작고 반반해서 일하는 내내 여직원들의 사랑을 한 몸에 받았던 그 녀석. 가정 형편을 생각해 명문대를 갈 성적이었음에도 대학 진학을 포기했지만 자기가 하고 싶었던 영문학에 대한 꿈을 잃지는 않아서 늘 책을 읽거나, 영어 공부를 하는 성실한 남자였다.

성준은 본능적으로 자신의 여자가 다른 남자에게 의지하고 있다는 사실을 알았다. 그것도 성준이 보기에도 썩 괜찮은 남자에게. 성준이 바로 재킷을 챙겨 들자 세영이 그를 막았다.

"얘기 좀 해."

"오지 말라고 했잖아. 할 말 있으면 매니저 보내라고."

세영을 워낙 오래 전속 모델로 썼기 때문인지 결혼 직후에 그녀와 계약을 해지하니 매출이 급격하게 떨어졌다. 별수 없이 1년 뒤 다시 그녀와 재계약을 하며 스캔들이 한 번 더 났었다. 그때, 앞으로 개인적인 연락은 하지 말자고 성준이 딱 잘라 말했고 세영도 처음에는 받아들였다. 그러나 3년간 온갖 남자를

122

만나 봐도 이성준만 한 남자가 없었다. 그만큼 불같이 사랑한 남자가 없었다. 그가 그리웠다.

"오빠가 연락도 안 받아 주잖아."

"나 결혼한 지 3년 됐다. 받을 이유가 없어."

그러자 세영의 예쁜 얼굴이 찡그려졌다.

"그 여자 사랑하지도 않잖아."

그녀의 말에 성준이 잠깐 행동을 멈췄다. 아까 유하가 한 말이 떠올랐다.

'어떻게 그렇게 사랑한다는 거짓말을 쉽게 해요, 당신은⋯⋯.'

얼마 전 그녀의 얼굴을 똑바로 바라보며 사랑한다고 말했다. 성준은 그런 낯간지러운 말을 입 밖으로 내 본 적이 없었다. 그래도 그녀를 위해서, 사랑한다고 말했다.

그 말이 오히려 유하를 더 슬프게 했다는 게 이상했다. 심지어 자신의 결혼 생활을 들여다본 적도 없는 세영조차 저렇게 말하고 있다는 사실이 더욱 납득이 가지 않는다.

"내가 내 아내를 사랑하는지 안 하는지 네가 어떻게 알아?"

"오빠 집에 잘 안 들어가는 거 알아."

"그래, 바빴으니까."

성준은 그렇게 말하면서도 욕이 나왔다. 바빴다. 이 말이 이렇게 아무런 변명이 안 되는 무능한 말인 줄 몰랐다. 누가 봐도 자신이 유하에게 하고 있는 것은 사랑이 아닌 것이다.

초기에 빈털터리에 무너지기 직전인 A식품이 자리 잡기까지 성준은 식사도 거를 정도로 바빴다. 뛰어난 에스프레소를 만들어 내기 위해 이탈리아 출장을 얼마나 많이 다녔는지 여권을 재발급받아야 했을 정도였다.

바빠서 툭하면 집을 비웠다. 미치도록 쉬고 싶을 때 가끔 집을 떠올렸다.

하루 종일 바쁘게 일하고 집에 가면 무뚝뚝하더라도 자신을 기다려 주는 아내가 있었다. 자신을 귀찮게 굴지 않고, 딱히 웃거나 울지도 않고.

섹스를 원할 때는 아무리 피곤해도 거부하지 않는 그런, 마치 성준의 일상에 맞춘 듯이 완벽한 아내가 그의 집에 있었다. 그에게는 그랬다. 그게 아내에게는 충분치 못했다는 걸 몰랐다.

최소한 성준에게 있어 세상에서 유일하게 안정감을 느끼는 곳이 집이었다. 그 집은 아내가 있어야만 완성된다. 그러니까 아내란 그에게 딱, 며칠 밤을 새우고 돌아와 눕는 침대 같은 존재였다. 그런 행복과 안정을 느꼈다.

사랑한다는 게 그런 거 아닌가? 더한 감정이 세상에 있기는 한 건가? 이게 사랑이 아니면 도대체 사랑이 뭔데? 뭐가 더 있는데?

여자들이란 정말 이해할 수 없는 존재들이다.

성준이 나가려 하자 세영이 다급하게 물었다.

"어, 어디가?"

"유하 찾으러."

"얘기 좀 하자니까!"

"강세영."

성준이 세영을 보는 싸늘한 눈이 상대방을 완전히 얼게 했다.

"지금 내 아내가 외간 남자와 한강을 가고 있다고, 강세영. 그것도 꽤 잘생긴 놈이랑."

그가 날카로운 목소리로 말했다.

"내가 원래 이런 말 잘 안 하는데."

"……."

"너 다시 내 앞에 나타나면 연예계 생활 끝나는 줄 알아."

세영이 움찔했다. 그녀는 성준을 꽤 오래 만났지만 그가 이처럼 초조해하는 걸 못 봤다. 급하게 걷는 모습은 더더욱 상상조차 할 수 없었다. 그런 남자가 지금 아내를 찾으러 저렇게 서두르다니.

집무실을 달려 나가는 그의 뒷모습을 멍하니 바라보던 세영은 예전 일을 떠올렸다.

세영이 전속 모델이던 A식품에 성준이 나타났다. 세영은 성준을 보자마자 그에게 반했다. 그를 유혹하려고 별짓을 다 해봤다. 가는 곳마다 쫓아다녀서 겨우 만나기 시작했는데 대표직을 맡기 전, 일을 배우기 위해 평사원으로 일하던 성준은 지금보다도 더 바빴다. 그래서 외로웠고, 그 외로움에 화가 났다. 그래서 그녀가 먼저 바람을 피웠다.

솔직히 말하면 성준이 매달릴 줄 알았다. 그는 정말 한 여자밖에 모르는 남자였으니까. 그런데 그의 반응이 의외였다. 아니, 어쩌면 예상 가능했을까.

세상에 어떻게 연애 중에 다른 사람을 만날 수가 있는지, 그런 건 상상도 못 했다는 듯이 비웃었다.

세영은 오싹했다. 알고 있었다. 이성준이 얼마나 무식한 놈인지. 얼마나 무식하게 한 방향밖에 못 보는지. 그런데 연인이 바람을 폈는데 화도 안 내고, 그저 비웃을 줄이야.

얼마 뒤 그가 다른 여자와 결혼을 했다. 세영도 새로 만난 남자와 연애를 즐겼다.

그런데 미치도록 그가 그리웠다. 침대 매너는 쓰레기 같지만 얼굴만으로 여자를 돌게 만들고, 사납지만 정중하고, 뜨겁도록 열정적인 그 남자를 잊을 수가 없었다.

그러다 세영과 계약을 해지한 후에 매출이 떨어졌는지, 다시 그녀와 모델 계약을 했다. 사적인 감정은 전혀 없다고 성준이 말했지만 연결이 되어 있으니 그에 대한 그리움이 커졌다.

그래서 얼마 전, 성준에게 달려갔었다. 그리고 그를 끌어안자 무심하게 밀어냈다.

"뭐 하는 거야. 결혼한 사람한테."

"정략결혼이었다며. 연애도 없이 결혼했다며?"

"남의 결혼에 대해서 함부로 말하지 마."

"오빠가 결혼해도 좋아. 상관없어. 그러니까 나랑 만나. 원래 재벌들 다 그러는 거 아냐?"

그녀의 말에 성준이 아주 미친 사람 보듯이 세영을 보았다. 세영이 언성을 높였다.

"갑자기 나한테 왜 이래? 아직도 나한테 화났어? 내가 미안하다고 했잖아!"

"강세영."

"난 오빠를 알아. 절대 가정에 충실한 남자는 아니잖아."

죽도록 바쁜 남자다. 일밖에 모르는 미친 새끼. 나는 그런 그를 왜 이렇게 목을 매고 사랑하게 된 걸까.

세영이 그를 노려보며 말을 이었다.

"그리고 아주, 아주 빌어먹게 외골수지. 이성준이란 인간은."

"잘 아네. 난 한 번에 한 가지밖에 못 해."

"그러니까! 오빠는 나밖에 몰랐잖아, 그런데 갑자기 왜 그래. 왜 그렇게 사나운 눈을 해. 정말 나한테 왜 이래……."

분을 못 참고 소리치던 그녀의 목소리가 점점 줄어들었다. 찌푸린 그의 표정이 막막했다.

그가 세영이 끌어안은 탓에 비뚤어진 넥타이를 바로잡으며 말했다.

"그래, 네 말대로 나는 그렇게 빌어먹게 외골수라서."

"……."

"나는 한 번에 한 여자밖에 못 만나."

세영이 그날을 떠올리며 헛웃음을 지었다. 더럽게 냉정한 놈. 아내에게도 그렇게 싸늘하게 굴었을 것이 뻔하다. 그러니 저렇게 울며 달려 나가지.

그의 무심한 표정은 늘 앞에서 온갖 감정 변화를 겪고 있는 자신을 미친 사람처럼 만들었다. 그래서 그녀는 지금, 유하가 왜 그렇게 체념한 표정으로 집무실을 나가 버렸는지 너무도 잘 알았다.

찬후는 뒷좌석에서 들리는 유하의 울음소리에 한강까지 가는 내내 안절부절못했다. 수행 비서로서 그저 모른 척, 한강으로 운전만 하면 될 텐데 그럴 수가 없었다.

두 살 연상의 유하는 결혼을 해서인지 항상 나이 차이 이상으로 어른스러운 구석이 있었다. 그런 그녀가 저렇게 울고 있으니 어린 여자아이를 제 손으로 울린 것만 같아 가슴이 미어졌다.

찬후는 자신이, 그녀를 모셔야 할 사모님 이상으로 생각하고 있음을 알고 있었다. 잘 웃지 않지만 상냥했고, 내성적이었지만 이기적이지 않았다. 그러나 감히 욕심낼 엄두도 내지 못했다. 그저 그녀를 지켜 주는 것이 직업이라는 게 썩 마음에 들었을 뿐.

이 마음이 더 깊어지면 언제든지 그만두리라, 속으로만 그렇게 생각할 뿐이었다.

찬후가 종종 아침 운동을 하러 나오던 곳으로 유하를 안내했다. 한강을 볼 수 있는 방향에 놓인 벤치였다. 찬후가 재킷을 벗어 벤치에 깔아 주자 유하가 놀라서 옷을 집어 들었다.

"괜찮아요."

"원피스가 하늘색이라 더러워질 것 같아요."

"더러워져도 괜찮은 옷이에요."

하도 울어서 빨개진 눈으로 고집을 부렸다. 티격태격하다 둘이 절충해서 유하가 바닥 대신 무릎 위에 재킷을 덮었다. 그리고 한강을 물끄러미 바라보았다.

"예쁘네요."

"기분이 좀 풀리세요?"

"으음, 달콤한 거 먹으면 풀릴 것 같아요."

"아이스크림 사 올까요?"

"여기 앉아 보세요."

유하가 옆을 탕탕 쳤다. 서 있던 찬후가 주변을 두리번거려 성준이 없는 것을 확인했다. 그 남자는 하도 유능해서 단숨에 여길 찾아 나타날 것만 같았다. 하지만 그냥 '한강으로 가고 있다'고만 했으니 찾아낼 리 없겠지.

찬후가 그녀의 옆에 앉았다. 그러자 유하가 핸드백을 열고 초콜릿을 꺼내 찬후에게 건넸다.

"나눠 줄게요."

그러더니 자기도 하나를 까서 입에 넣었다. 찬후가 얼떨결에 유하가 내민 초콜릿을 입에 넣었다. 달콤하고, 살짝…….

찬후가 당황해서 말했다.

"이거 술 들어 있는 거 아닙니까?"

"맞아요."

"저 운전해야 하잖아요!"

찬후가 자기도 모르게 소리치자 유하가 그제야 조금 웃었다. 그 웃음이 사랑스러워서 찬후가 흠칫 놀라 고개를 강 쪽으로 돌렸다.

"운전할 사람한테 술 먹이는 거 아닙니다."

"미안해요. 그래도 엄청 조금 들어 있는걸요. 찬후 씨도 술 많이 마시잖아요."

"그래도요!"

찬후는 고지식했다. 성준은 평사원일 때, 같이 일하던 찬후의 그런 면을 높이 샀다. 그래서 그를 믿고 유하의 수행 비서를 맡겼다. 찬후 역시 거의 이름뿐이던 A식품을 이렇게까지 성장시킨 성준을 우러러보았다. 무엇보다 그가 사람을 대하는 방식을 존경했다. 찬후는 성준이 대표직을 맡은 이후, 회사에서 구조적인 차별은 느껴 본 적이 없었다.

그런 상사였지만 아까 유하가 우는 모습을 봤을 때는 고용주고 뭐고 성준에게 달려들어 때려눕히고 싶었다. 지금 생각해 보니까 싸우면 무조건 질 것 같지만…….

"고마워요, 찬후 씨. 한강 정말로 좋네요. 근데 머리가……."

유하가 당황하며 강바람에 멋대로 날리는 머리칼을 두 손으로 꾹 눌렀다. 찬후가 안 웃으려고 이를 꽉 무느라 표정이 엉망이 되었다.

"많이 이상해요?"

"안 이상합……."

결국 못 참고 찬후가 웃자 유하가 그를 흘기다가 저도 따라 웃었다. 그런 그녀 덕분에 찬후의 애꿎은 심장만 정신없이 뛰었다. 한참 울어서 빨개진 눈이 남자의 마음을 녹진하게 만들었다. 더 보고 있으면 안 될 것 같아서, 찬후가 마음을 정리하느라 한강으로 고개를 돌리는데 그의 시선 안에 성준이 나타났다.

"대표님?"

유하보다도 더 오래 성준을 봐 왔던 찬후의 눈이 휘둥그레졌다.

그가 아는 이성준은 항상 여유로웠다. 운동할 때를 제외하고는 절대로 달리지 않았다. 성준이 기침을 몇 번 하고 말했다.

"찬후 넌 차로 가 있어."

성준이 제일 먼저 유하의 무릎을 덮은 재킷을 집어 찬후에게 던지듯이 건넸다. 해를 등진 그는 셔츠가 몸에 붙을 정도로 땀범벅이었다. 이 한강 주변을 다 헤집고 다닌 것처럼. 찬후가 잠시 그를 보았다가 묵례를 하고 차로 향했다.

유하도 조금 놀랐지만 곧 진정을 찾고 그를 바라보았다. 성준이 유하의 옆에 앉았다. 그가 숨을 돌리려는데 유하가 일어섰다.

"어디 가."

이 한강을 다 뒤져서 찾아다녔더니, 이 여자가. 성준이 유하의 손목을 꽉 움켜쥐었다. 그녀가 차갑게 말했다.

"당신 얼굴 보고 싶지 않아요."

"가지 마."

그의 손에도 땀이 흥건하다.

유하가 팔을 빼려 애썼지만 그는 놓아주지 않았다. 오히려 더 힘이 들어가 손자국이 남을 지경이었다. 유하가 아파서 신음하자 멈칫하는 듯했지만, 그래도 지금 그녀를 놓아줄 생각은 없어 보였다. 유하가 그를 노려보며 말했다.

"이거 놔요."

"안 놔."

"소리 지를 거예요."

"질러."

성준이 날을 세워 말했다.

"네가 소리를 지른들 누가 날 건드려."

"……."

"경찰도 못 건드려."

틀린 말은 아니었다. 그 H그룹 이성칠의 손자를 누가 건드릴까.

성준이 그녀를 제 옆으로 끌고 와 앉혔다. 얼마나 달렸는지 성준에게서 열기가 느껴졌다.

그는 한동안 말이 없었다. 너무 달려서 지쳤는지 뒤로 눕듯이 기댔다. 둘 사이에 침묵이 흘렀다. 그러다 다시 바람이 불어 유하의 머리가 헝클어지자 그녀가 잡혀 있지 않은 한 손으로 제 머리칼을 정리했다.

성준이 그녀의 모습을 물끄러미 바라보다 말했다.

"당신 때문에 얼마나 뛰었는지 알아?"

"누가 뛰래요?"

"나도 늙나 보다. 예전엔 이거 뛰어선 숨도 안 찼는데."

겨우 서른셋 먹은 게 늙나 보다라는 소리를 하고 있다. 그가 손을 뻗어 유하의 헝클어진 머리칼을 쓸어 넘겼다. 그리고 피해 버리는 그녀 쪽으로 몸을 가까이 했다. 땀 냄새가 먼저 나고, 약간의 향수 냄새가 난다.

그의 얼굴을 다시 보니 겨우 멈췄던 울음이 다시 터지려 했다. 성준이 시선을 피하는 유하를 무겁게 불렀다.

"야, 박유하."

'야.'라니. 이렇게 무례한 호칭은 처음이다. 안 뛰던 남자가 뛰지를 않나, 안 하던 짓을 계속해 댄다. 황당해서 나오려던 울음까지 그쳤다. 그의 뒷말이 들렸다.

"나 강세영 안 만난다. 너랑 결혼하고 사적으로 만난 적 없어."

그 말에 유하가 당황해 고개를 들었다. 그러자 바로 앞에 그의 얼굴이 보였다. 야외인데. 지금은 사람이 없지만 언제 지나갈지 모르는데 너무 가까웠다.

"그건 그 자식이 멋대로 찾아온 거야. 우리 회사 전속 모델이잖아. 나는 분명히 매니저만 보내라고 했어."

믿기지 않지만, 솔직히 성준다웠다. 그를 못 잊어, 아내가 있는 것을 뻔히 알고도 '성준이 핸드폰으로 연락을 받아 주지 않아 집으로 전화했다'는 여자가 이전에도 있었다. 그러니 자신이 모델인 회사에 찾아오는 여자가 있는 것도 납득이 되었다. 그리고 그런 여자들 때문에 유하가 남편이 다른 여자를 만나고 있을 거라 생각하는 것도 무리가 아니었다.

무엇보다 저 돈밖에 모르는 남자는, 전 여자 친구를 계속 모델로 쓸 정도로 충분히 무심했다.

유하를 바라보는 그의 눈매가 묘하게 찌푸려졌다. 어이가 없다. 분명 그녀의 오해가 억울한 거다, 이 남자는. 3년간 자신과 염문이 있는 여자에 대해서 변명 한 번 안 해 줬으면서도.

"그럼."

유하가 입을 열었다. 그녀의 화난 눈을 보니 성준은 급격히 기분이 나아졌다. 아까 본 그 체념한 표정보다 월등히 마음에 들었다.

눈매가 순해서 화내면 그 갭이 매력적이었다. 그녀는 눈에

133

띄는 것을 좋아하지 않아서 옷도 립스틱도 늘 연한 색을 썼는데 그게 잘 어울렸다. 장미보다는 연하고, 벚꽃보다는 짙은 입술색이다. 저 예쁜 입이 사람 속을 그렇게 쓰리게 만들 줄이야.

"그럼?"

성준이 재촉하자 유하가 말했다.

"왜 이렇게…… 집에 안 들어와요? 그때 도대체 뭐 해요?"

"일하잖아. 출장 가고."

성준은 뭐 그딴 걸 물어보냐는 듯한 표정이다. 굳었던 유하의 표정이 서서히 펴졌다. 황당해서 그렇다. 정말, 정말로 그게 다인 거다, 이 남자는. 성준이 물었다.

"연락이 안 돼서 그래?"

"그야……."

"그럼 연락하라고 욕하면서 화내. 아까처럼 때려. 네가 하는 건 다 봐줄 테니까."

유하가 경계심이 가득한 고양이처럼 성준을 바라보았다. 이 뭐든지 내려다보는 듯한, 거만하기 짝이 없는 남자가 왜 저렇게 저자세인지. 유하는 자신이 그렇게까지 괜찮은 아내였던가를 돌아봐야 할 지경이었다. 성준은 여전히 애정이라곤 찾아볼 수 없는 목소리로 말을 이었다.

"난 원래부터 단순한 놈이라서 한 번에 한 가지 일밖에 못해. 너 남동생 있으니 알 거 아냐. 남자는 원래 멀티플레이가 잘 안 돼."

"……."

"말했잖아. 나는 너랑 이혼하기 싫다고. 화내는 건 좋은데,

기회도 좀 줘 가면서 패."

마지막 말은 농담이었는지, 한쪽 입꼬리를 올려 슬쩍 웃는다. 유하를 제 앞에 붙잡아 두니 여유가 생겼다.

유하가 그의 미소를 가만히 바라보는 사이, 성준이 말을 이었다.

"서른이 넘도록 그렇게 산 놈이 어떻게 하루아침에 변해."

"……."

"기회를 주기로 약속했잖아. 일단 말해, 고쳐 볼게. 말하고도 못 알아들으면 그때 가서 버려. 곱게 떨어져 줄 테니까."

여전히 그의 말투는 사납기 짝이 없는데, 무섭지가 않았다. 아마도 그 말투에 조금, 간절함이 스며 있어서 그런 듯했다. 유하의 머리가 더욱 복잡해졌다.

그는 도대체 얼마나 뛴 건지, 바람이 이렇게 부는데 아직도 땀이 다 마르지 않았다.

유하는 남편에 대해서 잘 몰랐지만 적어도 이렇게 급하게 달릴 사람이 아니라는 것만은, 언제나 여유로운 사람이라는 것만은 알았다. 이렇게 말하는 성준이 너무나 이기적이고 나쁜 사람이라 열이 받으면서도 3년이나 같이 산 사람이니 이해 못할 말은 없었다.

지금 그에 대하여 이해가 가지 않는 건 오직 하나. 왜 이렇게까지 나를 찾으러 달려왔는가. 그거 하나뿐이었다.

평생 자존심을 굽히는 일이라곤 해 본 적이 없을 남자가 알려 달란다, 고쳐 보겠다면서.

유하는 자신이 그에게 아주 조금은 변화를 일으킬 수 있는 존재가 아닐까 생각했다. 그녀가 성준에게 여전히 붙잡혀 있는 손을 들었다. 그리고 아까 제 손으로 때린 성준의 뺨을 감쌌다. 외박할 때 면도를 못 했는지 까칠까칠했다. 그녀의 손이 닿으니 그의 사납던 얼굴이 조금 풀어졌다.

커다란 맹수를 길들이는 기분이 이런 걸까. 무서우면서도, 묘한 희열이 느껴졌다.

유하가 입을 열었다.

"한 달 줄게요."

"한 달?"

"그 안에 내가 당신을 사랑하게 해 봐요."

"……."

"바뀌어 봐요."

한 달. 짧긴 하지만 지금 당장 그녀를 놓치는 것보다야 비할 수 없이 낫다. 성준이 대답했다.

"그래."

"지금은 분명히 성준 씨가 잘못한 거죠?"

그녀가 확인을 받으려 물으니 성준의 표정이 약간 구겨졌다.

이 여자 점점 영악해지는 것 같은데 누구한테 배우는 거지. 그 친구라는 여잔가……. 못 만나게 하든지 해야겠다.

성준이 마지못해 대답했다.

"내가 잘못했다."

"잘못했으니까 자주 웃어 줘요."

"뭐?"

"무서운 표정 하지 말아요. 그렇게 명령조로 말하지도 말아요. 아까처럼 협박하는 것도 안 돼요."

"뭐가 그렇게 요구가 많아."

성준이 표정을 다시 구기는데, 유하가 천천히 다가왔다. 그녀의 보드라운 입술이 상을 주듯 성준의 입술에 닿았다가 떨어졌다.

그녀가 아무 말도 못 하고 얼어붙은 성준에게 속삭였다.

"면도도 해요. 그리고 오늘은 집에 일찍 들어와요."

"……."

"알았어요?"

"……알았어."

성준의 대답을 듣고 난 유하가 핸드백을 집어 들고 주차해 둔 차로 향했다. 그녀가 멀어지고도 한동안 꼼짝도 못 하던 성준이 어이없다는 듯 중얼거렸다.

"간이 부었네, 저 여자."

자신을 이렇게 가지고 논 사람이 세상에 있었던가.

건물을 살 때부터 손이 큰 여자인 건 알았지만, 저를 손바닥 위에 올려놓을 정도로 큰 줄은 몰랐다.

완벽한 세계

성준의 부모는 무능하고 비열하기 짝이 없었다. 아버지는 이성칠의 아들로 태어났다는 이유만으로 받아 낸 어마어마한 자산을 권력 삼아 다른 사람들의 인격을 짓밟았다. 그런 아버지와 결혼한 어머니 역시 돈 외에는 별로 관심이 없었다.

성준이 제 부모를 우습게 여기는 이유는 그 때문이었다. 부모에게 성준은 돈줄 이상도 이하도 아니었다. 그렇지 않고서야 그렇게 금고 잠그듯이, 아들이 있는 방을 잠글 수가 있었겠는가.

다행인 것은 성준이 중학생 때 할아버지에게 받은 유가증권이 그의 아버지 이희강이 날려 먹고 남은 재산보다 많았다는 것이다. 오히려 아버지가 아들에게 손을 벌렸다.

성준은 서른까지 옆을 돌아볼 수 없을 정도로 바쁘게 살았다. 여자는, 인기가 많았으니까 누가 품으로 안기면 안고 싫으면 헤어졌다. 세영도 마찬가지였다. 그의 품으로 안겨 들어 사랑해 달라고 졸랐다. 그녀가 바람을 피워 헤어지기 전까지는 그냥 그게 사랑인 줄 알고 지냈다.

그러다 성준이 결혼할 때가 되니 아버지가 다시 참견을 시작했다. 아들은 이미 갑이 되어 마음대로 하기 힘드니 며느리라도 만만하고 이용하기 좋은 여자로 데려오려 했다.

유하와 처음 만난 것은 H그룹 빌딩 안에 있는 라운지 카페였다. 선을 볼 시간도 없어서 일하는 중간에 딱 두 시간 빼서 라운지로 갔다.

카페에 도착한 성준은 한눈에 박유하가 누구인지 알았다.

'박유하'라는 이름을 처음 듣고 성준이 떠올린 이미지는 박하사탕이었다. 여유가 없으니 글자 그대로 단순하게 생각했다. 그 박하사탕이라는 이미지가 박힌 채로 만난 유하는 정말 이름 그대로였다. 하얗고, 달고, 청량했다.

"이성준입니다."

손을 주머니에 넣고 있다는 것을 잊었다. 그리고 한 손으로 악수를 청했으니 그녀에게 자신의 이미지는 최악이었을 것이다. 장소도 제멋대로 골랐고, 누가 봐도 일하다 나온 회사원 복장이었으니까.

유하가 천천히 손을 내밀었다.

"안녕하세요. 박유하예요."

그녀는 그날 하얀 블라우스에 연분홍색 플레어스커트를 입고 있었다. 너무 색이 없어 보일까 봐 걱정했는지 구두는 스커트보다 조금 진한 붉은색이었다.

성준이 자리에 앉자마자 말했다.

"두 시간 후에 가 봐야 합니다."

"네."

"시간 아까우니까 결혼 전제로 이야기하시죠."

"……네?"

그제야 유하가 눈을 크게 떴다. 그렇지. 다른 여자들도 이런 식이었다.

성준에게 필요한 건 부부로서의 아내가 아니었다. 동업자로서의 아내. 그러니까 시간 아깝다는 말에 도망갈 여자였으면 애초에 제 짝이 아니었다. 성준이 말했다.

"어차피 집안끼리는 이야기가 끝났을 거고. 유하 씨나 저나 집안 분위기가 아무나 만날 순 없을 테니, 맞선 상대들 중에 하나 고르면 되는 거 아닙니까?"

"맞아요."

"나는 지금까지 세 명을 더 만났는데. 그중에 유하 씨가 가장 마음에 듭니다. 유하 씨는 어때요?"

"저는……."

유하가 머뭇거렸다.

어느 면으로 보나 그녀가 만날 수 있는 선택지 중에 월등한 것은 성준이었다. 자기 자신을 아주 잘 알기 때문에 성준이 저렇게 대뜸 결혼 전제 이야기를 하는 것이라 생각했다.

성준의 부모 자산이 다른 H그룹 일가보다 현저히 떨어져서 유하에게까지 기회가 왔지, 사실 친가의 배경만 놓고 보면 급이 달랐다. 나이 차이도 크지 않고, 능력과 외모는 다른 상대들과 비교해 압도적이었다. 다만 흠이 있다면 스캔들을 달고 다닌다는 것 정도.

그렇게 잘난 남자라도 얼굴을 보자마자 결혼 이야기부터 나오니 당혹스러웠다. 도대체 자신의 어디가 마음에 들었다는 건지도 모르겠다.

"조금…… 생각해 봐도 될까요?"

"그러시죠."

성준이 대답하고 태블릿을 꺼냈다. 그러자 유하가 놀라서 물었다.

"성준 씨?"

"생각하세요."

지금 하라는 소리다. 자긴 일을 할 테니.

유하가 너무 황당해서 대화하려던 것도 잊고 멍하니 그를 보다가, 조심스럽게 물었다.

"일이 많으시죠?"

"네."

그는 대답만 하고 태블릿에서 눈을 떼지 않았다. 심각한 워커홀릭이라더니 정말, 심각이 뭔지 제대로 보여 주는 남자다.

아이러니하게도 그 시간이 유하가 상대 남자를 찬찬히 볼 기회가 되었다. 고개를 숙인 그의 등이 둥그렇게 굽어 있었다. 의자 높이에 비해 키가 너무 컸다. 단정한 머리, 단정한 옷차림에 어울리지 않는 야성적인 눈과 다물린 입술.

그녀가 그를 보고 있는데 이리저리 돌아다니던 남자아이 하나가 테이블 옆으로 오더니 성준이 든 태블릿을 손가락으로 꾹 찔러 보았다. 성준의 손가락을 따라 휙휙 바뀌는 화면이 재미있었던 모양이다.

성준이 화를 내는 것 아닐까, 놀라서 달려온 아이의 부모도 유하도 걱정하는데 성준이 무뚝뚝한 목소리로 아이에게 물었다.

"너 몇 살이냐?"

"일곱 살!"

꼬마가 씩씩하게 대답하자 성준이 말했다.

"일곱 살짜리가 벌써부터 기계 찾으면 안 된다. 편한 것부터 찾으면 나중에 힘들어. 아날로그부터 차근차근 업그레이드해야지."

할아버지 손에 있을 때가 많았던 성준의 고리타분하고 쓸데없이 진지한 이야기에 아이가 고개를 기우뚱했다.

그런 그 모습에 유하가 웃었다. 손등으로 입술을 가리고 작은 웃음소리를 내자 성준이 태블릿에서 눈을 떼고 그녀를 보았다.

유리로 된 한쪽 벽에서 쏟아지는 태양이 그녀의 사랑스러운 웃음을 비현실적으로 만들고 있었다. 그녀가 말했다.

"해요, 결혼."

"……결정했습니까?"

"네."

그녀가 여전히 웃으며 고개를 끄덕였다.

유하가 결혼을 결정하기까지 걸린 시간은 약 15분. 시계를 확인한 성준이 만족스러운 표정을 지었다. 자신에게 딱 맞는 아내를 만난 모양이라고 생각했다.

다음 해 5월에 결혼을 했다. 성준이 사는 혜화동 집으로 유하가 터전을 옮겼다. 연애도 없이, 거의 1년 가까운 시간 동안 딱 네 번 만났다. 그것도 처음 선볼 때를 제외하고는 둘이 따로 만나 본 적도 없었다.

대화도 없이 한 결혼이니 어색하기 짝이 없었다. 신혼여행에서도 각방을 썼다. 잘 모르는 여자, 잘 모르는 남자와는 한 침대에 눕는 것조차 불편했으니까.

성준은 결혼 후에도 결혼 전과 똑같은 패턴으로 생활했다. 자신이 행동을 바꿔야 할 이유를 느끼지 못했다. 사랑하는 사이도 아니었고, 결혼 자체도 경제적 이득에 의한 것일 뿐이었으니까. 그는 집에 잘 들어오지 않았다. 들어온다고 해도, 열두 시가 넘어서야 집에 들어왔다.

어색한 사이니까. 그의 회사가 가까스로 반등하기 시작했다고 들었으니까. 처음에는 유하 역시 그럴 수도 있다고 생각했다. 점점 괜찮아지겠지, 친해지겠지.

그러나 성준의 회사는 날개를 단 듯 성장했고 그가 집에 오는 날은 일주일이나, 심하면 한 달에 한 번 들어왔을 정도로 오히려 줄어들었다.

그게 반년 정도 지속되자 유하는 속이 까맣게 탔다. 자신이 심각한 실수를 했다는 것을 깨달았다. 가족이 생겼다고 생각했다. 그러나 남편에게는 이 결혼이 오로지 경제적인 이유였던 것뿐이다. 살다 보면 나아질 거라 믿었던 유하는 점점 더 막막해졌다.

그러다 어느 날, 웬일로 성준이 일찍 들어왔다. 그때까지도 둘은 같은 방을 써 본 적이 없었다.

그날, 유하가 베개만 가지고 성준이 있는 침실 문을 두드렸다. 용기를 내지 않으면 이대로 아무런 변화도 없을 것만 같았으니까.

문을 연 성준이 무덤덤하게 그녀를 보았다. 유하가 조심스럽게 물었다.

"같이 잘래요?"

성준이 유하를 위아래로 훑었다. 이전엔 키가 크고 몸매가 좋은 여자들을 만났었다. 제 발로 문 앞에 나타난 유하는 그 여자들에 비하면 안으면 부서질 것처럼 가냘팠다.

씻은 지 얼마 되지 않아 물기가 남은 머리칼이 야했다. 그녀에게서 어지러울 정도로 좋은 향기가 났다.

"들어와."

그가 허락하자 유하의 얼굴이 밝아졌다. 그녀가 침대로 향하자 성준이 유하를 불렀다.

"저기."

'저기'라니. 저 남자 내 이름은 아는 걸까 싶긴 하지만 남편과 대화를 해 본 적이 거의 없어서인가 그저 반가웠다.

"네, 성준 씨."

그러자 성준이 감정이라곤 조금도 느껴지지 않는 목소리로 말했다.

"하자. 부부니까."

그 말에 유하가 멈칫했다. 원래 이렇게 직설적으로 권유하는 건가? 그녀가 바로 대답이 없자 성준이 표정을 찌푸리며 물었다.

"그냥 자고 싶어? 그럼 자고."

"아뇨! 아뇨……. 해요."

물론 성준의 방에 제 발로 찾아왔을 때부터 조금 기대하긴 했지만. 그래도 이렇게 갑자기 권유할 줄은 몰랐다. 유하의 가슴이 정신없이 쿵쾅거렸다. 처음이라고 말해야 하나? 그럼 분위기가 이상해질까…….

그녀가 어쩐지 설레서 살짝 웃었다. 그러자 성준이 물었다.

"왜 웃어?"

"아……."

그냥.

이제 처음으로 부부 같다는 생각을 했다. 유하는 앞의 반년과 비교했을 때 지금이 정말, 정말 부부답다고 생각했다. 아프도록 차가운 날들이었다. 그 아픔이 이 순간 부끄러운 설렘에 씻겨 나갔다.

성준이 유하의 팔을 확 잡아당기며 말했다.

"피곤하네."

그 말에 유하의 웃음이 그쳤다. 그녀가 당황해 더듬더듬 말했다.

"피곤하면 다음에 해도……."

그녀의 말이 잘 들리지도 않는지, 성준이 유하를 침대에 붙잡아 눕히고 그녀가 입고 있는 이브닝드레스를 잡아 올렸다. 유하가 너무 놀라서 눈을 감아 버리자, 성준이 그녀의 속옷을 잡아 내렸다.

이게 아닌 것 같은데. 피곤하다는 게 정말 피곤하니까 빨리

해 버리자는 이야기였나?

"아!"

키스도, 별다른 전희도 없이, 그가 안으로 들어와 버리자 유하가 이불을 움켜쥐었다. 눈물이 쏟아졌다. 아프고, 외롭고, 슬펐다.

그녀가 울자 성준이 잠시 행동을 멈추고 물었다.

"왜 울어?"

유하가 고개를 저었다. 입술을 꾹 물고, 그냥 그렇게 가만히 있었다.

성준은 결혼 이후에 생각보다 수줍음이 많은 유하를 재촉하지 않았다. 비록 집에 오면 몸 선이 드러나는 얇은 잠옷을 입은 그녀가 있었지만, 억지로 집어삼키기를 참았다. 그러다 먼저 '같이 잘래요?' 하고 묻기에, 그 말이 당연히 섹스를 의미한다고 생각했다.

그런데 왜 이렇게 우는 걸까. 억지로 하는 거 같아 불쾌해진다. 왜 이렇게 아파하고, 왜 이렇게 내 머릿속을 헤집어 미치게 만드는 걸까.

"왜 이렇게 울어. 그만해?"

그가 찌푸린 얼굴로 묻자 유하가 고개를 저었다.

"안 울게요."

유하가 필사적으로 울음을 참고, 미소를 지으려 애썼다. 괜찮을 거야. 곧 아이가 태어날 거니까. 섹스라는 건 마냥 좋은 게 아닐지도 몰라. 그냥 절차일 뿐이다. 그냥 그런 거야. 아마 지금은 사랑이 없어서, 우리가 사랑하지 않아서, 이토록 아픈 건가 보다.

앞으로 남편과는 점점 친해지게 될 것이고, 3년쯤 지나면 아마도 막 걷기 시작한 아이와 따뜻한 가족을 이루고 있을 거라고.

유하는 계속 그런 생각을 하며 아픔을 참았다.

관계가 끝나고, 유하는 아무 말도 없이 등을 지고 돌아누워 있었다. 지쳐서 꼼짝도 하지 못하는 그녀가, 성준은 썩 괜찮은 아내라고 생각했다. 조용하고, 관계가 끝난 후에 요구하는 것도 없고. 반년 동안 살아 보니 외출도 그다지 즐기지 않았다. 무엇보다 정략결혼이니 아내는 별다른 애정을 원하지도 않을 것이라 생각했다. 그렇게 착각했었다. 그때는.

한강에서 집무실로 돌아온 성준이 떠올린 것은 아이러니하게도 아내와의 첫날밤이었다.

본인이 먼저 그의 방으로 왔으니까. 안 그래도 몸이 달아 있던 성준은 그녀도 원해서 왔을 거라고 생각하며 범하듯이 안았다.

그때는 그녀가 처음인 것도 몰랐다. 그러니 왜 우는지 이유조차 몰랐었다.

그 후로도 아내가 필요하면 불규칙하게 집에 들어가 그녀를 안았다. 아이를 원했던 유하는 한 번도 거절한 적이 없었다. 그녀는 프러포즈도 없이, 15분 만에 결정한 결혼이라는 계약 하에 언제나 인형처럼 놓여 있었다.

침실에 들어서면 유하의 향기가 났다. 그녀가 제 방에서 잠들기 시작한 이후부터는 침실 문을 여는 순간부터 유하가 느껴졌다. 그녀가 방을 나가는 걸 자다가도 느낄 수 있었다.

이제 그녀의 향기가 나지 않는 방은 제 방이 아니었다.

'당신은…… 나에게 쓰는 시간이 아까워요?'

생각하니 눈앞의 빛이 점멸하는 기분이다.

처음에 유하는 갑자기 웃기도 하고, 울기도 했다. 그게 신기해서 왜 웃냐고, 왜 우냐고 물어봤었는데…… 시간이 지날수록 유하의 표정은 굳어 갔다. 3년이 지나서는 웃지도, 울지도 않았다. 그래서 죽은 나무 같다고 생각했다. 자신이 죽인 걸지도 모르겠다고 잠깐 생각하면서.

그녀가 떠나겠다고 말하고서야 알았다. 그녀가 3년 동안 자신을, '안정'이란 온전히 박유하를 의미하도록 길들여 놓았다는 것을. 그러나 자신은 그녀에게 아무것도 돌려준 적이 없었다는 사실도.

성준은 그녀와 살아가던 그 3년 동안 조금씩 그녀 없는 삶을 완전히 잊어버렸다. 그러다 이혼하자는 말을 들었을 때 그의 완벽하던 세계는 깨졌고, 그 앞에는 상처로 가득한 유하가 남아 울고 있었다.

평생 자신이 받은 교육은 돈을 버는 법에 대한 것뿐이었는데, 일만 하면 모든 것이 해결되는 줄 알았는데, 돌보지 않고 마구잡이로 굴리던 공장에 녹이 슬듯 그들의 관계에도 녹이 슬었다.

성준은 점심을 못 먹어서 미치도록 배가 고팠다. 그러나 유하의 생일 선물을 새로 사야 했다. 배고픈 상태로 극도로 싫어하던 쇼핑을 하려니 짜증이 솟구쳤다.

주머니에 손을 꽂고 불만스러운 표정으로 어슬렁거리는 그는 선물을 사러 나온 인간이라기보다는 사냥감을 찾으러 나온 맹수처럼 보였다.

한강에서 찬후에게 웃어 보이던 그녀를 떠올리니 한바탕 기분까지 뒤집혔다.

그가 아는 박찬후는 시키는 것만 하는 녀석이었다. 절대로 자기가 먼저 한강에 가자고 제안할 녀석이 아니다. 아니라고 생각했었다. 그러나 아무리 생각해도 유하처럼 행동 범위가 좁은 여자가 먼저 한강에 가겠다는 생각을 했을 것 같지 않았다. 건물을 자기가 어릴 때 살던 서촌에 구입한 것만 봐도.

"잘라 버릴까. 그 자식……."

"예, 예? 저 자르실 겁니까?"

안 그래도 성준의 심기가 불편해서 쫄아 있던 기현이 화들짝 놀라서 물었다. 쟤는 저렇게 똑똑한 녀석이 왜 이렇게 고용 불안에 시달리는지 모르겠다. 성준은 대답할 가치도 없다는 듯이 고개를 돌렸다.

"기현아, 보석을 살까?"

"아뇨, 이 상황에서 보석을 사면 돈으로 해결하겠다는 걸로밖에 안 보입니다."

"……그런가."

"네, 여자는 반짝이는 것도 좋아하지만요, 마음이 우선입니다. 정성을 보이셔야 돼요."

성준은 정확한 걸 좋아했다. 입에 발린 말을 해 봤자 나중에 후폭풍만 불었다. 그래서 성준에게 필요한 것을 정확히 지적해 주자 그가 백화점 천장을 보며 한숨을 쉬었다.

때려치울까. 잠깐 생각하다가, 벤치에서 제 입술에 보드라운 입술을 가져다 대던 유하가 떠올라 마음을 고쳐먹었다. 지금은 그저, 그녀를 붙잡기 위해 무엇이든지 해 볼 생각뿐이다.

그렇게 성준이 헤매자 초조해지는 건 기현이었다. 지금 그가 해결해야 하는 일이 얼마나 많은데. 결국 참다못한 기현이 말했다.

"사모님이 뭘 제일 좋아하실지 아시잖아요."

"뭔데."

"뭐긴요, 아이죠."

아이.

성준이 손으로 막 면도한 매끄러운 턱을 문질렀다.

"그건 안 돼."

성준은 결혼 후에야 그때 유하가 결혼을 결심한 이유를 알았다. 자신이 아이를 좋아한다고 생각했나 보다. 좋은 아빠가 될 거라 생각했나.

그녀의 생각은 완전히 틀렸다.

자신은 이미 아버지 희강과 다를 바가 없었다. 그토록 닮기 싫어하던 그와 뭐가 다른가. 강자에게 약하고, 약자에게 강하고. 세상 모든 가치보다 돈을 우선시하는. 그런 비열한 인간이 되어 있었다.

151

"유하는 사람 보는 눈이 없어."

"예?"

"아주 사기 잘 당할 타입이지."

사람 보는 눈이 없어 자길 골랐다는 말이다. 기현이 뭐라 대답해야 하나 난감해하는데 성준이 말을 이었다.

"내가 괜찮은 아빠가 될 거라고 생각하다니."

애초부터 성준은 아이를 낳을 마음이 없었다. 아버지를 닮아 가는 자신은, 아버지 같은 부모가 될 것이다.

설상가상으로 아이를 낳으면 유하가 점점 더 자신에게서 멀어질 것이라고 성준은 확신했다.

처음 그녀와 한 침대에서 잠들던 날. 유하가 아이를 낳고 싶다고 말했더라면. 그때라면 오히려 그 말을 들어줬을지도 모른다. 그러나 지금은 아니었다.

유하는 자신을 기다리는 걸 좋아했다. 그것만은 확실했다. 그런데 아이를 낳으면 그것마저도 좋아하지 않게 될지도 모른다.

그녀가 자신과 지금까지 살아온 것도, 자신과의 첫날밤이 끔찍했을 텐데 말없이 그를 받아들였던 것도, 유하가 자신을 사랑하기 때문이 아니었다.

전부 아이 때문이다. 아이를 원했기 때문이다. 그런 그녀에게 아이를 줘 버리면.

그럼 나는 뭐가 되는 거지.

그녀에게 쓸모없는 놈이 되어 버리고 마는 것이다. 자신의 아버지처럼 돈밖에 모르고, 인격적으로도 떨어지는 쓰레기를 그녀가 거들떠나 볼까.

성준에게는 아내 외에 아무것도 필요하지 않았다. 그녀가 다른 의지할 곳 없이 자신만 보기를 소망했다.

그녀를 본 순간에 결혼을 결심했다. 자신은 차라리 결혼하지 말았어야 할 사람인지도 모르지만, 이미 결혼을 하고 난 지금. 성준에게 유하가 없는 세상은 도무지 상상이 가지 않았다.

무슨 짓을 해서라도 그녀를 붙잡을 것이다. 그녀를 망가뜨려서라도 곁에 두고야 말 것이다. 세상에 그녀를 대체할 수 있는 것은 없었다. 유하를 향한 소유욕이 제 살을 태우는 것 같았다.

성준에게 집에 오라고는 했지만 유하는 그가 진짜 올지 확실치가 않았다. 처음 그를 만났을 때, 일하다 나온 무뚝뚝한 남자가 바로 결혼하자고 말했다. 화려한 프러포즈를 바란 건 아니었지만 만난 지 5분 만에 결혼하자는 남자를 원한 것도 아니었다.

그녀에게 그간 다가온 남자가 없었던 건 아니었다. 그러나 그들은 하나같이 부모의 백을 권력으로 휘둘렀다.

그러다 일곱 살짜리 아이를 어른처럼, 더없이 진지하게 대하던 그 남자에게 마음이 끌렸다. 그에게 수도 없이 상처받고, 그래서 아팠지만 그래도 이따금은 그를 사랑하게 되었다.

'기회를 주기로 약속했잖아.'

그의 목소리가 귀에 계속 반복 재생되는 것 같았다. 목소리는 또 왜 이렇게 쓸데없이 남자다워서 사람을 이렇게 못살게 구는지. 성준이 침대 위에서 야한 말들을 잘 하지 않아서 다행이었다. 그 목소리로 음담패설을 들었다가는 아주 부끄러운 꼴을 보일 것 같은 기분이었다.

정말일까. 이혼 안 해 주려고 하는 거짓말이면 어쩌지. 사랑한다는 거짓말도 그렇게 뻔뻔한 얼굴로 하는 남자인데. 유하가 생각하는데 밖에서 강영 아주머니가 부르는 소리가 들렸다. 성준이 도착했다는 이야기였다.

그녀가 현관 쪽으로 걸어가며 괜히 성준에게 투정했다.

"열 시예요."

"이만하면 일찍 왔다. 면도도 했어."

그가 만져 보라고 턱을 내밀자 유하가 손가락 끝으로 매끈해진 턱을 만져 보았다. 성준은 오늘 아침 이후 아무것도 못 먹었다. 배가 고파서 제자리에 쓰러질 지경이었다. 눈앞에 있는 박유하부터 한 입 베어 물까 싶었다. 과일 맛이 날 것 같은데.

성준은 우선 배부터 채웠다. 잠시 후 침실로 돌아온 성준이 유하에게 고심 끝에 마련한 종이봉투를 내밀었다. 유하가 봉투를 열어 보니 작은 카드가 들어 있었다.

"이게 뭐예요?"

그녀가 고개를 갸우뚱하며 카드를 꺼내려는데 성준이 말했다.

"읽고 웃지 마."

"네?"

원래도 유하는 잘 안 웃지만. 그래도 혹시나 해서 경고했다.

유하가 카드를 여니 성준 특유의 반듯한 글씨체로 쓴 편지가
나왔다.

생일 축하한다. 아르바이트 1일권.

유하가 편지에서 눈을 떼 성준을 보았다. 그가 말했다.
"이제 카페 연다며. 아르바이트해 줄게, 하루."
"······아."
그녀의 반응이 너무 조용하자 성준이 민망한 표정을 지었다.
"안 웃겨?"
"웃으라고 준 거예요?"
"응."
평소 성준을 생각하면 도무지 농담 같지가 않았다. 뭔가 어
둠의 배경이 있을 것 같은······.
이성준이 카페 아르바이트라. 그가 등장만 해도 근방이 발
칵 뒤집어질 것이 뻔하다. 저렇게 잘난 아르바이트생이 있는
카페라니.
유하가 어색하게 미소를 지었다.
"재미있네요. 고마워요."
아내가 무덤덤한 여자란 걸 몰랐던 건 아니지만 그래도 너
무 무반응이었다.
성준이 유하의 팔을 움켜쥐더니 자기 무릎 위로 당겼다. 그
녀의 가냘픈 몸이 얼떨결에 성준에게 끌려왔다.
성준이 그녀의 허리를 가볍게 안아 제 무릎 위에 마주 보게

앉혔다. 평소 얌전하기 짝이 없는 유하는 남자 무릎에 올라앉는 걸 상상도 못 할 여자였다. 성준의 예상대로 유하가 난처해하며 벗어나려 들었다.

"왜 그래요……."

그러나 성준이 순순히 놔줄 사람은 아니었다. 유하가 꼼짝 못 하도록 두 손으로 그녀의 허리를 움켜쥐었다. 루즈하던 흰색의 실크 잠옷이 그의 손에 붙잡히며 아름다운 곡선을 그렸다. 성준이 유하의 눈을 주시하며 말했다.

"너 좀 웃어 봐."

"네?"

"웃으라고. 낮엔 찬후 보면서 웃었잖아."

"그건……."

"내가 그 새끼만 못해?"

성준이 거칠게 묻자 유하가 움찔했다. 말 잘 듣겠다고 해 놓고 금방 이렇게 무서운 말투다. 아니, 오히려 평소보다 더 사납다. 그래도 욕은 안 했는데.

유하가 기에 눌려 입술을 깨물자 성준이 한 손을 올려 그녀의 얼굴을 붙잡았다. 그리고 손가락으로 입술을 눌렀다. 그녀의 입술이 동그랗게 벌어지자, 성준이 고른 아랫니를 엄지로 눌러 더욱 벌렸다.

"입술 깨물지 마."

"아……."

"물려면 내 허락 받아."

유하의 몸이 살짝살짝 떨렸다. 성준이 주는 압박감은 두려우면서도 마냥 싫지는 않았다. 그녀가 용기 내어 말했다.

"명령조로 말하지 않기로 했잖아요."

그러자 그가 느슨하게 미소를 지었다. 이렇게 느슨해질 때면 성준은 거만해진다. 이상한 남자다. 정신을 차리고 있을 땐 그저 냉정하다가, 느슨해지면 오히려 거만해진다니.

"순진하긴."

"……."

"나를 믿었어?"

분명히 유하가 아는 그 남자가 맞았다. 여전히 오싹할 정도로 사나웠다. 그런데 낮에 그가 저자세로 나온 탓인지, 아니면 실제로 지금 성준이 장난을 치고 있는 건지 그의 말이 짓궂지만 어딘가 다정하게 들려 유하의 뺨이 조금 빨개졌다.

"성준 씨는 살면서 아르바이트해 본 적 없잖아요. 필요 없는 선물이나 주고."

"왜 필요 없어. 시간 아깝냐며? 생각해 보니까 별로 안 아깝더라. 그래서 너 줬잖아."

"아……."

유하의 눈이 커졌다. 이제야 알아들었다.

시간이 아깝냐고 했으니까 시간을 선물로 주는 것이다. 유하는 어떤 표정을 지어야 하나 고민했다.

'별로 안 아깝더라.'

그 말에 심장 쪽으로 따끈한 기운이 퍼졌다.

그러나 잠깐 감동할 시간도 없이, 성준이 유하를 휙 당겨 침대에 눕혔다. 그리고 그녀를 위에서 내려다보며 말했다.

"그럼 생일 축하는 이걸로 됐고."

"네에? 겨우?"

"네가 안 반가워해 줬잖아."

성준이 점점 더 몸을 숙여 가슴팍이 닿을 정도가 되자 유하가 손가락으로 그의 코를 톡 건드렸다.

"안 돼요."

"……웃기지 마."

젠장, 이럴 거면 예쁘지나 말든지. 이 여잔 왜 이렇게 상도덕이 없나. 장사를 안 해 봐서 그런가.

성준은 욱해서 밀어내는 유하의 양 손목을 붙잡아 그녀의 머리 위로 콱 짓눌렀다. 힘으로 결박해 놓고 그녀의 잠옷 위로 가슴을 움켜쥐니 유하가 신음하며 손목을 빼내려 애썼다. 그러자 성준이 손자국이 남을 정도로 힘을 주었다.

반항하면 더 귀여웠다. 꽉 쥐면 바스러질 것처럼 가냘픈 게 어딜 올라타려고.

어딜 감히 떠나려고.

그럴 마음을 먹게 두느니 차라리 확 다 망가뜨려 버릴까. 아예 도망갈 곳이 없게 처가를 박살 내고 싶은 마음까지 들었다.

결국 유하가 시무룩한 표정으로 성준을 본다. 두 눈에 '안 놔주면 울어 버릴 거야.' 이렇게 쓰여 있었다. 아, 도대체 이게 왜 무서운 거지.

"뭐 해 주면 할래?"

성준이 신경질적으로 묻자 유하가 저도 모르게 뭘 해 달라고 해야 하나 고민했다. '뭐 해 주면 할래?'라는, 이미 하는 걸로 정해 놓고 조건을 묻는 성준의 사업가 화법에 넘어가고 말았다.

"으음…… 회사 얘기 해 주세요."

"재미없잖아."

"그래도요."

정말 맘에 안 드는 요구라도 들었다는 듯 성준이 혀를 찼다.

유하는 정말 듣고 싶다는 듯이, 자세가 부끄러워 이리저리 움직이던 눈동자를 성준에게 고정했다.

그녀는 자기 일생에 하등 도움이 되지 않을, 성준의 회사 일에 대하여 궁금해한다. 일상을 공유하고 싶어 했다.

성준은 가끔 그녀와 자신이 가진 '가치'의 개념이 참 다르다는 생각을 했다.

그러니까 더욱 아이가 싫었다.

따뜻함, 봄, 목련 그리고 여유와 아이를 좋아하는 여자의 시야에서 차가움, 정교한 기계, 돈, 완벽함밖에 모르는 남자는 곧 사라져 버리고 말 것이다.

나는 그녀와 다르기 때문에 그녀가 필요하다. 나의 결혼도, 나의 부족함도 그녀가 있으므로 완성된다. 실패하지 않을 것이다. 세일즈맨답게, 그녀가 정색하고 도망쳐도 붙잡고 늘어질 생각이었다.

성준이 그녀를 놓아주고, 옆에 풀썩 누웠다.

"파티시에 하나를 한국으로 데려올 생각이야. 미첼이라는 여잔데."

"으응."

아직 별말 하지도 않았는데 유하가 눈을 반짝거리며 성준을 본다. 성준이 시큰둥하게 물었다.

"왜 이렇게 들떴어?"

"일 얘기 처음 듣잖아요."

"그랬나."

"그래서요?"

"론칭 행사를 크게 하려고. 우리 건물 중에서 제일 큰……."

"대학로요?"

"……알고 있었어?"

"그럼요. 저 성준 씨 회사 일 엄청 많이 알아요. 공부했거든요. 성준 씨랑 얘기할 때 모르면 미안하니까. 그래서…… 지금 엄청 기분이 좋네요."

성준은 잠시 유하와 대화했던 기억들을 더듬어 보았다. 그 기억력 좋은 성준의 머리로 찾아봐도 유하와 느긋하게 이야기한 기억이 없었다.

"미첼에 대해서 아는 거 더 있으면 말해 줘. 이 여자가 보통 고집이 센 게 아니라서."

"아, 들었어요. 고집 정말 세대요. 퀼리티 욕심이 엄청 나서."

겨우 일 이야기를 들으며 이렇게 기뻐하는 여자를 어떻게 3년이나 혼자 뒀을까. 성준은 심장을 바늘로 계속 찔러 대는 기분을 느꼈다.

다들 하도 아니라고 해서 이젠 사랑이 뭔지 잘 모르겠지만 그냥, 성준에게 딱 하나, 돈 말고 진짜로 가지고 싶은 것 하나가 유하였다. 그러니 그는 제 손에서 그녀가 빠져나가게 둘 생각이 조금도 없었다.

유하가 자신을 미치도록 사랑했으면 좋겠다고 생각했다. 아이 같은 건 생각나지 않을 정도로.

하기야, 다 무슨 상관인지. 나는 너를 잃지 않아. 잃지 않을 거다. 그것만은 저 뒤에 북한산이 있다는 사실만큼이나 변하지 않을 사실이다.

질투

　공사 진행 상황을 보기 위해 서촌에 막 도착한 유하는 카페 앞에서 만난 강세영을 믿기지 않는다는 눈으로 바라보았다. 얼마나 얕보였으면 남편의 전 여자 친구가 여기에 왔을까.
　하기야 집으로 전화를 거는 여자도 있는데 놀라울 것도 없다.
　세영이 건물을 보며 태연하게 말했다.
　"으음, 이게 당신이 하려는 카페예요? 예쁘네."
　유하가 자신을 서늘하게 보기만 하자 세영이 입술을 애교스럽게 삐죽 내밀었다.
　"나 몰라요? 강세영이잖아요."
　"알아요, 지난번에 봤잖아요."
　"기억하면 인사 좀 해 주시지?"
　"여긴 어떻게 알고 왔어요?"

"강준 오빠가 알려 줬어요."

이전에 성준의 형인 강준과도 아는 사이라고 듣긴 했다. 아마 강준이 세영에게 꽤 호감이 있었던 모양이다. 지금도 연락한다는 것을 보니.

연갈색 머리칼을 한쪽으로 넘긴 그녀는 쾌활하고 건강해 보였다. 모델처럼 큰 키에 스틸레토 힐까지 신어 유하보다 한 뼘은 커 보였다. 세영이 유하의 시선에 맞게 몸을 숙였다.

"내가 생각을 해 봤거든, 유하 씨."

"네."

"유하 씨, 성준 오빠랑 사이 안 좋지?"

"……."

"아, 대답 좀 해 줘요. 내가 지금 바람을 피웠어? 전 여친이잖아요. 전 여친."

어딘가 얼빵해 보이는 여자라고 생각하긴 했는데, 입을 여는 족족 그 얼빵함이 현실로 다가온다. 유하가 황당해하는데 세영이 말을 이었다.

"그러니까 내 말은, 유하 씨는 지금 성준 오빠랑 이혼하고 싶어 하잖아."

"……그건 또 어떻게 알아요?"

"아, 성준 오빠 친구들. 나랑도 친했거든. 지금은 잘 안 만나 줘서 내가 졸라야 하지만."

세영이 눈웃음을 지었다. 연예인이라 그런가, 유하를 향한 그 웃음이 진심처럼 느껴졌다. 진짜 만나서 반갑다는 듯한 느낌으로. 그녀가 말을 이었다.

"봐, 우리는 목표가 같은 거라니까. 나는 유하 씨랑 성준 오빠 이혼하는 게 좋고, 유하 씨도 이혼하고 싶어 하고."

"……."

"내가 아는 이성준은 실패하는 걸 정말 끔찍하게 싫어하거든. 이혼도 쉽게 안 해 줄 거야. 그건 실패라고 생각할 테니까."

세영의 말이 일리가 있어서, 유하가 낮게 신음했다. 그녀도 알고 있었다. 성준이 실패를 얼마나 혐오하는지를. 자기 부모도 실패자라며 하찮게 여기는 남자다.

그래서였을지도 모르겠다. 성준이 이혼해 주지 않으려 하는 이유.

세영이 말을 이었다.

"그러니까 유하 씨, 우리가 사이가 나쁠 이유가 없다니까. 말하자면 전우라고, 전우."

"그런 말도 안 되는 소리 하지 말아요. 우리가 어떻게 동료가 돼요?"

"동료가 아니라 전우."

"전우가 전장에서 함께하는 동료…… 됐어요. 그만둡시다."

"응? 전우가 그런 뜻이었어?"

세영이 놀라며 숱이 많은 머리칼 사이에 손가락을 넣어 꼼지락거렸다. 그녀가 카페 안으로 들어가는 유하를 뒤따라 걸으며 말했다.

"이성준 같은 인간이랑 살기 힘들지. 맨날 일만 하고, 가끔 선물 사다 줘서 달래고."

"따라오지 말아요."

세영은 이것저것 유하의 신경을 긁으려는 듯했다.

그러나 지금 유하에게 가장 씁쓸하게 느껴지는 건 성준의 친구들에 대한 이야기였다. 생각해 보니 한 번도 성준의 친구들을 본 적이 없었다. 결혼식에서나 잠깐 봤을까.

세영처럼 화려한 여자가 아니라서 같이 있기에 부족하게 느껴졌을까. 자신처럼 심심하기 짝이 없는 여자는 분위기만 망칠 거라 생각했을지도 모른다.

유하가 한숨을 푹 쉬자 세영이 난감한 표정을 지었다. 그녀가 손짓까지 해 가며 말했다.

"내 말 맞지 않아? 유하 씨 이혼하면 너 해피 나 해피 에브리바디 해피잖아. 우린 같은 편이라니까."

"저 바쁘니까 그만하고 가세요."

"까다롭네, 귀엽게 생겨선."

세영이 툴툴거렸다. 아무 생각 없이 남을 귀찮게 하는 성격 같기는 하지만, 저렇게 옆에서 '놀아 줘, 나 좀 봐 줘' 하고 들들볶는 타입이 성준에게 더 잘 맞았을지도 모르겠다는 생각이 들었다.

무엇보다 얼굴 한번 기가 막히게 예쁘다. 저렇게 예쁜 여자를 만나다 자신을 만났으니······.

유하가 따라오지 말라는 듯, 빠른 걸음으로 카페에 들어가 버리자 세영은 더 따라가지 않고 돌아섰다.

왜 저렇게 화가 났는지 모를 일이었다. 틀린 말을 한 것 같지도 않은데. 세영이 입술을 삐죽거렸다.

"누가 있는 집 딸내미 아니랄까 봐, 쟤도 은근 거만하네."

세영은 그때 잠깐 성준이 어떤 타입의 여자를 좋아했던가 고민했다. 아니, 이성준과의 연애가 어땠더라.

적어도 저기 저 거만한 여자가 이성준에게 꽤 특이한 존재란 건 분명했다.

집에 돌아온 유하가 씻기 위해 옷을 벗으려다가 제자리에서 지친 한숨을 내쉬었다.

학창 시절에도 늘 조용하던 유하와 달리 성준의 친구들은 좀 소란스러운 편이었다. 결혼식 때 딱 한 번 본 성준의 친구들은 그 잠깐의 결혼식에서도 좀이 쑤셔 했다.

남편 친구들이야 불편하기만 하겠지만, 그래도 3년 내내 한 명도 안 보여 주는 건 너무 무심한 것 아닌가. 내가 부끄러운가. 그런 생각까지도 하게 된다.

친구들을 만나 보게 해 달라는 말을 어떻게 전할까 고민하는데 때마침 기현에게서 전화가 걸려 왔다.

―아, 사모님.

"네."

밖이 시끌시끌했다.

―오늘 대표님이 친구분들과 술자리가 있으세요. 아마 늦게 들어가실 것 같아 미리 연락드립니다.

"아…… 그렇구나."

요즘 성준이 안 들어오는 날마다 기현이 이유를 설명해 주기 시작했다. 기현이 전해 주는 스케줄을 듣다 보면 남편을 노동청에 신고해야 하는 거 아닌가 하는 걱정이 들었다. 아무래도 직원들의 노동력을 착취하고 있는 것 같았다. 내가 나서서 구해 드려야 하는 것 아닌가 싶을 정도로.

－그럼 편히 주무십시오!

생각보다 기회가 빨리 찾아왔다. 유하가 전화를 끊으려는 기현을 다급하게 불렀다.

"잠깐만요, 기현 씨! 성준 씨는 보통 어디에서 친구들을 만나나요?"

－대표님요? 으음, 보통 S빌딩에 있는 바에서 많이 노세요. 대표님 친구분이 운영하셔서요.

"네, 알겠어요. 고마워요."

기현은 유하가 장소를 궁금해하는 것을 대수롭지 않게 여겼다. 이혼하지 않기 위해 서로 노력하고 있나 보다, 그 정도로 생각하고 넘겼다.

전화를 끊자마자 유하는 드레스 룸으로 들어가 될 수 있는 한 가장 야한 옷을 골랐다. 야하다고 해 봤자 유하의 눈에만 야한 정도였다. 연분홍색에 몸매가 드러나도록 얇게 떨어지는 미니 드레스였다.

모발 두께가 얇은 머리칼을 양쪽 어깨에 균형 있게 나누어 가다듬었다. 모처럼 마스카라도 꼼꼼하게 바르고 늘 바르던 연한 립스틱 대신 조금 붉은 색깔을 발랐다. 도톰해진 입술로 그녀가 차에 타자 찬후가 난감한 표정을 지었다.

"이렇게 갑자기 찾아가셔도 될까요?"

"잠깐만 있다가 나오려고요."

"그게 아니라…… 아마 사모님이 놀라실 겁니다."

"남편이 놀랄 만한 일을 하나요?"

찬후가 대답이 없다. 유하가 결심했다는 듯 담담하게 말했다.

"웬만한 거 봐서는 안 놀랄게요."

"예, 알겠습니다."

적당히 무르익은 밤이었다. 차가 S빌딩으로 들어섰다. 건물 22층부터 26층까지가 전부 한 가게로 이루어져 있었다. 공간을 알차게 활용한 곳이었다. 세련된 디자인의 바 안에는 길고 똑바른 선반이 있고, 거기에 이 바의 사장이 수집한 다양한 글라스들이 있었다.

유하는 문 앞에서 눈으로 남편을 찾았다. 지난번 나리와 갔던 바와는 격이 다르게 화려했다.

그녀가 프런트에서 알려 준 대로 26층으로 향했다. 문 앞에 선 그녀가 한숨을 쉬었다. 자신이 왜 여기 있는지 급격히 혼란스러웠다.

그냥, 세영에게 질투가 났다. 그녀가 성준에 대하여 더 많이 알고 있다는 사실도, 어쩌면 성준에게 세영이 더 편할지도 모르겠다는 사실도 속이 상했다.

그가 어떤 사람인지 스스로 알아낼 생각이었다. 제 눈으로 확인해 보고 싶었다.

놀라지 말아야지. 그가 뭘 하고 있어도 담담해야지.

유하가 결심하며 문을 열었다. 눈에 확 띄게 단정한 여자가 나타나자 시끄럽게 떠들며 아무렇게나 앉아 술을 마시던 사람들이 문 쪽을 보았다.

"어? 제수씨죠?"

제일 먼저 그녀를 발견한 것은 결혼식 날에 한 번 봤던 성준의 친구 중 하나인 인혁이었다. 장난기가 가득한 그의 요란한 목소리에 문을 등지고 소파에 앉아 있던 성준이 고개를 돌렸다. 유하를 발견한 그의 표정이 단숨에 찌푸려졌다.

유하는 뒤늦게 후회했다. 문을 여는 순간, 창문을 전부 열었는데도 남아 있던 뿌연 담배 연기가 그녀의 목을 아프게 했다. 술을 얼마나 마셔 댔는지 바닥에 양주병이 굴러다니고, 소리 지르고, 춤추고. 조용한 사람이라고는 딱 성준뿐이다.

아까 찬후가 했던 놀랄 거라는 말의 정확한 의미는 '너무 시끄러워서 놀라실 텐데…….'였다.

인혁의 팔에 이끌려 그녀가 성준의 옆에 앉혀졌다. 성준이 왜 왔냐는 질문 대신 피우고 있던 담배를 재떨이에 비벼 껐다.

저 멀리서 대형 화면으로 야구 하이라이트를 보며 욕하던 황석이 그녀를 발견하고 달려왔다.

"우와, 이성준한테 그렇게 데려오라고 해도 안 데려오더니. 제 발로 오셨네요?"

"네? 아…… 저기…….."

"유하 씨, 우리가 미인이라고 봐주고 그런 거 없거든요. 우선 후래삼배後來三杯—늦게 온 사람에게 권하는 석 잔의 술—하시죠."

그녀가 정신을 차리기도 전에 앞에 스트레이트 잔 세 개가 놓이고 그 안에 콸콸 테킬라가 담겼다. 황석이 테이블 위에 양반다리를 하고 앉아 두 손으로 마시라는 시늉을 하며 응원했다.

"후래잔! 후래잔!"

성준의 친구들이 전부 '후래잔'을 외친다. 도저히 안 마실 수 없는 분위기였다.

유하는 앉자마자 벌어진 이 상황에 당황해 울기 직전이었다. 그때 그녀 앞에 놓인 술잔에 성준의 매끈한 손가락이 닿았다.

"야, 야! 이성준! 그런 게 어디 있어!"

황석이 억울한 목소리로 외쳤지만 이미 성준은 그 잔을 들이켜고 바로 뒤이어 두 잔을 털어 넣었다. 룸 안에 모든 사람들이 신나서 놀리듯 야유했다.

"애처가 나셨네. 천하의 이성준이 왜 저렇게 됐냐. 아주 결혼이 사람 망쳐 났네. 이래서 내가 결혼을 안 해요."

"제수씨, 도대체 이성준을 얼마나 꽉 잡고 사시는 거예요?"

다들 취해서 유하의 대답도 안 듣고 놀리느라 여념이 없었다. 어찌 되었든 술잔 세 개가 비었으니 만족했는지 다시 소리 지르고 노래 부르고 자기들끼리 놀기 시작했다.

"왜 왔어."

그제야 성준이 인상을 쓰며 물었다. 유하가 빈 잔과 그를 번갈아 보고 주눅이 들어 말했다.

"한 번도…… 저한테 친구분들 소개해 준 적 없잖아요. 너무 궁금해서…….'

그녀의 말에 성준이 찌푸린 눈으로 유하의 눈을 바라보았다. 그게 왜 궁금한지 이해를 못 하는 모양이다. 그가 입을 열었다.

"쓰레기야."

"네?"

성준의 예상치 못한 답에 유하가 그를 보며 고개를 갸우뚱했다. 그러자 성준이 말을 이었다.

"내 친구들 다 쓰레기들이라고. 시끄럽고, 필름 끊길 때까지 술 마시고."

"아……."

그는 주량이 센 편이었지만, 이렇게 빠르게 마셔도 멀쩡할 정도는 아니었다. 어느 정도 취한 그가 혼잣말처럼 중얼거렸다.

"저딴 놈들한테 너를 왜 소개해. 나도 일하느라 매일 못 보는데."

누가 들으면 매일 보고 싶어 하는 줄 알겠네.

착각하지 말자고 생각했지만 그래도 유하의 뺨에 열이 조금 올랐다. 소개해 주기 싫었던 건 아내가 아니라 친구들이었던 것이다. 이유를 알고 난 그녀가 서둘러 옆에 놓인 가방을 챙겨 들고 말했다.

"방해해서 미안했어요. 갈게요."

"저 자식들이 안 보낼걸."

성준이 무심하게 손가락으로 친구들 무리를 가리켰다. 일어서기 전까진 성준의 말이 무슨 뜻인지 몰랐다. 그런데 그녀가 일어서기 무섭게 인혁이 달려왔다.

"제수씨 왜요? 가방을 왜 챙겨 들어요?"

"전 남편 얼굴만 보고 가려고 했어요……. 가 볼게요."

그녀의 말에 내내 사람 좋던 인혁이 심각한 표정을 지었다.

"제수씨, 우리가 놀 때는 규칙이 있어요."

"규칙이요?"

"새벽 두 시 전엔 아무도 나가지 않기."

성준 못지않은 집안 자제인 인혁은 누구 친구 아니랄까 봐, 예의를 갖추면서도 제멋대로였다.

"그게 무슨……."

"자자, 취하면 갈 마음 없어질 거예요. 게임해요, 게임."

쓰레기라는 성준의 말이 아주 틀린 건 아니었다. 이제 열한 시인데, 룸 안에는 이미 테이블에 드러누워 자거나 노래를 부르거나 더 취하기 위해 술을 벌컥벌컥 들이켜는 사람들뿐이었다.

결국 강제로 끌려온 유하는 룰도 모르는 보드게임을 시작했고, 여지없이 지고 또 졌다. 그때마다 성준이 대신 벌주를 마셨다.

겨우 게임에서 벗어나 한쪽 구석의 소파에 앉자 유하가 울 것 같은 얼굴로 성준에게 사과했다.

"미안해요."

그가 대답 없이 손목시계를 확인했다. 다행히도 두 시가 다 되어 갔다. 유하가 그를 살피려 뺨에 손을 가져가려는데 성준이 고개를 돌려 피했다.

"괜찮아."

"안 괜찮잖아요. 아까부터 계속 비틀거렸으면서."

"내가 괜찮다잖아."

그의 대답에 화가 났다고 생각했는지 유하가 서운한 얼굴을 했다. 그녀의 서운한 얼굴에 성준의 표정이 더욱 굳는데 유하가 물었다.

"내가 만지는 거 싫어요?"

"……뭐?"

"피했잖아요."

그녀의 말에 성준이 어이가 없어 고개를 비스듬히 기울였다.

이 여잔 아직도 남편이 어떤 사람인지 모르는구나 싶었다. 이까짓 술 좀 마셨다고 제 여자가 걱정하게 만들 만한 남자가 아니었다. 길바닥에 쓰러져 자더라도 유하가 미안할 일은 아니다.

그녀가 만지는 게 싫었던 게 아니라. 그녀가 자신을 걱정하는 것이 싫었다.

그가 소파 등받이에 팔을 올리고 유하 쪽으로 머리를 숙였다.

"만져. 안 싫으니까."

정작 바로 앞까지 머리를 밀어 주자 유하가 더 난감해하며 손을 못 댄다. 그러자 성준이 고개를 바로 들고 유하를 보았다. 그가 취해서 풀린 눈으로 피식 웃었다.

"개중 낫지?"

"…….."

유하가 못 알아듣고 눈을 깜빡이자 성준이 잘 들리라고 그녀의 아주 가까이까지 입술을 가져갔다.

"저놈들보단 내가 낫지 않냐고."

"아……."

말할 것도 없다. 어떤 여자라도 이 남자를 보면 탐낼 것이라고, 유하는 생각했다.

성준이 다시 입을 열었다.

"다른 건 몰라도 분명히 여기서, 너를……."

그가 술기운이 확 올라서 몸을 가누지 못하고 유하의 무릎으로 푹 쓰러졌다. 그리고 그가 중얼거렸다.

"……너를 제일 사랑하는 건 나일 거야."

유하가 자기도 모르게 제 손톱 하나를 깨물었다. 초조했다. 이런 기분은 처음 느껴 보았다.

초조하도록 설레었다. 지금까지 사랑이라고 여겼던 감정들까지 전복되는 듯한 설렘이었다.

유혹하겠다고 했다. 그녀가 자신을 사랑하게 만들어 보이겠다고. 사랑을 시작해 보자고.

유하는 그제야 성준의 얼굴을 어루만질 수 있었다. 이미 이런걸, 이미. 그의 입에서 나오는 사랑한다는 말은 전부 거짓말일 거라고 그렇게 마음먹고, 또 마음먹고 나서도 견디기 힘들만큼 심장이 뛰었다.

성준이 쓰러지고 언제 왔는지 소파 뒤에 인혁과 황석이 나타나 둘을 내려다보았다. 인혁이 유하에게 말했다.

"결국 쓰러졌어요? 와, 이 자식 뻗는 거 처음 보네."

옆에서 말을 걸어 겨우 정신을 차린 유하가 물었다.

"잘 안 이래요?"

"그럼요. 절대 안 이래요. 사업차 마시는 거면 몰라도 놀다가 만취한 적은 없어요. 어떻게 이 지경이 되도록 지 와이프 술 한 잔을 못 주게 해요?"

인혁이 혀를 차는데 그 틈에 황석이 유성 매직을 뽑으며 물었다.

"유하 씨, 그 자식 얼굴에 낙서 좀 하면 안 됩니까? 그동안 당한 게 있어서 그런데."

"아…… 죄송해요."

"안 돼요?"

"네."

"생긴 거랑 다르게 강단 있으시네. 하긴 그러니까 이성준이 잡혀 사나."

유하는 도대체 이 남자의 평소 행실이 어떻기에 이게 잡혀 사는 수준이라는 건가 싶어 아득해졌다. 그런 남자와 사귀었다니 오히려 세영이 대단해 보이려 한다.

황석이 킥킥 웃으며 펜을 다시 주머니에 넣고 말했다.

"근데 웬일로 여기에 오셨어요. 세영이처럼 노는 거 좋아하시지도 않……."

술기운에 주절주절 말하는 황석의 옆구리를 인혁이 쿡 찔렀다. 그러자 황석이 화들짝 놀라며 변명했다.

"그러니까 세영이는 원래 술자리를 좋아해서 무조건 꼈었거든요. 지금은 못 오게 합니다! 아니, 근데 걔가 워낙 성준이를 쫓아다녀서……. 인혁아, 그냥 내 입을 꿰매 줘. 말 못 하게."

"그래, 너 진짜 입 좀 꿰매야겠다."

인혁이 혀를 차며 황석을 질질 끌고 사라졌다. 둘이 사라지고 유하는 기현에게 연락해 성준을 일으켰다. 기현이 인사불성인 그를 차에 태우는데, 유하가 말했다.

"……얼굴을 만지려고 했는데 피했어요."

이성준이라는 남자에 대해서 조금 더 알고 싶어졌다. 풀어

176

지면 억누르던 거만함이 더욱 드러나는 남자. 만지려면 피하면서, 쓰러질 땐 의지하고 싶은 것처럼 유하가 있는 방향으로 머리를 두는 이 남자에 대해서.

3년이나 같이 살았는데 그에 대하여 아직 잘 모르겠다. 이혼하자고 말했던 날부터 그는 더더욱 알 수 없는 사람으로 바뀌어 갔다. 속을 드러내지도, 그렇다고 감추지도 못하는 남자.

유하가 기현에게 다시 한 번 물었다.

"아까 너무 걱정돼서 손 뻗었는데…… 왜 그럴까요? 왜 피했을까요?"

그러자 기현이 당연하다는 듯 대답했다.

"대표님은 남한테 의지하는 거 진짜 싫어하시잖아요."

"……그래요?"

"네, 만취했어도 부축해 드리려고 하면 걸을 수 있다고 밀쳐 내시는 분이거든요. 뭐, 평생 집안 기대를 받고 자라신 분이라. 그중 제일 싫어하는 게 사모님 걱정시키는 걸 거예요."

"……."

"아주 타고난 고집불통이시거든요. 강준 형님이 가끔 대표님 어릴 때 얘기를 해 주시는데요, 어릴 때부터 쭉 그러셨대요."

강준은 이렇게 촌각을 다투며 사는 성준과 달리 여유롭게 금수저의 삶을 즐기고 있었다. 장남의 짐도, 부모의 짐도 성준이 어려서부터 전부 짊어지고 살고 있었을 것이다. 유하가 혼잣말처럼 중얼거렸다.

"그런 것도 몰랐네요……."

"어휴, 대표님이 집을 들어가셔야 말이죠!"

기현이 유하의 편을 들어 주더니 곧이어 자기 상사 편을 들기 위해 말했다.

"티는 안 내는데. 요즘 대표님 엄청 힘들어하세요. 사모님 마음 붙잡고 싶어서……. 어우, 봄 타나. 갑자기 쓸데없는 소릴 하네요."

기현이 횡설수설하더니 차에 탔다. 유하는 찬후가 있는 차로 향했다. 남편에 대해서 더 많이 알고 싶어지는 밤이었다.

다음 날 아침, 눈뜬 성준이 눈을 끔뻑거렸다. 집이다. 전날 일이 잘 기억나지 않았다. 핸드폰을 확인하니 '미친놈', '팔불출' 이런 말들이 쭈욱 이어지고 있었다.

그가 몸을 일으켰다. 얼마나 마셨는지 바닥이 위로 올라오는 것 같았다. 온몸에서 나는 술 냄새가 싫어서 일단 샤워부터 했다. 성준이 비틀거리며 욕실에서 나오자 주방에 있다 온 유하가 서둘러 그를 부축했다.

"벌써 일어났어요? 아직 해장국 끓이는 중인데."

유하가 잡아 주는데 그가 또 표정을 굳히며 손을 떼려 했다. 그러나 그녀는 이번엔 당황하지 않고 성준의 팔을 꼭 쥐고 침대로 데려가 눕혔다.

"더 자요. 아직 아침이에요."

"어제 어떻게 됐어?"

그가 묻자 유하가 침대 옆에 스툴을 끌고 와 앉으며 말했다.

"저 대신에 술 마시다가 만취해서 뻗었어요."

인혁이 쓴 단어를 이용해 '뻗었다'라고 말하니 그가 한숨을 쉬었다.

"집에 데려오느라 고생했겠네."

"기현 씨가 고생했죠."

기현은 저보다 키도 체격도 한참 큰 남자를 낑낑거리며 부축하느라 근육통이 왔다고 했다.

성준이 눈으로 담배부터 찾으며 중얼거렸다.

"그러니까 다신 우리 술 마시는 곳에 오지 마."

"안 갈래요. 절대로."

질색하며 대꾸하고 난 유하가 말을 이었다.

"그런데 새벽 두 시는 너무 늦어요."

그 두 시도 유부남이라 봐준 거라며 황석이 재잘재잘 생색을 냈다. 봐준 게 두 시라니! 유하가 너무하다며 뾰로통해 있는데 성준이 담배를 찾았다. 여기저기 뒤졌지만 없으니 표정을 찌푸렸다. 그 모습을 빤히 보던 유하가 입고 있던 잠옷 주머니에서 담배를 꺼냈다.

"이거 찾아요?"

"왜 네가 가지고 있어?"

성준이 말하며 손을 뻗자 유하가 담배를 등 뒤로 숨겼다.

"그냥은 안 줄래요."

"장난해?"

그의 탁한 목소리가 날카로웠음에도 유하가 겁먹지 않고 고개를 끄덕였다.

179

"네."

"……네?"

"장난해요."

그녀가 말하고 살짝 눈웃음 지었다. 그러자 성준이 그대로 얼어붙었다. 지금 이게 무슨 상황인가. 어제 뻗었다고 벌주는 건가? 아니면 반대로 상 주는 건가?

술도 덜 깨고 니코틴도 부족하니 성준은 머리가 아예 멈춰 버렸다. 무엇보다 심각한 건 그녀의 눈웃음이었다.

머리가 쪼개질 것같이 아픈 숙취 속에서도 그녀의 눈웃음 하나에 당장 붙잡아 침대에 짓누르고 싶어졌다.

"장난……."

그가 중얼거렸다.

아무래도 아내가 자신의 약점을 하나둘 알아 가고 있는 것 같다. 이럴 땐 유하가 가진 걸 전부 내놓으라고 이상한 서류를 내놔도 그냥 도장을 찍어 줄 기분이다. 저렇게 웃어 보이는데 뭔들 못 줄까. 담배도 못 피우는 마당에.

그가 아무래도 안 되겠는지 침착하게 물었다.

"뭐 가지고 싶은 거라도 있어?"

"네에?"

"담배랑 바꿀 거냐고."

그 와중에 거래를 하려고 한다. 유하가 고개를 저었다.

"그런 게 아니라. 있잖아요, 성준 씨."

"어."

그가 대답하며 이번엔 라이터를 찾았다. 라이터도 없다. 성

준이 허리를 숙여 서랍 속을 보는데 유하가 그 옆으로 와서 쪼
그려 앉더니 그를 올려다보았다.

"담배 끊으면 안 돼요?"

"……."

"너무 많이 피워요."

빤히 올려다보는 말간 눈에. 성준은 제가 어제 뭘 한 건가
기억해 내고 싶어 죽을 지경이었다. 오늘따라 유하가 너무 살
가웠다. 성준이 못 견디고 그녀를 잡아 일으켜 키스하며 침대
에 쓰러뜨렸다.

아침부터 너무한 것 아닌가, 이 여자. 사람을 미치게 해도
정도가 있지. 담배고 뭐고 유하부터 먹어 치워야 정신을 차릴
것 같았다. 키스를 한 그의 입술이 바로 유하의 목덜미를 훑었
다. 유하가 당황하며 말했다.

"자, 잠깐만…… 아……."

씻은 지 얼마 안 됐는지 그녀의 피부가 평소보다도 촉촉했
다. 그가 유하의 옷을 잡아 올리고 보드라운 젖가슴을 물자 그
녀가 화들짝 놀랐다. 성준이 본격적으로 자신을 괴롭히기 전
에, 유하가 두 손으로 낑낑대며 그를 밀어냈다. 그리고 다급하
게 상의를 끌어 내렸다.

"담배 끊기 싫어서 말 끊는 거죠?"

유하가 언성을 높이자 성준이 건성으로 대답했다.

"그런 걸로 하자."

"그런 걸로 하는 게 아니라……."

임신을 원하는 유하 입장에선 내심 성준의 금연을 바랐다.

예전엔 그가 아무 말도 들어주지 않을 것 같았는데, 지금은 그녀가 원하는 것들을 간절히 전하면 성준이 들어줄지 모른다는 생각이 들었다.

특히 잠이 덜 깨고 니코틴이 부족할 때가 기회다.

유하는 그렇게 생각했지만, 정작 성준에게 제일 잘 먹히는 건 기대감에 가득 차서 그를 보고 있는 눈이었다. 성준의 표정에 수많은 감정들이 스쳐 지나갔다. 아무리 그래도 십 년 넘게 피워 온 담배를 단번에 끊겠다고 결심하는 건 무리였다.

성준이 천천히 입을 열었다.

"반으로 줄일게. 지금 피우는 거에서."

"······정말?"

"응."

"와."

정말 기뻤는지 그녀가 환하게 웃었다.

"고마워요."

성준이 서둘러 몸을 일으켰다. 아무래도 지금 자기 얼굴이 시뻘게졌을 것 같았다. 그녀가 이렇게 예쁘게 웃어 줄 줄은 몰랐다. 반으로 줄인다고 하길 잘했다. 다음에 아예 담배를 끊겠다고 하면 또 얼마나 사랑스럽게 웃어 줄까.

서촌 카페의 인테리어는 훌륭하게 완성되었다. 유하는 커피를 대접하기 위해 지금까지 배운 것을 총동원했고, 찬후와 나

182

리가 바로 옆에서 기다리고 있었다.

흰색으로 베이스 컬러를 잡은 벽에 꽃잎이 날리는 목련 나무가 근사하게 그려져 있었다. 카페 '목련'에 곧 기분 좋은 커피 향기가 퍼지고, 둘 앞에 에스프레소가 놓였다.

"드셔 보세요."

유하가 말하자 나리가 잔을 들어 먼저 커피를 맛보았다.

"아…… 좋아. 난 딱 좋네."

나리는 정말 마음에 드는 표정이었다. 하루에 에스프레소 네다섯 잔은 먹어야 잠이 깨는 그녀 마음에 들었다니 유하의 어깨가 절로 올라갔다.

그러나 찬후는 커피를 전혀 마시지 않았기 때문에 이 시커먼 음료에 대한 불신이 표정에 가득했다. 딱 봐도 맛없게 생겼다.

그러나 자신을 반짝거리는 눈으로 보고 있는 유하를 보니 안 마실 수가 없었다. 찬후가 눈 딱 감고 손에 비해 너무도 작은 에스프레소 잔을 들어 커피를 마셨다. 그의 표정이 절로 찡그려졌다.

"이, 이걸 파실 겁니까?"

찬후가 경악해서 본심을 말하고, 자신을 빤히 보는 두 여자의 눈에 놀라서 변명했다.

"아뇨! 제가 커피를 전혀 안 마셔요! 저 아메리카노를 딱 한 번 마셔 보고 놀란 뒤론 카페에서도 코코아밖에 안 마셔요……."

그가 울기 직전이 되어 말하자 유하는 웃음이 나와서 두 손으로 입을 꼭 막았다. 그러나 호탕한 나리는 이미 웃느라 정신을 못 차리고 있었다.

"찬후 씨. 원래부터 A식품에서 일했다며? 커피 회사에서 일한 사람이 커피를 못 마셔?"

"맛이 없는 걸 어떡합니까······."

"커피를 안 마셔도 되는 체력은 부럽네. 와, 어른스럽다고 생각했는데 애는 애다."

"저 애 아닙니다!"

찬후가 억울해했지만 나리는 이미 그를 놀리느라 여념이 없었다.

"유하야, 코코아 줘. 코코아."

"아니, 그러니까 저는 애가 아니라니까요······."

찬후는 그다지 어려 보이는 얼굴도 아니었고, 워낙 어려서부터 고생하며 자란 탓에 유난히 행동이며 말투도 어른스러웠다. 그런데 코코아밖에 못 마신다고 하니 두 누나들 눈에는 그가 마냥 귀여워 보였다.

일이 바쁜 나리가 먼저 돌아가고 유하는 찬후를 위해 새로 코코아를 만들기 시작했다. 코코아 가루를 약간 물에 녹이고 스팀 밀크를 만드는데 자꾸 웃음이 나오는지 어깨가 들썩였다. 얼굴이 벌게진 찬후가 뒤에서 쩔쩔매며 말했다.

"저 정말 코코아 달라는 소리가 아니었어요."

"알았어요. 그냥 해 주고 싶어서 만드는 거예요."

"아, 정말······."

"커피는 왜 마셨어요. 미리 말씀하시지. 밤에 못 자면 어떡해요?"

"······자꾸 놀리실 겁니까?"

찬후가 툴툴거렸다. 그런 그가 귀여워서 유하가 결국 한 손으로 입을 가리고 웃어 버렸다. 찬후가 난감하게 머리를 긁적이다 대꾸했다.

　"사모님이야말로 어린애 같으셨거든요? 아까 눈 반짝거리는데 꼬맹인 줄 알았어요."

　찬후가 억울하다는 듯 말하자 유하가 그를 흘겼다.

　"뭐라고요?"

　"그걸 어떻게 거절합니까? 원랜 무조건 맛있다고 하려고 했어요. 상처받으실까 봐."

　"저 어린애 아니에요. 그런 걸로 상처 안 받거든요?"

　"아까 눈망울이 그랬다니까요……. 근데 너무 놀라운 맛이라서 본심이 튀어나왔어요. 이런 거 팔았다가 망하시는 거 아닌가 걱정이 돼서."

　찬후가 말하자 유하가 다시 터지려는 웃음을 꾹 참고, 여전히 그를 흘기는 시늉을 한다. 그저 어른스럽기만 한 사람이라고 생각했는데 이렇게 말하는 걸 들으니 그녀보다 열 살 넘게 어린 동생들이 생각났다. 남동생은 무뚝뚝했지만, 그보다 두 살 어린 여동생은 엄마 말은 안 들어도 언니 말은 들을 정도로 유하를 좋아했다.

　언제 한번 카페 놀러 오라고 해야지. 결혼하고 연락을 안 해서 여동생 송하가 삐졌을지도 모르겠다는 생각이 들었다. 남동생인 종현이야 귀찮아하겠지만.

　유하가 녹인 코코아에 스팀 밀크를 부으며 말했다.

　"동생들한테 연락 좀 해야겠어요. 카페에 놀러 오라고."

"예, 좋아하실 겁니다."

"자, 여기요."

목련이 그려진 머그컵은 카페 전용으로 유하가 주문 제작한 것이었다. 찬후가 손잡이를 잡고 코코아를 한 모금 마셨다. 그의 표정에 행복감이 번졌다.

"저 어린애 맞나 봐요. 입에 딱 맞습니다."

"맛있어요?"

"네, 이건 팔릴 것 같습니다."

찬후의 진심 가득한 말에 유하가 한 번 더 즐거운 웃음을 터트렸다.

"대표님, 왜 그냥 나오십니까?"

기현이 고개를 기우뚱했다.

유하의 카페 인테리어가 끝났다고 해서 구경을 하겠다고 말했던 성준이 들어갔다가 채 5분도 안 되어 다시 나왔다.

그는 아무런 표정도 짓지 않고 있었는데 이상하게 그게 잘 갈린 칼날처럼 날카로워 보였다.

성준은 말이 없었다. 그저 딱딱한 표정으로 차에 탔을 뿐.

차가 출발하고 나서야 그의 표정이 구겨졌다.

좀 전에 카페에 들어가려다 나리와 마주쳤다. 성준은 이미 유하 주변의 모든 인물에 대한 정보를 알고 있었기 때문에 그녀 역시 한눈에 알아봤다. 인테리어 디자이너이며 최근 유하와 친하게 지낸다는 신나리였다.

그녀가 나가는 것을 분명히 봤는데, 안에서 유하의 웃음소리가 들렸다.

그때부터 성준의 표정이 사정없이 구겨졌다. 그녀가 지금 누구와 있는지 알아야 했다. 그래서 발소리를 죽이고 주방 쪽을 보았는데 찬후가 있었다.

유하는 뭐가 그렇게 재미있는지 아이처럼 해맑게 웃고 있었고, 그녀의 웃음을 보고 있는 찬후의 눈빛에서 애정이 느껴졌다.

그녀가 내 앞에서 그렇게 아이처럼 웃은 적이 있나? 그렇게 아무것도 신경 쓰이지 않는다는 듯 맑게 웃었던 적이 있었나.

유하는 언제나 경계하듯이 성준과 떨어져서 어색하게 웃곤 했다. 그 사실이 성준의 머리를 완전히 마비시켰다.

그리고 찬후의 표정. 그렇게 맑게 웃는 유하가 사랑스럽다는 듯, 달콤한 디저트에 푹 빠진 사람 같던 표정이.

세상에 법이 없다면 당장 찬후를 두들겨 패서 쫓아내고, 유하를 집으로 끌고 가 가둬 버리고 싶었다. 모든 이성이 으깨지는 기분이었다.

정신이 나간 것처럼. 앞밖에 보지 못하는 짐승처럼, 그는 단 한 가지 생각밖에 하지 못했다.

유하를 뺏기지 않겠다는 생각.

그녀가 영원히 자신만 보고 웃었으면. 그럴 수 있는 힘이 있다면 성준은 지금까지 가져 왔던 모든 것과 바꿔도 좋을 것 같았다.

염탐

카페에서 나와 집 앞에 도착한 유하는 대문 앞에 서 있는 성준을 발견했다. 그의 서늘한 표정에 묘한 불안감이 들었다. 유하가 운전석에 있는 찬후에게 물었다.

"성준 씨가 왜 저기 있을까요?"

"글쎄요."

유하가 당황하며 먼저 차에서 내렸다. 그리고 뒤이어 찬후도 차에서 내려 허리를 숙이고 성준에게 인사했다.

"안녕하십니까, 대표님."

"박찬후."

"예."

찬후가 바로 대답했다. 유하는 아무래도 화가 나 있는 성준이 이상한지 그의 팔을 살짝 잡았다. 찬후도 성준이 화가 났음을 느꼈다. 성준이 찬후에게 서류를 보였다.

"이거 뭐야."

그가 내민 것은 유하의 카페에 관한 서류들이었다. 불법 증축한 부분을 뜯어내서 전부 수리했다. 건물이 그 모양이니 인테리어 견적도 어마어마하게 나왔다. 서류를 확인한 유하가 놀라서 성준을 말리려는데 그가 먼저 말을 이었다.

"넌 뭐 하고 다니느라 이따위 건물을 사게 만들어?"

"죄송합니다, 대표님."

그의 분노가 찬후에게 향하자 유하가 다급하게 말했다.

"그거…… 제가 멋몰라서 한 거예요."

"넌 들어가."

"처음부터 찬후 씨는 말렸어요. 하지 말라고. 제가 우겨서……."

성준이 유하의 말을 완전히 무시하고 찬후에게 싸늘하게 물었다.

"나한테 보고는 왜 안 했어?"

"죄송합니다."

"제가 비밀로 해 달라고 했어요!"

유하가 찬후를 감싸자 성준은 속에서 더욱 심한 열이 오르는 걸 느꼈다.

찬후는 분명 유하가 비밀로 해 달라는 말을 들어줬을 것이다. 나중에 성준이 알게 되면 본인이 피해를 볼지도 모르지만 찬후는 그런 것을 따지는 녀석이 아니었다. 성준도 알았다.

그걸 아는데도, 그런데도 성준은 당장 눈앞의 찬후에게 타는 듯한 분노를 느꼈다. 찬후가 성준에 대하여 잘 아는 만큼,

성준도 찬후에 대하여 잘 알았다. 찬후가 유하를 바라보던 눈빛, 그 따뜻하고 즐거운 눈빛에 화가 났다.

왜 내 아내가 너를 감쌀까. 왜 그녀가 너를 보며 웃을까.

스스로가 이렇게 구질구질했던 것은 난생처음이었다. 그가 자기도 모르게 손을 들었다.

그러나 차마 때리지 못하고 멈추는데 그의 앞을 유하가 가로막았다. 자기도 무서워서 눈을 꼭 감고.

그러다 그녀가 두 눈을 떠서 성준을 보았다. 잠깐의 침묵이 흐르고 찬후가 묵묵히 말했다.

"죄송합니다, 대표님. 앞으로 실수 없이 하겠습니다."

그 담담한 대답은 성준의 머릿속을 완전히 암전시켰다. 성준은 억지를 부리는 성격이 아니었고, 찬후는 성준이 틀린 건 틀렸다고 말하는 걸 좋아함을 알고 있다.

그런데 그가 지금, 당연하다는 듯이 성준의 화를 듣고 있는 것이다. 마치 정말 크게 잘못한 것이 있는 것처럼.

"꺼져."

성준이 분노를 짓누르고 집 쪽으로 돌아섰다. 찬후는 그의 등에 고개를 푹 숙여 인사하고 주차하기 위해 차로 돌아갔다. 유하가 서둘러 성준을 따라 걸으며 말했다.

"말했잖아요. 제가 비밀로 해 달라고 했다니까요? 찬후 씨 정말 아무 잘못도 없어요."

"시끄러워."

"도대체 왜 찬후 씨한테 화를 내요!"

답답한 마음에 유하의 목소리가 커졌다. 그제야 걸어가던 성준이 멈춰서 그녀를 돌아보며 말했다.

"저 자식 연봉이 왜 그렇게 높은 줄 알아? 이딴 일 없도록 널 보호하란 뜻이야."

"말했잖아요. 내가 우긴 거라고. 저한테 화를 내요."

"아, 그래."

성준이 싸늘한 눈빛으로 맑고 커다란 유하의 눈을 주시하며 물었다.

"넌 왜 이런 짓을 했어?"

"……."

유하가 멈칫하며 뒤로 물러섰다. 그러자 그녀가 있는 쪽으로 성준이 한 걸음을 옮겼다.

"문제가 생겼는데 왜 나한테 말 안 해."

"……."

"해결할 줄은 알아?"

정작 그의 화가 자신을 향하자, 유하는 그 기세에 짓눌렸다.

"저 자식 감싸지 마."

"……."

"그거 박찬후를 위하는 게 아니야. 날 더 미치게 만드니까. 알아들어?"

유하가 입술을 물고 떨리는 눈꺼풀을 내려 눈을 감았다. 그녀가 간신히 고개만 끄덕이자 성준은 먼저 집 안으로 들어가 버렸다. 그가 들어가고 한참 후에야 유하는 자신도 집으로 들어가야겠다는 생각을 했다.

기운이 빠져서 어찌해야 하는지 모르겠다. 아까 자신이 막지 않았으면 남편이 손찌검을 했을까?

　다른 건 몰라도 그거 하나는, 사람 대하는 것만큼은 난폭하지 않다고 생각했는데……. 멍하니 서재로 들어가 문을 잠근 유하가 목욕을 할 생각도 못 하고 바닥에 웅크려 앉았다.

　예전에, 아마 결혼하고 1년쯤 지났을 때였는데. 성준이 사업차 마신 술에 만취해서 침대에 겨우 누워 잠든 적이 있었다. 유하는 밤새도록 불편한 술 냄새에 시달리다가 아침에 눈을 떴다. 강영 아주머니에게 해장국을 부탁하고 시계를 보니 성준이 출근할 시간이 지나 있었다.

　유하가 성준을 흔들어 봤지만 단단히 취했는지 일어나지 않았다. 그때 기현이 들어왔다. 유하가 옷깃을 여미며 인사했다.

　"아, 기현 씨."

　"안녕하세요! 대표님 아직도 주무시죠?"

　"네, 회식이 많이 힘들었나 봐요."

　"어우, 바쁜데…… 들어가서 깨워도 될까요?"

　"죄송해요, 바쁘신데. 들어오세요."

　"사모님이 왜 죄송하십니까. 그럼 실례 좀 하겠습니다."

　안방 문을 연 기현은 확 풍기는 술 냄새에 삐죽거리더니 이불 속에서 자고 있는 성준을 마구 흔들었다.

　"대표님! 일어나세요."

　성준이 못 들은 척하자 기현이 무서운 표정으로 말했다.

　"아, 일어나라고요!"

　"어어……."

"지금 얼마나 일이 밀렸는지 아세요? 몇 신데 아직도 주무시냐고요!"

유하의 눈이 동그래졌다. 저렇게 막 소리를 질러서 깨워도 되는 건가? 나중에 혼나면 어쩌지. 그녀가 걱정하거나 말거나 기현이 이불을 뺏으려 했다. 그러자 성준이 중얼거렸다.

"5분만……."

"5분 좋아하시네요. 지금 열한 시라니까요!"

"어, 미안."

잠결에 사과하더니. 이불 속으로 더욱 깊이 기어 들어가 버린다. 기현이 찬후를 불렀다.

"박찬후, 너 저쪽 잡아."

"옙."

방으로 들어온 찬후가 성준 발치의 이불을 잡았다. 기현은 머리맡의 이불을 잡아 강제로 뺏기 시작했다. 성준이 버텨 봤지만 남자 둘이 힘을 쓰니 별수 없이 이불을 뺏겼다. 성준이 마지못해 자리에 앉았다. 부어 있는 눈을 제대로 뜨지도 않고 중얼거렸다.

"찬후야, 나 피곤하다. 기현이 좀 쫓아내."

"안 됩니다."

찬후가 무뚝뚝하게 대답하니 성준이 괴로운 표정을 지었다. 기현이 어깨를 으쓱였다.

"찬후도 제 편입니다? 일어나세요. 얼른, 자."

기현이 아이스 아메리카노를 주자 성준이 잠결에 빨대를 쪽쪽 빨아 커피를 마셨다. 겨우 자리에서 일어난 성준이 샤워를 하러 들어갔다. 유하가 물었다.

"기다리시면서 드시게 간단히 차라도 드릴까요?"

"어유, 괜찮습니다. 금방 나오실 거예요."

기현이 익숙하다는 듯이 말했다.

"하여튼 가끔 저렇게 말썽이라니까요."

"성준 씨 저러시는 거 처음……."

말하던 유하가 품 웃었다. 그리고 무안한지 손등으로 입을 가렸지만 곧 다시 웃고 말았다. 찬후가 신기한 듯 말했다.

"오랜만에 웃으시는 것 같네요?"

"성준 씨가 두 분에게 꼼짝도 못 하는 게 신기해서……."

그 싸늘하게 느껴질 정도로 무뚝뚝한 남자가 꼼짝을 못 한다. 그녀의 즐거운 웃음소리에 기현이 대답했다.

"원래 대표님이 좀, 자기가 잘못한 건 확실하게 반성하시는 타입이거든요."

"그래요?"

"네, 잘하고 계실 땐 갑인데, 가끔 저렇게 실수하실 때는 알아서 을이 되세요. 그러니까 저도 지금이 기회라서 성질을 냈죠."

기현이 크크 음흉하게 웃자, 옆에 있던 찬후가 말했다.

"무섭긴 하신데 누구한테나 똑같이 무서우세요, 대표님은."

유하가 미소를 지으며 고개를 끄덕였다.

씻고 나온 성준이 정신을 차렸는지 금방 정장을 차려입고 나왔다. 기현과 찬후는 이미 밖에서 대기하고 있는 중이었다. 성준이 유하에게 물었다.

"너도 나 깨웠어?"

"네."

"그런데 안 일어났어?"

그녀가 고개를 끄덕이자 성준이 넥타이를 바로 잡았다.

"코 곤 건 아니지?"

"골았어요, 조금."

유하의 말에 성준이 한숨을 푹 쉬고 그녀에게 말했다.

"다음에 또 그러면 코를 비틀어서 쫓아내 버려."

"네에?"

"미안."

그가 사과하더니, 곧 부드럽게 미소를 지었다. 정말 미안하다는 듯한 얼굴이었다.

그리고 집을 나갔다. 유하는 그때, 성준이 생각보다 좋은 사람일지도 모른다는 생각을 했다.

잘못 본 것이 아니구나. 일곱 살 꼬마 아이에게도 진지하게 대하던, 그런 남자가 맞구나. 그렇게 생각했다.

그러나 지금 유하는 시아버지 희강이 떠올랐다. 성준과 닮은 눈매, 닮은 목소리. 처음 희강을 만났을 때 그녀는 '스산하다'는 생각을 했다. 그런데 오늘 성준에게서 그런 스산함이 느껴졌다.

꼬마 아이에게도

그날 밤. 유하는 침실에 들어오지 않았다. 아마 서재에서 잔

196

모양이었다.

성준은 이렇게 감정 조절을 못 한 적이 별로 없었다. 질투가 그를 무너지게 만들었다.

찬후를 막으며 자신을 보던 유하의 경악한 얼굴이 떠올랐다.

성준은 어릴 때 부모님 눈을 피해 놀러 나가려다, 때마침 정원에서 부하 직원과 대화하던 아버지에게 붙잡혔던 기억을 떠올렸다. 또 혼나겠다 싶어서 짜증을 내던 소년을 바라보던 희강의 눈빛이 소름 끼쳤다. 성준이 곁으로 오자 희강이 부하 직원에게 말했다.

"너 땅에 얼굴 박아."

"예?"

"엎드리라고."

희강이 말하자 그와 또래이거나, 조금 연상일 남자가 머뭇거리다 흙 위에 엎드렸다.

"아니, 아예 박으라고."

희강이 손짓하자 머뭇거리고 목에 힘을 주고 있던 남자가 별수 없이 바닥에 얼굴을 묻었다. 그제야 희강이 말했다.

"어, 됐어. 일어나."

부하 직원이 일어섰다. 그의 얼굴에 비 온 뒤 젖은 진흙이 묻어 있었다. 희강이 질색하며 물러서는 성준의 양어깨를 잡고 물었다.

"봐봐. 재밌어?"

성준이 고개를 젓자 희강이 말했다.

"큰 소리로 대답해. 할아버지는 대답 안 하는 거 아주 싫어하셔."

"재미……없어요."

"그렇지? 넌 저러기 싫지? 저런 놈이 안 되려면. 돈이 많아야 돼. 성준아. 그리고 돈이 많아지려면, 공부를 잘해야 돼. 아빠가 공부를 못 했거든. 그래서 아직도 할아버지가 아빠한테 저런 거 시키면 해야 돼."

"……."

"우리 아들이 아빠 살려 줘야지. 그렇지?"

성준이 고개를 끄덕이려다 '네' 하고 소리 내서 대답했다.

그리고 서둘러 방으로 들어가 제 스스로 문을 잠갔다.

수치심에 부들부들 떨면서도 한마디 못하던 부하 직원의 얼굴이 자꾸만 떠올랐다. 싫었다. 뭐가 싫은지 정확하게 말할 수 없었지만 그냥 모든 것이 싫었다.

아버지 같은 사람이 되면 어떡하지. 그게, 아이에게 악몽이었다.

다만 한 가지 분명한 것은 돈이 많아야 한다는 것이었다. 할아버지처럼. 그래야 아버지를 이길 수 있었다. 성준은 인생 첫 번째 목표를 세웠다. 아버지보다 돈이 많아지되, 아버지 같은 사람은 되지 말 것.

다음 날 아침, 성준이 서재로 가서 문을 두드려 봤지만 그녀는 잠긴 문을 열어 주지 않았다. 결국 유하의 얼굴도 못 보고 출근했다. 그가 차에 타자 기현이 슬쩍 물었다.

"대표님."

"왜."

"아침에 보니까 찬후 완전 주눅 들어 있던데요."

"……."

"왜 그렇게 화내셨어요?"

그가 툴툴거리자 성준이 한동안 대답이 없더니, 질문을 잊을 만할 때쯤에 말했다.

"어제 카페에 갔더니 유하가 찬후를 보면서 웃고 있어서."

"……예에?"

"그게 빡쳐서."

입 밖으로 꺼내서 말해 보니 자신이 더욱 쪼잔하게 느껴졌다. 얼마나 어이없는 일로 생사람을 잡은 건가…….

사실 아주 생사람을 잡은 건 아니지. 성준의 표정이 오싹할 정도로 구겨졌다. 자신이 화를 내도 덤덤했다. 손을 들어도 피하려 하지 않았다. 그러니까 그 순간, 찬후는 알고 있었던 것이다. 제 마음을 들켰다는 것을.

그런 두 사람 사이에 오간 복잡한 감정을 모르는 유하 입장에서야 경악할 일이겠지만. 어젯밤에는 감정이 너무 격해져서 유하까지 휘말리게 하고 말았다. 사과해야겠지.

그가 반성하는 기색이자 기현이 말했다.

"해 드릴 말이 없네요."

"나도 알아."

머리가 지끈거렸다. 유하에게는 뭐라고 말해야 하나. 박찬후가 널 좋아하는 게 열 받아서 그랬다?

이런 비슷한 말도 유하에게 하지 않을 것이다. 다른 남자의 감정을 자신의 아내가 알게 할 생각은 추호도 없었다. 자신의 세상에 여자가 그녀 하나뿐이듯이, 아내의 세상에도 남자는 자신 하나뿐이어야 한다.

"누가 내 여자 쳐다보는 것도 싫은데 어떡해."

성준의 검질긴 소유욕에 등골이 서늘해진 기현이 애써 농담 조로 말했다.

"사실 대표님이 웃음을 유발하는 타입은 아니시죠! 왜 그렇게 사모님을 웃기고 싶어 하세요?"

"너무 안 웃잖아. 지난번에 아르바이트 1회권 써 갔는데 황당해하면서 보더라니까. 조금은 웃을 줄 알았는데."

다른 사람이면 몰라도 이성준이 아르바이트 1회권을 주면 엄청나게 꿍꿍이가 있어 보일 것 같다. 저 서늘한 눈매로 주시하며 줬을 것 아닌가. 성준은 주변 분위기를 차갑게 얼리는 재주를 가지고 있었다. 유하가 긴장해서 웃지 못했던 것도 놀라운 일은 아니다.

"유하가 그렇게 까르륵 웃게 만들어 본 적이 없어. 나는."

성준이 중얼거리며 뒤로 기대는데 기현이 막 생각났는지 말했다.

"예전에요. 재작년인가? 대표님이 만취해서 집에 가셨던 적 있잖아요. 저랑 찬후가 깨우러 간 날."

"응."

그런 적이 거의 없었기 때문에 성준도 쉽게 그날을 떠올릴 수 있었다. 기현이 말했다.

"그날 사모님 진짜 많이 웃으셨어요."

"왜? 내가 무슨 이상한 짓이라도 했나?"

"아뇨. 그런 거 아닌데. 그러게요. 왜 웃으셨더라……."

한참 기억을 더듬는데 성준이 재촉했다.

"뭐였는데."

"잠시만요. 기억…… 아. 대표님이 저랑 찬후한테 꼼짝도 못 하는 게 신기해서 웃으신다고 하셨어요."

"그게 뭐가 웃겨?"

"모르죠."

둘에게 구박 듣는 게 뭐가 재밌지.

성준이 눈썹을 꿈틀거렸다. 그가 서늘해 보이는 눈으로 물었다.

"혹시 그때부터 내가 꼴 보기 싫었는데 너희가 대신 혼내 줘서 좋았던 건가?"

"에이…… 설마요."

너무 일리 있어서 기현은 순간 감탄할 뻔했다. 성준은 잠시 그날 일을 떠올렸으나 별다른 이유를 찾지는 못했다.

＊

오픈 초기의 서촌 카페는 완전히 비는 시간이 없을 정도로만 사람이 들었다. 비가 와서 정원의 흙이 촉촉하게 젖고 있었다.

유하가 창밖을 가만히 바라보았다. 집에 있는 것보단 손님 이 없더라도 카페에 이렇게 앉아 있는 것이 좋았다. 습한 공기를 타고 커피 향은 더욱 고소하게 번졌다.

이틀 전 찬후의 일로 유하는 계속 서재에서 잠을 잤다. 성준이 문을 두드렸지만, 이상하게 화가 풀리지 않았다. 오히려 찬후가 더 담담했다. 유하가 성준 대신 사과를 하자 찬후는 '혼날 만했어요.'라며 태연하게 받아들였다. 그게 왜 혼날 만한 일인지 이해가 가지 않았다. 그런 생각을 하며 창밖을 보던 유하가 놀라서 문 쪽으로 달려갔다.

비에 젖은 흙 사이에 일정하게 박아 놓은 화강암 징검다리를 밟고 비에 흠뻑 젖은 그녀의 남동생, 종현이 걸어오고 있었다.

이제 열여덟 살인 종현은 학교에서 막 왔는지 교복 차림이었다. 문 앞에서 종현을 본 유하가 말을 이루지 못하고, 그의 팔을 잡아 사무실로 이끌었다.

"비를 왜 이렇게 맞았어?"

"……."

고등학생인 그 녀석은 말이 없었다. 원래도 무뚝뚝했는데 고등학교에 들어가면서부터 집에서는 아예 말을 안 하는 수준이 되었다. 어머니는 '아들이 다 그렇지.' 하며 애써 웃으셨지만 서운함을 아주 감추지는 못했다.

유하가 주방에서 수건을 찾아다 비에 푹 젖은 종현의 머리를 닦아 주며 잔소리했다.

"이게 뭐야. 다 젖어 가지고. 카페에 놀러 오고 싶으면 누나한테 말하지, 데리러 갈 텐데."

종현이 낮은 곳에서 꼼지락거리는 유하가 귀찮았는지 수건을 뺏더니 두 손으로 벅벅 머리의 물기를 닦아 낸다. 유하가 감탄했다.

"키가 더 컸네. 이제 어른이다, 어른."

"……근데 누나. 조카 언제 낳아 줄 거야?"

한참 후에 한다는 것이 이 질문이다. 유하가 당황하며 되물었다.

"왜 갑자기?"

"조카는커녕 우리한테 연락도 안 하잖아."

"아……."

"매형이 불임이야?"

"아냐. 그건."

"그럼 이혼해."

이 말 없는 남고생이 하는 말을 유하는 잘 생각했다. 조합해 보니까 매형이 조카를 안 낳아 주는 것 같으니 이혼하라는 얘기 같다. 하긴. 전부터 결혼하자마자 아이를 낳을 거라고 말하던 유하였으니 이상할 만도 했다. 유하가 어떻게 설명하나 걱정하며 의자를 가리켰다.

"일단 앉아 봐. 종현아."

"집에는 왜 전화 안 해?"

"너도 크면 이해할 거야."

"내 친구네 누나는 결혼하고도 집에 전화 많이 한댔어."

"그게……."

"혹시 엄마가 누나 괴롭혀?"

이건 또 무슨 소린가. 종현이 변성기가 지나며 확 낮아진 목소리로 말했다.

"우리 엄마가 누나한텐 계모잖아. 그러니까 혹시 우리 모르게 누나 괴롭혔어? 그래서 집에 전화 안 하는 거야?"

"얘가 무슨 소릴 하는 거야. 너 드라마 봤어?"

"……응."

종현이 순순히 대답했다.

"공부해야 되니까 모든 드라마가 재미있더라고."

"엄마가 들으면 우시겠다. 우리 엄마 어떤 사람인지 몰라서 그래?"

"혹시나 했지. 누나가 얼마나 집에 전화를 안 하면 그래?"

종현이 말하더니 주변을 두리번거리고 물었다.

"여기 아르바이트 안 필요해? 나 잘 곳 필요한데."

"그게 무슨 소리야? 너 가출이라도 했어?"

이 자식이 어쩐지 줄줄 쓸데없는 얘기만 늘어놓는다 했더니. 가출했냐는 질문에 종현이 다시 입을 다문다.

그날 저녁, 결국 종현이 졸래졸래 유하의 집까지 따라 들어와 머물기로 했다. 그런 종현 덕에 유하는 모처럼 어머니에게 전화를 했다. 집으로 전화를 하니 송하가 먼저 받았다.

─네. 박송하네입니다.

"송하야, 언니."

─송하 없는데요?

언니라는 말에 송하가 뽀로통해서 말했다. 유하가 웃으며 말했다.

"그럼 지금 전화 받고 계신 건 누구시려나?"

─몰라. 나 송하 아니야. 언니가 하도 연락을 안 하니까 삐져서 언니

204

모른 척할 거거든.

"미안해. 언니가 바빠서…… 엄마 좀 바꿔 줄래?"

－응. 바로 끊지 말고 나랑 더 전화해야 돼?

송하가 수화기에 대고 작은 목소리로 말을 이었다.

－나 남친 생김. 듣고 싶지? 응응?

"뭐어? 요게 아주 발랑 까져 가지고. 딱 기다려. 엄마랑 전화 끝나면 잔소리할 거야. 박송하."

－으악, 잔소리 싫어.

송하가 해맑게 웃더니 전화기를 넘겼다. 전화 너머에서 모처럼 어머니의 목소리가 들렸다.

－응. 유하야.

"엄마. 큰일 났어요. 종현이가 가출한 것 같아요."

－으응. 그렇구나. 어쩐지 안 들어오더라.

놀라서 이르던 유하가 무안한 표정을 지었다. 이게 뭐람. 애가 가출했다는데 어머니 반응이 마냥 해맑다. 그러다 자기 스스로도 너무 즐거웠다고 생각했는지 갑자기 목소리 톤을 높였다.

－이런! 박종현 이 녀석 요즘 그렇게 말을 안 듣더니. 유하야, 그 애 오늘만 거기서 재워 줘.

"네. 그럴게요. 이제 와서 사춘긴가……."

－어우 말도 마. 집에만 들어오면 문 잠그고 자기 방 들어가 있고. 아무튼 잘 부탁해.

세상에 이렇게 양쪽이 해맑은 가출이 있나. 유하는 미심쩍었지만 지금까지 제가 가출해 본 적이 없어 이해를 못 하나 보다, 하고 넘어갔다.

종현은 오랜만에 와 본 누나 부부의 집을 새로 이사 올 사람처럼 꼼꼼하게 확인하고 있었다. 유하가 대화를 나누기 위해 종현에게 다가갔다.

"종현아. 학교에서 무슨 일 있었어?"

"응. 지난번 시험에서 전교 3등 했어. 아깝지."

어머니의 반응을 보니 집에 문제가 있었던 것 같지는 않아서 학교에 무슨 문제라도 있나 걱정하며 물었더니 녀석이 대꾸한다. 전혀 예상한 대답이 아니었지만 놀란 유하가 물었다.

"너…… 공부 잘했어?"

"그러게 집에 연락 좀 하지. 그럼 알 거 아냐."

종현이 핀잔했다. 아무래도 지금 그에게 제일 불만인 건 유하 자신인 듯했다.

유하는 종현을 서재에 있는 침대로 데려갔다.

"오늘은 여기서 자."

침대를 본 종현이 표정을 찌푸리며 물었다.

"여기 누나 서재라며. 웬 침대? 둘이 각방 써?"

"아. 가끔 성준 씨랑 싸우면 여기에 와서 자거든."

유하가 농담처럼 말하는데 종현이 고개를 끄덕이더니 핸드폰을 본다. 유하가 더더욱 살가운 목소리로 물었다.

"누구? 여자 친구?"

"신경 쓰지 마. 근데 매형 왜 안 와?"

"글쎄. 일이 많아서 안 들어오는 날도 있어서……."

"안 들어오는 날이 있어? 연락 안 해?"

"성준 씨 비서분이 미리 말해 주셔. 왜, 매형 보고 싶어?"

유하가 웃으며 묻자 종현이 정색하고 대답했다.

"아니. 전혀."

아무래도 사춘기인가 보다. 유하가 저렇게 무뚝뚝한 녀석을 키우고 계실 부모님 생각에 한숨을 쉬는데 종현이 휙 누워 말했다.

"불 꺼 주고 가."

어우, 저 얄미운 놈. 유하가 생각하면서도 방 불을 꺼 주고 잘 자라 인사한 후 방을 나왔다.

하루만 자고 간다던 종현은 다음 날 저녁에도 유하의 집에 찾아왔다. 유하에게 온갖 잔소리를 흘려들으며 꿋꿋하게 저녁을 먹고 난 종현이 말했다.

"오늘도 매형 안 와?"

"글쎄……."

기현이 오늘도 아마 늦을 거라고 했다. 그런데 이틀 내내 남편이 늦는 걸 종현이 알면 신경 쓸까 봐, 유하가 괜히 말을 돌렸다.

"거봐, 너 매형 보고 싶은 거 맞지?"

유하가 장난스럽게 묻자 종현이 고개를 끄덕였다.

"어, 보고 싶어. 그러니까 빨리 전화해."

'어쩌지…… 지금 우리가 사이가 좀 안 좋거든…….' 유하는 차마 그 말을 해서 종현을 더 걱정시킬 수 없었다. 그녀가 마지못해 기현에게 전화를 걸자 그가 바로 받았다.

-예, 사모님! 무슨 일이십니까?

"혹시 오늘 성준 씨 몇 시쯤 들어올까요?

-지금 스케줄로는 새벽 되어야 할 것 같은데요. 무슨 일이십니까?

"별건 아니고, 오늘도 종현이가 자고 간다고 해서요……."

-아! 제가 최선을 다해 보겠습니다, 사모님!

거기까지만 말해도 눈칫밥으로 먹고산 기현은 바로 대답했다. 전화를 끊은 유하가 안심한 표정을 지었다.

다행히 성준은 최대한 빨리 집으로 돌아왔다. 유하는 마당에 나와서 성준을 기다리다가, 차에서 내린 그에게 몇 걸음 다가갔다. 겨우 삼 일 만에 보는데 싸워서 그런지 평소보다도 어색했다. 한참 후에 유하가 말했다.

"와 줘서 고마워요."

그녀의 말이 분위기를 더 어색하게 만들었다. 유하가 입은 베이지색 맥시 드레스가 얇아 바람에 팔랑였다. 밤공기가 조금 쌀쌀해 그녀가 몸을 움츠리자 성준이 재킷을 벗어 그녀의 어깨에 덮었다.

"고마울 일도 없다."

그가 중얼거리며 유하의 손을 잡았다. 유하가 당황하는 기색이자 성준이 물었다.

"잘 지내는 부부인 척하려고 부른 거 아냐?"

"……맞아요."

"그럼 해. 맞춰 줄 테니까."

이상했다. 손을 잡고 걷는 일이 워낙 없었기에. 마치 그들은 해 본 적 없는 일, 연애나 데이트처럼 느껴졌다. 그들 사이에는 연애도 데이트도 없었다. 그렇게 3년이 흘러갔다. 고작 손을 잡고 걷는 것도 어색한 사이. 그런 부부가 되었다.

집 안으로 들어가서 종현이 눈으로 스윽 누나의 부부를 살폈다. 성준이 인사도 없는 종현에게 미소를 지었다. 그러나 상대는 무표정으로 일관한다.

성준이 종현에게 어깨동무를 하고 식탁 쪽으로 향하며 물었다.

"종현아, 저녁 먹었어?"

"네."

"뭐 더 먹자. 내가 네 나이 때는 하루 종일 먹어도 배고팠어."

종현은 안 가려고 버텼지만 성준이 힘으로 끌고 가는 중이었다. 나름 반에서는 제일 큰 키인 종현인데, 매형에게는 키도 체격도 힘도 밀렸다. 종현의 늘 돌처럼 변화 없던 표정에 불만이 가득해졌다. 성준이 의자를 끌어다 종현을 앉히고 찬장에서 잔을 꺼내며 물었다.

"술 한잔 할까?"

"……저 열여덟 살인데요?"

"괜찮아. 어른한테 배워야 제대로 마시지."

그가 잔을 한 잔씩 두고 도수가 40도가 넘는 텐커레이를 따라 주었다. 유하가 놀라서 성준을 붙잡았다.

"뭐 하는 거예요? 애한테."

"괜찮다니까. 가출 청소년이 술 한 잔 안 마시고 집에 들어가면 안 되지."

저게 무슨 논리인지. 유하가 옆에 앉으니 두 남자가 한 마디 대화도 없이 술을 마시기 시작했다. 유하는 두 사람이 대화가 없는데, 자신이 술도 안 마시니 영 불편했는지 슬쩍 자리에서

209

일어나 서재로 향했다.

그녀가 자리를 뜨자 성준이 종현의 잔을 다시 채우고 물었다.

"가출은 왜 했어."

"그냥요."

"너 가출할 놈 아닌 거 알아."

"……."

질문이 마음에 들지 않으면 대답을 안 하는 게 딱 반항기 고등학생이다. 성준이 빈 잔을 다시 채워 주었다. 이 정도면 취할 법도 한데 간이 싱싱해서인지 꽤 말짱하다. 그래도 내리 마셔대니 술잔을 받는 종현의 손이 조금씩 출렁인다. 그 잔을 쭉 비우고 난 종현이 아까보다 요란하게 잔을 내려놓고 물었다.

"누나가 이혼하고 싶어 하죠?"

"어쭈, 눈치챘어?"

나름 회심의 질문이었는데 성준이 태연하게 대답하자 종현의 표정이 굳었다. 성준이 대답했다.

"걱정 마. 내가 잘 달래고 있어."

"부모님이 엄청 걱정하시는데요."

"가출을 빌미로 염탐 왔구나."

테이블에 한 팔을 올려 체중을 실은 성준이 픽 웃었다. 그 모습이 짜증날 정도로 근사해서, 더더욱 누나가 걱정이었다.

철이 들고부터 유하는 집에서 항상 조심스러웠다. 특히 외가 식구들이라도 만나는 날에는 필사적으로 생글생글 웃었다. 미움받지 않으려고 애쓰는 게 어린 종현의 눈에도 보였다. 그런 그녀가 외로웠을 것을, 어릴 땐 몰랐다.

어려서 한창 말썽쟁이일 때는 우리 가족 사이에 끼어들지 말라고 짜증을 냈다. 흙도 집어 던지고, 물건도 집어 던지고. 골탕 먹이려고 유하의 손을 놓고 도망쳤다가 그녀가 아이를 잃어버린 줄 알고 너무 놀라서 울면서 온 놀이공원을 뛰어다닌 적도 있었다.

그래서 그런 걸까 봐, 자신이 어릴 때 너무 짓궂게 굴어서, 그래서 누나가 집에 연락을 하지 않는 걸까 봐, 종현은 겁이 났다.

결혼한 지 3년이 지나도록 누나는 남의 식구가 되어 버린 것처럼 집에 연락이 없었다. 그런 거면 아이라도 빨리 낳아야 하는데, 금방 만나게 해 준다던 조카도 태어나지 않는다. 조카 언제 태어나냐고 송하가 조르듯이 물을 때 종현도 슬쩍 옆에 붙어 유하의 대답을 기다렸는데. 그때마다 돌아오는 대답은 다음 달, 그리고 또 다음 달이었다.

부모님의 특명을 받고 이 집에 '잠입'해서야 성준이 말도 못하게 바쁘고, 유하가 집에 혼자 있을 때가 많다는 걸 알았다. 저토록 아이를 원하는 누나가 아이가 없는 것은 저 남자에게 문제가 있어서가 틀림없다.

그걸 알고 나니 매형이 미웠다. 정말, 정말 미웠다. 누나는 평생 외로운 사람이었는데, 잘난 남자와 결혼해서 행복하게 잘 살 줄 알았는데. 외롭지만은 않기를 그렇게 바랐는데. 서재에 있는 육아 서적을 보니 속에서 울컥했다. 남편이 집에 오지 않는 밤을, 그녀가 어떻게 보냈을지.

"이혼했으면 좋겠는데."

이 모든 생각을 가르고 종현의 입에서 나온 말은 이것뿐이었다. 그러자 성준이 그를 빤히 보며 대답했다.

"이혼은 안 해."

그의 대답에 종현의 숨소리가 거칠어지고, 성준을 보는 눈에도 바짝 힘이 들어갔다. 성준이 담배를 들고 물었다.

"피워?"

"……주세요."

"아, 이 자식, 하나를 안 지려고 하네."

성준이 결국 웃음을 터트렸다. 이혼하라고 대뜸 말하는 처남이지만 그게 다 제 누나를 위해서, 고작 열여덟 살짜리가 남자랍시고 나서고 있는 걸 어떻게 미워할까.

종현이 하는 짓이, 제법 어른스러웠다고 생각했던 자신의 어린 시절과 닮아서 더 웃음이 나왔다. 자긴 어른인 줄 알지만, 어른이 보기엔 애다.

성준이 말했다.

"나는 유하를 사랑해. 네가 생각할 수 있는 사랑의 범위보다 훨씬 더 많이, 깊이 사랑한다. 유하가 안 믿어 주긴 하지만."

"……."

"네가 뭘 알겠냐, 애송아."

그가 도발하니 종현의 입에서 욕이 나오려다 겨우 억누른다. 그게 아주 귀여워서 못 견디겠는지 성준은 웃느라 정신이 없다. 그가 나른한 목소리로 말했다.

"박종현, 내가 남자끼리니까 말하는 건데."

"뭔데요."

까칠하게 대답하긴 했지만 '남자끼리'라고 인정받으니 좀 으쓱해졌다. 아무리 꼴 보기 싫은 매형이라고 해도, 무지하게 잘난 남자인 건 부정할 수 없으니까.

그가 대꾸하자 성준이 다시 술잔을 채우며 말했다.

"내가 뭐라고 해야, 유하가 믿을까. 사랑한다는 걸."

"일단 집에나 제때 오시죠? 일만 하지 말고."

"……."

"누나를 외롭게 하지 마요."

종현이 말하자 성준이 고개를 기우뚱하고 대답했다.

"너 똑똑하다?"

그의 말에 전교 3등이 어깨를 으쓱였다. 아닌 척해도 꽤 취했다. 그리고 무엇보다, 성준이 유하를 얼마나 사랑하는지 그의 목소리에서, 눈빛에서 알 수 있었다.

저렇게 잘난 남자가 사랑한다는데도 안 믿다니 우리 누나 좀 대단한 듯…….

은근히 뿌듯해졌다.

서재에서 책을 읽던 유하는 문이 덜컹 열리고 들어온 종현에 놀라 서둘러 달려왔다. 그녀가 발꿈치를 들어 종현의 얼굴을 두 손으로 감싸고 잔소리했다.

"준다고 주는 대로 다 마시면 어떡해? 눈 풀린 거 봐."

"나 잘 거야."

종현이 중얼거리더니 침대에 풀썩 누워 버렸다. 그러더니 옆에 앉아 걱정 가득한 얼굴로 보고 있는 유하에게 말했다.

"누나."

"뭐, 요 녀석아."

"이혼하고 집에 와도 내가 구박 안 할게."

"얘가 정말, 취해 가지고."

"이혼 안 할 거면 집에 전화 좀 많이 해. 송하 삐졌잖아."

종현은 드러눕자 술기운이 확 올라오는지 반쯤 졸면서 중얼거렸다. 그 모습을 보고 서 있던 성준이 말했다.

"네놈이 걱정된다고 해. 송하 핑계 대지 말고."

"아니거든요……. 누나, 이혼해, 그냥."

이 남자들 보게. 술 한잔 하더니 절친이 됐다. 유하가 미심쩍은 눈으로 둘을 번갈아 보는데 성준이 그녀의 팔을 붙잡아 일으키더니 허리를 끌어안았다.

"우리 방 가자."

"당신도 취했어요? 미쳤나 봐, 애 보는데……."

유하가 성준의 손을 떼려 했지만 그녀 힘으로 고집부리는 그를 이길 수 있을 리 없다.

성준이 유하를 끌고 서재를 나가는데 종현이 반쯤 잠들어 '조카 낳아 줘…….' 한다. 서재 문을 닫고 그대로 안방에 들어가니 성준이 유하를 꽉 안고 누워 버렸다. 유하가 난감해하며 말했다.

"제가 다른 방 가서 잘게요."

"처남 있잖아. 여기서 자. 사이좋은 부부 행세 하자."

종현은 괜히 가출을 해 가지고, 누나만 곤란하게 하고 있었다. 그 녀석은 도대체 누구 편인지.

유하가 불만스럽게 성준에게 물었다.

"둘이 얘기도 별로 안 하더니 왜 이렇게 친해졌어요?"

"원래 남자들끼리는 말하지 않아도 통하는 거야."

"웃겨, 정말. 그런 게 어디 있어요?"

"아, 여자는 말해 줘야 아나?"

그가 미소 지으며 묻자 유하가 흘기며 말했다.

"여자든 남자든, 말해 줘야 알죠."

"으음……."

성준이 유하를 더욱 품으로 당겼다. 그녀가 자신의 얼굴을 못 보게. 그가 손으로 유하의 뒤통수를 감싸 가슴팍에 꽉 눌렀다. 손에 그녀의 작은 머리가 잡히고, 곱고 부드러운 머리칼이 손가락을 간지럽혔다.

그녀가 성준의 품에서 벗어나려 하자 그가 꼼짝도 못 하게 꽉 안고 중얼거렸다.

"하기야 아까 저 속 터지는 놈이랑 대화해 보니까 알겠더라. 네 속이 얼마나 터질지."

그 속 터지게 말 없는 놈이, 유하의 외로움을 걱정해 염탐까지 왔다. 남동생이 남편보다 낫다.

성준이 유하에게, 중얼거리듯이 말했다.

"사랑해."

"……거짓말하지 말아요."

유하가 그를 밀쳐 품에서 벗어났다.

"왜 자꾸 그런 거짓말을 해요? 내가 우스워요? 그렇게 나한테 무관심했으면서 이제 와서 사랑한다고 하면. 그럼 내가 믿어야 해요?"

"……."

"결혼에 실패하기 싫어서 그래요?"

그녀가 울컥 눈물이 올라와 물었다. 그에게 실망했던 날이 다시 떠올랐다. 성준이 자기 품에서 벗어난 유하를 바라보았 다. 그가 멀어지려는 유하의 두 손목을 잡아 자기 쪽으로 당기 고 입을 열었다.

"박유하. 나 사실 너한테 고백할 게 있는데. 화내지 말고 들 어 줘."

"들어 보고 결정할게요."

속이 상해서 눈에는 눈물이 고인 주제에, 유하가 도도하게 말하자 성준이 피식 웃었다. 그가 말했다.

"목련 나무 아래서 종종 낮잠을 잤었잖아. 나."

"……네."

"그때 내가 외로워 보인다면서 네가 옆으로 와서 책을 읽었 잖아."

"……."

"나는 그때, 자는 척을 하고 있었어."

그는 말하며 웃었고, 유하는 아무 말도 하지 못했다.

성준이 평소보다 뜨거운 목소리로 말을 이었다.

"네가 옆으로 와 주는 게. 내 곁에 있어 주는 게 좋아서, 그 시간이 조금이라도 길었으면 해서 나는 자는 척을 했어."

유하가 가만히 그를 바라보았다.

그 무뚝뚝하고, 좀처럼 표현을 하지 않던 남자가 조금은 취기가 올라서, 누구에게도 뺏기고 싶지 않은 자신의 아내를 꿀이 떨어질 것처럼 달콤한 눈으로 바라보며 물었다.

"이 말은 어땠어?"

"……."

"사랑한다는 말보다 나을까?"

취한 건 성준인데, 멍해지는 것은 유하였다.

한참 아무 생각도 들지 않더니, 어느 순간부터인가 심장이 뛰었다. 그의 눈빛과 목소리에 머리가 하얘졌다. 흐릿한 순간 유하는 따듯하던 그날, 그녀가 너무도 사랑하던 목련 나무 아래의 봄날을 떠올렸다.

부부의 일과

어릴 때 부모님이 문을 잠가서 그런가. 성준은 문이 꽉 닫혀 있는 것을 싫어했다. 공포를 느낄 정도는 아니지만 답답하긴 했다. 그래서 늘 문을 약간 열어 놓고 잤었는데, 결혼하고부터 유하와 같은 침대를 쓰기 시작하니 문을 닫아도 전혀 상관없게 되었다.

그러다 밤새 일하고 아침에 집에 돌아왔던 어느 날. 그는 혼자 침대에 누워 잠을 청했다.

모처럼 혼자 누워 있으니 침실이 조금 답답했다. 성준이 다시 몸을 일으키며 표정을 찌푸렸다.

그렇다고 유하에게 같이 자 달라고 말할 수는 없으니, 성준은 비치 체어를 들고 정원으로 나갔다. 그리고 유하가 좋아하는 목련 나무 아래서 자기로 했다. 거기 있으면 유하의 향기가 나는 것 같아 마음이 놓였다.

확실히 방에 있는 것보다는 잠이 잘 왔다. 얼마 안 있어 잠이 들었는데, 옆에서 스르륵 물건 끄는 소리가 들렸다. 성준은 눈을 뜨고 소리 나는 쪽을 보았다. 유하가 스툴을 마당으로 가지고 나와서 성준의 옆에 앉아 있었다.

"왜 여기에 있어?"

성준이 묻자 그가 깊이 잠든 줄 알았던 유하가 약간 당황한 얼굴로 말했다.

"아…… 외로워 보여서요."

"……."

"미안해요. 신경 쓰여요?"

"아니."

평소 같으면 쓸데없는 짓을 한다고 했을 것 같다. 그런데 그 순간에 성준은 이상한 뭉클함을 느꼈다.

아, 나는 이제 잠긴 문 안에 있지 않구나. 내가 외로우면 누군가가 내 옆으로 올 수 있구나. 내 아내가 곁에 있어 주는구나. 그런 뭉클함.

"그냥 있어."

성준이 말하자 유하가 안심한 듯 살짝 웃고 고개를 끄덕였다.

성준은 더 이상 잠이 오지 않았지만 계속 자는 척을 했고, 유하는 간혹, 성준의 곁에 내려앉은 꽃잎을 떼어 주며 책을 읽었다.

그 후로도 가끔, 성준은 목련 나무 아래에서 낮잠을 잤고 유하는 그 곁에 앉아서 책을 읽었다.

그게 그들의 3년간 유일했던 부부다운 행동이었다.

성준의 달콤한 눈빛이 마법이었는지, 사랑한다는 그의 말에 머릿속이 하얘졌다. 잠시 그 말에 취해 있던 유하를 깨운 것은 외로움의 기억이었다.

책도 읽고 영화도 보았다. 여행도 가고 잠도 잤다. 혼자서. 떠나온 가족에게 말도 못 하고 혼자 가슴 아파하며. 그런 아픔이 그녀의 마음을 다시 콱 찔러 왔다. 유하가 물었다.

"그런데 왜 당신은 항상 나를 혼자 뒀어요?"

그 순간, 마법이 깨졌다. 유하를 홀리던 성준의 입가가 굳었다. 그녀가 말을 이었다.

"사랑한다면서 왜 이렇게 나에게 무심했어요?"

"……."

"바빠서?"

그녀가 대답 없는 성준을 보았다. 유하가 곧 침대 한쪽에 누웠다. 그리고 한 번 더 '바빠서 그렇구나.' 하고 중얼거렸다.

그 후로 둘은 이렇다 할 말이 없었고, 언제나처럼 같은 침대에서 잠이 들었다. 다음 날 아침 일찍 유하는 종현을 학교에 보냈다. 배웅을 하고 집 안으로 돌아와 보니 성준도 출근 준비가 끝나 가고 있었다.

전날 유하가 별다른 대답을 하지 않았기 때문에 둘의 분위기는 여전히 어색했다.

사랑한다는 말을 믿어 주는 건지, 그렇지 않은 건지. 성준은 알 수가 없었다. 그가 자신의 넥타이를 말없이 바로잡아 주는 유하에게 물었다.

"카페 이름은 정했어?"

"아, 정했어요. 목련이라고 하려고요."

그래, 그녀는 목련을 좋아하지. 그렇게 생각하려던 성준은 곧, 이혼하게 되면 목련 나무 한 그루만 달라고 했던 유하의 말을 떠올렸다. 그가 낮게 물었다.

"……카페에 목련 나무가 있어?"

"아뇨, 아직."

유하가 무심코 대답했다. 유하가 그를 보는데, 마주 보는 눈빛이 마치 깊게 배신이라도 당한 것 같았다.

"'아직' 못 가져간 거야? 목련 나무."

유하가 대답이 없자 성준이 냉정한 목소리로 말을 이었다.

"목련 나무도 없는 카페 이름이 왜 목련이야. 집에서 목련 나무 하나 들고 나가 버리려고? 다른 곳에 네가 안심할 만한 공간을 만들려고?"

"이혼……하고 싶다고 했잖아요."

이혼하게 된다면 자신은 목련 나무 하나만 달라고 했다. 한 귀로 듣고 흘리는 것 같아 보였는데 기억하고 있었던 모양이다.

"너 말이야, 박유하."

그는 여전히 차가웠는데, 목소리가 어딘지 처참하게 느껴졌다. 지독히도 실패를 싫어하던 그가 지금, 철저한 실패를 맛보고 있었다.

"네가 그리는 그 미래에 한 번이라도 내가 있었어?"

그의 목소리는 톱니가 달린 것처럼 날카로웠다. 유하는 그 말이 자신이 아니라, 오히려 성준 본인의 감정 위를 지나가는 것 같다고 생각했다. 성준이 스스로를 상처 입히는 말을 이어 갔다.

"나보고 담배 끊으라고 했지? 그건 날 위해서야, 아이를 위해서야?"

"……."

"나를 사랑해 볼 마음이 조금은 있어?"

유하에게서 대답이 없었다. 유하는 지난 3년을 돌이켜 보았다. 남이나 다름없는 상태로 결혼을 했다. 그가 자신에게 무심하기에, 자신도 그에게 무심해진 채로. 지난 3년간 오로지 아이에게만 집착했다. 세상에 나를 구해 줄 것은 아이밖에 없다는 듯이.

관계를 이 지경으로 만든 것은 성준이지만, 그것을 방치한 것은 아마 자신일 거라고 유하는 생각했다.

성준이 그녀를 내려다보며 말했다.

"거짓말이라도 해 봐. 나를 사랑한다고."

지금에 와서 그의 눈빛이며 목소리가 사랑을 갈구한들 이미 늦은 걸지도 모른다.

유하는 그를 사랑하는 마음이 들키면 영영 아이를 낳지도, 이혼을 하지도 못하게 될까 봐 두려웠다.

"아이보다 나를 원한다고 말해 봐."

성준은 그녀의 입에서 한 번이라도 아이 같은 건 필요 없으니 당신을 사랑한다는 말을 듣고 싶었다. 두 사람은 마주 보고서도 전혀 다른 생각을 하고 있었다.

"아이를 낳지 않을 거면 이혼해요. 이건 변함이 없어요."

그녀가 성준이 원하는 대답 대신 말했다. 그러자 성준이 혀를 찼다.

"빈말도 못 하는 여자네."

"……그러게요."

태연한 척하려고, 성준은 애썼다. 아내가 자신을 사랑하지 않는다는 사실에 상처받지 않으려고 했다. 그런데 목이 밧줄에 조이는 이 기분에선 어떻게 해야 벗어날 수 있을까.

3년의 시간 동안 둘은 감정을 키울 만한 여유가 없었다. 아이에게만 집착하던 유하도, 성공에만 집착하던 성준도. 두 사람 모두 감정을 느끼는 것에 미숙했다.

그저 지금 성준에게 확실한 건 하나였다. 그녀를 잃고 싶지 않다는 것.

그녀가 이제 새롭게 시작하는 일이 전부 자신에게서 벗어나기 위함이라는 것을. 이혼 후에 그녀가 집중할 만한 곳을, 머무를 곳을 미리 마련해 두는 것이었단 것을. 성준은 혹독할 정도로 실감했다.

성준은 그녀를 잃지 않기 위해 으깨지는 듯한 마음으로 유하에게 웃어 보일 수밖에 없었다. 지금 한 말은 전부 농담이었다는 듯. 너에게 사랑을 갈구한 것도 나의 진심이 아니었다는 듯이.

성준이 현관으로 향하다가 유하를 돌아보고 말했다.

"넌 나한테 15분 만에 결혼하자고 대답하면 안 됐어."

"왜요?"

"그때 내가 아주 건방져졌거든. 아, 이 여자 내가 마음에 드나 보다."

그가 농담조로 말하자 날 선 공기에 굳어 있던 유하도 살짝 웃는다.

"진짜 건방지네요. 도대체 내가 당신 뭘 보고?"

"그러게. 그래서 이대로 살아도 될 줄 알았네."

"······."

"네가 떠나고 싶어 할 거라곤. 생각도 못 해 봤다."

그가 무뚝뚝하게 말하고 집을 나갔다.

또다시 며칠간 성준과 유하의 관계가 얼어붙었다. 한 달 안에 어떻게든 해 보자고 했는데. 둘의 관계는 진전된 것이 없었다. 일요일 아침, 유하가 잠이 잘 오지 않아 뒤척거리다 몸을 일으켰다.

출근을 해야 하는 성준이 아직 자고 있었다. 그를 깨우려고 손을 뻗는데 유하의 핸드폰 진동이 울렸다. 어머니인 인애였다.

유하가 핸드폰을 들고 조용히 침실에서 나왔다.

"아, 엄마. 종현이 잘 들어갔어요?"

전화를 받고 유하가 묻자 인애가 말했다.

─응. 잘 들어왔어. 종현이 이틀 동안 돌봐 줘서 고마워, 유하야.

"다 큰 애를 돌봐 줄 게 뭐가 있어요."

유하가 거실 소파에 앉았다.

인애는 모처럼 하는 통화에 신이 났는지, 시시콜콜 요즘 있었던 일을 이야기하다가 문득 유하에게 말했다.

 ─요즘 들어 가끔씩 그때 생각이 나. 너 고등학생 때 말이야. 바닷가에 놀러 갔던 거 기억나니?

 "아. 기억나요."

 ─그때…… 내가 널 바닷가에 놓고 왔잖아.

 떠올리는 것만으로도 인애의 목소리에 물기가 어렸다.

 ─종현이랑 송하가 너무…… 정신이 없게 굴어서…… 호텔에 와 보니까 네가 없더라.

 "에이, 엄마……."

 ─세상에, 널 바닷가에 놓고 온 거 있지. 한참 뒤에 네가 혼자 걸어서 호텔로 돌아왔잖아. 근데 그때 네가 웃고 있었어.

 "……."

 ─거기서 어떻게 웃음이 나오나 싶었어. 서운하다고 화를 내야 되는데 우리 딸은 왜 웃을까……. 나도 모르게 차별을 했나. 그래서 얘가 날 어려워하는 걸까. 세상에 누가 자기 자식을 잃어버리고 다니니……. 나는 엄마 자격도 없다는 그런 생각이 드는 거야…….

 인애는 좋은 사람이었지만 늘 유하보다 학업이 우선이었다. 아직 대학원을 다 끝내지 못했던 인애는 제 부모가 유하에게 사납게 대하는 것을 알면서도, 그래서 아이가 조용해지고 눈치를 살핀다는 것을 알면서도 제 공부가 바빠 모른 척했었다. 유하가 제 딸이라고 생각하면서도, 피 한 방울 섞이지 않은 아이를 사랑하는 것이 쉬운 일이 아니었기 때문이다.

 그러다 제 배로 아이를 낳은 후에는 그 아이들이 자아의 실현보다 우선이 되었다.

그런 눈에 보이지 않는 차별 속에서 유하가 얼마나 많이 다쳤을지. 연애도 못하고, 집안 어른들이 정해 준 상대 중 하나와 결혼을 하면서도 그 남자가 참 마음에 든다고, 그와 가족을 이루어 행복하게 살 거라며 부모를 달래던 아이다.

지금, 정말로 어른이 되어 생각해 보니 정말 후회가 되었다. 나는 그때 왜 그렇게 어렸을까. 왜 그렇게 너에게 무심했을까.

종현이 집으로 돌아와 매형에 대하여 늘어놓았을 때, 인애는 자신의 무심함을 아플 만큼 후회했다. 자신은 그녀의 가족이 되어 주지 못했다. 그나마 이제야 유하가 자기 가족을 꾸리고 행복하게 사는 줄 알았는데 그마저도 아니었다니.

인애가 우니까, 유하가 웃었다. 웃으며 말했다.

"엄마, 그게 아니라."

말을 해야겠구나. 유하는 생각했다. 어머니가 그런 일로 상처를 안고 있는지 몰랐다.

외할머니가 열 살이 된 유하에게 말했다. 인애가 자식을 낳으면 너는 어떡하냐고. 딸에다가 전처의 아이인 너는 이 집안에서 아무것도 아니게 될 거라고 유하를 비참하게 만들었다. 그래도 할머니는 좀 나은 편이었다. 외할아버지는 유하의 실수 하나하나에 버럭버럭 소리를 질러 아이를 다그쳤으니까.

유하는 그들의 말과 태도를 고스란히 배워 인애를 대했다. 대학원생이던 그 젊은 여자는 제 배로 낳지도 않은 아이가 사납게 말하는 걸 참 잘도 받아 주었다. 어쩌면 어렴풋이 인애도 알고 있었을지 모르겠다. 아이가 하는 말이 제 부모와 같다는 것을.

227

"내가 호텔에 돌아와서 웃었던 건. 그때 송하랑 종현이랑 둘 다 진짜 말을 안 들었잖아요. 세상에 그런 말썽쟁이가 없었잖아. 엄마는 그때 논문도 써야 했고."

─으응. 그랬지.

"엄마가 너무 힘들어 보여서. 그래서 웃은 거야. 힘내라고."

─…….

"엄마 힘내라고 웃은 거예요."

유하는 인애가 보지 못할 걸 알아도 웃으며 말했다.

"나였어도 그랬을 거야. 아니다. 나였으면 엄마만큼 못했을 거야. 엄마는 뭐 그런 걸 여태 마음에 두고 그래요. 운 것도 아니고 웃은 걸로 마음 아파하면 어떡해요."

─그르게. 내가 아직 어른이 덜 됐나 보다.

인애가 웃었다. 유하가 오늘도 웃고 있어서 마음이 좀 아팠지만. 우리 딸이 엄마 힘내라고 웃나 보다 그렇게 생각하면서, 인애도 웃었다.

유하는 전화를 끊고서야 울음이 터졌다.

나 스스로에게 문제가 있나 보다. 내가 무뚝뚝해서 주변 사람들을 다치게 했나 봐. 그래서 내가 외로워졌나 봐. 그런 생각을 했다. 아이를 가지고 싶다고 생각했던 것마저 이기적으로 느껴졌다.

내가 외로우니까 아이를 낳고 싶다고 생각하는 게 너무 이기적이었던 것은 아닌가 하고.

그녀가 웅크려 있는데 언제 일어났는지 성준이 느긋하게 걸어와 유하의 옆에 풀썩 앉았다.

아내가 전화를 받고 나서 울고 있는데 성준은 옆에 와서 앉아 놓고 달래 주지 않는다. 그냥 모른 척하려나 보다. 유하는 묘하게도 그런 그의 태도에 안도가 되었다. 왜 울었는지 자기 입으로 말하고 싶지 않았으니까.

"······출근 준비 안 해요?"

유하가 울음 섞인 목소리로 묻자 성준이 무덤덤하게 대답했다.

"오늘부터 주말 중 하루는 쉬기로 했어."

"······네?"

"회사에도 얘기했다. 일주일에 하루는 무조건 쉬기로. 대신 야근은 못 줄일 거야, 아마."

그의 말에 유하가 눈을 서너 번 깜박였다.

"당신이······ 쉰다고요?"

"응."

"일주일에 하루씩?"

"어, 우리 노력해 보기로 했잖아."

성준은 그동안 강박적으로, 주말도 없이 일을 해 왔다. 성장 중인 회사라서 일을 하면 한 계단을 올라가니 멈출 수가 없었다. 어깨에 회사를 짊어지고 있었으니까. 내가 쉬면 회사 전체가 뒤쳐지는 것처럼 느껴졌다. 실제로도 그랬다.

그렇게 생각하며 일에 몰두하는 사이 아내가 울었다. 나에게 쓰는 시간이 아깝냐면서.

아내가 우는 게 싫다. 그녀를 놓치기 싫었다.

성준이 유하를 보니 젖어서 더욱 반짝거리는 눈을 동그랗게 뜨고 그를 보고 있었다. 이혼하고 제 친정에 의지할 생각도 못

하는 주제에. 이혼 후에 의지할 곳을 따로 만들어야 할 정도로 갈 곳이 없는 여자를, 성준은 어디로도 보낼 생각이 없었다. 유하가 정말로 걱정스러워하며 물었다.

"성준 씨, 그렇게 자주 일 안 해도 안 아플까요?"

"뭐?"

"왜, 사람이 갑자기 생활 패턴이 너무 바뀌면 아플 수도 있잖아요."

성준이 주말에 하루만이라도 합법적으로 쉬자고 하니 직원들은 거의 눈물을 글썽거리며 좋아했다.

한 번 경영 위기를 겪었던 회사다. 이렇게 죽기 살기로 일하지 않으면 그 모든 직원들을 내보냈어야 할지도 모르는 상태에서 벗어난 지 얼마 되지 않았다. 그런데도 그렇게 좋아할 줄이야. 내가 그동안 그렇게까지 직원들을 못살게 굴었나?

게다가 심지어 아내는 그가 쉬면 병이 날까 봐 걱정을 한다.

"……너 누굴 일하는 기계로 알아?"

"쉬는 법은 알아요?"

"쉬는데 방법이 어디 있어. 그냥 쉬면 돼."

그의 변화에 유하의 입이 저절로 벌어졌다. 이 일 좋아하는 남자가 자신을 위해서 쉬겠다니, 믿기지가 않았다. 솔직히 목련 나무 아래서 자는 척을 했다는 얘기를 할 때보다, 일을 쉬고서야 그가 자신을 조금은 사랑하게 됐구나 믿겨질 정도였다. 오죽했으면 그럴까.

유하가 소풍지에 막 도착한 아이처럼 상기되었다. 저렇게 좋은가. 성준이 살짝 뿌듯한 기분으로 말했다.

"나 오늘 쉬려고 얼마나 고된 일주일을 보냈는지 알아?"

"으응. 고생했어요."

"일어나. 빨리 침대에 가자."

그가 재촉하자 유하가 난감한 표정으로 말했다.

"아, 근데 오늘은 카페에 친구들이 오기로 했어요."

"뭐?"

"미안해요…… 다음 주에 같이 있어요."

미안해 어쩔 줄 모르는 그녀의 말에 성준의 몸이 뻣뻣하게 굳었다. 이게 무슨 말인가. 오늘 쉬려고 일주일 내내 얼마나 일을 몰아서 했는데. 오늘 하루 종일 침대에서 유하와 쉬려고 했는데!

그가 뒤로 기대며 신경질을 냈다.

"아, 진짜 이건 아니지."

"그러게 나한테 관심 좀 가지시죠?"

"사랑한다니까. 관심이 넘쳐! 스케줄만 모르는 거야."

"스케줄도 모를 정도면 관심의 방향이 잘못된 거예요."

"네가 말을 해 줬어야 알지."

말다툼을 하던 유하는 곧 나갈 준비를 했다. 준비를 마치고 그녀가 구두를 신는데, 성준은 영 기분이 이상했다.

"너도 내가 일하러 갈 때마다 이런 기분이야?"

"무슨 기분인데요?"

"더러워."

"아뇨, 그 정돈 아닌데."

"그럼 다행이고."

"다녀올게요."

유하가 인사하고 밖으로 나갔다. 문이 닫히자 성준이 멈칫했다.

만약에.

그녀가 언제 들어올지 모른다면 자신은 어떻게 해야 할까.

"와."

그가 감탄했다.

"잘도 나랑 3년씩이나 살았네."

일주일 내내 회사나 근처 호텔에서 잔 적이 있었다. 더 길게 말도 없이 출장을 간 적도 있었다.

언제 들어올지 모르는 유하를 기다린다고 생각하면 차라리 이 자리에서 죽어 버리는 게 나을 것 같았다.

자신이 돌아오면 기뻐하는 유하의 얼굴에 안심했다. 하지만 정작 그녀의 마음은 생각해 본 적이 없었던 것이다. 그저 애완견처럼 집에 있어 줄 것이라 생각했나 보지, 어리석게도.

기다리는 마음이 어떤 건지 이제야 알았다. 단 하루 만에.

성준은 주인 오기만 기다리는 강아지처럼 빤히 현관만 보고 한참을 서 있었다.

"카페 예쁘다, 유하야."

친구라고 부르기에는 조금 애매한 관계들이 있었다. 지금 유하의 카페에 찾아온 저 다섯 명이 그랬다.

학창 시절 유하는 소시민과는 친구가 되기 어려웠다. 소비 패턴에서 지나치게 차이가 나 예민한 나이인 상대에게 상처만 줬으니까.

그렇다고 재벌가 여자들과 잘 어울릴 수 있었던 것도 아니었다. 어머니가 일찍 돌아가신 유하는 돌봐 줄 외가가 없었고 친가에서도 대를 이을 손자를 바랐지, 손녀에겐 무관심했다.

대학 교수인 인애는 그녀 부모의 자랑이었다. 아무리 자산 규모가 큰 남자와 결혼했어도 그의 열 살짜리 딸까지 받아들이기는 힘들었을 것이다.

여행을 좋아하는 외할아버지는 항상 손주들 선물을 딱 두 개, 종현과 기어 다니지도 못할 나이의 송하 것만 사서 돌아왔다.

상황이 그렇다 보니 다들 '할아버지에게서 비롯된 권력'도 없고, 직업 없이 바로 결혼한 유하를 한심하게 여겼다. 대부분 부모가 하는 기업에서 한 자리씩은 차지하고 있었기 때문이다. 그들은 부모가 준 직업을 자신이 따낸 직업이라 생각했다.

"드디어 유하도 일을 하는 구나. 하긴 애도 없는데 집에서 혼자 심심하지."

"으응…… 조금 심심하더라."

카페에서 한 번 모이자고 했을 때에도 거절하지 못했던 유하였다. 그녀는 옆에서 자신을 깎아내리는 말들을 가만히 듣고만 있었다. 긴 머리칼을 우아하게 틀어 올린 주현이 유하에게 물었다.

"남편은 계속 집에 잘 안 들어와?"

"아. 바빠서."

233

"하긴 돈은 많이 벌어 오니까. 근데 그 스캔들은 어떻게 된 거야? 강세영 아직 만나는 거야?"

"아냐. 안 만난다고 했어."

"아. 그렇대? 그럼 뭐. 믿어야지."

주현의 비꼬는 말투에 한바탕 웃음이 터졌다. 유하가 불편하게 웃었다. 그렇다고 다섯 명이 다 그녀를 한심하게 여기는 건 아니었다. 이 분위기가 영 싫었는지 시은이 호들갑스럽게 말했다.

"유하야, 커피 진짜 맛있다. 네가 내린 거 맞아? 대단하네."

"정말? 맛있어?"

"우리 집 앞에 분점 좀 내 줘."

시은이 감싸 주자 주현의 표정이 더욱 사나워졌다. 그녀가 유하에게 말했다.

"남편 좀 오라고 해 봐. 그 유명한 이성준 씨."

"어? 아, 안 돼. 요즘 진짜 바빠."

사실 집에 있지만……. 갑자기 걱정이 됐다. 혼자 잘 있는 걸까. 그 생전 집에 안 있던 사람이 안 하던 짓을 하다가 병이라도 나는 건 아닐까.

그녀가 걱정하는데 주현이 다시 비꼬았다.

"야, 여자 만날 시간은 있고 여기 잠깐 올 시간이 없어?"

"안 만난다니까!"

유하가 자기도 모르게 언성을 높였다.

그러자 순간 무리가 조용해졌다.

늘 참았었는데. 참아서 될 일이 있고, 되지 않는 일이 있다는 걸 최근에 알게 됐다.

참지 않아서 해결되는 일도 가끔은 있었다.

남편과의 관계처럼.

그렇게 생각하던 유하가 허탈한 표정을 지었다. 아무래도 자신은 이미 그와의 관계가 나아지고 있다고 생각하는 것 같다. 이미, 반쯤 넘어가 버린 거다. 회사를 쉬고 집에서 심심한 표정으로 앉아 있을 그에게.

유하가 입술을 깨물었다가, 단호하게 말했다.

"성준 씨에 대해서…… 그런 식으로 말하지 않았으면 좋겠어. 나도 주현이 네 남편에 대해서 함부로 말 안 할 테니까."

그녀가 그렇게 말하며 자리에서 일어섰다. 화가 나서인가 일어서는 순간 좀 어지러워 비틀거리는데 그녀의 팔이 단단한 손에 잡혔다.

"나에 대해서 무슨 말을 했는데?"

익숙하지만 익숙하지 않은, 언제나 심장을 떨리게 하는 목소리가 들렸다. 유하가 위를 보자 성준이 서 있었다. 그가 나타난 것만으로도 서늘한 기운이 돌아 카페 전체에 침묵이 흘렀다.

"성준 씨?"

놀란 유하가 그를 올려다보자 성준이 말했다.

"아르바이트 1회권 가지고 있어? 생일 선물."

"있어요."

당황한 유하가 테이블에 있던 지갑에서 카드를 꺼내 들었다. 그러자 성준이 물었다.

"지금 쓸래?"

갑자기 나타나서는 아르바이트를 하겠다니. 유하가 놀라서 눈만 동글동글 뜨는데 그가 소매를 걷으며 물었다.

"뭐 도와드릴까요. 사장님."

"도와줄 거 없는데……."

"나 미첼한테 초콜릿 케이크 만드는 법 배워 왔는데. 해 줄까?"

"할 수 있어요?"

"너만 옆에 있으면 할 수 있지."

성준이 유하의 손을 잡아 주방으로 향하려다 정신없이 그의 얼굴을 구경하는 그녀의 친구들을 향해 눈웃음을 지어 보였다.

"대화하고 계시면 금방 케이크를 대령해 오겠습니다."

그의 나긋한 목소리에 여자들이 일순 멍해졌다. 성준이 유하를 끌고 주방으로 향했다. 그의 기분이 꽤나 좋아 보였다. 성준이 초콜릿 케이크 재료를 꺼내는 것을 보며 유하가 난감하게 말했다.

"집에서 쉬지 그래요?"

"네 말대로 쉬는 방법을 모르겠더라. 네가 있으면 하루 종일 침대에서 섹……."

말하던 성준의 입이 유하의 손에 막혔다. 그녀가 손을 천천히 떼며 눈빛으로 주의를 준다. 성준이 칭찬해 달라는 듯이 말했다.

"들어오면서 찬후한테 사과했어."

"그래요?"

"내가 괜히 화내서 미안하다고 울면서 비니까 봐주던데."

성준이 짓궂게 말하자 그제야 유하의 얼굴이 살짝 풀린다.

"정말이에요?"

"응. 찬후한테 물어봐. 그리고 이 건물 계약은 내가 차액 받아다 줄게."

"그럴 수 있어요?"

"내가 못하겠어?"

그가 비웃듯이 하는 말에 오싹해진다. 살아남으세요, 전주인…… 유하가 진심으로 바랐다.

성준이 유하의 키에 맞는 오븐이 너무 낮아 허리를 숙였다. 셔츠가 당겨지며 그의 등근육이 뚜렷하게 드러났다.

그게 야하게 느껴져서 유하가 저도 몰래 시선을 피했다. 예열을 맞춰 놓은 성준이 돌아서서 유하의 허리를 두 손으로 잡았다.

"넌 여기 있어."

그리고 그녀를 들어 올려 조리대 위에 앉혔다. 그가 얼굴이 붉어진 유하의 허리에서 손을 떼지 않고 말했다.

"살 좀 찌지? 이러다가 한 손에도 잡히겠어."

"그 정도는 아니에요."

"아주 달게 해 줄게."

"으응."

유하가 고개를 끄덕였다. 성준이 능숙하게 초콜릿 비스퀴 반죽을 만들다 갑자기 생각났다는 듯이 말했다.

"나도 저런 친구들이 있어."

"저런 친구요?"

"인혁이랑 이런 막나가는 놈들 말고. 저렇게 부모님이 친하게 지내라고 떠밀어서 놀던 놈들 말이야. 할 줄 아는 것도 없이 곱게만 자란 도련님들."

그가 잠시 유하 쪽으로 다가오더니 새끼손가락만 펴고 커피 잔 드는 시늉을 했다.

"그 자식들은 커피잔도 이렇게 든다니까. 계집애들처럼."

"장난치지 말아요."

유하가 웃으며 가볍게 성준의 어깨를 때리자 그 역시 즐거운 표정으로 말을 이었다.

"진짜야. 말도 딱 저기 밖에 있는 네 친구들처럼 한다고. 어머, 성준아. 요즘 결혼 생활 어떠니."

그가 장난을 치자 유하가 한참을 웃더니 자기도 새끼손가락을 펴고 말했다.

"제가 그 커피잔 이렇게 드는 계집앤데요?"

"여자는 그렇게 마시면 예뻐."

성준이 담담한 목소리로 말했다. 그러더니 유하의 다리 양옆에 손을 놓고 입술이 닿기 직전까지 몸을 숙였다.

"그나저나, 박유하."

"네?"

"다른 여자가 날 씹는 게 그렇게 속이 상했어?"

질문에 웃음기가 섞여 있다. 어쩐지 농담을 할 정도로 기분이 좋더니 이유가 있었다.

유하가 당황하며 성준의 가슴팍을 밀어냈지만 밀리지 않았다. 그녀가 고개를 한쪽으로 돌렸다.

"그야…… 남편 이미지가 곧 내 이미지니까."

그러자 성준이 몸을 더욱 숙여 유하와 눈을 마주쳤다.

"울기 직전이던데?"

"아니거든요?"

어디까지 들은 걸까. 부끄러워서 어쩔 줄 모르는데 그녀를 구해 주려는 듯 오븐에서 벨이 울렸다. 성준이 그제야 유하를 놔주고 천천히 오븐으로 향했다. 가까이 있던 그가 떨어지니 열이 식는 기분이다.

아이를 낳지 않을 거면 이혼하자고 당당하게 말했는데, 그가 다가오는 것만으로도 얼굴이 빨개지니 스스로가 한심했다.

오븐에 구운 비스퀴를 식히는 동안, 성준은 자신이 가져온 쿠키를 꺼내 유하의 입 앞에 가져갔다.

"이게 하이라이트지. 미첼이 만든 거야. 먹어 봐."

어쩐지 미심쩍게 케이크를 만들겠다고 하더니 결국 포인트는 유명 파티시에가 만든 다양한 종류의 쿠키다. 성준이 내민 것을 받아먹은 유하의 표정이 사르륵 녹았다.

"맛있어……."

"맛있어?"

유하가 입에 뭐가 묻었을까 봐 손으로 닦아 냈다. 그러자 성준이 그녀의 손가락 위에 입을 맞춘다. 유하가 손을 내리자 그녀의 입술에 키스를 했다.

찬후에게 사과했다는 말에 그녀 역시 기분이 풀려서 더 이상 성준을 밀어내지 않았다.

성준이 아쉬운 표정으로 입술을 뗐다. 그리고 진한 초콜릿 크림을 듬뿍 바른 초콜릿 케이크 위에 미첼의 쿠키를 아무렇게나 올려놓았다. 그걸 보고 유하가 웃었다.

"그게 뭐예요. 안 예쁘잖아요."

"초심자가 너무 잘 만들면 얄밉잖아."

"지금 그 말이 더 얄미워요."

케이크는 성공적이었다. 성준이 만든 케이크를 먹으며 유하의 친구들의 날이 섰던 분위기가 풀어졌다. 게다가 그가 유하 옆에 앉아 예의주시하니, 아무도 유하에게 비꼬는 말을 할 수 없었다.

친구들을 전부 배웅하고 나자, 성준이 물었다.

"자. 그럼 오늘 일과 끝?"

"아…… 그러네요."

유하가 대답하기 무섭게 성준이 그녀의 손을 잡아챘다.

"어디 가요?"

"사무실."

"네?"

유하가 당황하거나 말거나 성준은 그녀를 건물 2층 복도 깊숙한 곳에 문이 있는 사무실로 끌고 갔다. 겉으로 보기엔 납치나 다름없었다. 그녀가 끌려가는 것을 발견한 찬후가 굳은 표정으로 상태를 살핀다. 성준이 피식 웃었다. 저 걱정돼 어쩔 줄 모르는 얼굴. 저 자식 진짜 조만간 잘라 버릴 거다.

문이 닫히자 유하가 울상이 되어 말했다.

"사무실 있는 건 어떻게 알고……."

"기현이."

"기현 씨는 어떻게 알았는데요?"

"걔가 모르는 게 어디 있어."

그가 어처구니없을 정도로 당연하다는 듯이 말했다. 그리고 문을 닫자마자 유하의 두 뺨을 붙잡고 입을 맞추기 시작했다. 그녀의 몸이 밀려 벽에 닿았다. 유하는 거친 키스에 눈을 꼭 감고 두 손으로 성준의 팔을 쥐었다. 아픔이 느껴질 정도로 거칠었다. 소유욕으로 점철된 그의 손이 유하를 끌어안았다.

이 남자가 오늘따라 왜 이렇게 막무가내인지. 유하가 안간힘을 써 성준을 밀어내고 말했다.

"여기 제 직장이잖아요."

"끝까지 안 해."

유하가 원망스럽게 보는 것이 야해서 성준이 다시 그녀의 입술을 덮쳤다. 성준의 손이 유하의 원피스 안으로 들어가 엉덩이를 꽉 쥐었다. 유하가 움찔하며 다시 두 손으로 성준의 얼굴을 밀어냈다.

"안 한다면서요!"

"안 한다고."

그가 뻔뻔하게 대답하고 다시 유하에게 입을 맞추기 시작했다. 유하는 성준의 손을 밀어내려 애쓰다가 그의 키스에 점점 힘을 잃어 갔다. 그가 입안을 훑어 올 때마다 힘이 빠졌다. 유하가 가까스로 성준의 목을 팔로 감았다.

그가 몸을 숙여 주지 않으니 유하는 거의 그에게 매달린 수준이었다. 성준의 손에 의해 원피스가 완전히 허리 위로 올라가자 그녀가 거의 애원조로 말했다.

"정말 여기선 안 돼요……."

"집에서는?"

"집에서……."

유하가 억울함과 달콤함이 가득 섞인 묘한 눈으로 보니 성준의 하체가 뻐근해졌다. 성준이 유하의 원피스를 쥔 손을 멈추고 물었다.

"내가 시키는 거 다 할 거야?"

"뭐…… 시킬 건데요?"

"집에 가면 말해 줄게."

"……."

"아니면 여기서 하자."

"하, 할게요……."

성준이 마저 옷을 벗기려 하자 유하가 울며 겨자 먹기로 대답했다. 대답에 만족한 그가 유하의 원피스를 바로 하고 두 손으로 잘 당겨 옷맵시까지 잡아 주었다.

"자. 그럼 나머지는 집에서."

"못됐어……."

"집에 바로 들어와."

그가 말하며 유하의 뺨을 톡톡 두드리자 그녀가 미워 죽겠다는 듯한 눈으로 성준의 손을 쳐 내 버린다. 하여튼 귀여워 죽겠다.

기다리는 짓. 정말 못해 먹겠더라. 네가 3년이나 해 온 그 짓을, 나는 단 하루 하기도 버겁더라.

이기적인 새끼.

성준이 제 스스로를 비웃었다. 그래도 알 게 뭐야. 이건 내 거여야지. 목련 나무도, 그 아래서의 추억도, 이 여자도. 전부 내 것이어야 한다. 그 감정이 사랑이든 소유욕이든 알 게 뭔가.

문을 열고 나간 그녀가 다시 돌아오지 않을 거라면, 차라리 죽고 말지. 그따위 인생에는 관심 없다. 성준은 이제 스스로의 감정을 확신했다.

"어쩐지 도와주러 왔더라……."

유하가 혼잣말했다. 억울해하면서도 성준이 놓아주니 마음이 놓이는 표정이다. 그녀가 문을 열려는 그의 팔을 다급하게 붙잡았다.

"넥타이 다시 매 줄게요."

그러자 성준이 어딘가 야릇한 미소를 지으며 대답했다.

"됐어. 내가 맬게."

"립스틱도 묻었는데……."

"놔둬. 먼저 간다. 천천히 나와."

"자, 잠깐만요!"

유하가 다급하게 말했지만 성준은 이미 밖으로 나가 문을 닫아 버렸다. 그가 1층으로 내려갔다. 그리고 굳은 얼굴로 서 있던 찬후를 보고 부드러운 미소를 지었다.

"유하도 곧 나올 거야."

"……예."

찬후가 저도 모르게 주먹을 쥐었다.

풀려서 목에 걸려 있는 넥타이, 입술에 번진 유하의 립스틱 자국.

그는 지금 찬후에게 아내와의 관계를 과시하고 있었다. 그녀의 흔적이 듬뿍 남은 상태로. 찬후는 그런 그가 별로, 사람 같지 않다고 생각했다.

품에 안겨 있는 암컷이 눈치채지 못하는 사이. 네가 들어올 틈 같은 건 없을 거야, 네 존재조차 모르게 할 거야. 그렇게 눈빛으로 거만하게 상대를 짓누르는 수컷 늑대 같았다.

성준이 다정하게 말했다.

"내 아내를 잘 챙겨줘서 고맙다, 찬후야."

그가 찬후의 앞에서 손으로 립스틱을 닦아냈다. 그에게 보여 주기 위해 남겨 뒀다는 듯이. 그리고 느긋하게 넥타이를 매며 밖으로 나갔다. 그가 주는 위압감, 오싹해질 정도의 소유욕에 찬후는 몸이 떨릴 지경이었다.

휴식

유하가 거울을 보니 립스틱이 거의 다 지워져 있었다. 자기 직장에서 이런 짓 했으면 정색할 거면서……. 솔직히 확신은 못 하겠지만.

유하가 꿍해서 색이 연한 립스틱을 바르고 문을 나서는데 바로 앞에 찬후가 서 있었다. 그가 유하에게 가까이 다가왔다.

"목걸이가 돌아갔네요."

"그래요?"

유하가 손을 올리려는데 찬후가 먼저 손을 뻗었다. 그리고 반대쪽으로 펜던트가 돌아간 목걸이를 바로잡았다. 유하가 멈칫했다.

손을 천천히 떼고, 그가 정중히 말했다.

"먼저 차에 가 있겠습니다. 천천히 나오시죠."

"네? 아…….."

유하가 서둘러 고개를 끄덕였다. 그리고 당황한 표정으로 자기도 모르게 목걸이를 만지작거렸다.

성준은 흔들의자에 앉아 경매로 산 야구공이 들어 있는 케이스 모서리를 손톱으로 긁고 있었다. 치미는 짜증을 가라앉히느라 표정이 말이 아니었다.

일하고 싶다. 미치도록! 일하고 싶다!

유하가 쉬는 법을 아냐고 물었을 땐 어이가 없었는데. 실제로 쉬겠다고 작정해 보니 성준은 정말 쉬는 법을 몰랐다. 생각을 할 수 있는 나이부터 그가 하는 대부분의 행동이 성취로 이어졌다. 그렇게 삼십 년이 넘게 살았으니 아무것도 안 하고 있는 지금이 불편해 미칠 지경이었다.

애초에 오늘 쉬겠다는 성준의 계획 전부가 유하였다. 유하와 밥을 먹고, 유하와 관계를 하고, 유하와 목욕을 하고, 유하와 잠들 예정이었다. 유하를 위해 쉬기로 결심한 거니까.

성준에게 '논다'는 것은 친구들과 술을 마시는 것, '쉰다'는 것은 유하와 있는 것으로 정의되어 있었다. 그 외의 일은 아예 떠오르지 않았다. 중독이라는 게 달리 중독이 아니었다. 일도 유하도 없이 시간을 보내려니 니코틴이 부족할 때처럼 극도로 초조해졌다.

"아, 일하고 싶다……."

성준이 뒤로 기대며 괴로운 목소리로 중얼거렸다.

이러다 미쳐 버리는 거 아닌지 모르겠다. 이 짓을 매주 할 생각을 하니 욕이 나왔다. 그때 다행히 벨 소리가 들렸다. 2층 거실 창가에 있던 성준이 문으로 향했다.

예상치 못하게 성준이 문을 열어 주자 유하가 난감해하며 물었다.

"아주머니 어디 가셨어요?"

"퇴근하셨어."

"네?"

"오늘은 우리 둘밖에 없어."

둘밖에 없다니……. 안 그래도 집에 들어오기도 전부터 유하는 초조했다. 그래서 일부러 늦장을 부렸다.

성준이 오늘 하루가 너무 심심해 잠들었을 수도 있다고 생각하며 집에 왔다. 그런데 문을 열자마자 하루 종일 주인만 기다린 강아지처럼 달려 나오는 게 아닌가. 아니지. 강아지보다는 대형견이란 말이 어울릴까.

성준은 유하가 생각하거나, 말할 여유를 주지 않았다. 그가 그녀를 무작정 방으로 끌고 들어가자 유하가 당황하며 물었다.

"어디 가요?"

"아무것도 안 하고 자그마치 두 시간 반을 기다렸어."

"그래서요?"

"미쳤다고, 내가 지금."

성준은 신기하다는 생각을 했다. 손에 유하의 손이 잡히는 그 순간부터, 지루하던 하루가 견딜 만했다는 착각이 든다.

그가 유하를 침대에 쓰러뜨렸다. 그녀가 놀라서 일어나려 하자 제 몸을 깊숙이 숙여 그녀를 가뒀다.

유하는 놀람과 두려움으로 몸에 힘이 들어갔다. 평소에도 성준은 날카로운 편이었는데, 지금은 더욱 사나웠다. 정말 유하의 가녀린 몸을 물어뜯을 것만 같았다.

성준이 유하의 품에 머리를 기댔다.

"네 살냄새가 좋아."

"잠깐……아!"

그리고 그의 한 손이 치마를 들쳐 안으로 들어와 허벅지며 엉덩이를 아프도록 움켜쥔다. 전희를 위한 것이 아니라 그냥, 유하가 아픔을 느끼게 하고 싶은 듯한 행동이었다.

유하의 체향을 실컷 들이마신 성준의 숨이 거칠어졌다. 그의 넓고 탄탄한 어깨가 흥분감을 참지 못하고 들썩였다.

기다림이 그를 미치게 만들었다.

성준의 손이 유하의 등허리를 탐욕스럽게 쓰다듬자 그녀가 아찔함에 가뜩이나 작은 몸을 움츠린다. 유하가 제 손안에 있다는 것을 확신하고 느긋해진 성준의 눈빛이 야릇했다. 유하의 맑고 겁먹은 눈에서 떨어질 줄을 모른다.

"너는 나와 있으면 왜 이렇게 뻣뻣해져?"

성준이 짓궂게 묻자 유하가 울상이 되어 대답했다.

"……당신은 너무 사나워요."

"그래서 무서워?"

"조금……."

그러자 성준이 표정을 찌푸리며 말했다.

"난 어차피 네 건데. 좀 사나우면 어때?"

"……."

"네가 길만 잘 들이면 말도 잘 들을걸."

그가 속삭이는 말에 유하의 팔에 소름이 돋았다. 싫은 게 아니라, 어쩐지, 그냥 기분이 이상했다.

그때부터 성준은 미울 정도로 거칠어졌다. 자기가 입은 옷을 신경질적으로 벗어 버리고 유하의 몸이 여전히 긴장한 상태로 그녀를 안았다. 준비가 되지 않은 상태에서 성준이 들어오자 유하의 눈에 금방 눈물이 고인다. 그러나 성준은 그것을 신경 쓸 여유가 없었다. 놀라서 꽉 조이는 그녀의 몸이 성준을 미치게 했다.

아파서 바들바들 떨다 유하가 벗어나려 할 때마다 몸을 붙들어 힘주어 눌렀다. 더 반항하면 부러뜨리기라도 할 것 같다. 육식 동물 앞에 선 초식 동물 같은 신세에 유하는 억울해 미칠 지경이었다.

고작 하루. 하루 기다리게 했다고 이렇게 화풀이를 하는 거다. 자신은 3년을 기다렸는데.

유하가 억울하고, 고통에 정신이 없어서 성준의 가슴팍을 손으로 때렸다.

"나쁜 놈……."

그녀가 눈물에 젖은 입술로 말하자 성준이 웃는다. 이 병아리 같은 입으로 나쁜 놈이라니. 세상에 이렇게 귀여운 게 또 있나 싶었다.

"다시 말해 봐."

"나쁜 놈이라구요!"

"아. 귀여워."

욕을 하는데 좋아한다. 유하가 촉촉해진 눈으로 흘기자 성준이 눈웃음 지었다. 저렇게 웃을 땐 그 어른스럽던 남자는 어디 가고 묘하게 날 티 나는 어린애만 남는다.

"또 해 봐. 박유하. 응?"

"싫…… 아……."

성준이 움직이자 유하의 입에서 다시 신음 소리가 흘렀다. 그 뒤로는 유하에게, 더 말할 여유가 없었다.

그녀의 몸이 늘어지도록 욕구를 풀고 난 성준이 유하를 두 팔로 안아 들었다. 그가 억울해 미치려 하는 유하에게 자기 손목에 찬 시계를 보여 주었다.

"아직 아홉 시야."

"그게 왜요?"

"시간 많아서 좋다고."

"……저 진짜 도망갈 거예요."

"이제 안 아프게 할게. 응?"

달래는 말에 신뢰가 안 간다. 그의 단단한 팔에 안겨 욕실로 들어갔다. 처음으로 한 욕조에 들어가자 기분이 영 이상했다.

유하가 집에 오자마자 시달리던 사이, 딱 좋은 온도까지 식은 물에서 장미향이 물씬 풍겼다.

"준비했어요?"

"응."

얼마나 괴롭히려고 이 로맨틱함이라곤 조금도 없는 남자가

250

저런 걸 준비했을까 싶었지만. 동시에 그 향기에 마음이 풀어지기도 했다. 성준이 욕조에 들어가더니 유하를 당겨 자기 무릎에 올려놓았다.

"그러니까 도망가지 마."

"······봐서요."

성준이 향긋한 물로 조심스럽게 유하의 어깨를 닦아 주었다. 집에 오자마자 기운이 쭉 빠져서인지 성준의 기분 좋은 손길에 나른해진다.

무엇보다 성준의 품에 머리를 기대니 두근두근 심장 소리가 들린다.

유하가 손끝을 그의 가슴팍에 올렸다. 손으로 그 두근거림을 확인하니 얼굴이 화끈거렸다.

느긋하게 씻고 밖으로 나왔다. 침대에 맨몸으로 누운 두 사람에게 장미향이 남았다. 성준이 아까보다 긴장이 많이 풀린 유하의 입술에 키스를 했다.

"불시에, 카페 감시하러 갈 거야."

무슨 감시냐고 물으려는데, 그의 손이 유하의 허벅지 안으로 파고들어 말문이 막혔다. 유하의 동그랗고 까만 눈이 성준을 보았다. 성준이 말했다.

"식재료 관리는 잘 하고 있나."

"아······."

"남자는 안 만나나."

"안 만나요······."

유하가 우는 소리를 냈다. 그의 손이 움직일 때마다 비명을

지를 것 같다. 따듯한 물에 긴장이 풀린 몸, 그의 심장 소리에 어지러워진 머릿속으로 그의 낮은 목소리가 파고들었다.

"그동안 침대에서 내가 얼마나 많이 봐줬는지 알아?"

"봐줬다고요?"

그녀가 울컥해서 묻는데, 성준이 느긋하게 되물었다.

"뭐든지 한다고 했지?"

"그게……."

"오늘 밤엔 그만하라는 말은 하면 안 돼. 알겠지?"

"네? 그, 그런 게 어디 있어요?"

"계약할 땐 꼼꼼하게 알아봐야지. 세상이 그렇게 무섭다."

내 품 안에만 있으면, 그 무서운 세상 모든 것으로부터 널 지켜 줄 텐데. 성준이 그렇게 생각하며 유하를 조심스럽게 놓았다. 그리고 이미 충분히 달아오른 그녀의 허벅지로 입술을 가져갔다.

"아!"

방심하던 유하의 눈이 커졌다. 그의 입술이 계속 올라왔다. 그녀가 너무 놀라 도망치려 들었다.

"하지 말아요!"

성준이 유하의 허벅지를 단단히 움켜쥐고 말했다.

"움직이면 네 머리로는 상상도 못 할 짓들 시킬 거야. 가만히 있어."

이것도 이미 내 머리로 상상이 안 되는데요…….

유하는 억울해 견딜 수가 없었지만 상상도 못할 '것'들도 아니고 '짓'들을 경험하고 싶지 않았다. 그래서 입술만 뿌루퉁 내미는데 그의 혀가 닿자마자 유하의 입술이 다시 열렸다. 뜨거움이 온몸에 퍼져서 견딜 수가 없었다. 유하의 가냘픈 두 손이 이불 위를 할퀴었다. 한참 울고 난 아이처럼 숨만 달싹일 때까지 유하를 못살게 군 성준이 짓궂게 말했다.

"왜 이렇게 얌전해. 아쉽게. 아까처럼 화내 봐."

"변태……."

무슨 말을 해도 그는 재미있어 한다. 못됐어. 때리고 싶어. 유하가 빨개진 눈으로 흘기자 성준이 그녀의 손을 잡아 제 팔에 올렸다.

"그리고 할퀼 거면 내 팔에 해."

"……왜요?"

"영광의 상처거든."

"무슨 영광?"

"내 아내가 그렇게 나와의 섹스를 좋아하더라는 영광?"

그의 능청스런 미소에 유하의 얼굴이 점점 빨개졌다. 왜 자꾸만 놀리는 걸까. 화나고 부끄러워 죽겠다. 그녀가 성준의 얼굴을 손으로 가리고 말했다.

"이제 웃지 마요."

"사나워서 무섭다며?"

"차라리 사납고 무서운 게 나아요!"

유하가 울컥해서 말했지만. 다시 콘돔을 찾는 그를 보며 입을 다물고 말았다.

다음 날 아침 아무리 전화를 해도 성준이 받지 않아 기다리다 못한 기현이 집 안으로 들어왔다. 그가 침실 문을 두드렸다.

"대표님. 이러다 진짜 지각하십니다!"

방문 너머에서 "어." 하는 개운한 목소리가 들렸다. 기현이 초조한 표정으로 안절부절못하는데 한참 후 문이 열렸다. 방에서 머리까지 깔끔하게 정돈한 성준이 나왔다.

"도망가자."

"도망…… 으악!"

성준에게로 베개가 날아왔다. 물론 힘이 없어 중간에 떨어져 버렸지만. 잽싸게 도망치려던 성준이 죄책감을 느꼈는지 기현에게 말했다.

"5분만."

그의 말에 기현은 울상이다. 성준이 문을 닫고 침대에 앉아 있는 유하에게 돌아갔다. 유하가 밤새도록 너무 울어서 빨개진 눈으로 그를 흘겼다.

"너무해…… 정말……."

"내가 쉬는 게 좋지만은 않지?"

"……쉬지 마요, 이제."

"매주 쉴 거야."

그렇게 말하는 성준이 너무 얄미워 주먹을 쥐는데 피하지도 않는다. 어차피 진이 완전히 빠져 그녀가 때려도 조금도 안 아플 걸 알았기 때문이다.

유하가 울먹거리자 성준이 킥킥 웃으며 그녀의 턱을 당겨 키스를 했다. 유하가 바동거리며 주먹질을 해도 아랑곳하지 않는다.

그리고 상쾌한 표정으로 방을 나섰다.

"두고 봐, 이성준······."

이불을 덮어쓴 유하가 서러워하며 웅얼거렸다. 내가 다시는 저 남자랑 계약 비슷한 거라도 하나 봐라······.

카페 목련에는 다양한 손님들이 왔다. 서촌을 놀러 오는 관광객들도 왔지만 이 주변에서 일하는 사람들도 들렀다.

"저 앞에 정원, 계속 비워 두시는 거예요?"

이 근처 소방서에서 근무한다는 남자 손님이 테이크아웃을 하며 묻자 유하가 대답했다.

"거기 목련 나무를 심으려고 했는데. 아직 못 심었어요. 이제 곧 심으려고요."

"그래요? 와. 근사하겠네."

"그렇죠? 아. 캐리어에 드릴까요?"

"네. 담아 주세요."

유하가 캐리어에 손님이 주문한 커피 두 잔을 넣어 건넸다. 손님이 떠나자 유하가 아르바이트생인 다정에게 물었다.

"저 꼬마 뭘 그리는 걸까?"

지난번에 왔던 손님이 이 카페가 마음에 든다며 이번엔 딸 아이를 데리고 왔다. 아이는 스케치북을 테이블에 펼치고 뭔가를 열심히 그리고 있었다. 다정이 물었다.

"염탐하고 올까요?"

"아냐. 내가 염탐할게."

유하가 진지하게 대답하자 대학을 막 졸업했다는 다정이 까르륵 웃었다.

카페를 하다 보니 유하는 제 성격이 밝아지는 것 같은 기분이 들었다. 아직 초기라 손님이 많지는 않지만 다들 빛이 잘 들고, 풍광이 좋은 카페 '목련'을 마음에 들어 했다.

서촌에 자리를 잡고 꽤 시간이 지났는데 아직 한 번도 동네 구경을 못 했다. 생각난 김에 동네나 한 바퀴 돌까 생각하던 유하의 핸드폰이 울렸다. 성준의 형인 강준이었다.

무슨 일로 연락을 했나 싶어 전화를 받자 강준이 말했다.

–어, 오랜만입니다.

"아주버님? 무슨 일이세요?"

그녀가 의아해하며 묻자 강준이 쑥스러워 죽겠다는 투로 말했다.

–지난번에 강세영이 찾아갔다면서요? 미안해요. 걔가 하도 졸라서 알려 줬지. 설마 찾아갈 줄은 진짜 몰랐네.

"아…….."

아무리 제멋대로 사는 한량이어도 꽤나 당황한 모양이다. 먼저 사과를 하고 난 강준이 물었다.

–그것도 그렇고. 혹시 요즘 우리 아버지한테 연락 받은 거 없어요?

"연락이요? 아뇨……. 무슨 일 있으세요?"

–아니, 없었으면 됐는데…….

강준이 말하고 나서도 전화를 끊지 않고 뜸을 들였다. 잠시 후 그가 말을 이었다.

-알잖아요. 우리 아버지. 좀 무서운 사람인 거. 카페 한다고 하니까 약간 걱정이 돼서.

시아버지를 본 적은 3년간 거의 없다. 그가 연락할 때는 성준에게 사업 투자에 대해서 전하라고 할 때뿐이었다. 그러나 성준이 워낙 부모님 이야기를 달가워하지 않아 전하기가 힘들었다.

가끔 유하도 희강의 말투에서 오싹함을 느끼긴 했다. 그래도 별로 연락할 일이 없으니 괜찮았는데. 요즘 집안 분위기가 그 천하태평인 강준조차 신경 쓸 정도였던 모양이다. 강준이 말했다.

-부모님이 언제 찾아갈 수도 있어요.

"안 그래도 어머님이…… 오셨었어요."

-조만간 아버지도 가실 거예요. 진심으로. 조심해서 나쁠 거 없어. 우리 아버지만 가끔 좀. 정신 나간 사람 같거든요.

강준이 심각하게 조언했다.

성칠이 손주를 보고 싶다 노래를 하는데 성준은 여전히 아이를 낳을 생각이 없었다.

유하가 필사적으로 성준을 달래도 모자랄 판에 집 밖에서 일까지 하고 있으니, 희강의 눈에 고울 리 없었다. 제 아버지를 누구보다 잘 아는 강준은 진심으로 제수가 걱정스러워 몇 번이고 조심하란 말을 반복했다.

걱정하던 강준이 물었다.

-요즘 성준이랑 안 좋아요? 그 녀석 요새 걱정이 많은 것 같던데.

"네? 아……."

―괜한 참견 같긴 한데.

잠시 입을 다물었던 강준이 말했다.

―성준이 방문을 밖에서 잠가 놓은 적이 종종 있었거든요.

"……네?"

―그 왜 있잖아요, 가끔 교육열 지나친 부모들. 우리 부모님이 딱 그런 타입이라서. 그것도 내가 시원치 않으니까 성준이한테 더 심하게 구셨어요.

성준이 한 번도 해 주지 않은 이야기였다. 유하의 눈이 커졌다. 강준은 유하에게 성준의 어릴 때 이야기를 조금 하다가 한 번 더 조심하라는 말을 하고 전화를 끊었다.

그날 밤, 유하는 잠자리에 들기 전에 머리칼을 꼼꼼하게 빗었다. 그녀는 머리칼이 잘 엉키는 편이었다.

요즘 들어 성준이 집에 꼬박꼬박 들어왔다. 일이 안 끝나 서재에 밤새 처박히는 한이 있어도 집에 들어왔다. 이혼하기가 정말 싫긴 싫은 모양이다.

그 바람에 유하는 외모에 더 신경을 쓰게 됐다.

결혼한 지 3년이 지났는데 왜 남편이 이렇게 낯설고 부끄러운지.

'성준이 방문을 밖에서 잠가 놓은 적이 종종 있었거든요.'

그녀가 한숨을 쉬었다. 자꾸 머릿속을 맴돈다.

침대에 앉아 책을 읽다 보니 곧 성준이 들어왔다. 그가 옷만 편하게 갈아입고 바로 침대에 쓰러지며 물었다.

"오늘 카페 바빴어?"

"아뇨. 한가했어요. 아, 오늘 아주버님이 전화를 하셨어요."

"전화? 왜?"

주말 하루 쉬기 위해 일주일간 몇 밤을 샜는지, 그의 얼굴이 수척해졌다. 유하가 걱정스레 물었다.

"피곤해요?"

"형이 뭐 쓸데없는 얘기 했어?"

피곤해 곧장 잠들고 싶은 표정으로 묻는다. 그래도 늘 제멋대로 사는 강준이 유하에게 연락을 했다니 신경이 쓰이는 모양이다. 피곤해 보이는 성준에게 가뜩이나 사이가 나쁜 그의 부모님 이야기를 하기 싫었다. 유하가 부드러운 목소리로 말했다.

"성준 씨 어릴 때 리틀 야구단 했던 얘기 했어요. 그렇게 지기 싫어했다면서요?"

"……진짜 쓸데없는 얘기 했네. 갑자기 그런 얘긴 왜?"

"그냥. 저한테 성준 씨 잘 봐 달라고?"

유하가 장난스럽게 말하자 성준이 실소했다. 그러자 유하가 말을 이었다.

"사진도 받았는데. 이거."

그녀가 강준이 핸드폰으로 보내 준 사진을 보여 주었다. 유니폼을 입은 여덟 살 꼬마가 있었다. 그 사진을 보니 어릴 때 생각이 나서 성준이 몸을 일으켜 앉았다.

"유격수였어."

"유격수가……."

유하가 고개를 기우뚱하자 성준이 손으로 다이아몬드를 그려 보이며 말했다.

"이렇게 다이아몬드가 있으면, 여기 수비하는 선수."

"아."

자기보다 세 살인가 많은 형이 경기 중에 3루수를 하던 친구를 고의로 발로 차니까, 성준이 다짜고짜 달려들어 따졌단다. 자기보다 머리 하나가 더 큰 형이 들은 척도 안 하니까 주먹질하고 싸우다 엄청 얻어 터졌다고.

그때 그 3루수가 지금 친구인 인혁이었다고 했다. 어릴 때부터 고집불통에 외골수였던 모양이다.

"재밌었지. 그립네."

사진 속 꼬마는 깨물어 주고 싶을 정도로 귀여웠다. 얇게 쌍꺼풀이 진 눈이 잘생겨서, 크면 여자들의 관심과 남자들의 질투를 한 몸에 받을 것임을 암시하고 있었다. 지금도 그렇지만 어려서도 입술만큼은 약간 얇은 편이었다. 유하가 성준의 입술을 보았다. 그의 입매는 웃을 때마다 묘한 기분이 들게 했다. 진심으로 웃는 것 같기도 하고, 전략적으로 웃어서 상대의 마음을 뺏으려는 것 같기도 했다.

아무튼 결론은. 보고 있는 상대의 목이 마르게 했다.

성준이 피곤한지 하품을 하고 천천히 눈을 감았다. 그 모습이 꼭 큰 동물이 홀로 동면에 들어가는 것 같아, 어딘가 쓸쓸한 기분이 들었다. 강준의 이야기를 들어서인지.

가질 수 있는 건 다 차지한 남자를 보며 왜 이렇게 애틋한 마음이 들까.

그 귀여운 꼬마는 문이 잠긴 방에서 무슨 생각을 했을지.

유하가 가녀린 손가락을 성준의 머리칼 사이사이에 넣어 부드럽게 쓰다듬었다. 그 손길에 무심코 입꼬리를 올리던 성준이 곧 눈을 번쩍 떴다.

그리고 유하의 손목을 붙잡아 내렸다.

"하지 마."

"……왜요?"

분명 기분 좋은 표정을 하고 있었다. 그런데 금방 일어나서 그녀의 손을 떼어 낸다. 약해지기 싫다는 듯이. 유하는 한동안 사냥을 못해 굶주린 맹수를 마주한 기분이 들었다. 먹을 것을 던져 줘도 먹지 않는, 인간이 던져 준 것은 믿지 않는 야생 동물처럼.

"당신은 쉬는 법을 배워야 해요."

"……."

"쉬는 게 나쁜 일도 아니잖아요."

유하가 말했다. 그러나 그는 입을 다물고 인상을 쓸 뿐, 대답이 없었다. 그녀가 성준에게 붙잡힌 손목을 다시 올려 그의 머리칼을 어루만졌다.

아주 천천히. 그러자 그가 가만히 잠을 청한다. 그가 숨을 쉴 때, 등이 천천히 오르내렸다. 그것마저도 커다란 동물을 보는 것 같다.

유하는 어쩐지 그 등에 얼굴을 묻고 잠들고 싶어졌다. 그가 잠결에 물었다.

"이제 두 주 정도 남았나? 네가 마음을 정하기까지."

"……네."

"어때. 나를 좀 사랑하게 됐어?"

"……."

유하가 대답이 없자 성준이 낮게 한숨을 쉰다. 잠시 둘 사이에 침묵이 흐르고, 유하가 말했다.

"성준 씨. 우리 데이트할래요?"

"……데이트?"

"한 번도 안 해 봤잖아요."

유하는 오늘따라 가슴이 답답했다. 성준의 어린 시절 이야기 때문인지. 평소보다 그의 행동을 이해할 수 있는 기분이었다.

어쩌면 이 남자도 외로웠을지 모르겠다는 생각을 했다. 그의 무심함이 미우면서도, 조금은 가여웠다. 유하가 말했다.

"우리가 지금까진 진심으로 사랑해 본 적이 없었을지도 모르지만, 앞으로도 그러지 말라는 법은 없잖아요?"

그 끔찍한 외로움에서 벗어나겠다고 마음먹었을 때, 유하에게 제일 쉬워 보인 것이 이혼이었다. 그래서 이혼을 선택하려 했다.

그런데 지금 이 순간엔 어쩐지, 도망치기보다 달려들어 보고 싶었다. 친구들에게서 도망치고 가족들에게서 도망치고 남편에게서도 도망치려 했지만.

스스로에게 당당해지고 싶었다. 만약 그와 헤어지게 되더라도. 도망치는 것이 아니라 당당하게 떠나고 싶었다. 그녀가 맑은 눈으로 재잘거렸다.

"데이트도 해 보고, 밤새 대화도 해 보고, 같이 영화 보면서 웃거나 울기도 해 봐요."

"……."

"그런 것도 안 해 보고 끝난다면. 너무 억울할 것 같아요."

그녀의 재잘거림을 가만히 듣던 성준이 입을 열었다.

"……내일 회사로 와. 데이트하자."

"정말?"

"응."

그가 다시 침대에 풀썩 누웠다. 그러더니 뻔뻔스럽게도 유하의 손을 제 머리에 올려놓았다.

"너 때문에 잠 깼다. 다시 재워."

"왜 내 탓을 해요?"

"네 탓 하는 거 아냐. 모성애를 자극하는 거지."

그걸 자기 입으로 말한다. 그보다 더 어이없는 건 실제로 그의 그 태도가 모성애를 자극하고 있다는 거…….

유하가 억울해하며 머리를 쓰다듬자 성준이 눈을 감으며 말했다.

"미리 말하는데. 이혼하면 너 숟가락 하나도 못 가져가게 할 거야."

"……알았어요."

"목련 나무도."

"네에? 목련 나무는 주기로 했잖아요."

"웃기지 마. 저 나무 늙어서 낯선 환경에 적응 못 해. 시골 살던 노인들 기껏 도시 모셔 오면 향수병만 걸리시잖아. 목련 나무도 그럴 거야."

어쩐지 그건, 그럴 수 있을 것 같다. 또다시 성준의 논리적인 협상에 넘어가려던 유하가 화들짝 놀라 두 손으로 자기 뺨을 짝짝 때렸다.

"협상하려고 하지 말아요! 안 넘어가요."

"그럴듯했지?"

이러니 이 남자랑 다시는 계약 같은 거 안 하려는 것이다. 유하가 얄밉다는 듯 그를 흘겼다. 그러나 곧 아까 본 여덟 살의 이성준이 생각나 픔 웃고 말았다.

"왜 웃어?"

"성준 씨 어릴 때 사진이 생각나서요. 진짜 귀엽더라고요."

성준이 즐거워하는 유하를 물끄러미 바라보았다. 지금 이 순간을, 이런 평화로움을 바란 적이 없었다.

어차피 나는 무심하고, 돈밖에 모르는 이기적인 놈이니까. 그냥 그렇게. 조용히 그녀의 옆에 누워 쉬는 것만으로 만족했다. 이 순간이 이어지기만 하면 된다고. 그녀가 나를 사랑하지 않더라도, 나를. 떠나지만 않으면 그걸로 나는 만족한다고.

'앞으로도 그러지 말라는 법은 없잖아요?'

그런데 그 말에 심장이 간지럽다. 그래. 그러지 말라는 법은 없잖아. 우리가 좀 더 사랑하게 되는 순간이, 앞으로 오지 말라는 법은 없지 않는가.

이대로 터질지도 모르겠다는 생각이 들었다. 성준이 입을 열었다.

"박유하."

"네?"

"지금 이 상태가 나에게는 가장 경계를 푼 상태이고, 가장 편안하게 쉬고 있는 상태야."

성준이 다시 잠이 쏟아져 눈을 감고 중얼거렸다.

"여기가 내 쉼터야. 네가 있는 침실."

처음부터 다시. 씨앗부터 다시 시작할 수 있을까. 그럴 수 있기를, 자신에게 한 번 더 기회가 주어지기를. 성준은 간절히 바랐다. 그가 천천히 말을 이었다.

"그러니까 나에게서 너를…… **뺏어 가지 마**."

성준은 지금에 와서야. 어딘가에 있으면, 누군가의 곁에 있으면 마음이 놓일 수도 있다는 것을 배웠다. 모든 사람에게 똑같은 순간이 오지 않을 테니, 사랑의 정의도 다를 것이다. 성준은 스스로의 사랑에 정의를 내렸다.

그녀가 사라지는 순간 나의 완벽한 세계가 무너져 버리는 것.

그게 나에게 사랑이구나.

데이트

유하가 거울을 보고 하늘색 블라우스 단추를 잠그며 혼잣말했다.

"데이트는 처음이네……."

정말 처음이었다. 그걸 떠올리니 부부관계가 삭막한 것도 이상할 것 없다는 생각이 든다. 유하가 커피색 스타킹을 발끝에서부터 꼼꼼하게 올려 입었다. 산뜻하게 차려입은 그녀의 몸은 하늘색과 어우러지자 더욱 가녀려 보였다.

데이트란 걸 해 본 적이 없으니 어떤 차림으로 나가야 하는지 모르겠다. 그 동안 상상은 많이 해 봤었는데, 이렇게 입고 나가는 게 맞는 걸까.

푸쉬업 브라로 있는 힘껏 모은 가슴이 평소보다 한 컵 정도는 커 보였다. 그녀가 거울을 살피다가 목 끝까지 잠갔던 단추를 두 개 정도 풀어 보았다. 그러다 영 자신과 어울리지 않는 것 같아 다시 잠갔다.

결혼 초기에는 너무 바쁜 그 남자에게, 예쁘게 보이고 싶다는 생각을 했다. 이렇게 입으면 돌아봐 주지 않을까. 내가 웃으면 돌아봐 주지 않을까, 내가 울면 돌아봐 주지 않을까.

3년이 지나는 동안 감정이 더 이상 자라지 못하고, 남과 같은 관계로 남았던 것, 그의 마음을 붙잡지 못했던 건 자신의 탓일 거라고. 나는 가족을 만드는 것에 소질이 없는 모양이라고 생각했다.

그러니까 해 보려는 것이다. 할 수 있는 방법을 다 써 보려는 것이다. 미련스러울지도 모르지만 이미 함께 보내 버린 시간들을 깔끔하게 도려내는 건 어려웠으니까. 그리고 자꾸만 그가 변한다. 눈에 보일 정도로 그가 변할 때마다 점점 더 무언가 성준이 가까워지는 것만 같고, 감정은.

어느 틈엔가 거세지는 불길처럼 번져 있다.

준비를 마친 그녀가 밖으로 나오자 찬후가 차 문을 열어 주었다. 며칠 전부터 찬후가 유하에게 좀 쌀쌀했다. 아이같이 굴던 모습이 귀여웠었는데…….

유하가 말없이 A식품으로 차를 모는 찬후에게 말을 걸었다.

"찬후 씨. 오늘 저녁에 비 온대요. 우산 가져왔어요?"

"네."

"으응, 있구나……."

유하의 대화 시도는 실패로 돌아갔다. 괜히 나 때문에 성준에게 혼이 나서 아직 화가 덜 풀린 걸까.

한참 침묵 속에서 헤매던 유하가 말했다.

"제가 입은 치마 봤어요? 나리 언니가 추천해 줘서 샀어요. 예쁘죠?"

요즘 나리는 유하를 가지고 대리만족을 하는 중이었다. 월급을 털어도 못 살 옷을 장바구니에 넣어 놓기만 하다가, 유하에게 어울리겠다 싶으면 사라고 추천하는 것이다. 그러면서 돈 많은 친구가 있으니 인형놀이 하는 기분이라고 좋아했다. 보면 참 특이한 사람이다.

유하가 붉은 자수가 들어간 베이지 플레어스커트를 내려다보는데 찬후가 말했다.

"대표님은 치마 짧은 거 정말 싫어하십니다."

"네에? 정말?"

"향수도 싫어하세요."

그러는 성준은 향수를 꽤 좋아하는데.

유하가 뿌리고 나온 향수 냄새를 맡아 보고 울상이 되었다.

"향기 너무 진해요?"

"네."

모르고 있었던 사실을 줄줄이 알게 되었다. 이미 뿌렸으니 별수 없다고 생각하며 침울해하는 사이 차가 회사 앞에 도착했다.

유하가 회사로 들어가려는데 찬후가 손으로 해를 가려 주며 말했다.

"위에 보지 마세요."

그러자 유하가 조심스럽게 찬후의 팔을 잡아 내렸다.

"괜찮아요."

"……."

"정말요. 괜찮아요."

건물 한 면을 차지한 옥외광고의 모델이 세영이었다. A식품의 모델이 성준의 전 여자 친구인데 스캔들이 멈출 리가 없다.

유하가 어깨를 으쓱이며 찬후에게 웃어 보였다.

"그냥 광고인걸요, 뭐."

그렇게 말하며 웃으니 더 안쓰럽다. 찬후가 푹 한숨을 쉬었다.

요 며칠간, 그는 힘들었다. 찬후는 성준이 생각하는 것보다 훨씬 전부터 유하를 좋아했었으니까. 그녀의 곁에 있는 것만으로도 좋았다.

그것을 여태 모르던 성준이 최근 유하와 가까워진 후 찬후의 마음을 눈치채고 말았다.

유하에 대한 마음을 숨기려고 끙끙거리며 무뚝뚝한 척을 하던 찬후가 결국 옥외광고를 올려다보며 말했다.

"못생겼네요."

찬후가 말하자 유하가 황당해서 눈을 동글동글 굴렸다.

"못생겼다고요?"

"강세영요. 사모님이 더 예쁩니다."

"와……. 그건 진짜 아부다."

"사람을 뭐로 보고 그러십니까? 저 아부 같은 거 안 해요. 진짜 예뻐요."

그가 말하자 유하가 웃으며 찬후의 팔을 아프지 않게 톡 때린다.

"알았어요, 고마워요."

"다녀오세요."

"으응."

유하가 손을 흔들고 회사로 들어갔다. 그 가냘픈 뒷모습을 보던 찬후가 휴 한숨을 쉬고 혼잣말했다.

"정말 네가 더 예쁜데."

안 피우는 담배가 당긴다. 슬슬 그만둬야 할 것 같다. 아무래도.

집무실에 도착하니 결재판을 들고 있는 성준이 있었다. 그녀가 들어오는 걸 알 텐데 인사보다 일이 먼저다.

저쯤 되면 아무래도 아내보다는 일이 좋은 게 분명하지 싶다.

유하가 가방을 소파에 내려놓고 성준에게로 걸음을 옮겼다.

"잠깐만, 금방 다 해."

그가 건성으로 말했다. 할 수 있는 한도 내에서 편안함을 찾고 일에 집중해 있는 그의 모습은 여자들이 안 홀리는 것이 이상할 정도였다. 몸에 딱 맞게 재단된 셔츠는 더워서 단추가 한 개 풀려 있고, 혼자 있어서인지 넥타이를 저만치 던져 놨다.

나갈 때는 분명 말끔하게 해서 내보냈는데, 밖에서 보니 저 모양이다.

서운하면 안 되는데. 그가 일에 미쳐 있는 걸 몰랐던 것도 아닌데. 성준이 자신을 보지 않는 것에 마음이 조금 저렸다.

"일이 그렇게 재미있어요?"

271

"금방 다 한다니까."

유하가 짜증을 내는 성준에게 다가갔다.

내가 스무 살이었으면, 물어봤을까. '나랑 일 중에 뭐가 더 소중해?' 하고.

목구멍이 따끔거렸다. 마치 잔가시를 삼킨 것 같은 기분이 들었다. 감정이 아픈 것에 이런 현실적인 고통이 느껴지다니. 고독사라는 것도 이해가 되었다.

유하가 손가락 끝으로 쇄골 있는 부분을 꾹 눌렀다. 딱 여기에서 외로움이 퍼졌다.

그때 성준이 고개를 들었다.

"……어디 아파?"

유하가 머뭇거렸다. 그러다 어설프게 그의 허벅지에 두 손을 올려놓았다. 그러자 성준이 이마에 주름이 가도록 인상을 쓰고 유하를 본다.

"뭐……."

그가 말을 잇기 전에 유하의 손이 스르륵 허벅지를 쓸어 올린다. 그러자 성준이 그녀의 양팔을 붙잡았다.

"뭐 해."

"유혹하잖아요."

"……이게?"

성준의 미심쩍은 표정과 목소리에 약간 상처받는다. 당신이 나를 보지 않아서 그렇잖아요. 외로워서. 그게 아파서. 유하가 말했다.

"성준 씨가 나 유혹할 거라면서요. 나도 할 거예요. 해서 침대로 데려가서…….”

“이 여자가 아주 못 하는 소리가 없네. 침대로 데려가서 뭐?”

“덮칠 거예요.”

성준이 기가 막혀 유하를 매섭게 본다. 제 반도 안 되는, 한 손으로 온몸을 바스러뜨릴 수 있을 것 같은 여자가 덮친다고 자신이…….

……물론 감사히 덮쳐져드리겠지만.

성준이 그녀의 치마를 움켜쥐어 당겼다. 놀란 유하가 제 치마를 꾹 눌렀다.

“뭐, 뭐 하는 거예요!”

“짧잖아. 누가 이런 거 입으래.”

“나리 언니가 골라 준 거란 말이에요.”

“그 여자 진짜 성격 별로네.”

“성준 씨랑 비슷한데요? 워커홀릭이고.”

그녀의 대답에 성준이 혀를 찼다. 어쩐지 신나리라는 그 여자, 가끔 유하에게서 얘기만 들었는데도 이유 없이 마음에 안 든다 했더니, 같은 극끼리 밀어내는 그런 건가보다.

성준이 남은 일을 빠르게 해치우고 자리에서 일어섰다.

“이제 나가자.”

그가 부르는데 유하가 답이 없다. 그래서 뭘 그렇게 집중해 보고 있나 했더니 회사 사보다. 표지에 세영이 있었다. 읽지도 않을 회사 사보를 누가 저기다 놨나. 성준이 사보를 집어 쓰레기통에 넣었다.

“나가자니까.”

"예쁘네요. 세영 씨."

"예쁘니까 모델로 쓰지."

그냥 모델일 뿐이라고. 찬후에게는 말했지만.

회사 모델이라는 것은 이 회사에 들락거릴 만한 이유가 있다는 뜻이고, 어떠한 상황에서든 성준과 이어져 있다는 뜻이다.

찬후는 빈말이라도 유하보고 예쁘다고 그랬었는데, 저 남자는 그 빈말도 못 하나 보다.

다시 아픔이 올라온다. 주저앉고 싶을 정도로 서러운 외로움이었다. 그녀가 입을 열었다.

"이럴 땐 빈말을 해 주세요."

유하가 먼저 나가도록 문을 열어 잡아 주던 성준이 그녀를 보았다.

"무슨 빈말?"

"내가 더 예쁘다고."

그녀가 말하고 무안한지 시선을 피했다. 괜히 투정하고 있는 것으로 보일 것이라 생각하는데. 문이 다시 닫혔다.

그리고 성준에게 당겨져 그 문에 유하의 등이 꾸욱 눌렸다. 그가 유심히 그녀의 얼굴을 살폈다.

"너 요즘 성격이 변했어."

"뭐가요?"

"전엔 속에 있는 말 잘 안 했잖아."

"그땐 당신이랑 잘해 보려고 했으니까."

"네가 속에 있는 말을 한다고 더 나빠질 게 있었어? 지금도 이혼하자는 말을 하는 마당에."

"나 예쁘다고 해 주기가 그렇게 싫어요?"

유하가 서운한 눈으로 하는 말을 들은 성준이 그녀의 입술을 가만히 응시하며 말했다.

"나는 네가 너 예쁜 걸 아는 게 싫어."

향수 냄새가 싫다는 사람이 자긴 향수를 뿌리고, 짧은 치마는 싫어하는 남자가 자긴 타이트한 정장을 입어 섹시함을 뽐낸다. 세상에 저렇게 이기적인 남자도 없다.

그가 천천히 유하의 턱을 감싸 입을 맞췄다가 느긋하게 떨어져 나가 그녀를 끌어안았다. 어깨에 가까운 곳에서 그의 목소리가 들려왔다.

"너 못생겼어. 안 예뻐."

"……."

"그러니까 나 말고 다른 사람 만나지 마."

그녀의 허리가 성준의 시계를 찬 왼손에 꽉 잡혀 당겨졌다. 블라우스를 타고 들어오는 뜨거운 체온에 유하는 호흡이 곤란해졌다.

아주 나쁜 공기를 들이켠 것 같다. 목이 탁하고 아픈데 그렇다고 숨을 쉬지 않고는 견딜 수 없다. 나는 어쩌다 당신 같은 남자를 사랑하게 되어서. 이렇게 나쁜 숨을 들이켜게 되었을까.

집무실 문을 나서며 성준이 유하의 손을 잡으려 하자 그녀가 움찔하며 손을 빼냈다.

"회사예요."

"내 회사야."

그가 '내'를 강조하며 말하고 유하의 손을 빼지 못하게 꽉 쥐었다. 대표가 바람을 피우는 것도 아니고, 아내 손을 잡고 다니겠다는데 뭐라고 할 직원은 없었다. 뒤로는 수군거리겠지만.

힐끔힐끔 보는 시선은 감춰지지 않아서 유하의 얼굴은 회사에서 나갈 즈음에 새빨갛게 달아오르고 말았다.

다행인지 불행인지 밖으로 나오자마자 옥외에 거대하게 걸려 있는 광고가 보여 열이 내려갔다. 그녀가 멈춰 서며 광고를 올려다보자 성준이 말했다.

"그냥 광고야."

그의 말에 유하가 실소했다.

"저도 들어갈 때 그 말 했는데. 그냥 광고라고."

"누구한테?"

"찬후 씨요."

"그랬더니 뭐래?"

그가 슬쩍 올라오는 짜증을 누르며 묻자 유하가 부끄러워하며 말했다.

"뭐래긴요. 그냥 저 듣기 좋으라고 얘기해 주죠."

"그러니까 무슨 얘기. 정확하게 말해."

성준은 자제하려 했지만 목소리에 별수 없는 공격성이 가해졌다. 유하는 왜 저렇게까지 집요하게 물어보는지 몰라 무안해하며 말했다.

"제가 더 예쁘다고 해 주죠, 뭐. 별 얘기 아니에요."

"……."

"얼른 가요."

이 근처에 유명한 디저트 가게가 있다고 들었다. 유하가 재촉하는데, 성준이 제자리에서서 물었다.

"……속상해?"

"네?"

"내 회사 모델이 강세영이라서 속상하냐고."

성준이 묻자 유하가 황당해하며 대답했다.

"그걸 말이라고 해요?"

"말이라고 하지. 모르니까 물어보는 거 아냐."

그가 난감한 표정을 짓는다. 그러더니 곧 말했다.

"계약해지할게."

"갑자기 무슨 소리를 하는 거예요?"

"너도 알겠지만 A식품은 강세영이라는 모델의 이미지가 아주 강해. 강세영이 신인일 때부터 써 왔으니까. 친숙하고, 명랑하고. 그래서야. 그게 다야. 돈이 돼."

"……"

"잠깐 계약을 끊어 보니까 매출이 떨어지더라. 그래서 계약을 연장했던 것뿐이야. 네가 신경 쓰고 있는 줄 몰랐어."

"어떻게 모를 수가 있어요?"

"말을 해 줘야 알지. 말 안 해 줬잖아?"

적반하장이다. 오히려 왜 말을 안 해 줬는지 이해를 못 하는 표정이다. 세상에, 어이가 없어서. 세상 남자들이 다 이런가, 아니면 이 남자가 감정결핍인 건가?

여태 세영이 모델인 것이 유하를 속상하게 했다는 사실을 알고 나니 울컥하는 모양이다. 그녀가 모델이라서. 계속 세영과 만나고 있을 거라고 생각했었다. 지금 성준을 보고서야 정말 오로지 이익을 위해 계약을 연장했다는 것을 알았다.

그가 바쁘다고 할 때마다 믿지 않았었는데. 그에 대해 알고 나니, 이성준의 '바쁘다'는 정말로 회사 일이 '바쁘다'였다.

'당신이 만나기 싫어.'라든지, '집보다 다른 여자가 좋아.'라는 뜻이 아니다.

그 생각을 하니 성준이 이해가 가는 동시에 원망스러워졌다. 그렇게 똑똑한 사람이 인간관계에선 왜 그 모양인지. 그 3년간, 바쁘다는 말 한 마디면 해결될 것이라고 생각하고 고지식하게 살아왔다는 게. 그래서 자신을 이토록 아프고, 외롭게 했다는 게. 무척 원망스러웠다. 그리고 동시에 살을 찌르던 가시가 녹는 기분이다. 가시가 있던 자리는 여전히 따끔거리지만, 그래도.

"바보."

그녀가 혼잣말하자 성준이 뜨끔해서 유하를 보았다.

"이게 그렇게 바보 같은 짓이었어?"

"네. 바보 같은 짓이었어요. 전 여친이랑 광고 계약을 연장하다니. 그러고도 제가 오해를 안 하길 바랐어요?"

"일은 일이니까."

"좋아요, 그럼 만약에."

유하가 담담해진 얼굴로 앞장서 걸었다. 성준이 그녀의 표정을 읽으려 애쓰며 따라 걷는다. 유하가 말을 이었다.

"제가 전 남친이 있다고 해 봐요."

"없잖아."

"있을지도 모르죠."

278

그녀의 말에 성준이 미간을 팍 좁혔다. 앞만 보던 유하가 그것을 느끼지 못하고 말을 이었다.

"그 전 남친이 어마어마한 바리스타인 거예요."

"커피는 나도 잘 만들어."

"성준 씨는 바쁘잖아요. 그래서 제 전 남친을 우리 카페에 고용했어요. 일이니까 괜찮아요?"

"……."

"괜찮아요?"

"안 괜찮지."

그의 싸늘한 대답에 유하가 오싹해서 성준을 보았다. 그가 오히려 담담해진 표정으로 말했다.

"그 자식을 죽여 버리든지, 아니면……."

"성준 씨. 가정이에요. 가정. 만약에."

"아…… 그랬지."

세상에 정말. 뭐 저렇게 이기적인 남자가 다 있어.

유하가 황당해서 제 손을 도망 못 가게 움켜쥐는 성준의 뒷모습을 보았다. 자긴 여태 전 여친을 고용해 놓고, 아내가 전 남친을 가정하는 것만으로도 무섭게 돌변한다.

집에서 볼 땐 잘 몰랐는데 길에서 걸으려니 그가 얼마나 우월한 남잔지 실감났다. 신경질이 나서 찌푸린 얼굴도 사람들의 시선을 끌어 모은다.

저 남자가 저렇게 이기적인 인간인 걸 사람들도 알아야 되는데.

유하가 그의 뒤통수를 마구 노려보았다.

그들이 도착한 디저트 가게는 정말 작았다. 2층집이었는데 1층에 진열대가 있고 다양한 종류의 프랑스 디저트가 진열되어 있었다. 2층으로 올라가니 천장이 낮았다. 성준이 허리를 숙이고 앞장서는 유하를 따라 걸어갔다.

"여자들만 오라는 거야? 왜 이렇게 낮아."

"당신이 너무 커서 그런 거예요."

유하가 핀잔했다. 창가 테이블에 디저트를 잔뜩 사다가 놓았다. 구석진 곳에 있는 자그마한 디저트 가게는 입소문을 타서 꽤 손님이 많았다.

산딸기 샤를로트에 마카롱을 가져왔다. 워낙 디저트를 좋아하는 유하의 눈이 반짝반짝한다. 모르는 가게를 찾아내는 것은 언제나 행복한 일이었다. 행복한 얼굴로 커피를 먼저 한 모금 마시고 디저트를 입에 넣는데 성준이 물었다.

"쪼잔해 보일 것 같긴 한데."

와인 가나슈가 들어간 마카롱을 절반 깨물었는데 입에 꽉 찼는지 유하가 대답을 못 하고 고개만 끄덕인다. 입 속이 작은가. 성준은 그녀의 입술을 벌려 안을 확인해 보고 싶은 욕망이 들었다.

그러나 가나슈와 핑크색 꼬끄 조각들이 들어있는 유하의 입안을 보고만 있을 순 없을 것이고 그러다 벌건 대낮에, 맛있게 먹고 있는 여자를 호텔로 끌고 들어가기 미안해 표현하지 않고 제 할 말을 했다.

"전 남친은 없지?"

그의 심각한 질문에 한참 우물거리던 유하가 성준을 흘긴다. 입에 있던 것을 다 삼키고 난 유하가 말했다.

"있으면 어쩌게요?"

"관리해야지."

"무슨 관리요?"

"네 주변으로 못 오게. 아예 이민을 보내든지."

전 남친이 없으니 망정이지. 있었으면 크게 폐를 끼칠 뻔했다. 유하가 눈으로는 다음엔 뭘 먹을까 고르며 말했다.

"그런데 그렇게 맘대로 계약해지해도 돼요?"

"응. 내 회사니까. 내가 알아서하면 돼."

"이성준 씨, '내' 회사가 아니라 우리 회사죠. 회사는 성준 씨 소유물이 아니에요."

집도 '내' 집이 아니라 '우리' 집이거든요, 이 아저씨야.

유하는 사실 이 말이 더 하고 싶었지만 우리 집이라는 말이 어쩐지 너무 친근하게 느껴져 하지 않았다.

그리고 산딸기 샤를로트를 포크로 크게 떴을 때 그가 말했다.

"그건 그렇지. 내가 이기적으로 생각했네."

"그렇죠?"

웬일로 순순히 대답하나 생각하는데 그가 말했다.

"그런데 집은 내 집이 맞아."

"왜요?"

"'우리'라는 건 공동체의 의미지. 그런 의미에서 회사는 이익을 위해 모인 공동체야. 그러니까 우리가 맞지. 우리는 공동의 목표가 있으니까 우리인 거야."

"그런데요?"

"그런데 집은, 네가 내 집에서 나가겠다고 생각하는 순간부터 내 집이 됐어. 우리의 목표가 달라진 순간부터. 내 집이고, 내 방이고, 내 서재야. 내 마당의 내 목련 나무고."

"……."

"내 아내야."

유하가 아무 대답도 못 하고, 샤를로트를 맛보는 것도 잊고 성준을 보았다. 그러자 그가 여유롭게 그녀를 마주 보며 짓궂게 말했다.

"이혼 같은 소리 하네. 말했지? 숟가락 하나도 못 들고 나가게 할 거라고."

"……."

"너도 못 나가."

그가 단단히 유하의 손목을 쥐었다. 그의 온기에 몸이 녹을 것 같은 기분이다

"너도, 내 집에서 한 발자국도 못 나가. 박유하."

이런 말을 아주 자연스럽게 그녀에게 전한다. 유하의 가녀린 몸이 살짝 떨렸다. 그녀가 손목을 빼려고 당기자 성준이 더욱 움켜쥐고 자기 쪽으로 당긴다.

유하는 그가 자신을 얼마나 탐하고 있는지, 그 열기로 느꼈다. 심장이 화상을 입는 기분이었다.

성준은 차가운 편이라고 생각했다. 그의 체온이며, 눈빛이며 궁극적으로는 성격.

그는 냉정하다. 그것은 차가운 느낌을 준다.

그가 가지고 있던 차가움. 얼음 같은 냉정, 상대를 서늘하게 만드는 눈빛과 말투. 그 모든 것에 열이 오른다. 그러므로 지

282

금 그가 뜨겁게 느껴진다는 것은, 지금의 성준이 냉정하지 않다는 뜻이고. 그의 뜨거움은 결국, 남편의 변화를 의미했다.

꿀벌

카페에서 디저트를 먹으며 낮 시간을 여유롭게 보내고 저녁을 먹었다. 부부는 대화가 익숙하지 않아 밥 먹으면서는 거의 한 마디도 하지 않았다. 식사가 끝난 후 성준이 유하를 차에 태웠다.

유하가 조수석에 앉아 시동을 거는 성준에게 물었다.

"어디 가요?"

"우리 첫 데이트잖아. 춤추러 가자."

"추, 춤이요?"

갑자기 웬 춤이람. 당황한 유하가 만류했다.

"저 춤 못 춰요. 전혀."

"괜찮아."

어디로 가려는 걸까. 차는 서울을 벗어나고 있었다. 유하가 불빛이 점점 사라지자 당황하며 성준에게 다시 말을 걸었다.

"어디까지 가려고 그래요?"

"너도 좋아할 거야."

그의 대답을 끝으로, 둘은 차가 멈출 때까지 대화가 없었다. 원래 그다지 말이 많지 않은 둘이기도 했고, 처음엔 난감해하던 유하가 교외 풍경을 보며 신이 나 살살 입이 벌어졌기 때문이기도 했다.

그러다가 차가 선 곳은 사람이 없는 남한강이었다. 차에서 내린 유하의 눈이 동그래졌다.

"와……."

하늘에서 쏟아질 것처럼 별이 빛나고, 달 아래에 강물이 반짝이고, 강가 가득한 잔디가 실바람을 타고 놀았다.

성준이 유하의 손을 잡아끌었다. 강에서 조금 떨어진 곳에는 나무로 만든 길이 있었는데 그 난간에 장미꽃이 잔뜩 피어 있었다. 바야흐로 장미의 계절이었다.

성준이 핸드폰으로 음악을 틀더니 말했다.

"춤추자."

"여기서요?"

"응. 사람 안 다녀. 뭐, 다녀도 상관없고."

춤추자는 것이 강가였다. 풀 냄새며 장미 향기가 한껏 풍기는 기분 좋은 밤.

오기 전엔 거절하던 유하도 마음이 누긋하게 풀려서 성준이 하자는 대로 해 주기로 했다.

음악은 재즈, 장소는 남한강, 추자는 것은 왈츠. 유하가 저도 몰래 미소 짓자 기분이 좋아진 성준이 그녀의 허리를 감아 안고 춤을 춘다. 재즈가 끝나고 랜덤으로 이어진 곡은 야구팀 응원가였다.

'오! 오!' 하는 추임새에 유하가 제자리에 멈춰서 웃음을 터트렸다. 성준이 난감한 얼굴로 달려가 얼른 음악을 껐다.

"분위기 좀 잡아 보려고 했더니…… 그만 웃지?"

유하는 두 손으로 입을 막고 고개를 끄덕였지만 눈이며 들썩이는 어깨가 여전히 웃음기가 가득하다. 성준이 투덜거렸다.

"하긴, 춤은 무슨 춤이냐."

"여기는 어떻게 알았어요?"

"······낚시. 인혁이랑 왔었는데 이 좋은 곳에 남자들끼리만 있으니까 칙칙하더라."

그가 회피하듯이 중얼거리자 유하가 다시 웃음을 터트리고 만다.

춤이 중단되며 성준의 계획이 엉켰다. 그가 유하의 구두를 내려다보더니 물었다.

"그냥 캐치볼이나 할래? 운동화 있는데."

"좋아요!"

"좋아?"

의외로 유하가 반가워한다. 성준이 차로 가서 트렁크를 열었다.

"사실은 춤보다, 캐치볼을 하자고 하고 싶었는데. 네가 안 좋아할 것 같아서 춤으로 바꿨지."

"꼼꼼하네요? 운동화도 챙겨 준 거예요?"

"멀리 갈 생각이었으니까. 너 발에 상처가 자주 나잖아."

"뭐, 뭐 해요?"

성준이 바닥에 한쪽 무릎을 꿇고 제 어깨를 툭툭 쳤다.

"잡아."

유하가 살며시 성준의 어깨에 손을 올리자 그가 구두를 벗기고 운동화를 대신 신겼다. 유하의 얼굴이 붉어졌다.

"내가 할 수 있는데······."

"네가 할 수 있는 거 알아."

그가 무뚝뚝하게 말하고 몸을 일으켰다. 그리고 유하에게 글러브와 공을 들려 주었다. 그녀가 공을 던질 수 있을 거라고 생각하는 곳까지 달려가는 성준의 뒷모습이 놀 생각에 신이 난 어린아이 같았다.

"던져 봐."

성준이 손을 흔들자 유하가 공을 던졌다. 팔을 높이 들어 던 졌는데 땅에 내다꽂힌다. 그런데도 성준은 능숙하게 땅에 바운 드 되어 올라온 공을 글러브로 잡았다. 순발력이 어마어마하게 좋아서 유하는 제가 던지고도 놀라서 말했다.

"그걸 어떻게 잡았어요?"

"유격수였다니까. 이것보다 더 형편없는 공도 잡을 수 있어."

"형편없다뇨?"

유하가 토라진 척 팔짱을 끼고 흘긴다. 저 여자 왜 이렇게 귀여워. 아내의 새로운 모습을 볼 때마다 성준은 자신의 무심 함을 반성했다.

유하는 성준이 살살 던져 준 공을 몇 번 떨어뜨리고 네 번째 만에 글러브로 받았다. 유하가 신나 어쩔 줄 모르며 말했다.

"아! 받았어요!"

"금방 배우네."

성준은 그녀의 글러브에 딱 떨어지도록 던져 주고, 유하는 냅다 던져 이리저리 공이 굴러갔기 때문에 누가 봐도 성준만 실컷 운동을 했다. 그런데 끝나고 탈진한 건 유하였다.

성준이 차에서 축 늘어진 유하에게 벗어 두었던 재킷을 이

불삼아 덮어 주며 말했다.

"너 진짜 체력 없다."

"그래도 재미있었어요."

"그래?"

"다음에 또 해요."

유하는 너무 신이 나서 자신이 '다음'을 이야기하고 있다는 것을 몰랐다. 그녀의 말에 성준이 미소 지었다.

"그래. 그러자."

그의 미소와 다정한 목소리에, 유하의 심장이 아플 정도로 강하게 움직였다. 그리고 성준이 그녀를 꼭 안아 그의 심장 소리가 유하에게까지 들리자 더더욱 울음이 나올 만큼 설레었다.

"다음에 또 하자."

낮에는 이혼해 주지 않을 거라며 제멋대로 말해 놓고, 속은 까맣게 타서 '다음'이라는 말 한 마디에 이렇게 행복해하는 남자다.

"아. 이상하네."

유하를 놓아주며 성준이 중얼거렸다. 그가 제 가슴팍에 손을 올리자 유하가 놀라서 물었다.

"어디 아파요?"

"아니……."

성준이 쿵쾅거리는 제 심장을 확인하고, 걱정스럽게 자신을 보는 유하에게 말했다.

"두근거려서."

그 말에 유하가 멈칫했다. 성준이 말을 이었다.

"네가 있으면 내 세상은 완벽해져."

"……."

"네가 없으면 무너질 것 같다. 이런 게 사랑인가?"

그는 장난이라는 듯이 웃는데, 유하는 웃을 수가 없었다.

무심하던 그의 사랑을 받고 싶었다. 차가운 그가 뜨거워지기를 바랐다. 그런데 왜, 그가 사랑한다는데도 마냥 기쁘지가 않을까.

내가 있으면 완성되는 그의 세상에 대하여 생각했다. 그녀가 천천히 입을 열었다.

"아이와 같이 놀면. 더 재미있을 것 같아요."

그녀의 말에 성준의 표정에서 미소가 사라졌다.

성준도 그런 생각을 했다. 아이가 있는 것도 나쁘지 않을 것 같다는 생각. 그가 예상한 대로 아이가 자신을 피곤하게 하고, 발목을 잡더라도.

가끔 이렇게 모여 캐치볼을 하고, 서로 웃을 수 있으면. 그걸로 충분할지도 모르겠다고.

아이가 있으면 유하는 분명 더 많이 웃겠지. 지치고, 속이 상하는 날이 더 많을지 모르지만 그래도, 세상에 그렇게 소중한 것은 없다는 듯이 아이를 바라보겠지.

그런 생각이 들다가도 곧, 자신의 아버지가 떠오르는 것이다.

그런 아버지가 되고 싶지 않았다. 이토록 일에 미쳐 있는 자신이 아버지가 되는 것은 아이에게도, 유하에게도 피해를 주는 일이 될 것이다.

어쩌면 자신의 아이조차 아버지가 할아버지에게 안겨 주는

288

도구가 될지도 모르겠다. 자신이 그랬던 것처럼······.

그래도. 그런데도 그녀가 웃을까?

아이는 결국 자신의 완벽한 세상을 무너뜨리고 말 것이다.

"나는 우리 아버지를 닮을 거야."

성준이 중얼거렸다.

"나는 그런 아버지가 되고 싶지 않아."

"성준 씨······."

"그리고 넌 좀 지나쳐. 아이가 왜 그렇게까지 필요해?"

유하의 표정이 굳는 것이 보였다. 그런데 할 수 없었다.

아. 나는 참, 나약하면서 나약함을 드러내지도 못하는, 아주 쓰레기 같은 놈이다.

성준이 차가운 목소리로 말했다.

"내가 그렇게 자식에게 집착하는 부모 밑에서 자랐거든? 너처럼. 아이한테 지나치게 의지하는 부모. 아주, 끔찍했어."

그녀에게 상처를 준다. 그렇게라도 그녀를 단념하게 하고 싶었다.

"우리는 좋은 부모가 되지 못할 거야."

그의 말에 유하가 입술을 깨물었다.

그에게 사랑한다는 말을 들어도, 왜 기쁘지 않았는지 알 것 같았다.

우리는 아직, 제대로 사랑하는 방법을 모르니까. 그래 본 적이 없으니까.

그의 말대로. 우리는 끔찍한 부모가 될지도 모르겠다.

'우리는 좋은 부모가 되지 못할 거야.'

카페 목련에 막 출근해 앞치마를 입던 유하가 멈칫했다.

첫 데이트는 즐거웠지만 엉망으로 끝났다. 그 뒤로 성준은 유하의 눈치를 계속 살폈지만, 자신이 한 말을 번복할 생각은 없었다. 아주 고집불통인 남자다.

아예 이해가 안 가고 화만 나면 좋을 텐데. 그가 왜 그러는지 행동 이유가 너무 분명한 것이 문제다. 팔은 안으로 굽는다고. 강준이 괜히 쓸데없는 참견을 해서 성준에게 무작정 화를 내지도 못했다.

그가 왜 부모가 되고 싶지 않은지. 너무도 잘 알게 되고 말았기에.

한숨을 푹 쉬고 카페 일을 하려던 유하의 눈이 커졌다. 밖에서 욕하는 소리가 들렸다.

"인마, 운전을 이따위로 해? 너 돈 받고 하는 일이 뭐야."

시아버지인 희강이 머리가 희끗한 운전기사에게 욕을 퍼붓고 있었다. 거듭 숙이는 기사의 머리를 툭툭 때리며 사과를 받고서야 만족한 희강이 성큼성큼 걸어 카페로 들어왔다.

"아, 아버님?"

유하가 당황해 달려가자 희강이 성준과 닮아 서늘한 눈매로 웃었다.

"어어, 그래. 아가야. 사돈어른 잘 계시지? 요즘 사업이 괜찮은 것 같던데."

"아. 네. 건강하세요."

"요즘 불황인데 훌륭하네. 아주 큰 사업체도 아닌데."

"……아. 차 드릴까요?"

"내가 여기까지, 겨우 차 마시러 오진 않지."

희강이 조소하며 대답하니 유하가 어찌해야 하나 몰라 난감한 표정을 지었다. 희강이 카페를 둘러보았다.

"카페가 아주 예쁘구나."

"감사합니다."

"전에 내가 한 사업 얘기는 성준이한테 안 했나 보지?"

"아, 그게……."

희강이 성준의 A식품에 내놓고자 하는 사업 아이템을 이야기했었다. 그때 유하가 그 이야기를 전하자 성준은 무심하게 '할아버지한테 말씀드리라고 해.'라고 대답한 후 잠들어 버렸다.

"성준 씨는 할아버님께 말씀드리라고……."

그녀가 머뭇거리며 대답하는데 희강이 콱 성질을 냈다.

"내가 아버지한테 무슨 면목이 있어. 증손주도 못 안겨 드리는데."

"그건 제가 성준 씨 최대한 설득하겠습니다."

"그래. 네가 알아서 잘 해야지."

그의 말은 계속 유하를 탓하고 있었다. 유하가 답답한 마음으로 자리를 안내하려는데 희강이 말했다.

"근데 네가 여기 꼭 나와 있을 필요가 있니?"

"네?"

"성준이가 하는 사업이 얼마나 큰 건지 몰라?"

"……."

"고작 이만한 가게 운영하는 것보다는 내조를 잘 하는 게 효율적이지."

성준의 낮은 목소리 역시 아버지를 닮았다. 그러나 성준과 달리 희강은 제 기분을 전혀 감추지 못했다. 아들과 아버지가 바뀐 것 같다고 생각했다. 유하가 그의 성질을 건드리지 않으려 최대한 조심스럽게 말했다.

"아무래도 개업한 지가 얼마 안 돼서…… 당분간만이라도 나오는 게 좋을 것 같습니다, 아버님."

"너도 참. 남편 닮아서 눈치가 없구나."

그러나 그녀가 아무리 조심을 해도, 희강은 제 뜻과 다른 그녀의 말에 바로 표정을 구겼다. 희강이 독을 품은 듯한 눈으로 유하를 노려보며 물었다.

"너는 지금 내가 부탁하는 걸로 보이니?"

"죄송하지만……."

"죄송할 말은 애초에 하지 마라."

사람을 오싹하게 만드는 눈매, 깔보는 듯한 말투.

유하는 그 순간 성준의 말을 떠올렸다. '나는 우리 아버지를 닮을 거야.'라고.

성준은 언제나 갑이라서 누구라도 자신보다 낮게 보는 오만한 남자지만, 잘못한 게 있으면 최소한 먼저 사과할 줄은 안다. 일곱 살짜리 꼬마아이에게도 아날로그를 권하는 고지식함, 직원들보다 일찍 출근해서 늦게 퇴근하는 독기, 그래도 아내가 싫다는 건 그 자리에서 고치겠다고 말하는 남자.

유하가 희강의 포악한 눈을 마주 보고 대답했다.

"죄송하지만, 성준 씨가 사업하는 사람은 자기 사업장 오래 비워 두는 거 아니라고 해서요, 사업장 오래 비워 두는 사람치고 성공하는 사람 못 봤다고 하더라고요, 아버님."

남편감으론 아주 실격인 거 맞는데, 이성준 씨. 그게 아빠가 되면 안 된다는 소리는 아니죠.

그 남자 정말 바보인가 봐. 제 아버지와 자신이 어딜 닮았다는 건지.

유하는 겁이 나서 몸을 떨면서도 또렷한 목소리로 말했다.

"그래서 성준 씨는 하루 종일 회사에서 살아요. 저도 당분간은 그래야 할 것 같습니다."

"……뭐?"

"아버님 말씀대로 살다 보니 성준 씨를 닮아 가네요."

"너…… 지금 그거 나 들으라고 하는 소리냐?"

희강은 그녀의 말이 자신에게 하는 말로 들렸다. 여기 있을 시간에 그 부실한 당신 회사로 돌아가시라는 뜻으로. 유하의 말이 희강의 자격지심을 건드렸다.

며느리는 유약하다고 생각했다. 그런데 지금, 유하의 얼굴 위로 아들이 겹쳐 보인다. 어느 순간부터인가 무능력한 아버지를 아주 하찮다는 듯이 보던 성준의 얼굴이.

희강의 이가 분노로 달달 떨렸다. 부부는 닮는다고 했나. 아들도 자신을 우습게 알더니 이제는 며느리까지 자신을 우습게 본다.

이탈리아

"어른이 말로 할 때 그만둬라."

희강이 협박조로 말하자 유하가 대답했다.

"그 얘기…… 성준 씨한테 하세요."

"뭐?"

유하의 말에, 상대를 봐 가면서 성질을 죽이던 희강의 눈이 뒤집힌다.

아들 이성준의 가장 열 받는 점은 웃음이다. 비웃음.

할아버지 무릎 위에서 배운 사업 이야기를 그 꼬맹이가 얼마나 영악하게 알아들었냐 하면, 초등학생 때 이미 부모의 재산 규모를 알고 있었고, 중학교 1학년 때에는 어떻게 하면 가만히 놔두기만 해도 불어났을 돈을 그만큼 날려 먹었는지 의아해했으며, 3학년 때 자신이 가진 유가증권이 부모의 재산보다 많아진 이후에는 부부에게 자기 방문을 잠갔던 것에 대한 사과를 받아 냈다.

그러고는 아주, 아주 어이없다는 듯이 웃었다. 어떻게 이렇게 하찮은 인물들이 여태 나를 귀찮게 했나. 그런 비웃음.

그 후로 희강은 아들을 함부로 건드릴 수 없었다. 그랬었는데, 그 며느리라는 것도 남편이랑 똑같이 닮아서 아주 역겹도록 영악한 태도를 보이는 것이다.

희강이 부들부들 떨었다.

"네가 아주 뵈는 게 없구나."

"왜 성준 씨에겐 말 못 하고 저한테 이러세요?"

"어디서 꼬박꼬박 대들어!"

그가 화를 못 참고 유하를 세게 밀쳤다. 그녀가 테이블에 충돌하며 건조시키던 머그 하나가 바닥으로 떨어져 깨졌다. 그리고 곧 균형을 잃은 유하도 바닥에 넘어졌다.

"사장님!"

놀란 아르바이트생들이 달려왔다. 유하가 손을 들어 보니 깨진 유리 조각이 박혀 피가 흐르고 있었다. 유하의 손에서 피가 흐르는 것을 보고서야 희강의 정신이 돌아왔다.

제 성질을 주체하지 못하고 아랫사람 다룰 때처럼 굴던 희강의 얼굴이 하얗게 질렸다. 유하의 집안 사업체에 대해 '아주 크지도 않다'고 비꼬긴 했지만 희강이 겨우 목숨만 부지시키도록 망가뜨린 회사에 비할 바는 아니었다. 게다가 아들은. 그 녀석은 정말 속을 알 수가 없다.

희강이 서둘러 아르바이트생들이 부축해 일으킨 유하에게

다가갔다.

"아, 아가. 괜찮니?"

"나가세요."

"이건 내가 고의로 그런 게 아니라……."

"나가시라고 했어요. 아니면 경찰이라도 부를까요?"

유하가 그를 노려보며 말했다. 희강은 도망치듯이 그곳을 나갔다. 다정이 어쩔 줄 모르며 유하의 손을 살폈다.

"벼, 병원, 병원 가요."

"미안…… 나 먼저 퇴근할게."

유하가 하얘진 얼굴로 간신히 말했다.

집무실에 앉은 성준이 두 손으로 얼굴을 감쌌다.

지금까지 그는 일과 결혼생활. 단 두 가지도 양립시키지 못했다. 유하는 그녀의 생일조차 집에 들어오지 않는 성준에게 다쳤다. 아내 하나 지키기도 힘든데 아이는 어떻게 키울까.

나쁜 부모만 보고 자랐다. 제 자식이라면 분명히 자신을 닮을 텐데. 그럼 키우기는 쉽겠지만 정이 안 갈 것 같았다.

유하를 닮았다면.

그가 멈칫했다.

"유하를 닮으면 아마……."

성준이 혼잣말하는데 그의 연락을 받은 강세영이 들이닥쳤다. 그녀가 신경질적으로 들고 온 가방을 소파에 집어 던졌다.

"개새끼야, 뭐가 어쩌고 어째?"

"계약해지한다고. 너희 소속사랑 얘기 끝났어."

"와, 이 뻔뻔한 자식."

"네가 자꾸 들락거리니까 우리 회사 이미지에 좋을 게 없다. 그러게 진작 매니저만 보내라고 했잖아."

"핑계 대지 마. 유하 씨가 이혼하자고 나오니까 무서워졌지?"

여자들은 참 눈치가 빠르다. 속을 들킨 성준이 표정을 찌푸리는데 세영이 손가락을 까딱였다.

"일어나. 때리게."

"뭐, 인마?"

"한 대 때리지 않으면 속이 안 풀릴 것 같아. 아니면 진짜 진상이 뭔지 보여 줘?"

전혀 보고 싶지 않았다. 성준이 입을 열고 악관절을 이리저리 풀더니 한쪽 뺨을 내밀었다. 그러자 세영이 반지를 빼며 말했다.

"오빠 한번 때려 보는 게 내 소원이었어. 재수 없는 자식."

"뜸들이지 말고 빨리 때려."

그가 눈을 감자 세영이 손을 들어 짜악 소리가 나게 뺨을 때렸다. 성준이 맞은 뺨을 문질렀다.

"더럽게 아프네. 이제 만족하냐?"

"응, 아주 속이 확 풀려."

세영이 던져 놨던 고가의 가방을 다시 챙겨 들고 말했다.

"진작 그랬어야 했어."

정작 맞고 난 성준이 이해가 안 가는 듯 표정을 찌푸리며 물었다.

"넌 좋은 거 아니었어? 모델료도 많이 줬잖아."

그의 말에 세영이 경악하며 성준을 노려보았다.

"아직 나한테 미련이 있는 줄 알았지."

"그게 무슨 소리야."

"알아. 오빠 어떤 사람인지. 일밖에 모르는 미친놈이지. 그래도 사람이라는 게, 좋아하는 남자가 나랑 연결되어 있으면 기대를 하게 되잖아."

세영의 말에 말문이 막혔다. 자신이 얼마나 둔감했는지 알았다. 유하가 자신을 바람둥이라고 생각하는 것이 무리가 아니었다.

"돈밖에 모르는 놈."

"미안."

"유하 씨가 불쌍하다. 어떻게 너 같은 둔탱이랑 사냐?"

그녀가 휙 돌아섰다. 열 받고, 슬프면서, 동시에 속이 시원했다. 세영이 나가고 나서 성준은 의자 뒤로 기댔다. 그가 스스로에게 욕을 퍼부었다.

"아, 이 미친놈."

모델도 잃었고, 계약을 해지 하느라 배상금도 물었고, 심지어 뺨까지 맞았다. 그러나 그게 중요한 게 아니었다.

세영이 저렇게 말할 정도면, 유하는 얼마나 다쳤을까 싶었다. 3년을 앓았을 것이다. 그런데 평생 단 한 번을, 그녀에게 해명해 주지 않았다. 해야 한다는 생각조차 못 했다.

항상 집에서 기다리는 그녀를 침대 위에서 안는 것 외에 자신이 뭘 해 줬나.

젠장.

이래 놓고 여태 유하가 왜 자신과 이혼하려는지 이해를 못했다니. 헛웃음만 난다.

일방적인 계약 해지는 뒷수습이 더 어려웠다. 갑작스럽게 계약 해지를 했으니 이성준과 강세영이 불륜 끝에 헤어진 것이 아닌가 하는 추측성 기사가 여과 없이 나돌았다.

당일에 바로 올라오는 연예 기사를 읽으며 유하는 미안한 마음이 앞섰다. 정말 보통 손실이 아니었다.

그녀가 기사를 보며 한숨만 쉬는데 밤이 늦어서야 성준이 돌아왔다. 그가 리본이 묶인 와인을 들어 보였다.

"한잔할까?"

"빰 왜 그래요?"

"강세영한테 돈밖에 모른다고 맞았어. 그리고 배상금도 물어 줬다. 남은 기간 모델료의 두 배."

그가 손가락 두 개를 펴 보이자 유하가 실소한다. 어쩌다 보니 오늘은 둘 다 외상을 입었다.

성준이 인상을 쓰며 물었다.

"맞았다는데 왜 웃어?"

"아, 속 시원하다. 세영 씨가 내 대신 때려 준 건가?"

"이 여자가…… 너도 때리게?"

"아뇨, 참을게요."

참는단다. 때리고 싶지만 참겠단 말인가. 성준은 어이가 없었지만 유하의 가냘픈 뒷모습이 어쩐지 즐거워 보여 자기도 웃음이 나왔다. 그렇게 돈타령하며 살았는데 오늘따라 그 돈이 하나도 아깝지 않았다.

유하가 주방으로 향하자 성준도 그녀 뒤를 따라 걸었다. 달걀을 꺼내 오믈렛을 만들기 시작하자 성준이 와인 한 잔을 따라 그녀 옆에 놔 주었다.

유하는 오늘따라 몸에 안 맞게 큰 니트를 입고 있었다. 거의 손가락 끝만 보일 정도로 소매가 길었다. 제 몸보다 큰 옷을 입고 있으니 드러나는 어깨가 야했다. 이 여자는 뭔데 이렇게 뒷모습까지 남자를 미치게 하는지.

성준이 유하를 뒤에서 끌어안고 목덜미에서 느껴지는 살냄새를 실컷 들이켰다. 그가 물었다.

"나 기특해서 안주 해 줘?"

"저리 가요. 별로 안 기특해요."

"그래도. 금방 마음 바꿀 수 있을 것 같지 않아?"

"모르죠."

그녀의 불확실한 대답에 허리를 안은 성준의 팔에 더욱 힘이 들어간다. 근육이 탄탄한 팔로 조이는 게 아플 정도라 유하가 당황하며 성준의 팔을 붙잡았다.

"아파요."

그녀가 제대로 대답을 하지 않으니 초조함에 눈이 뒤집힐 것 같았다. 성준이 천천히 팔 힘을 풀었다.

"있잖아."

"네."

"언젠가 너에게서 나는 향기가 좋아서. 네 샴푸랑 이런 것들을 훔쳐서 써 본 적이 있어."

"뭐, 뭐라고요?"

"하루 종일 네 향기를 맡고 싶었거든. 변태 같지."

성준과 너무 어울리지 않는 행동이라, 유하가 놀라 그를 돌아보았다. 그러자 성준이 말을 이었다.

"그랬는데, 애초에 나한테서 꽃향기가 나니까 재수 없었고, 집 밖으로 나간 지 1분 만에 담배를 피워서 의미도 없었어."

성준은 아마 자신이 천천히, 유하를 사랑하게 되었을 거라고 생각했다. 매일 밤 조금씩 더 많이.

늦은 밤 유하가 먼저 잠든다. 문을 열면 방 안에서 제자리에서 쓰러질 정도로 좋은 향기가 났다. 그럼 가방을 던져 놓고 그녀의 곁에 눕곤 했다.

꼭 끌어안고 싶지만 유하가 깰까 봐 그러지 못했다. 네가 내 곁에 있어 줘서 좋다는 말도 하지 못했다.

하루하루 더 많이 그녀를 사랑하게 되었다. 그냥, 자신이 그녀의 남편이라는 사실이 좋았다.

유하는 자신을 사랑한 적이 없었을 텐데, 혼자 사랑에 빠졌던 것이다. 잠든 그녀를 한 번 안아 주지도 않았으면서, 그녀도 자신과 같은 마음일 것이라 착각했었다. 그녀는 당연히 제 곁에 있는 건 줄 알았다.

그녀의 마음이 어떤지도 모르고, 유하가 상처받는 줄도 모르고 돈만 보며 살았다. 집으로 돌아와 그녀의 기분 좋은 살냄새에 파묻혀 위로받으면서도. 자신이 그녀의 사랑에 얼마나 목말라 하는지 몰랐었다.

유하가 처음 이혼을 말하던 날, 처음 자신을 보며 울던 날에야 알았다. 이 여자를 놓치느니 죽어 버리는 게 나을 거라는 것을. 네가 없으면 나는 차라리, 목숨을 끊고 말 것이라고.

가만히 성준을 마주 보던 유하가 입을 열었다.

"오늘 가게로 아버님이 오셨어요."

그녀의 말에 부드럽던 성준의 표정이 굳었다.

"……아버지? 왜?"

"아이를 낳았으면 하셔서요. 일 그만두고 내조에 전념하라고요."

저번에는 어머니가 오셨다더니, 이번에는 아버지다. 성인이 된 후에도 뭐든 성준의 고삐를 잡고 싶어 안달이 나있다. 성준이 귀찮은 표정으로 혀를 찼다.

"내가 다시 가서 말씀드릴게. 아이는 내가 낳기 싫어하는 거라고."

"소용없어요. 두 분 다 성준 씨 무서워하시잖아요. 성준 씨에겐 알겠다고 하고 말겠죠."

"그럼 어떻게 하라는 거야."

성준이 신경질적으로 물었다. 유하가 움찔하며 숨을 들이켰다. 낮에 당당한 척하긴 했어도 아직 희강의 독한 눈과 손을 다칠 때 아픔에 대한 기억이 남아 있었다. 유하가 다시 떨리기 시작한 목소리로 말했다.

"……빨리 결정해요."

"난 이미 결정했어."

또 그 얘긴가 싶어서, 성준이 서늘한 시선으로 유하를 보았다. 그는 여전히 아이가 싫었다.

처음 선을 봤던 날부터 그녀가 원하는 것은 자신이 아니었다. 아이. 그리고 아이의 좋은 아빠.

그게, 끔찍하게 싫었다. 있지도 않은 아이에게 질투가 났다. 그리고 유하가 바라는 좋은 아빠가 되어 줄 수 없다는 것에 화가 났다.

"나는 아이를 키울 자신이 없어."

유하는 처음 원했던 것처럼, 아이들에게 푹 빠져 살게 되겠지. 그럼 그녀는 분명 자신 같은 것은 잊고 말 것이고. 자신은 그녀의 일부분도 가질 수 없게 될 것이다.

"우리 둘이서도 행복하게 살 수 있어. 네가 싫다는 건 다 안 하잖아. 집에도 제때 들어왔고 강세영이랑 계약도 해지했어. 네가 해 달라는 거 다 해 주고 있잖아, 지금. 그런데 왜 이렇게 고집을 부려."

담담하게 말하는 성준을 가만히 바라보며, 유하는 말이 없었다. 그녀의 몸이 약하게 떨렸다.

그때 성준이 유하의 손등까지 덮고 있던 소매 끝에 피가 묻은 것을 보았다. 그가 유하의 손목을 붙잡았다. 유하가 빼려했지만 성준이 그녀의 손목을 움켜쥔 상태로 소매를 걷었다. 손바닥에 커다랗게 상처가 있었다.

"왜 이래?"

성준의 목소리가 급격하게 가라앉았다. 유하는 그의 말에 대한 대답 대신, 궁금했던 것을 물었다.

"성준 씨는 내가 아이한테 집착한다고 생각해요? 아이가 날 끔찍하게 여길 거라고?"

"지금 그게 문제가 아니잖아."

"당신은요?"

유하가 참았던 숨을 내뱉듯이 물었다.

당신은 하나도 당신의 아버지와 닮지 않았다는 말을 하려고 했었다.

그런데 정말 다를까 싶은 생각이 드는 것이다. 저렇게 싸늘한 눈빛과 강요. 사랑한다는 말로 유하의 모든 의지를 꺾으려는 아주, 아주 고집불통의 못된 남자가.

"그러는 성준 씨는요? 당신은 왜 그렇게…… 됐어요. 그만해요."

"뭘 그만해."

"우리 안 맞잖아요. 당신이 나한테 해 달라는 거 다 해 준다고 해도. 딱 하나는 못 해 주잖아요."

"아이가 없는 게, 도대체 왜 우리 둘이 살아가는 데 문제가 돼?"

"성준 씨한텐 문제가 없겠지만. 나한텐 문제예요. 나한텐 가장 큰 문제가 그거예요. 그러니까, 헤어져요. 이럴 거면."

"안 된다고 했잖아."

"왜 안 되는데요!"

유하가 참다못해 소리를 질렀다. 이제는 사랑한다는 그의 표현조차 숨이 막혔다. 그가 주는 달콤함조차 결국은 유하를 제 맘대로 붙잡기 위한 것이다. 어쩜 저렇게 계산적인지, 어쩜 저렇게 제멋대로인지.

점점 손에 난 상처가 아프지 않아진다. 대신 그 조각이 심장에 박히는 기분이 들었다.

그녀가 떨리는 목소리로 물었다.

"당신은 어쩜 그렇게 이기적이에요? 나도 숨을 쉴 수 있게 해 줘요. 당신이 언제까지 그렇게 성실하게 집에 들어올 것 같아요?"

"앞으로는 잘할게."

"이제 와서 그걸 어떻게 믿어요? 나는 내 가족이 필요해요."

"나는 네 가족이 아니야?"

"그러는 당신한텐 내가 가족이에요?"

유하가 빨개진 눈으로 성준을 바라보았다. 그녀는 웃는 게 어울렸다. 웃으면 그의 삶이 밝아질 정도로 사랑스러웠다. 그러니 저런 눈, 저렇게 모질고 원망으로 가득한 눈은 성준에게 제 숨을 끊어 놓을 칼처럼 느껴졌다.

안 돼. 어떻게 너를 뺏겨. 어떻게 너 없는 세상을 살아. 어떻게 내가. 혼자 세상에 남아.

제발 끔찍한 소리 좀 하지 마, 유하야. 넌 예쁜데. 넌 미치도록 예쁜데. 가끔씩 나를 죽일 수도 있을 것 같은 말을 너무 쉽게 내뱉어.

성준이 떨림을 감추고 애써 냉정하게 말했다.

"너는 내 가족이야. 나는 그걸로 충분해."

"……"

"안 되다면 안 되는 줄 알아. 그보다 손은 어디서 다친 거야."

성준은 여느 때처럼 제 할 말만 하고 유하의 손을 살폈다. 유하는 고개를 떨구고 대답이 없었다. 성준이 위협하듯이 말했다.

"묻잖아. 대답해."

"싫어요."

"뭐?"

"당신 말에 대답하기 싫어요."

"박유하."

"당신은 내가 묻는 말에, 부탁에 대답해 주지 않잖아요. 나도 싫어요. 나도 이제……."

유하의 포기한 듯한 목소리에 기운이 빠져, 성준이 자기도 모르게 그녀의 손을 놓고 말았다. 유하가 말했다.

"내가 있으면 당신의 세상이 완벽해진다고 했죠?"

"응."

"당신 세상은, 내가 외로워야만 완성이 되는 건가 봐요."

그녀의 말에 성준이 멈칫했다. 그리고 그가 다시 손을 뻗으려 하자 유하가 뒤로 물러서며 말을 이었다.

"그런 거면 나는 이제, 더 이상 버틸 수가 없어요."

그렇게 중얼거린 유하가 서재로 도망치듯 들어가 문을 잠갔다.

새벽 세 시가 되어서야 유하는 조용히 서재에서 나왔다. 그녀가 짐이 거의 들지 않은 캐리어를 끌고 현관으로 향하자 강영 아주머니가 걱정스럽게 말했다.

"이 새벽에 어딜 가려고 그래요."

"죄송해요. 곧 돌아올게요. 남편에겐 비밀로 해 주세요."

"대표님 아시면 난리 날 텐데……."

"제가 선물 사 올게요. 손녀 원피스. 엄청 예쁜 걸로요."

유하가 협상을 하자 강영이 멈칫멈칫하다가 조금 웃고 말았다. 원피스 때문이 아니라 그냥, 3년 동안 그렇게 죽은 듯이 살던 유하의 돌발행동들이 어딘지 좀 기특했다.

캐리어를 끌고 밖으로 나가자 찬후가 비행기 티켓을 건넸다.

"진짜 손 크시네요."

유럽 아무 곳으로나 좋으니까 가장 빠른 비행기 티켓을 끊어 달라고 했다. 찬후는 이른 아침, 프랑스를 경유해서 이탈리아로 가는 티켓을 끊었다. 유하가 집이 있는 방향을 흘기며 말했다.

"나도 한 일주일 없어져 봐야 저 사람이 정신을 차리지. 내가 진짜 떠날 거라고 생각을 못 하나 봐요."

찬후는 성준의 반응을 완벽하게 예상할 수 있었다. 뒷감당을 해야 할 기현이 불쌍해 죽을 지경이다. 지금이라도 말릴까 잠시 갈등하는데 유하가 단호하게 말했다.

"강경책이에요. 이래도 안 되면 진짜 끝인 거죠, 뭐. 저도 해 보는데 까지 다 해 보기로 했어요. 안 그러면 억울하잖아요."

찬후는 저렇게 생기 있는 여자를 두고 누가 죽은 나무 같다고 했을까, 생각했다. 그냥 말리지 않기로 했다. 기현에게는 나중에 위로주라도 사 줘야겠다.

찬후가 운전하는 차가 공항으로 향하는데 나리에게 전화가 걸려 왔다.

―박유하! 진짜? 너 진짜 이탈리아 가?

이 새벽에 목소리가 호들갑스러운 걸 보니 밤새서 일하고 있었나 보다. 유하가 대답했다.

"응. 가서 에스프레소 실컷 마시고 와야지."

―와, 커피 마시러 이탈리아……. 너 진짜 손 큰 건 알아줘야 돼.

출발하기 전에 나리에게도 가겠냐고 권유해 봤지만 일하는 중이라 어렵다고 했다. 무료 여행 놓치는 걸 억울해 미치려 하면서. 아쉽지만 별수 없이 혼자 떠나기로 했다. 조금 무섭긴 하지만 동시에 가슴이 설렌다. 유하가 말했다.

"남편은 내가 떠날 수 없을 거라고 생각하나 봐."

―보통 아내가 이탈리아로 가출할 거라고는 생각 못 하지.

나리의 짓궂은 말에 유하가 작게 웃었다.

"보여 주려고. 나는 어디든 갈 수 있다고. 그 사람도 의외로 겁이 많아. 벗어나는 걸 상상을 못 해. 항상 작은 곳에 갇혀져 있어. 그런데 나는 아니야."

유하가 미소를 지었다. 나는 당신 생각과 달리 살아 있거든. 죽은 나무 같은 게 아니라서.

당신도 마찬가지이고.

그 남자가 잘못 안 것이다. 그걸 성준에게 알려 줄 생각이었다.

아침에 성준은 무거운 마음으로 눈을 떴다. 유하의 화를 어떻게 풀어 주나 고민하다 어느 순간 잠이 들었다.

'당신 세상은 내가 외로워야만 완성이 되는 건가 봐요.'

그런 말로 들렸나. 아니. 실제로 내가 그런 의미로 말했던 건
가. 성준은 잠이 부족해 지끈거리는 이마를 한 손으로 감쌌다.

아무래도 유하가 어쩌고 있는지 확인해야 할 것 같아 침대
에서 억지로 몸을 일으켰다. 그녀가 잠들어 있을 서재로 향했
다. 유하가 보고 싶은 동시에, 마주 볼 자신이 없었다.

그는 유하에게 할 말을 계속 생각했다. 미안해. 하지만 너는
지나쳐. 너는 좋은 엄마가 될 수 없어.

"안 되지. 이건."

그가 혼잣말했다. 그녀를 더 화나게 했다간 정말 유하를 잃
을 수도 있다.

손은 왜 다쳤어. 어디서 다쳤어. 다음부턴 내가 안 다치게
지켜 줄게.

아…… 이걸로도 부족한 것 같다. 서재 손잡이를 쥔 성준이
중얼거렸다.

"네가 원하면……."

네가 원하면. 네가 그렇게 아이 없인 내 곁에 있을 수 없으
면, 그럼 내가 좀 더 생각해 볼게. 네가 그렇게 슬프면. 꼭 떠
나야만 하겠다면. 그럼.

그럼 내가 마음을 바꿀게.

그가 서재 문에 이마를 댔다. 그리고 입 밖으로 나오지 않으

310

려 버티는 말을 속으로 연습하며 손잡이를 당겼다. 당연히 잠겨 있을 것이라 생각했던 문이 열려 있었다.

"유하야?"

성준이 열린 문 안을 보며 멈춰 섰다. 그녀가 있는 곳의 문을 열면 기분 좋은 향기며 따뜻함이 느껴지곤 했다. 그런데 이상하게 지금은 묘한 한기만 돈다.

'그런 거면 나는 이제, 더 이상 버틸 수가 없어요.'

유하의 목소리가 떠오르자 그의 걸음이 급해졌다. 내가 마음을 바꾸면 돼. 그럼 되잖아. 그가 너무도 멀게 느껴지는 침대에 도착했다. 비어 있었다. 빈 침대를 보니 멍해졌다. 카페에 일찍 나갔나 보다. 그런 거겠지.

"왜 이렇게 일찍 나갔어……."

그가 혼잣말을 하고 자리에서 일어섰다. 그리고 서재를 나와 강영에게 물었다.

"유하 언제 나갔습니까?"

"아이고……."

강영이 당황해 말이 없다. 성준이 평소답지 않게, 잠이 덜 깬 사람처럼 멍한 얼굴로 되물었다.

"카페에 갔어요?"

"그게, 저도 잘 모르겠어요."

"무슨 소립니까?"

"밤에 나가면서 말을 안 해 주니까……."

311

"밤에 나가?"

밤에 나갔다는 말을 듣는 순간, 등 뒤로 귀신이 지나가는 것 같은 기분이 들었다. 그가 서둘러 침실로 돌아갔다. 정신이 없 었으므로 반은 본능에 의지해 핸드폰을 찾았다. 덜덜 떨리는 손으로 유하에게 전화를 했지만 꺼져 있었다. 심지어 찬후도 전화를 받지 않았다. 처가에서도 모른다는 말뿐이었다.

성준은 꺼져 있는 걸 알면서도 계속 유하에게 전화를 걸었 다. 걸고 또 걸며 유하의 카페로 향했다.

도착하자마자 카페 아르바이트생들을 붙잡고 물어봤지만 역 시 유하의 행방을 몰랐다. 그나마 유하가 잠시 여행을 가겠다 고 아침에 연락하더란 것만 알게 되었다.

그러다 다정이 조심스럽게 성준에게 말했다.

"저기…… 어제 사장님이요."

"예."

성준이 서둘러 대답하자 다정이 말했다.

"손 다치셨어요."

"……네?"

"아마 시아버지 되시는 분 같은데. 오셔 가지고 좀 다투셨거 든요."

"……."

다정이 움찔했다. 성준이 카페에 들어와 놀란 얼굴로 아내 를 찾을 때, 다정은 멍한 기분이 들었다. 우리 사장님 저렇게 잘난 남자랑 살고 있었구나 싶었다.

그런데 지금은, 그 순한 사장님이 저 무서운 남자랑 어떻게 살고 있는 건가 걱정이 든다. 그의 시선에 협박당하는 기분이었다. 다정이 말을 잇지 못하자 성준이 천천히 물었다.

"듣고 있습니다. 그래서요."

듣는 사람을 위해 몸을 숙이고 고개를 비스듬히 기울였는데. 그의 배려가 오히려 더욱 압박감을 느끼게 했다. 제대로 대답하지 않으면 안 될 것 같은 기세다.

다정이 얼른 정신을 차리고 말했다.

"그때 그분이 사장님을 밀쳐서 깨진 컵에 손을 다치셨어요."

"아, 밀쳐서."

혼잣말을 중얼거리는데, 그 싸늘한 목소리에 다정은 어깨가 움츠러들었다. 사람의 눈 같지가 않다. 한밤중에 짐승을 마주친 것 같았다. 다정이 그를 빨리 내보내고 싶어서 얼른 말을 이었다.

"그래서 일찍 퇴근하셨어요. 피가 많이 나서요."

"……그렇군요. 고마워요."

그가 돌아섰다. 아르바이트생들이 그제야 긴장이 풀려 한숨을 쉬었다. 정말이지, 화면에서면 몰라도 현실에선 마주치기 싫은 남자다. 말투며 행동은 정중한데 어쩜 저렇게 사람을 오싹하게 하는지.

성준이 밖으로 나오자 기현이 얼른 달려가 물었다.

"대표님. 사모님 어디 가셨는지 아셨습니까?"

"본가로 가자. 그리고 너는 유하를 찾아. 당장."

"아, 예. 사모님은 제가…… 근데 본가를 가신다고요?"

"어."

요즘 성준이 꽤 유해졌다고 생각했다. 일주일에 한 번씩은 꼭 쉬겠다질 않나, 웃는 일도 많아졌었다.

그런데 지금 그는 이전에 느낀 적 있었나 싶은 독기를 풍겼다.

"본가부터 정리를 해야겠어."

"대, 대표님?"

'정리'라는 말에 기현은 침을 꿀꺽 삼켰다. 성준이 차를 타며, 특유의 아주 낮은 목소리로 말했다.

"그래야 유하가 속 편하게 돌아와서 살지."

애초에 유하가 떠날 거라는 가정이 그에게는 없다.

그녀가 무슨 수를 써도 성준을 벗어날 수는 없을 것이다. 아무래도 사모님이 미친놈한테 걸리신 것 같아……. 기현이 몸을 부르르 떨었다.

뒷좌석에 앉은 성준이 너무 어이가 없는지 픽 웃었다. 비웃음이 오싹해서, 그를 나름 꽤 오래 지켜봤던 기현조차 얼게 만들었다. 왜 웃는지 물어볼 수가 없었다. 그가 웃음을 그치자 성북동으로 향하는 차 안에 독 같은 냉기가 퍼진다.

당신이 뭔데 내 아내를 건드려. 뭔데 내 아내 몸에 상처를 내.

성준의 시선이 창밖으로 향했다. 잠시 후 그는 그저, 어서 아내가 집으로 돌아왔으면 좋겠다는 생각을 했다. 자신이 무슨 짓을 저지르기 전에.

결혼기념일 1

　본가에 도착하기 전 성준은 친가에 전화를 했다. 외가는 빈한하니 뭘 해 볼 엄두도 못 낼 테고, 애초에 H그룹 총수의 뜻을 거스를 사람도 없었다.

　"네, 할아버지. 그러니까 더 이상 저희 부모님께 도움을 주실 필요는 없을 것 같습니다. 제가 잘 모실 테니까요. 아. 그리고 혹시 주변 분들께도 좀 말씀드려 주시겠어요? 이제 저도 아들 노릇 해야죠."

　성준이 나긋하게 인사를 하고 전화를 끊었다. 할아버지와 전화할 땐 입안의 혀처럼 굴더니 끊고는 언제 그랬냐는 듯 무표정이다. 조수석에 앉은 기현은 절대로 저 남자와는 적이 되지 말아야겠다고 생각했다. 그동안 눌러 참고 사는 듯하더니 눈이 뒤집히니까 부모고 뭐고 없다. 부모가 경제적 도움을 받을 수 있는 경로를 전부 끊어 버릴 작정이다. 한번 돌면 눈에 뵈는 게 없는 건 딱 제 아버지 판박이다.

미친놈이야, 완전 미친놈. 사모님 도망가서 아주 돌아오지 마세요!

기현의 양심은 그렇게 말하고 있었지만 밥줄은 유하를 빨리 찾아내라고 경고하고 있었다.

그사이 차가 성북동 본가에 도착했다. 성준이 차에서 내려 두 주머니에 손을 꽂았다. 고작 부부가 사는 집에 건물이 세 채. 성준이 어슬렁어슬렁 집 안으로 들어갔다.

"도련님. 무슨 일로 집엘 오셨어요?"

어려서부터 성준을 돌봐 주던 가사 도우미가 반가워하며 인사했다. 성준이 고개를 조금 숙여 인사하고 말없이 집 안으로 들어갔다.

거실에 전화 중인 희강이 있었다. 그가 욕지거를 하더니 성질을 내며 핸드폰을 던지려다 성준과 눈을 마주쳤다.

모처럼 본 아들이 왜 왔는지 눈치챈 희강이 다급하게 미소를 지어 보였다.

"성준이 왔구나."

"아버지."

성준이 곧 입을 다물었다. 그리고 그의 뒤에 어머니 선경이 나타났다.

"우리 아들 무슨 일이니?"

선경이 반가워하며 묻자 성준이 아버지를 꼭 닮은 미소를 짓고 말했다.

"어머니. 아내에게 다른 여자 배에서 나온 아이라도 데려오라고 하셨다면서요?"

"응? 아, 그건……."

순간 부부의 얼굴이 하얗게 질렸다. 성준이 어디서 아주 황당한 이야기를 들었다는 듯 말을 이었다.

"아…… 그리고 유하가 손을 다쳤어요. 3년 동안, 내 집에선 그렇게 심하게 다친 적이 없었는데. 아주 속이 뒤집어지네요."

사람과 짐승의 경계에 있는 생물들이 저렇지 않을까. 사람이니 분노를 짓눌러 표현하지 않으려 애쓰고 있지만, 짐승처럼 제멋대로 굴고 싶은 눈빛을 감추지 못한다. 그가 말을 이었다.

"이제 제 집에 오지 마세요. 제가 여기로 올 테니까."

그러자 당황한 희강이 말했다.

"어떻게 아들 집을 안 가?"

"두 분은 저를 아들이 아니라 상품이라고 생각하고 계시잖아요. 돈 나올 구멍이나. 심지어 아직 태어나지도 않은 내 아이까지 팔아먹을 생각부터 하고 계시죠?"

그의 말에 둘이 대답이 없자 성준이 입꼬리를 슬쩍 올려 웃었다.

"저는 무섭고, 제 아내는 만만하셨습니까?"

"……."

"근데 만만치가 않으셨죠?"

저 비웃음. 희강의 손이 부들부들 떨렸다. 저 비웃음이 싫었다. 제 아들이 자신을 비웃는 것이. 그가 곧장 손을 들어 성준의 얼굴을 때리려 했다.

"이게 어디서 부모한테!"

아. 올해 액운이 꼈나. 평생 맞을 일 없이 살았는데 올해 맞을 일 더럽게 많다. 성준이 생각하며 희강의 팔을 붙잡았다. 그리고 담담하게 힘으로 아버지의 팔을 내리고 선경에게 말했다.

"어머니. 앞으로 아버지가 더 사고를 치실 일은 없을 겁니다. 관련된 돈줄을 보이는 족족 다 끊어 버릴 거거든요."

"서, 성준아. 그게 무슨 소리니?"

"그냥. 이대로 조용히 사시면 됩니다. 돈은 부족하지 않게 드릴 테니까요. 그래도 낳아 주셨으니 나름으로 아들 노릇은 하겠지만."

성준이 할 말이 끝났다는 듯 무심한 얼굴로 집을 나가려다, 잠시 둘을 돌아보며 말했다.

"다시 한 번 내 가족 손끝 하나 건드리면. 그땐 돈줄 끊는 정도로 끝나지 않을 겁니다."

말하는 그의 눈은 불에 타고 남은 것처럼, 동물의 것처럼 잿빛이 돌았다. 그가 나가고도 부부는 한동안 자리에서 꼼짝을 할 수 없었다.

⟨⟩

본가에서 돌아온 성준은 한숨 깊이 자고 싶었다. 그래서 독한 술을 연거푸 마시고 침대에 누웠다. 모든 시간의 흐름이 그를 지치게 만들었다.

어딘가에 있겠지. 시간이 지나면 못 찾을 리는 없다. 다만

318

그녀에게 연락이 될 때까지 걸리는 시간을 버티기 어려웠던 것 뿐. 쉽게 취기가 오른다. 오를 만큼 마셨다. 그런데 잠이 오지 않았다.

그녀가 버틸 수 없을 때까지 왜 몰랐을까. 도대체 어떻게 같이 사는 여자가 그토록 외로움이 깊어지는데도 몰랐을 수 있나. 내가 제대로 된 인간은 맞는 건가.

감정이란 게 없는 것처럼 서른이 되도록 살아왔다. 단 하루의 연애도 없이 결혼을 했다. 지난 3년은 한 사람에게만 유익했던 것이다. 한 사람만 사랑을 느끼게끔 설계되어 있었다.

한 사람만. 오로지 한 사람만 기다려야 했던 3년.

성준이 다시 자리에서 일어섰다. 진통제라도 먹지 않으면 잠들 수 없을 것 같아 강영에게 부탁했다.

"저 진통제 하나만 주시겠습니까?"

그가 피곤한 표정으로 말하자 기현과 유하가 있을 곳을 토론하던 강영이 펄쩍 뛴다.

"어휴! 술을 그렇게 드시고! 큰일 나요!"

한 통 다 먹어도 안 될 것 같은데. 성준이 되물었다.

"한 알도 안 됩니까?"

"절대 안 돼요."

강영이 단호하게 성준을 달래는 사이 기현은 계속 유하에게 전화를 걸고 또 걸었다. 성준이 자길 죽이려 한다는 문자까지 보냈다. 그녀는 과장인 줄 알겠지만 진심이었다. 지금까지도 성준이 안 무서운 적이 없지만 유하가 사라진 지금은 그 공포가 극에 달했다.

오늘 성준은 아무것도 하지 않았다. 심지어 일도 하지 않았다. 기현은 일하지 않는 성준이 너무 어색해 돌아 버릴 지경이었다. 저 남자가 내가 아는 A식품 대표 이성준이 맞나. 일을 안 하고 있는데 맞을 리가!

성준이 너무 두통이 심해 안 되겠다며 제 발로 약을 사러 나가려 들었다. 강영과 기현이 힘으로 못 가게 막고 다시 침실로 욱여넣었다.

그날 밤이 깊어서야 기현에게 유하의 문자가 왔다.

—이탈리아예요.

이탈리아라니! 이 사모님 전부터 의외로 손이 큰 건 알았지만 볼수록 대담하다. 그래도 답장이 오자 기현은 너무 기뻐 울 것 같았다.

—사모님. 살려 주세요. 언제 오실 겁니까?

—제가 성준 씨에게 전화한다고 전해 주세요.

이 여유로운 문자를 보니 역시 사모님은 사태의 심각성을 모르고 있는 게 분명하다. 가능하다면 지금 성준의 얼굴을 카메라로 찍어 유하에게 보내 주고 싶었다. 얼마나 무서운지 같이 좀 경험하자는 의미에서. 차라리 무표정일 때가 나았다. 평소엔 그나마 사회화가 된 것 같았는데 오늘은 술에 취해 제정신이 아닌 짐승 같다. 기현이 다급하게 방문을 두드렸다.

"대표님! 사모님 이탈리아에 계신답니다!"

"이탈리아?"

바로 방문이 열렸다. 기현의 예상대로 성준의 굳었던 얼굴이 조금 풀어졌다. 하루 종일 미친 사람처럼 굴던 성준이 물었다.

"언제 온대?"

가출을 이탈리아로 한 거엔 놀라지도 않는다. 기현이 대답했다.

"사모님이 대표님께 전화 드리신답니다."

"나한테?"

성준이 그제야 숨이 제대로 쉬어지는지 크게 한숨을 쉬었다. 그리고 손으로 제 얼굴을 한 번 쓸어내린 후 핸드폰 벨소리를 가장 크게 해 놓았다.

그때부터 성준은 집에 앉아서 오로지 유하의 전화만을 기다렸다. 그녀가 떠나고 3일째 되는 날까지 전화가 없었지만 성준은 유하의 서재, 그녀의 침대 위에 양반다리를 하고 앉아서 핸드폰만 뚫어져라 보고 있었다. 그사이 계속 기현에게서 전화가 왔다. 성준이 욕을 내뱉고 전화를 받았다. 받자마자 기현이 외쳤다.

—대표님 진짜 이러시면 안 된다니까요! 지금 회사 상태 어떤지 아시면서!

대표가 일을 너무 많이 시켜서 좀 며칠 쉬고 싶었던 거지 아예 회사가 공중분해 되길 바란 건 아니었다. 애초에 쓸모없는 대표였으면 모르지만, 성준의 경우는 그가 없으니 도로에 갑자기 벽이 세워진 것처럼 일이 멈췄다.

"전화하지 마."

—아, 정말…….

"하지 말라고 했다."

성준의 말에 기현이 울먹울먹거리며 전화를 끊는다. 그리고 다시 핸드폰을 한참 보다가 시간이 너무 가지 않아 몸을 일으키고 책장을 쭉 살폈다.

육아에 관한 책들이 꽂혀 있다. 그중 몇 권은 하도 많이 읽어 책등이 낡아 있었다. 그리고 서재 낮은 곳에, 유난히 낡은 연애지침서가 꽂혀 있었다.

성준이 바닥에 앉아서 그 책을 꺼냈다. 책장을 넘겨 보니 공부를 했는지 밑줄이 그어져 있고, 어떤 문장에는 별까지 그렸다.

사랑하는 그에게 정성이 가득 담긴 물건을 선물해 보세요. 직접 짠 목걸이, 수제 쿠키를 선물한다면 그 정성에 반하고 말 거예요.

"……좋은 생각이네."

유하가 밑줄 그어 놓은 것을 읽던 성준이 중얼거렸다. 다음 장으로 넘겨 보니 쿠키 레시피를 적은 종이가 끼워져 있다. 그리고 유하의 글씨가 적힌 카드도 있었다.

두 번째 결혼기념일 선물이에요. 먹을 만하면 내년에도 구워 줄 게요. 다음에는 같이

쓰다 말았다. 성준은 카드를 더 보고 있을 자신이 나지 않아 책을 덮었다.

'다음에는 같이.'

322

그래도 그 문장만은 눈앞에서 지워지지 않는다. 미치겠네, 정말. 그녀의 서재에 있으려니 유하가 여기서 느꼈을 외로움이 다 제 몸 안으로 스며드는 기분이었다. 그 뒤에 뭘 쓰려고 했을까. 젠장. 정말 죽을 것 같다.

그 순간 서재에 성준이 크게 올려놓았던 벨소리가 울렸다.

성준이 다급하게 달려가 핸드폰을 집어 들었다. 유하였다.

"유, 유하야?"

그가 말을 더듬자 유하가 놀라서 말이 없었다. 성준이 평소답지 않게 불안해하며 말했다.

"듣고 있어?"

-아…… 네.

"다행이네."

성준의 손, 목소리, 호흡까지 떨리고 있었다. 그 떨림이 느껴지자 유하가 걱정스러운지 괜한 장난을 쳤다.

-우는 건 아니죠?

그녀의 말에 성준이 고개를 떨구고 중얼거렸다.

"그래, 운다. 펑펑."

-아, 그걸 봐야 되는데!

"이 여자가 어디 다 커서 가출을 해. 네가 애야?"

-가출 아니에요. 강경책이에요.

성준이 실소했다. 전날 매섭게 치던 파도가 자고 일어나 보니 기적처럼 잔잔해진 듯한 기분이다. 그녀의 목소리를 듣는 순간, 마음속에 그런 기분 좋은 고요가 찾아왔다.

그가 유하에게 말했다.

"보고 싶다."

―누가 보면 한 1년 없어진 줄 알겠네. 저 겨우 3일째거든요? 한 달씩 안 들어오던 사람이 누군데?

"다신 안 그럴게."

그렇게 살기를 뿜고 다니던 남자가 순순히 대답한다. 기현이 하도 '대표님이 무서워요…….' 하고 울먹거려서 유하는 무슨 일이라도 난 줄 알았다. 그래서 돌아가기 직전에 전화하려다 고집을 꺾었는데 기현이 과장한 모양이다.

"언제 와?"

성준이 묻자 유하가 손가락을 하나씩 접어 날짜를 가늠했다. 그 짧은 순간을 못 견딘 성준이 물었다.

"오긴 올 거지?"

그의 목소리가 다시 떨려서 유하가 멈칫했다. 자신이 사라진 사이에. 그가 무슨 생각을 했을까 궁금해질 정도로 떨고 있었다.

"뜸 들이지 말고. 빨리 오겠다고 해. 버틸 수 없다고 말하지 말고. 네가 외로워서 내가 완벽했을 거라고 생각하지 마."

―성준…… 씨?

"네가 이혼하자고 말하기 전까지. 나는 너도 그럭저럭 행복한 줄 알았어."

―…….

"네가 외로운데, 네가 슬픈데 어떻게 내 세상이 완벽해. 네가 아픈데 어떻게 나만 멀쩡해. 네가 우는데 어떻게 나만 웃어. 그게 도대체 어딜 봐서 완벽한 세상이야."

성준이 허공을 보며 숨을 가다듬었다. 잠시 후 그가 말을 이었다.

"그전까진, 내 인생도 좀 쓰레기 같아서. 그냥 그게 내가 상상할 수 있는 행복의 최대치였던 거야."

─…….

"그것보다 좋은 일이 있을 거라고. 상상도 못 해 봤던 것뿐이야. 우습겠지만. 거짓말이나 변명 같겠지만. 정말 그게 다야."

그 말을 끝으로 한참 침묵이 흘렀다. 한쪽 전화는 망가진 것처럼 조용했고, 다른 한쪽 전화에서는 사람들이 대화하는 소리나, 바람 소리 같은 것들이 들렸다. 한참 후 유하가 맑은 목소리로 말했다.

─당신에게 해 주고 싶은 말이 있어서 전화했어요.

"돌아와서 해."

혹시 영영 돌아오지 않겠다고 할까 봐 성준이 핸드폰을 꽉 쥐고 대답했다. 그러자 유하가 웃는다.

─내가 처음 당신에게 호감을 느낀 게 언제인 줄 아세요?

"그럴 때가 있긴 했어?"

─있었어요.

"……혹시 내가 취해서 못 일어났을 땐가."

─어? 알아요?

"알아. 기현이가 말해 줬어, 그날 네가 그렇게 웃더라고. 내가 혼나는 게 그렇게 좋았어?"

─아. 그게 아니라.

유하의 목소리가 즐거웠다. 나 없이 신났나 보다, 성준이 생각하다가, 그녀의 이어지는 말에 몸이 굳었다.

　-내가 본 그 좋은 남자가 맞구나. 그래서 좋았어요.

　"……."

　-일곱 살짜리 꼬맹이한테도 어른 대접을 해 주던 그 남자가 맞구나. 내가 잘못 본 게 아니구나……. 사납고, 거만한 남자지만 그래도. 나쁜 사람은 아니구나.

　그녀의 말에 모든 감정들이 뒤섞이는 기분이었다. 성준의 목소리가 더욱 떨렸다.

　"나는 우리가 처음 만났을 때…… 내가 아이와 잘 지내서. 좋은 아빠가 될 거라 생각했을 거라고 생각했어. 그래서 나와 결혼을 결심했을 거라고."

　그의 말에 유하가 어이없다는 듯 툴툴거렸다.

　-이봐요, 이성준 씨. 전 그때 성준 씨 자체가 좋은 남자라고 생각해서 결혼하기로 한 거예요. 좋은 아빠가 될 거라고 생각해서가 아니라. 그냥 당신이 제 마음에 들었던 거예요.

　그녀의 말에 성준이 멈칫했다. 유하는 그의 얼굴을 볼 수 없어서, 지금 성준이 짓고 있는 복잡한 표정을 알 수 없었다. 그녀가 담담하게 말을 이었다.

　-성준 씨는 아버님이랑 하나도 안 닮았어요. 당신은 성실하고, 잘못한 것도 인정할 줄 알고……. 그리고 좋은 아빠가 되지 못할까 봐 걱정도 하잖아요.

　"……."

　-당신은 당신 생각보다 괜찮은 남자예요.

　이젠 정말로, 눈물이 날 것 같았다.

성준은 자신이 전부 죽였을지도 모르겠다는 생각을 했다. 유하의 감정들을, 제 손으로 전부 잘라 죽였을지도 모르겠다고. 처음 만나던 자리에서 그토록 예쁘게 웃던 여자를 무표정하게 만들어 놓은 게 자신이어서.

그런데 그가 모르는 사이에 성준이 가장 바라던 감정들이 자라고 있었나 보다. 아직은 묘목일지 모르지만. 그래도, 살아 있었다.

－그나저나 잘됐네요.

"뭐가?"

－당신 행복의 역치가 그렇게 낮다니. 웃게 하기 엄청 쉽겠다.

"그런가."

전화 너머에서, 부끄러운지 투정하듯. "당신은 너무 안 웃어요." 하는 유하의 목소리가 들렸다. 성준이 하하 소리가 나게 웃었다.

그러게 말이다, 유하야. 내가 좀 웃을걸. 내가 먼저 웃어 줄걸 그랬다. 그랬으면 네가 나 혼자 두고 그 먼 나라로 갈 일도 없었을까.

성준이 여전히 웃으며 말했다.

"빨리 돌아오기나 해."

－으응. 알았어요.

"다신 혼자 가게 두나 봐라."

한참 후 유하가 이동해야 한다고 해서 전화를 끊었다. 성준이 그제야 자리에서 일어섰다.

그녀가 돌아오면, 그는 정말 많이 웃을 예정이었다.

며칠 뒤, 그의 집 문이 열렸다. 며칠째 집에 틀어박혀서 가사 도우미나 비서들에게도 문을 열어 주지 않던 성준이 유하가 오자마자 문을 열었다. 현관 앞에 유하가 있고, 그 뒤에 기현이 간절한 얼굴로 서 있었다. 유하가 어색하게 웃었다.

"성준 씨. 초콜릿 사 왔는데."

유하가 멋쩍게 웃으며 초콜릿 상자를 들어 보였다. 성준의 속을 이렇게 뒤집어 놓고, 유하는 즐거웠는지 눈이 반짝반짝하다.

"유명한 거……."

그녀가 더 말을 잇기 전에, 성준이 유하의 팔만 잡아 안으로 끌고 들어와 문을 잠근다. 유하가 당황해 닫혀 버린 문에 바짝 달라붙자 그녀의 팔을 움켜쥐어 제 품으로 당긴다.

그의 품. 오랜만에 안기는 그곳에 눅눅함이 있었다. 극심한 장마에 문을 열어 두고 여행을 다녀왔을 때 이런 기분일까 싶었다. 창문을 닫아 두고 갈 걸 그랬나. 그를, 놓고 가지 말 걸 그랬나. 그런 후회가 드는 눅눅함이다. 성준이 물끄러미 유하를 내려다보았다.

"박유하."

이름을 말하자 유하가 고개를 들어 성준을 보았다.

그가 이탈리아로 오겠다고 성화여서, 겨우 며칠도 못 기다리냐고 짜증을 냈다. 짜증은 내지 말 걸 그랬나. 며칠을 굶은 것 같은 그의 눈빛이 스산했다. 성준이 입을 열었다.

"일주일 동안, 네가 돌아오면 무슨 짓을 할까 별의별 생각을

다 했어. 작은 상자라도 만들어서 넣어 놓을까, 밤새도록 안고
또 안고 또 안으면 내 것이 되지 않을까."

그의 험악한 말에 유하가 흠칫 떨며 눈을 깜빡였다. 성준이
다 필요 없다는 듯, 두 팔로 유하를 감쌌다. 그리고 그녀의 어
깨에 얼굴을 묻는다.

"그런데 그런 생각을 일주일 동안 하다 보니까, 그냥."

그녀를 안은 성준의 손이 심하게 떨리고 있었다.

"미안하다."

유하가 멍하니 안겨 있는 사이, 성준이 말을 이었다.

"가지 마……."

그가 무너져 내린다. 유하가 작은 손으로 그의 넓은 등을 다
독거렸다. 유하가 자신을 놓지 않으려 하는 성준을 조심스럽게
데려다 소파에 앉혔다. 그리고 자신을 올려다보는 성준의 뺨을
쓰다듬었다.

"조금 겁주려는 거긴 했는데. 너무 겁을 먹었네요."

"응."

그가 순순히 대답했다.

"무서웠어."

유하가 멈칫했다. 쓸데없는 거 사 달라고 조르는 아이 같은
눈이다. 그게 순간 왜 귀여워 보였는지. '그거 못 사 줘!' 하는
모진 말이 안 나온다.

"제가 가 봤자 얼마나 가 있겠어요. 준비 없이 간 여행을."

"기다리는 거 싫어."

"어린애예요?"

어린애냐는 말은 싫은지, 성준이 멈칫하더니 유하를 더욱 당겨 그녀의 품에 얼굴을 파묻고 대답했다.

"……그런 것 같아."

이 남자 왜 자꾸 귀엽지. 종종 혼자 둬야겠다는 생각이 들 정도였다. 유하의 허리를 꼭 안은 팔에도 힘이 없다. 그러나 그녀가 벗어나려 하자 일시에 힘이 들어갔다. 유하가 그를 달랬다.

"알았으니끼 이제 놔줘요. 기현 씨 저러다 울겠어요."

그가 고개를 들었다. 그러더니 낮은 목소리로 물었다.

"또 사라지려고?"

놔 달라는 말은 들어줄 생각이 없는지 금방 사나운 눈이다. 하긴 호랑이가 이빨이 빠져 봤자 호랑이지. 아무래도 이 남자를 달래려면 한참 걸릴 것 같다. 성준이 계속 신경 쓰이던 유하의 손을 살폈다. 상처가 남아 있었다.

"미안해."

"뭐가 미안해요."

"다칠 때 옆에 없어서."

성준이 쓰게 중얼거리는데 밖에서 쾅쾅 문 두드리는 소리가 들렸다.

"인사 다 하셨잖아요! 나오세요! 대표님 회사 망하는 거 보고 싶으세요?"

기현이 소리치는데 성준이 못들은 척한다. 유하가 말했다.

"회사 다녀와요. 다녀와서 얘기해요."

"안 가. 얘기부터 해."

"왜 이래요. 당신이 그렇게 좋아하는 일 하러 가자는데."

"나 원래 일 싫어해."

말도 안 되는 거짓말을 한다. 일밖에 모르는 양반이.

유하가 꽤 무섭게 흘기자 성준이 움찔하며 자리에서 일어난다. 그가 별수 없이 문을 열었다. 성준이 나오자 기현이 안도했다.

"대표님 빨리 가시죠."

"아, 근데."

가려던 성준이 유하에게 돌아오더니 그녀에게 물었다.

"이탈리아 남자 잘생겼어?"

"으이구…… 빨리 가요."

"너 커피 좋아하잖아. 에스프레소 뽑는 남자는 더 멋있지?"

성준이 묻자 유하가 어처구니없어하며 웃는다. 성준이 그녀의 웃음에도 아랑곳하지 않고 말했다.

"나도 에스프레소 잘 뽑아. 그리고 어디 가서 못생겼단 말은 안 들어."

자기 장점을 중얼거리는 그에게 위엄이라곤 없다. 유하는 기다리는 기현 때문에 속이 타는지 결국 언성을 높였다.

"알았어요! 당신이 세상에서 제일 잘났어요. 됐어요?"

"……안 됐어."

"빨리 가라니까요?"

유하가 등을 떠밀자 성준이 우울한 표정으로 고개를 끄덕이고 나간다. 그 모습을 지켜보는 기현의 표정은 경악으로 가득했다.

요 며칠간 성준은 딱 으르렁거리는 도사견 같았다. 저 남자 고삐 한번 잡아 보겠다고 나서던 부모는 쥐 죽은 듯 조용해졌고, 회사로 복귀시키려고 성준보다 스무 살 가까이 많은 간부

들이 들락거리다가도 그의 사나움에 질려 도망쳐 나왔다. 그러
더니 유하 앞에서는 온순한 강아지가 따로 없다.

기현은 대표님이 원래 미친놈인 게 아니라 사모님이 그를
미치게 만든 걸지도 모르겠다고 생각하며 혀를 찼다.

유하가 잠적할 때 회사에서 성준도 잠적해 버렸기 때문에
회사는 그야말로 난리도 아니었다.

빨리 집에 가겠다는 일념으로 일을 해치우던 성준이 드디어
숨을 돌렸다. 성준이 집무실로 들어온 기현을 노려보며 말했다.

"유하한테 얼마나 징징거린 거야. 일부터 하고 오라니."

자기 아내 말은 그렇게 잘 들어 놓고 회사에 돌아와선 아주
사람을 잡을 것같이 신경질이다. 그래 봤자 유하에게 이르면
된다는 걸 깨달은 기현은 성준이 별로 무섭지 않았다. 숨을 돌
리며 잠깐 달력을 보던 성준이 그 자리에 굳고 말았다.

그가 마른세수를 하며 5월 달력 한가운데 기현이 적어 놓은
글씨가 보였다.

"나 오늘 결혼기념일 아냐?"

"예? 맞아요."

"왜 얘기 안 해 줬어?"

"왜냐뇨. 대표님이 처음부터 말씀하셨잖아요. 기념일은 제
가 알아서 챙기라고."

"……내가 그랬어?"

"네."

결혼기념일. 성준이 기억을 더듬느라 손으로 머리칼 사이를 쓸며 의자에 기댔다.

갑자기 머리가 하얘졌다. 기현이 고개를 기우뚱하며 물었다.

"갑자기 왜 그러세요?"

"유하가 화낸 적 없어?"

"없긴요. 매해 서운해하셨죠."

그걸 이제야 알았냐는 듯한 기현의 대꾸에 성준이 한숨을 쉬었다.

"너 같아도 나랑 이혼하겠지?"

"에이, 아뇨……. 선물은 그럴 수 있죠. 근데 사모님이 주신 선물을 여태 안 뜯어보신 건 너무했어요. 그건 저도 서운할 것 같아요."

그럴 수도 있어서 그럴 수도 있다고 말하는 게 아니었다. '너 유하가 준 선물 안 뜯어본 건 기억하냐?'라고 빈정거리고 있는 것이다, 기현은.

성준이 말없이 손바닥을 내밀었다. 선물을 가져오란 얘기다. 그러자 기현이 비서실로 향한다. 그가 비서실 냉동고에 있던 선물 상자를 가져오자 성준이 표정을 구겼다.

"그게 왜 비서실에 있어?"

"대표님이 나중에 뜯어본다고 하셨잖아요."

그 나중이 1년이 지났다.

성준이 서둘러 상자의 리본을 풀었다. 리본마저도 예쁘게 묶었다. 마음 아프게.

리본을 풀어 상자를 열자 카드가 한 장 있고, 그 카드 아래에 곰팡이가 핀 쿠키가 있었다.

성준이 가만히 쿠키를 바라보았다.

기억이 났다. 작년 정도에, 유하가 쿠키 만드는 법을 배우고 있다고 했다. 낮에 종일 오븐 앞에 앉아서 이것저것 구워 보고 실패하고 또 구웠다가 가끔 성공하면 그렇게 즐거워하더란 이야기를 기현에게 들었다.

그게, 결혼기념일 선물을 뜯어보라고 기현이 돌려 말했던 것이란 사실을 이제야 알았다.

성준이 쿠키를 집어 먹으려 하자 기현이 놀라서 뺏었다.

"큰일 나요!"

"안 먹으면 이혼당할 것 같아."

"이거 먹으면 죽을 수도 있습니다!"

기현이 성준의 손에서 상자까지 뺏어서 챙겨들었다.

"지금이라도 보셨으니까 됐죠. 제가 잘 버릴게요."

드디어. 드디어 버릴 수 있다! 기현이 속으로 격렬히 환호했다. 마음대로 버리지도 못하던 비서실 애물단지를 해결할 기회를 놓칠 리가 없었다. 상자를 뺏긴 성준이 들고 있던 카드를 열었다.

> 두 번째 결혼기념일 선물이에요. 먹을 만하면 내년에도 구워 줄게요.

"……없다."

"네? 뭐가요?"

'다음에는 같이'라는 말이. 그가 받은 카드에는 없었다.

두 번째 결혼기념일에 이미 유하는 그 말을 성준에게 하지 못했다. 그때도 상처로 가득해서.

성준이 초조해하며 기현에게 물었다.

"나 오늘 몇 시에 스케줄 끝나지?"

"일곱 시에 업무 끝나고, 새 모델 촬영이 여덟 시부터 시작돼서 바로 스튜디오로 가시기로 하셨습니다."

"촬영 안 봐도 되니까 바로 집에 가자."

뭐든 자기 손 안 닿으면 못 견뎌 하더니 웬일이래. 기현에겐 그저 놀라움의 연속이었다.

유하는 이탈리아에서 사 온 소품들을 카페에 진열했다. 나리의 영향인지 점점 카페 인테리어에 재미를 붙였다. 늘 남의 카페를 가서 인테리어 구경만 했었는데, 자신의 벽장을 하나하나 작은 소품으로 채워 넣는 것이 그렇게 즐거울 수가 없었다. 도피 여행에서 사 가지고 온 물건을 진열해 놓으니 괜히 가슴이 설레었다. 혼자 가는 여행이라서 많은 시간을 호텔에 있었지만 그래도 꽤나 즐거웠다. 다음에 한 번쯤, 남편과 오고 싶다는 생각을 아주아주 잠깐 했다. 정말 잠깐.

사실은 잠깐이 아니었다.

성준과 전화를 하고 난 이후로는 자꾸만 그의 생각이 났다. 특히 혼자 잠들기에는 지나치게 넓은 호텔로 돌아와 구두만 아무렇게나 벗어 놓고 침대에 풀썩 엎드렸을 때. 푹신한 침구와 열어 둔 창문으로 들어오는 이국의 밤공기를 즐기면서도, 여기가 그 사람의 품이었으면. 이 밤공기가 그의 애프터 쉐이브 냄새였으면 하게 되는 것이다. 보고 싶어서, 그리워서 미운 남자다.

찬후가 시계를 확인하고 유하를 데리러 왔다.

"이제 슬슬 귀가하셔야 하는데요. 오늘 결혼기념일이시잖습니까."

"어차피 성준 씨 기억도 못 해요. 밀린 일도 해야 할 거고."

유하가 대수롭지 않게 이야기하더니 작은 유리병을 깔끔하게 진열했다. 찬후는 초조한 표정이었다. 유하가 무난한 베이지색 전등갓을 톡톡 건드려 보며 말했다.

"전등 가게를 한 바퀴 돌까요? 예쁜 거 사고 싶은데."

"지금 일곱 시인데요?"

"아…… 찬후 씨 퇴근해야 하죠?"

그녀가 당황하며 얼른 가방을 챙겼다

"미안해요! 얼른 가요!"

"아니, 제가 퇴근하려고 재촉하는 게 아니라……."

찬후가 한숨을 쉬었다.

점점 더 이 마음이 주체가 되지 않는다. 유하를 보면 가슴이 울렁거려 죽을 것 같았다.

그녀가 울기라도 하면 가슴이 찢어지는 것 아닌가 걱정이 될 정도로.

유하의 유독 까만 눈이 빤히 찬후를 보자, 그가 순순히 대답했다.

"사모님 결혼기념일 되면 우울해하시잖아요."

"그래요?"

"혹시 지금도 우울해서 다른 곳에 자꾸 신경을 돌리려고 하시는 거 아닙니까?"

"……."

"그런 거면 차라리 집에 가서 따듯하게 씻고 일찍 주무시는 게 나아요."

"집……."

찬후의 말을 가만히 듣던 유하가 짝 박수를 치더니 그를 올려다보았다.

"저 집에 데려다주세요."

"그야 당연히……."

"아뇨! 친정이요. 오랜만에 친정에 가고 싶어요. 얼른 가요."

유하가 즐거운지 찬후의 팔을 잡아당겼다. 그러자 그가 멈춰 서서 따라오지 않는다. 유하가 돌아보았다가 찬후의 붉어진 얼굴을 보고 놀라서 팔을 놓았다.

"아…… 미, 미안해요. 마음이 급해서……."

"가시죠!"

찬후가 급하게 그녀를 앞질러 차로 향했다.

집으로 향하는 성준의 표정이 좋지 않았다. 이번에는 정말 기현에게 맡기지 않고 자기 손으로 선물을 고르려 했지만 여지

없이 실패했다.

티파니 블루 상자를 좋아하지 않을까 하는 마케팅부장 해연의 추천을 받았다. 그래서 티파니에 있는 모든 장신구를 살펴봤지만 다 똑같이 생겨서 뭐가 다른지 알 수가 없었다. 그렇다고 상자만 받아 올 수도 없는 것 아닌가.

차라리 유하를 데리고 가서 구경시키는 것이 낫겠다고 생각했다. 무작정 장미 한 다발만 사서 집으로 돌아왔는데, 강영 아주머니가 반쯤 눈물이 그렁그렁해서 성준을 탓했다.

"사모님 안 들어오셨어요."

"……예?"

"오죽하면 결혼기념일에 가출을 해……. 불쌍해라."

그때부터 성준의 뒤통수가 싸했다. 그 사이에 또 가출이라니! 밀린 일 하고 오라며!

이 여자가 아주 내 피를 말려 죽이려고 작정을 했나 보다. 지금까지 자신이 잘못했던 일들이 주마등처럼 스쳤다. 진작 아내가 무슨 장신구를 가지고 있는지 좀 살펴볼걸. 뭘 좋아하는지 물어볼걸. 그냥 티파니 매장을 사 버릴걸! 아, 그럼 성의 없어 보이려나…….

지난번에 유하가 이탈리아로 통 크게 가출한 덕에 성준의 트라우마가 심각했다.

성준이 미쳐 버리기 직전, 찬후에게 전화를 걸자 다행히 바로 받았다.

―예. 대표님.

"퇴근했어?"

-이제 막 하려고 합니다.

"유하 지금 어디 있어."

-지금…….

찬후가 솔직하게 말하려는데 뒤에서 짝짝 소리가 들린다.

-오빠! 비밀이라니까요!

유하의 동생인 송하였다. 송하에게 등짝을 얻어맞은 찬후가 난처하게 말했다.

-비, 비밀입니다! 죄송합니다, 대표님!

찬후가 울 것 같은 목소리로 사과하며 전화를 끊었다. 송하의 목소리가 들리는 걸 보니 유하가 친정에 간 모양이다.

성준이 바로 종현에게 전화를 걸었다.

-매형.

"유하 너희 집에 있지?"

-있어요.

"지금 갈 테니까 누나 좀 잡아 놔 줘."

-왜요? 어디 도망이라도 가요?

종현이 뭔 소리냐는 듯 묻는다. 성준이 말없이 한숨을 쉬었다.

"아니. 내가 요즘 트라우마가 생겨서."

-무슨 트라우마요?

"요즘 너희 누나가 얼마나 날 괴롭히는지 몰라. 나중에 술 마시면서 얘기해 줄게."

유하가 친정에 있음을 확인한 성준이 안심해 장난을 치자 종현이 킥킥 웃더니, 듬직하게 들리는 목소리로 말했다.

-음. 있잖아요, 매형.

"응."

－제가 어릴 때요. 초등학생 때. 제가 친구랑 싸우고 오니까 누나가 달려와서 울고 막 제 엉덩이 때리고 그랬거든요.

"유하가?"

진짜 안 어울리는 이야기다. 늘 감정 변화가 적어 보이던 그녀였는데. 종현이 말을 이었다.

－그때 제가…… 우리 가족도 아니면서 신경 쓰지 말라고……. 누나는 엄마도 없지 않냐고. 우리 집에서 나가라고 그랬어요. 외할아버지랑 외할머니한테 그딴 말만 배워 가지고.

"……."

－근데 누나가 웃으면서 저한테 자기 요즘 선보고 있으니까 금방 결혼해서 나갈 거라고 그랬어요. 섭섭해서 찾지나 말라고.

그 말에 성질을 부리던 종현은 금방 울음을 터트렸었다. 자기가 못되게 굴어서 누나가 금방 집을 나가 버릴까 봐. 놀라고 무서워서 한참을 울었다.

－제가 좀 놀라서 우니까 누나가 자기도 예쁜 꼬맹이 낳아서, 진짜 엄마가 돼서 행복하게 살 거라고. 엄청 귀여운 조카 낳아주겠다고 그랬어요.

"……."

－그때도요. 누나는 그게 꿈이었어요.

가만히 듣고 있던 성준이 고개를 끄덕였다.

전화를 끊고 처가에 도착하자마자 그녀를 데리러 집 안으로 들어갔다. 장인과 장모에게 먼저 인사하는 성준을 발견한 송하가 기겁을 해서 말했다.

"안 돼요, 형부! 저리 가요! 언니 자고 가. 어? 자고 가아!"

벌써 유하보다 더 키가 큰 송하가 칭얼거렸다. 유하가 웃으며 송하에게 말했다.

"그럴까?"

그러자 성준이 표정을 찌푸리며 유하에게 말했다.

"그럴까는 뭐가 그럴까야. 세상에 어느 유부녀가 결혼기념일에 가출을 해."

"가출이라뇨? 그냥 좀 늦은 거지."

"연락 없이 늦으면 그게 가출이지. 너 때문에 나 트라우마 생겼어."

"아니, 그거 잠깐 여행 갔다 온 거 가지고……."

"잠깐? 일주일이 잠깐이야?"

"당신은 그런 말 할 자격 없거든요?"

유하와 성준이 말다툼할 기미가 보이자 송하가 중간에 끼어들었다.

"어허. 어린애들도 아니고 싸우면 못써요."

중학생인 송하가 어른스럽게 말리자 유하가 웃음을 터트린다. 성준만 멋쩍은 표정을 지었다. 그가 옆에서 무서운 얼굴로 보고 있는 장인 박승현의 눈치를 살피며 유하의 손을 붙잡았다.

"장인어른, 그럼 데려가겠습니다."

승현이 대답이 없다. 오랜만에 집에 온 애를 데리고 가는 게 싫었나 보다. 그는 애초에 성준이 처가에 들어설 때부터 질색을 하고 있었다. 전에 누나 부부를 염탐하러 왔던 종현이 일러바친 탓이다. 장모인 인애 역시 아쉬워하며 유하의 반대쪽 손을 붙잡았다.

"꼭 데려가야 하나? 하루 재워도 되는데."

부부가 아쉬운 표정을 짓는다.

이 망할 세상. 내 편이 없네. 성준이 생각하며 유하를 보는데 그녀마저 살짝 제 손을 성준에게서 빼냈다.

"오늘 하루만 자고 갈게요."

"왜 하필 오늘이야?"

"오늘이어도 별로 상관없잖아요?"

그녀가 왜 그러냐는 듯이 고개를 갸우뚱한다.

왜 하필 결혼기념일에 친정에서 자냐고 한 마디 더 하려던 성준이 입을 다물었다. 유하의 말대로였다. 오늘이어도 별로 상관없다. 성준은 지금까지 그래 왔었다. 지난 두 번의 결혼기념일을 없는 날처럼 지냈는데, 올해만 그녀를 붙잡는 것도 이상한 일이긴 했다.

유하가 태연하게 현관으로 향하며 성준에게 손짓했다.

"문 앞까지 데려다줄게요."

"……알았어."

성준이 마지못해 대답했다.

뿌린 대로 거둔다고 했나. 아주 아내에게 제대로 복수를 당하고 있다.

결혼기념일 2

"그럼 저 성준 씨 바래다주고 올게요."

유하가 구두를 신으며 말했다. 어쩐지 조용해서 그녀가 고개를 들자 성준이 인사를 하고 있었다.

"저는 남은 일이 있어서 먼저 가 보겠습니다."

"으응. 그래. 그래요."

인애가 다정하게 인사를 받아 주었다. 그나저나 아까부터 장인은 말이 없다. 기싸움이라도 하듯이 성준을 노려볼 뿐.

현관문이 닫히고 둘은 정원으로 나왔다. 촉촉하게 젖은 흙냄새가 난다. 현관과 어느 정도 떨어지자 성준이 유하의 팔을 붙잡았다. 그러더니 그대로 그녀를 끌어당겨 입을 맞춘다. 입술이 닿기 무섭게 유하가 놀라서 성준을 밀쳤다.

"무슨 짓이에요? 여기 내 집이에요."

343

"그래. 여기 네 집이지."

"당신 요즘 왜 이렇게 무례해요?"

"넌 좀 무례해져 봐."

여전히 한 손으로는 유하의 팔을, 다른 손으로는 그녀의 뺨을 감싼 성준이 고개를 숙여 유하를 바라보았다. 정원의 작은 조명이 비쳐서 성준의 얼굴은 여느 때보다도 윤곽이 뚜렷했다. 거칠었다. 목소리도, 눈빛도, 행동도.

"너랑 나 요즘 사이 안 좋은 거 뻔히 아실 텐데. 결혼기념일에 네가 나 혼자 가라고 하면 두 분이 어떻게 생각하시겠어?"

"갑자기 와서는 무슨 소리예요? 우리 사이 안 좋은 거 모르세요. 저 그런 말 안 해요."

"너야 안 하지. 근데 지난번에 처남이 염탐 왔잖아. 그때 네 서재에 침대가 있으니까 각방 쓴다고 일러바쳤어. 장인어른이 나한테 전화하셔서 한 소리 하시더라."

어쩐지 그때 종현이 서재에서 계속 핸드폰으로 뭔가 하더라니. 여자 친구랑 연락한 게 아니라 부모님께 일러바치고 있었구나……. 유하가 종현의 가출을 떠올려 보니, 그 애도 어머니도 너무나 해맑긴 했었다. 그게 정말 가출이라고 믿었다니 자신도 참, 너무 순진했다. 성준이 말을 이었다.

"내년이면 수능 볼 녀석을 염탐 보낼 정도로 너 걱정하시는데, 넌 뭐가 그렇게 미안하고, 뭐가 그렇게 눈치 볼 일이 많아? 아무 날도 아닌데 네 발로 여기 온 거 3년 동안 처음 아니야?"

"그런가……."

"네가 이 집 손님이냐?"

344

"……."

"넌 좀 무례해질 필요가 있다고."

성준의 무거운 목소리를 어쩔 줄 몰라 듣고만 있었다. 중간에서 종현이 이중첩자를 하고 있음을 모르는 유하는 도대체 이남자가 왜 이렇게 제 속을 잘 아나 당혹스러울 뿐이었다. 성준이 유하의 손을 꽉 쥐며 말했다.

"바래다주기나 해. 너희 집 정원 진짜 크다. 그래서 나 재워줄 방이 없나."

그 말에 유하가 살짝 웃자 성준이 인상을 썼다.

"웃자고 하는 말 아니다."

"당신 지금 엄청. 내 남편 같네요."

"어느 면이?"

"안 잡는다고 삐지는 면이."

"누가 삐져. 내가 눈치껏 가는 거다. 장인어른이 내 말에 대답도 안 해 주셔서."

성준의 말에 유하가 한 번 더 즐겁게 웃었다. 성준은 가기싫은지, 평소의 반도 안 되는 보폭으로 걸었다. 유하가 입을열었다.

"저 말이에요. 남들보다 사춘기가 일찍 왔어요. 새엄마 오시자마자. 열 살에."

"응."

"얼마나 못되게 굴었는지 몰라요. 맨날 방에서 혼자 울고,화내고. 그때 새엄마 임신한 것도 모르고 그랬어요. 종현이 무뚝뚝한 건 그때 엄마가 참기만 해서 그런 걸지도 몰라요."

언젠가 기적이 일어나서, 엄마가 살아 돌아올 수도 있을 것만 같았다. 겨우 열두 살이니 아직 삶이 한참 남았으니까. 그 긴 삶 동안 한 번은, 정말 한 번은 엄마를 다시 만날 수 있을 것만 같았다. 그런 믿음 때문에, 어리던 유하는 인애에게 더욱 모질어졌다.

유하가 울음을 참으려고 성준의 손을 더욱 꼭 쥐었다.

"얼마 뒤에 종현이 태어나고 더 심해졌어요. 그냥. 그 가족이 내가 있을 곳 같지가 않았어요. 엄마도 우리 엄마가 아니고, 동생도 내 동생이 아니고. 아빠도 이제 우리 아빠 같지가 않고."

"……."

"근데 엄마는 맨날, 내가 화내고 우는데도 웃기만 하고. 싫다는데도 자꾸 간식을 가져다주고, 듣기만 하고, 기다리기만 하고……. 나라면 그렇게 할 수 있을까."

결국 눈물이 그녀의 뺨을 타고 뚝뚝 흘렀다.

"내가 상처를 줬으니까, 엄마에게 보상해 주고 싶었어요. 하루라도 빨리 엄마가 낳은 아이들이랑, 남편이랑. 넷이서 살게 해 주고 싶었어요. 어쩐지 내가 방해꾼 같아서."

"……."

"그러게요. 생각해 보니까 좀. 제가 손님같이 굴긴 하네요."

집에서 가까운 대학에 들어갔는데도 기숙사에 들어갔다. 대학원 역시 기숙사에 들어가서 계속 맞선을 봤다. 스물여섯 살에 만난 성준과 스물일곱 살 오늘, 결혼을 했다. 유하가 성준을 바라보며 물었다.

"성준 씨."

"응."

"나도 불안하긴 해요. 아이를 낳고 그 애가 제 몫을 하는 어른이 될 때까지, 내가 살아서 옆에 있어 줄 수 있을지. 그게 확신이 안 서서 무서워요."

"……."

"그래서 더더욱 열심히 준비했거든요. 오랫동안."

"……."

"내가 제일 되고 싶은 건 엄마였고, 제일 가지고 싶은 건 가족이었으니까……."

성준은 말없이, 유하를 당겨 꼭 끌어안았다. 그리고 그녀의 자그마한 머리통을 쓰다듬으며 울음을 달랬다.

유하는 울음을 참으려고 애썼지만 누군가의 품에 안긴다는 것은 참 따뜻한 일이라서, 쉽게 그쳐지지가 않았다. 성준이 유하의 머리칼 사이에 손가락을 넣고 쓸어내려, 목덜미를 더욱 품으로 당겼다. 그리고 그녀에게 잘 들리도록 고개를 숙이고 짓궂게 말했다.

"꼬맹아. 엄마가 되고 싶단 애가 이렇게 펑펑 우냐?"

그의 장난에 울음이 확 그쳐 버렸다. 세상에 어쩜 이렇게 낯간지러운 소릴! 순식간에 얼굴이 빨개진 유하가 주먹으로 아프지 않게 성준의 가슴팍을 때렸다. 그녀가 성준을 흘겼다.

"미쳤어, 정말……."

성준이 킥킥 웃더니 제 차 문을 열고 장미 다발을 꺼내 유하의 품에 안겼다.

"들어가서도 그렇게 무례하게 굴어. 이건 내가 줬다고 생색내고. 특히 장인어른한테."

"와…….."

유하의 눈이 커졌다. 새빨간 장미가 한가득. 그녀가 놀라서 성준을 보았다.

"제 거예요? 정말?"

자기 거냐고 확인하는 걸 보니, 자신이 그동안 꽃 한번 안 사준 것이 후회가 된다. 기뻐하는 유하를 바라보던 성준이 입을 열었다.

"유하야, 다음에는 같이…….."

"네?"

성준이 쑥스러운지 제 머리를 마구 헝클더니, 유하의 이마에 부드럽게 키스를 하고 말했다.

"다음에는 같이 있자."

"…….."

"다음 결혼기념일에는. 같이 있자."

그의 말에 유하의 눈에 그치려던 눈물이 다시 고였다.

두 번째 결혼기념일 선물이에요. 먹을 만하면 내년에도 구워 줄게요. 다음에는 같이 있어요.

카드에 그렇게 적고 싶었는데, 쓰려다가 멈추고 말았다. 이 바쁜 남자는 그 하루의 시간을 보내기도 버거울 테니까.

유하의 눈에 눈물이 그렁그렁하자 성준이 한숨을 쉬었다.

"그렇게 울면 어떻게 가?"

"자고…… 갈래요?"

"안 돼. 아까 장인어른 표정이 딱, 간만에 내 딸이 와서 오붓한 시간 보내려는데 저 자식은 또 뭐야. 이거였거든."

"그걸 어떻게 알아요?"

"말했잖아. 남자들은 말 안 해도 통한다니까."

유하가 우는 게 신경 쓰였던 성준이 자꾸 장난을 쳤다.

"박유하, 너 장미에 감동해서 운 거다? 꼭 말씀드려. 그 맘에 안 드는 놈이 울리기까지 한 줄 아실 거 아냐."

그의 말에 유하가 울던 눈으로 웃고 만다. 늦은 밤, 달빛과 잘 어울리는 미소였다. 그녀의 해맑은 웃음과 붉은 장미가 잘 어울렸다. 이토록 사랑스러운 여자를 두고 가려니 발길이 떨어지지 않았다. 그래도 다행히, 드디어 유하에게 주고 싶은 선물이 떠올랐다. 성준은 차를 타고 바로 회사로 돌아갔다.

유하가 기분 좋은 표정으로 장미꽃을 안고 들어오자 그제야 아버지 승현의 표정이 좀 풀린다. 생전 안 오던 친정에 온 게 하필 결혼기념이라니. 가뜩이나 맘에 안 드는 사위는 도대체 뭐 하고 다니는 건가 근심걱정이 한가득이었다.

그래도 고작 꽃다발 받고 저렇게 좋아하니 더 불퉁해 있을 수 없었다. 사이가 안 좋은 줄 알았더니, 오히려 딸아이가 너무 남편을 좋아하는 것 같아 서운하기까지 했다.

승현이 딸과 얘기해 볼 틈도 없이 송하가 제일 먼저 언니를 선점해 방으로 데려갔다. 송하가 유하의 입과 제 입에 막대 과자를 하나씩 넣고 아작아작 깨물어 먹으며 말했다.

"그래서 이 박송하가 드디어 짝사랑을 끝냈다, 이거야. 언니. 억울하지 않아? 세상에 내가 이렇게 예쁜데 무슨 팔자에도 없던 짝사랑이야. 어이가 없어서. 그 자식 진짜 나한테 잘해야 돼. 내가 사귀자고 했더니 너무 좋아서 어쩔 줄을 모르더라. 여태 내가 좋아하는 것도 몰랐던 거 있지?"

송하가 재잘거리자 유하가 심각하고 나름 무서운 표정으로 말했다.

"그 남자애 진짜 웃긴다. 아니, 네가 그렇게까지 했는데 어떻게 몰라? 눈치 진짜 없네."

"그치? 완전 없지?"

"응. 거의 박종현급이야."

유하가 말하자 송하가 까르륵 웃는다. 그 말에 송하의 책상 의자에 앉아 핸드폰을 보던 종현이 휙 유하를 노려보았다.

"내가 뭐. 눈치는 지가 더 없으면서."

"아니거든? 나 완전 눈치백단이거든?"

유하가 흘기며 말하자 종현이 비웃었다.

"눈치백단이 결혼기념일에 매형이 저리 달려왔는데 내쫓냐?"

"이상해, 박종현. 너 성준 씨한테 뇌물 받았어? 왜 이렇게 성준 씨 편이야?"

유하의 질문에 그녀의 다리 위에 엎어져 있던 송하가 '받았네, 받았어.' 하고 맞장구를 친다. 종현은 대답하기 싫은 질문을 깔끔하게 모른 척하며 다시 핸드폰을 보았다. 저거 아무래도 성준과 연락 중이지 싶다. 이중스파이처럼. 저거 아주 염탐이 천직이다.

한참 송하의 연애상담을 하다가 살짝 방에서 나오니 인애가 간식을 가져다주려고 했는지 그릇을 들고 서 있었다. 유하가 그릇을 받아 들며 너스레를 떨었다.

"우리끼리 먹으면 안 돼요? 쟤넨 맨날 엄마가 해 준 과자 먹잖아요."

"그럴까?"

늘 무덤덤하고, 자기 필요한 건 한 번도 말하지 않던 유하가 웬일로 어리광을 부린다. 인애가 신나서 제가 먼저 거실 소파에 앉는다. 모녀는 딸이 결혼한 이후 처음으로 마주 앉았다. 요즘 있었던 이야기를 하고, 박수를 치며 웃었다. 한참 이야기하던 인애가 그리운 얼굴로 말했다.

"너 중학생 땐 가끔 이렇게 얘기했었는데. 그렇지?"

"그러니까요. 엄마가 주는 간식 다 맛있었는데."

한참 울면서 밥도 안 먹겠다고 시위를 했다. 그러다가 배도 고프고 지쳐서 방에 늘어져 있으면 인애가 간식을 산더미처럼 가져와 테이블에 놓고 나눠 먹자고 했다.

둘이 마주 앉아서 과자며 떡이며, 젤리 같은 것들을 집어 먹다 보면 어느새 인애도 유하도 웃고 있었다. 나이 차이가 얼마 나지 않는 모녀의 대화는 가끔 밤을 새워 이어지기도 했다. 인애가 낱개 포장된 젤리 껍질을 까며 말했다.

"남편이 마음에 안 들게 굴면, 집에 와."

"맨날 마음에 안 들면 어떡해요?"

"그럼 아예 집에 와."

인애가 두 주먹을 꼭 쥔다. 중요한 말을 할 때 유하가 주먹을 쥐는 건 딱 인애를 닮았다.

"네 외할머니, 외할아버지. 다시는 우리 집 못 오게 할 거야."

"엄마?"

유하가 놀란 눈으로 인애를 보았다. 그녀의 눈에 눈물이 그렁거렸다.

"다시는 내 딸한테, 쓸데없는 소리 못 하게 할 거야."

어른이 되어, 유하가 인애의 마음을 이해했듯이. 어른이 되어 인애도 유하의 상처에 같이 아팠다.

처음부터 가족은 아니었을지 몰라도 지금부터 인애는 원 없이 유하의 친정엄마 노릇을 할 생각이었다. 진짜로, 가족이 되어 볼 생각이었다. 인애가 말을 이었다.

"그까짓 결혼이 대수야? 자꾸 성질나게 하면 확 우리 집으로 돌아와. 아니, 지가 뭔데 맨날 야근이야. 널 말릴 걸 그랬어."

"네에? 결혼하는 걸요?"

유하가 웃으며 묻자 인애가 억울한 표정으로 말했다.

"그래. 네가 일찍 결혼하고 싶어 해도. 네 외할아버지가 아무리 우겨도 말릴 걸 그랬어. 그런 놈인 줄 미리 알았어야 했는데."

종현이 엄청 일러바쳤나 보다. 유하가 부드러운 표정으로 대답했다.

"그렇게 나쁜 사람은 아니에요. 성준 씨."

그녀가 그렇다고 하니, 억울해 못 견뎌 하던 인애의 표정도 조금 편안해졌다.

송하가 벽 뒤에 모른 척 서서 어슬렁거리던 승현의 팔을 잡아끌고 왔다.

"이제 우리도 껴 줘. 그치, 아빠?"

"음? 아니. 뭐 난 별로 상관없는데."

승현이 헛기침 하며 모른 척하는데 어느 틈에 방에서 나온 종현도 과자를 전투적으로 먹어 없애고 있다. 유하가 선하게 웃었다. 여기도 내가 사랑하는 가족들이 있는 우리 집이었구나, 싶었다. 따듯하고 기분 좋은 밤이었다.

다음 날 아침, 카페 목련의 아르바이트생 하나가 아파서 못 나갈 것 같다고 유하에게 전화를 했다. 그래서 가족들과 느긋하게 밥을 먹다 말고 카페로 달려왔다. 설상가상 단체손님이 오겠다고 했다는 다정의 전화에 마음이 급해졌다. 찬후가 차를 세우자마자 유하가 차 문을 열고 내렸다. 그리고 카페로 달려 가려는데 그녀의 앞으로 어린아이의 네 발 자전거가 지나갔다. 그 바람에 자리에 넘어진 유하가 발목을 감싸 쥐었다.

"사모님!"

차에서 내리던 찬후가 놀라서 소리쳤다.

"아…… 발목."

"괘, 괜찮으세요?"

찬후가 서둘러 유하를 부축해 일으켰다. 유하가 한쪽 발목이 많이 아픈지 한 손으로 신음이 나오는 입을 꼭 막았다. 찬후가 물었다.

"병원 가실래요?"

"아뇨! 그 정도 아니에요. 조금 삐었나 봐요. 그보다 다정이 바쁘대요."

열심히 걷는데 한쪽 발목을 잘 못 쓴다.

"파스랑 붕대 사 올게요. 일하고 계세요."

찬후가 말하며 유하를 에스프레소머신 앞까지 부축해 주고 약국으로 달려 나갔다. 가면서 성준에게 유하가 다쳤다는 연락을 했다. 앞으로 유하가 다쳤을 땐 바로 보고하라고 했기 때문이었다. 약을 사 가지고 돌아와 파스를 내밀자 유하가 말했다.

"아. 나가서 제가 뿌릴게요. 카페 안에서는 파스 냄새가 날 것 같아요."

"업히세요. 제가 야외 테이블에 데려다드릴게요."

"네에? 그냥 부축……."

"빨리요. 단체손님 오시기 전에 해야죠."

찬후가 재촉하자 유하가 별수 없이 그의 등에 업혔다. 급하게 말한 것과 달리 찬후의 걸음은 급하지 않았다. 그녀가 업힌 상태로, 찬후가 말했다.

"저기. 사모님. 아프신 중에 죄송한데요."

"네?"

"저 그만둘 겁니다."

"……네?"

"대표님 만나면 사직서 드리려고요."

"가, 갑자기 왜요? 제가 뭐 실수했어요?"

그가 야외 테이블 의자에 유하를 앉히고 파스를 뿌려 주었다. 유하가 자기가 하겠다며 손을 뻗자 찬후가 말했다.

"그만두는 마당에 좀 놔두시죠?"

"아니, 그러니까 왜 갑자기 그만두는데요?"

유하가 너무 서운해 물었다. 찬후가 쪼그리고 앉아서 파스를 뿌리며 무덤덤하게 말했다.

"좋아해서요."

"……네?"

"혹시 지금도 이혼하고 싶으면. 저한테 말해요. 제가 데리고 도망쳐 줄게요."

당황하는 유하를 올려다보며 찬후가 장난스럽게 말했다.

"나 정말 개고생을 하고 커서, 절대 사모님 굶기지는 않을 거예요. 원하면 목련 나무도 심어 줄 수 있어요."

"찬후 씨……."

"물론. 대표님을 사랑하지 않는다는 전제하에요."

"……."

"근데 사랑하시죠?"

"……네."

유하가 자그마한 목소리로 대답하자 찬후가 웃었다.

"걱정 마세요. 알고 있었어요. 그만두기 전에 말이라도 하고 싶었어요."

"……."

"저 생각보다 되게 오래 좋아했었거든요. 사모님…… 아니다, 이제 그만 둘 테니까. 누나라고 할까요?"

유하가 그를 흘기자, 찬후가 웃으며 말을 이었다.

"저 그만두면 못 볼 텐데 이 정도 장난은 좀 봐주세요."

"다시는…… 못 봐요?"

"서운해 죽겠죠?"

"아뇨."

유하가 단호하게 대답했다.

"하나도 안 서운하고, 앞으로 절대 안 보고 싶을 거예요."

"와, 너무하네."

"진짜예요."

결혼한 이후로 찬후가 줄곧 옆에 있었다. 그는 늘 무뚝뚝했지만 항상 유하의 근처에 있었고, 다정했다. 처음으로 한강도 같이 가 주었다. 유하는 그가 자신에게 좋은 친구일지도 모른다고 생각했었다.

미련을 남기게 하고 싶지 않아서, 절대 보고 싶지 않을 거라고 말하는 유하의 목소리는 이미 울음이 섞여 있었다. 찬후가 고개를 들어 하늘을 보며 말했다.

"저도 안 보고 싶어 할게요."

"으응……."

유하가 가까스로 대답했다. 붕대까지 다 감고 나자 찬후가 씨익 웃었다.

"그만 좀 울어요."

유하가 울음을 참느라 말은 못 하고 고개만 끄덕였다. 그러자 찬후가 미소를 지으며 말했다.

"사모님."

"네."

"자주 웃으세요."

얼마 전에도 찬후는 그런 말을 한 적이 있었다. 한강에 가자면서. 자주 웃으라고, 그렇게 말했었다.

찬후가 유하를 다시 부축해 안에 데려다주고, 빠른 걸음으로 카페에서 나왔다. 뒤를 돌아보지 않았다. 그녀를 안고 싶었다. 키스하고 싶었다. 두 손으로 붙잡고 싶었다.

"젠장."

그가 욕을 하며 걸음을 옮겼다. 사랑하는 여자를 놓고 돌아서는 것만큼 많은 사랑이 필요한 일도 없다고 생각했다. 그녀가 다른 남자를 사랑하기에. 그는 죽을힘을 다해, 할 수 있는 한 가장 똑바른 자세로 그녀에게서 멀어져 갔다. 나는 괜찮다. 그러니까 네가 울 것 없다.

마지막 순간까지도 그는 유하를 울게 하고 싶지 않았다.

빠른 걸음으로 카페에서 벗어났다. 찬후가 자리에 멈춰 서서 '와' 하고 감탄했다.

"엄청 빨리 오셨네요?"

카페 문 앞에 성준이 서 있었다. 그것도 당장 물어뜯을 것 같은 얼굴로 으르렁거리며. 아마 유하와 야외에 있을 때 했던 대화를 들은 모양이다.

"미친 새끼. 큰일 난 줄 알았잖아."

"완전 큰일입니다? 제대로 못 걸으신다고요."

성준이 유난히 화가 난 이유를 너무 잘 알았다. 찬후가 고개를 푹 숙이며 두 손으로 사직서를 내밀었다.

"죄송합니다. 대표님."

"이걸로는 안 돼."

"……예?"

성준이 표정을 찌푸리며 사직서를 한 손으로 구겼다.

"이 정도로 내 여자 탐낸 거 안 없어진다고."

"……."

"멀리 보내 놔야 분이 풀릴 것 같다."

"……예?"

"영국에 첫 번째 지점 내는 거 알지? 다른 직원들 다 안 간 다잖아. 억지로 보낼 수 없으니까 네가 가. 너 유학 가려고 영어공부 죽기 살기로 했잖아."

찬후가 얼떨떨해서 물었다.

"절 계속 쓰실 겁니까?"

"말은 똑바로 해라. 쓰는 게 아니고 쫓아내는 거다. 이 나라에서."

맞는 것 같기도 하고 아닌 것 같기도 하고……. 알쏭달쏭해서 찬후가 눈동자만 굴리는데 성준이 말했다.

"원래 적은 내 시야 안에 두는 거야, 인마."

"……예. 대표님."

"다시 말하는데 이거 쫓아내는 거다. 돌아오지 마. 거기서 평생 살아."

"알겠습니다."

"연락은 해외영업팀 통해서 할 테니까 빨리 가. 꼴 보기 싫다."

찬후가 더 말하지 않고 '예' 하고 인사한 후 달려갔다. 긴 시간 같이 일했는데 별 대화가 없었다. 찬후가 떠나고 뒤에 서 있던 기현이 슬쩍 성준에게 다가와 말했다.

"대표님. 찬후 유학 보내 주시는 겁니까?"

"……쫓아내는 거라고. 이 자식들이 진짜."

"에이. 찬후 꿈이 영문학인 거 아시면서."

"시끄러워."

"저, 저 자르실 겁니까?"

기현이 움찔해서 묻자 성준이 신경질적으로 대답했다.

"내가 널 왜 잘라. 너처럼 똑똑한 놈을."

"어어?"

"뭐."

"그 말 처음 하셨어요. 저 안 자를 거라고. 맨날 무시하셨잖아요."

"내가 언제……. 그래?"

"네. 그러셨습니다. 대표님 진짜 많이 변하셨네요."

기현이 우쭐한다. 이래서 칭찬을 못 한다니까. 성준이 한 소리 하려는데 기현이 잽싸게 핸드폰을 내밀고 능청을 떨었다.

"사모님 선물 도착했습니다. 이야, 기가 막히지 않습니까?"

성준이 사진을 확인하고 고개를 끄덕인 후 카페로 들어갔다.

유하는 일에 집중하기로 했다. 늘 곁에 있던 사람이 떠난다는 것은 아쉬운 일이었지만, 자신을 좋아한다는 남자에게 여지를 남기기 싫었다.

찬후는 정말 좋은 남자였다. 그리고 그의 고백을 듣는 순간 성준이 떠올랐다.

그때 유하는 자신에게도 속이 타도록, 가슴이 아프도록 사랑

359

하는 남자가 있다는 걸 깨달았다. 단 하나뿐이던 평생의 꿈을 이루어 주지 않겠다는데도 쉽게 떠나갈 수 없었던 남자가. 그녀에겐 있었다.

유하가 에스프레소를 뽑다가 상처가 남은 손과 발목이 아파서 눈을 질끈 감았다. 그때 그녀의 머리를 감싸는 손길이 느껴졌다.

"저리 가. 도움 안 돼."

유하가 옆을 보니 성준이 재킷을 벗고 있었다. 그가 벗은 옷을 유하에게 안기고 소매 단추를 풀어 여러 번 접으며 말했다.

"아, 너무 프로가 하면 손님들이 일관성 없다고 할 텐데."

"왜 여기 있어요?"

"찬후가 너 다쳤다고 해서. 앉아 있어. 내가 할게."

유하가 당황해서 눈을 깜빡거리며 얼떨결에 옆에 놓인 의자에 앉았다.

찬후가 그만두는 걸 울적해할 틈도 없이, 다친 발목으로 서서 일하는 게 고통스러워 눈물이 날 지경이었다. 돈 버는 게 이렇게 힘들구나 생각하고 있었는데 성준이 나타나니 그렇게 든든할 수가 없었다.

유하가 물끄러미, 능숙하게 에스프레소머신을 다루는 성준을 바라보았다. 그녀가 넋을 놓고 보는 것이 들켰는지 성준이 물었다.

"뭘 그렇게 봐. 멋있어?"

저 남자가 아주, 제 전문영역에 들어오니 자신만만하다. 유하가 그를 흘기며 말했다.

"네에, 멋있네요. 얼마나 집에 안 들어왔으면 3년 같이 산 남자가 이렇게 멋있나."

"······비꼬는 게 늘었다?"

"누구랑 살다 보니까."

유하가 말하니 성준이 픽 웃는다. 유하더러 무례하게 굴어 보라고 말은 했는데. 진짜 무례해지니 왜 이렇게 귀여운지. 정말 한입에 넣어 삼켜 버리고 싶다.

성준이 대신 일을 하는 게 고맙고 미안해서 유하가 잠깐 눈치를 살폈다. 유하가 말이 없으니 성준이 말했다.

"계속 말해."

"네?"

유하가 묻자 성준이 팔짱을 끼고 몸을 숙였다. 그리고 놀란 유하에게 말했다.

"나 지금 기분 별로 안 좋거든? 그러니까 계속 재잘거려. 내 기분 풀릴 때까지."

"왜, 왜 안 좋아요?"

"왜일 것 같아?"

"······나 아픈데."

"아픈 거 이용해 먹지 마."

지난번엔 아플 때 옆에 없어서 미안하다더니 이번엔 표정만 더욱 굳었다.

"찬후 씨 만났어요?"

유하가 작은 목소리로 묻자 성준이 대답했다.

"만났어. 그리고 아주 멀리 내쫓았다."

"내쫓아요? 어, 어디로?"

"알 거 없어. 어딜 감히 내 여자한테."

"어디로 보냈는데요!"

유하가 발끈해서 물었다. 성준이 인상을 썼다. 아니, 왜 이 여자한텐 이겨 먹을 수가 없나. 자신이 겁주면 세상 사람들이 다 놀라는데 이 여자만 목소리가 더 커진다. 그리고 그게 무섭다는 사실이, 정말 쪽팔려 죽겠다.

"……영국 보냈어."

"네?"

"영국 지점, 처음부터 끝까지 다 박찬후한테 맡길 거고 자리 잡을 때까지 지원해 줄거야. 그럼 자기가 알아서 학교도 다니겠지. 원래 영문학을 깊게 공부해 보고 싶어 했거든."

그딴 게 아니라 쫓아내는 거라고!

다른 사람들이 물어보면 다 그렇게 말할 수 있는데 딱 이 여자 앞에서만, 그 말이 안 나온다.

게다가 아까, 찬후와 유하의 대화가 떠올라서.

'근데 사랑하시죠?'

'……네.'

네, 라고. 유하가 대답했다. 별생각 없이 한 대답일지도 모르지. 그런데 그까짓 한 글자에 마음이 하늘 끝에서 땅 끝을 오간다. 그 한 글자 때문에 아까 찬후에게 덜 화가 났던 것 같기도 하다. 아니, 실제로 그랬다.

성준이 복잡한 표정으로 변명을 하고 나서야 유하의 표정이 밝아진다. 성준이 투덜거렸다.

"너 도망갈까 봐 아까 얼마나 열 받았는지 알아?"

"으음. 갈까 했는데."

마음이 풀린 그녀의 농담에 온순하게 변명하던 성준이 유하를 노려본다. 단숨에, 눈이 사냥개처럼 변한다. 농담 한 번 했다가 큰일 날 분위기였다. 유하가 움찔하는데 성준이 입을 열었다.

"도망갔으면. 무슨 짓을 해서라도 붙잡아 왔을 거야."

유하는 그의 말에 오싹한 기분이 들었다. 그 '무슨 짓을 해서라도'라는 말이 장난 같지 않을뿐더러, 자신이 상상하는 것 이상일 것 같은 기분이 들었다.

"……아, 안 갔잖아요."

"그래서 다행인 줄 알아. 박유하."

그의 손이 잠깐 유하의 뺨을 감싸 엄지로 그녀의 입술을 할퀴듯이 쓰다듬고 떨어졌다. 그 짧은 스킨십이 거칠었다. 뜨거웠다. 그가 심장 속을 헤집어 놓는 기분이었다.

그는 무표정하게 다시 커피를 만들었다. 옆에 있으니 봐주겠다는 듯이.

성준이 있어 무사히 단체손님을 치렀다. 오후에 대타 아르바이트생이 오고 난 후에야 성준은 유하를 데리고 정형외과에 들렀다. 발목 치료를 하고 그가 운전을 해서 유하와 집으로 향했다.

집 앞에 도착했을 땐 해가 거의 다 져서 어둑어둑했다. 성준이 차에 있던 수면 안대를 꺼내더니 유하가 있는 뒷좌석으로 왔다.

유하가 멈칫하며 물었다.

"안대는 왜요?"

"결혼기념일 선물 준비했거든.

"……뭔데 눈까지 가려요?"

"음. 좀 귀여울걸."

귀여울 거라는 말에도 유하가 미심쩍어한다. 그가 눈을 가리자 유하가 조금 불안한 듯, 성준의 팔을 잡았다. 그러자 성준의 웃음소리가 들린다. 그가 유하의 뒷목을 손으로 감싸 당기고 귓가에 속삭였다.

"나랑 둘이 있는데 왜 불안한 얼굴이야?"

"둘이 있으니까……."

유하가 말을 멈췄다. 성준이 귀 바로 아래에 입을 맞췄는데, 보이지 않으니까 온몸에 그 감각이 퍼졌다. 그의 입술이 천천히 옮겨 와 유하의 입술에 달게 키스를 했다. 차 문이 열려 있는 상태로 유하의 몸이 쓰러졌다. 그가 가슴을 쥐는데, 그 손길이 야릇해서 유하가 입술을 깨물었다.

"그만……. 설마 이게 선물이에요?"

"이게 뭔데?"

"그……으음……."

"카 섹스?"

그가 짓궂게 말하니 유하의 입술이 뿌루퉁해진다. 성준이 유하를 한 팔로 안아 어깨에 멨다.

"자. 가자."

"뭐, 뭐 하는 거예요?"

"또 넘어질까 봐 그런다."

"왜 다들 날 못 걷게 해⋯⋯."

그녀가 꿍얼거리자 성준이 표정을 찌푸리며 유하의 엉덩이를 콱 움켜쥔다. 놀란 그녀가 언성을 높였다.

"야외잖아요!"

"다들 뭐? 어? 다들이 누군데? 박찬후?"

"아니, 그냥 부축해 줬어요⋯⋯. 영국까지 보낸다면서 말도 못 하게 해요?"

"어. 열 받아 미치겠다. 우주가 뚫려 있으면 우주로 보내고 싶을 정도야. 못 돌아오게. 어딜 내 아내를 넘봐."

성준이 투덜거리며 질투하자 유하가 어이없어한다. 이렇게 질투가 많은 남잔데 아내가 카페 나가서 일하는 건 어떻게 참고 있는지 모르겠다.

5월의 저녁은 숨이 막히게 달았다. 여느 때처럼 고요한 둘의 집 마당에 들어서니 결이 부드러운 바람이 불었다. 그 바람에 치마가 펄럭이자 유하가 얼굴이 붉어져서 말했다.

"치, 치마 좀 잡아 주세요."

"나 밖에 없어. 괜찮아."

"성준 씨가 있어서 안 괜찮아요."

"안 그래도 다 왔다."

그가 무언가 붙잡더니 천천히 유하를 앉혔다. 그가 '되게 가만히 못 있네.' 하고 한 소리 하고는 천천히 그녀의 안대를 벗겼다.

연애

캄캄했다가 시야가 밝아지자 조명에 살짝 눈이 부셨다. 유하가 앉은 곳을 확인했다.

목련 나무 아래에 2인용 원목 그네가 있었다. 의자에 폭신한 시트를 깔아 놓았다.

그녀가 고개를 젖혀 보니 비가 와도 괜찮도록 지붕이 있었다. 기분 좋은 나무 냄새가 듬뿍 퍼졌다. 조금 더 고개를 내밀어 보니 목련꽃이 진 나무와 성준이 보였다.

그가 천천히 그녀를 밀어 주며 물었다.

"마음에 들어?"

무슨 말을 해야 할까. 선뜻 말이 나오지 않았다. 성준이 유하의 옆에 털썩 앉았다. 그가 유하를 보는 대신 정면에 있는 감나무를 바라보았다.

"나는 앞으로도 계속 저기서 낮잠을 잘 거야."

성준이 그녀 앞에, 늘 자신이 드러누워 자던 곳을 가리켰다.

"너는 우리 아이와 여기에 있어 줘."

"아, 아이……요?"

'우리 아이'라고 말했다. 놀란 유하의 눈시울이 붉어졌다. 성준은 이런 살가운 말이 익숙하지 않아 쑥스러운 표정이었다.

"우리 아이라면…… 아마 나를 닮겠지?"

유하가 천천히 고개를 끄덕였다.

"그럴 거예요."

"그럼 걘 말이야. 어린놈이 뭐든지 아는 척해서, 눈빛도 행동도 재수 없을 거고 뭔가에 집중하고 있으면 옆에서 밥 먹으라고 아무리 불러도 못 들을 거야. 그리고 만약에 너를 닮았다면…… 그 애는 분명히 심심하겠지."

그의 장난에 유하가 울다가 웃음이 터졌다. 그제야 성준도 유하를 본다. 그녀가 토라진 척 입술을 내밀자, 성준의 사나운 눈에 슬쩍 미소가 담겼다.

"너를 닮은 아이가 있다면 아마…… 나는 그 아이를 깊이 사랑하게 될 거야."

"……."

"세상에 너만큼 사랑하는 사람이 또 있으면 분명 내 일에 방해가 되겠지."

깊어져 가는 밤에 어울리는 무뚝뚝한 목소리가 자꾸 간지럽게 느껴졌다. 애정이 묻어나서 그런가.

"그러다 이도저도 아닌 놈이 되어 버릴까 봐. 그런 한심하고

368

겁 많은 놈이 될까 봐 무섭기도 하지만. 너를 잃는 것보단 그냥 한심한 놈이 되는 게 낫다, 나아."

"그럼……."

유하가 눈물에 더 이상 말을 잇지 못하자 성준이 개구쟁이처럼 웃었다.

"근데 꼭 너를 닮아야 돼. 진심이야. 나 닮은 놈은 별로 키우고 싶지 않아."

장난을 치지 않으면 쑥스러워 돌 것 같은 모양이다.

"박유하, 나에게 딱 한 가지만 말해."

"……무슨 말?"

"나를 사랑한다는 말. 거짓말이어도 좋아. 말해 주면 나는 너를 위해서 무엇이든지 할게."

"…… ."

"나 생각보다 너에게 엄청 약하더라."

그가 불만처럼 중얼거리자 울던 유하가 맑게 웃었다. 목련처럼 하얀 웃음이었다. 그녀가 입을 열었다.

"사랑해요."

그 말에 성준이 고개를 끄덕였다. 그리고 유하를 끌어안으며 대답했다.

"그래."

"어어? 안 믿죠?"

"응, 안 믿어."

그가 담담하게 말하자 품에 안겨 있던 유하가 살짝 고개를 들며 말했다.

"우린 참 감정 표현을 못하네요."

"……그러게."

잠시 둘 사이에 침묵이 흘렀다. 이내 유하가 입을 열었다.

"목련을 달라고 했잖아요."

"응?"

"물론 원래 우리 집 목련 나무를 좋아하기도 했어요. 정말 눈이 부실만큼 아름답잖아요, 목련이 피면."

'우리 집'이라는 말에 성준의 입가에 미소가 감돌았다. 그가 가만히 고개를 끄덕이자 유하가 말을 이었다.

"이 집에서, 딱 하나뿐이었어요."

그녀를 안은 성준의 팔이 스르륵 풀렸다. 성준은 밤에 취한 것 같은 기분이 들었다. 사랑하는 아내의 눈에 취하도록 달콤한 밤이 차올라 있었다. 유하가 상기된 얼굴로 말했다.

"당신과 추억이 있는 게, 당신을 떠올릴 수 있는 게 목련 나무 하나여서 그래서 가져가고 싶었어요."

"……."

"당신의 일부분을 가져가고 싶었어요."

그렇게 말하고 유하가 부끄럽다는 듯 눈웃음을 지었다. 성준의 눈이 커졌다. 유하가 목련을 좋아해서였다. 그래서 성준은 낮잠을 자고 싶을 때마다 목련 나무 아래에서 잠이 들었다. 그리고 유하는, 그와의 추억이 남은 목련 나무를 가지고 싶어 했다. 유하가 성준의 뺨을 어루만졌다.

"당신을 사랑해요. 지금보다 더 많이 사랑할 수 있을지는 모르겠어요. 그건 상상할 수가 없어요. 그래도 지금 내 마음이 믿기지 않으면, 그럼 이것보다 더 많이 사랑에 빠져 볼게요."

"……."

"혹시 아이가 태어나더라도 그럴 거예요. 나는 당신을 정말
많이 사랑할 거예요."

성준의 시선이 그녀에게로 향했다. 조금 놀란 듯했다. 그러
고는 믿기지 않아 제 머리를 몇 번 앞뒤로 헝클었다. 그러다
그가 몸을 바로 하고 단호하게 물었다.

"일단 우리는 헤어지지 않는 거지?"

"네."

순하게 고개를 끄덕이던 유하가 멈칫하더니 혼잣말했다.

"너무 쉽게 봐줬나……."

"아니, 네가 해 달라는 거 다 해 줬는데 뭘 쉽게 봐줘."

"그래도요."

"그보다 정말……이지?"

성준의 표정에서 초조함이 사라지질 않았다. 유하가 대답했다.

"정말이에요."

"……."

"저 역시, 생각보다 당신에게 약하거든요."

유하가 자신도 농담이었다는 듯이 웃었다. 성준은 그녀의
말이 좋아 죽을 지경이라 심호흡까지 했다. 그가 유하의 앞에
서 몇 걸음을 이리저리 걸어 다니더니 말했다.

"한 번 더 해 줘."

"뭘요?"

"사랑한다고."

"사랑해요."

"나도."

성준은 다시 확인하고서야 그녀의 말이 조금 믿겨서 후련하게 웃으며 말했다.

"나도 사랑한다."

아이를 낳기로 합의한 후 성준은 한동안 굉장한 괴로움에 시달렸다. 3년 만에 마음을 확인한 아내가 매일 옆에서 잠드는데, 그녀가 발목을 다쳐 격렬한 성관계를 참아야 했기 때문이다. 유하는 성준이 덤벼들면 발목이 아프다며 울먹거렸다. 자기가 먼저 애를 낳자고 해 놓고! 정작 섹스를 거부하다니 이게 무슨 일인가!

성준은 이해가 가지 않았다. 자신은 두쪽 발목이 다 다쳤어도 유하가 안기면 좋다고 달려들 텐데. 여자들은 다 이러는 건지, 유하만 이러는 건지……. 드디어 '목적'을 가지고 마음껏 유하를 안을 수 있는 기회가 생겼음에도 불구하고 그럴 수 없다니, 성준은 욕구불만으로 병이 날 지경이었다.

아침에 성준의 품에서 눈을 뜬 유하에게 잘 잤냐고 물으면 부끄럽다는 듯 청량하게 웃었다. 아침부터 그렇게 예쁘다니. 역시 상도덕이 없다, 이 여자.

유하의 카페가 점점 유명해지니 더 미칠 노릇이었다. 가뜩이나 요즘 웃음이 많아진 그녀에게 어디 잘난 놈이 집적거리지 않을까 불안했다. 결국 감시 차원에서 카페를 방문하기로 했다. 회사 마케팅부장인 정해연과 함께 카페에 들어서던 그의 미간이 좁혀졌다.

"이거, 여자들 구두 안 빠집니까?"

성준이 바닥에 울퉁불퉁 박힌 돌길을 툭툭 찼다. 해연이 어깨를 으쓱였다.

"그래도 건물과는 잘 어울리는데요?"

"이따위로 만들어 놓으니까 발목이나 삐고 다니지."

그가 신경질적으로 말하며 건물 안으로 들어섰다. 밖에서부터 성준을 가장 심란하게 했던 건 창문에 붙어 있는 크레파스 그림이었다. 성준이 유하를 만나자마자 인사 대신 창문을 가리켰다.

"박유하, 저거 뭐야."

"네? 아. 어제 카페 단골손님네 꼬마가 놀러 왔거든요. 그 애가 올 때마다 맨날 뭘 그리고 있어서 궁금했는데 저를 그리고 있었던 거 있죠? 잘 그렸죠?"

이 여자가 정말 장난하나. 돈으로 처발라 놓은 카페에 삐뚤삐뚤한 그림이 웬 말인가. 저게 뭐가 예쁘다고 저렇게 좋아하는지……. 그림을 배워야 하나?

그때 아르바이트를 하던 다정이 달려왔다. 그녀가 유하에게 말했다.

"사장님, 자몽 주스요."

"아, 으응. 근데 다정아. 전에 그 손님이 자몽 주스가 시다고 하지 않았어?"

"어? 맞아요. 근데 다른 손님도 그 이야기 하시더라고요. 좀

373

시다고."

"으음, 다음부턴 시럽을 더 넣을까?"

"그럴까요? 일단 제가 시럽 더 넣고 여쭤 볼게요."

이렇게 갑자기 바꾸긴 뭘 바꾼단 말인가.

눈금 하나까지 신경 써서 일관된 커피 맛을 유지하는 성준으로서는 이해할 수가 없는 대화였다. 다정이 시럽을 더 넣은 주스를 들고 떠나자 유하가 의지 결연한 얼굴로 성준에게 말했다.

"제가 커피 진짜 맛있게 해 줄게요. 있어 봐요."

카페를 저 모양으로 운영하고도 적자를 보지 않다니. 역시 시작부터 자본을 때려 박은 보람이 있다. 저렇게 돈의 소중함을 모르는 여자가 무사히 카페를 운영하고 있으니 성준은 억울할 지경이었다.

그는 야외 테이블에 자리를 잡고 앉았다. 유하를 기다리는 동안에도 새로 바뀐 모델의 광고가 실린 잡지를 확인한 후, 해연과 최초 상기도와 비보조 인지도를 검토했다. 역시나 A식품 카페의 반응이 좋지 않다.

그때 테이블에 따뜻한 아메리카노 두 잔과 얼음물이 든 컵 하나가 놓였다. 유하였다.

"표정이 왜 이렇게 안 좋아요?"

그녀가 성준에게 묻자 해연이 놀리듯이 말했다.

"와, 진짜 일심동체네요. 대표님 속 타는 거 어떻게 아시고 얼음물을."

"정해연 부장님."

성준이 사납게 이름 전체를 부르자 해연이 테이크아웃 잔에

374

담긴 커피를 들고 일어섰다.

"전 눈치껏 빠집니다. 데이트하세요."

"아, 진짜……."

늘 연상에게 정중하던 그가 성질을 냈지만 해연은 안 무섭다는 듯 어깨를 으쓱였다. 실제로 그거 좀 놀린다고 능력 좋은 해연의 인사고과에 문제를 일으킬 사람도 아니다. 게다가 자리를 피해 주니 은근히 기뻐 보이고.

해연이 떠나자 유하가 잠깐 그의 맞은편에 앉았다. 성준이 커피를 한 모금 마셨다. 부드러운 커피가 목으로 넘어가는 것이 나쁘지 않다.

"맛있죠?"

유하가 눈을 반짝거리며 묻자 성준이 잔을 내려놓고 무뚝뚝하게 말했다.

"커피는 맛있는데. 맛이 전부는 아니잖아. 기껏 인테리어에 돈 들여 놓고 크레파스로 그린 그림을 왜 걸어 놔."

"기특하잖아요. 저 그려 줬으니까."

"공과 사 구분해. 그리고 매뉴얼 없어? 어떻게 즉석에서 레시피를 바꿔?"

"아직 잘 모르니까 이것저것 시도해 보는 거란 말이에요."

기껏 커피를 가져다줬더니 잔소리만 한다. 유하가 입술을 삐죽거리는데 성준이 물었다.

"장사를 하려면 제대로 해. 도대체 이 커피로 하고 싶은 말이 뭐야?"

그가 잔소리를 이어 가며 잡지 광고로 눈을 돌리는데 유하가 제 스스로도 미심쩍은 목소리로 대답했다.

"우리 집 커피는…… 따듯하다?"

유하가 불확실하게 대답하자 성준이 한쪽 입꼬리를 올려 비웃는다. 그러자 유하가 뿌루퉁해서 물었다.

"그러는 성준 씬요?"

"우리 브랜드는."

당신이 몇 시에, 어느 지점에 도착하든 최고의 커피 한 잔을 대접하겠습니다. 성준이 로봇이 커피를 내리던 라이벌 회사의 광고를 떠올리며 억울한 표정을 지었다.

"언제 어디서든 따듯한 커피를 대접하는 것."

"뭐예요. 우리랑 똑같네."

"그게 또 그러네."

손님들에게 더 이상 우리 커피가 따듯하지 않게 느껴지는 건가. 성준이 여전히 잡지를 넘기며 물었다.

"A식품 커피는 어때? 어떤 느낌이 들어?"

"으음…… 고급스러운 느낌?"

"그렇지."

"우리 카페에 소방관인 손님이 계시는데. 그분이 성준 씨네 카페는 조금 들어가기 어렵대요."

"……왜?"

"너무 깨끗해서요."

'너무 깨끗하다'라. 요식업을 하는 사람으로선 어처구니가 없는 말이었다. 요식업을 하는 곳이 깨끗할수록 좋은 게 당연한 거 아닌가. 어떻게 '너무 깨끗하다'는 것이 단점이 되는지 모르겠다. 그가 사납게 물었다.

"그럼 더러워야 돼?"

"더럽다기보다는…… 복잡한 거죠."

'복잡하다'라. 하기야, 적당히 복잡한 곳에서는 마음이 놓이기도 하는 법이니까. 성준이 신중하게 생각하는데 유하는 너무 직설적으로 말했나 싶어 주춤했다.

"화났어요?"

"아니, 화날 건 뭐 있어."

성준이 말을 돌렸다.

"그나저나 목련 카페에 목련이 없으니 허전하네."

"그렇죠? 자꾸 물어보시네요. 마당이 허전하다고."

유하가 빈 마당을 바라보자 성준이 그녀의 시선을 따라 고개를 돌리고 말했다.

"아이가 생기면 저기 목련 묘목 하나를 심자."

"묘목이요?"

"응, 기념수. 그리고 목련이 필 때마다 그 옆에서 가족사진을 찍는 거야."

"좋아요! 목련이랑 아이가 자라는 모습이 남겠네요."

정말 마음에 드는 듯 유하가 박수를 치더니 말했다.

"그럼 아이가 둘이면 묘목을 두 개 심어요?"

"하나면 충분해."

"난 두 명이 좋은데."

"네 몸에서 어떻게 두 명이 나와. 키나 더 크고 와서 말해."

"이게 다 큰 거거든요? 당신이 큰 거라니까."

이번엔 하나냐 둘이냐로 신경전이다. 그러다 유하가 배시시 웃었다. 어차피 이 남자가 자길 이길 수 없음을 알고 있기 때문이었다. 성준은 본능적으로 자신이 졌음을 깨닫고 혀를 차며 뒤로 기댔다.

성준은 오후에 회사로 돌아갔다. 해연의 프레젠테이션을 침묵으로 일관하며 보던 성준이 물었다.

"좀 더 화제가 될 만한 건 없습니까? 그 팝업 스토어–pop-up store, 짧은 기간 동안만 운영하는 상점–는 그다지 SNS에 올리고 싶지 않을 것 같은데요."

"그럼 브랜드 이미지 훼손은 감수하셔야 할 것 같습니다."

해연이 태연하게 대답했다. 성준은 로봇 같다는 말이 딱 맞을 정도로 정교한 커피와 완벽히 깨끗한 인테리어를 선호해 왔다. 그걸 알기에 마케팅 부서에서 기획한 팝업 스토어 역시 무채색에 고급스럽기 짝이 없는 분위기를 풍기고 있었다.

성준이 검지로 회의실 테이블을 톡톡 두드리더니 다시 입을 열었다.

"훼손해도 됩니다."

그의 말에 회의실에 있는 모든 임원들의 눈이 성준에게 쏠렸다. 그가 더 이상 말이 없어서 그게 진심이라는 것을 알았다. 지금까지 그가 추구했던 모든 것을 뒤집는 발언이었다. 그만큼 성준은 절실했다.

회의가 끝나고 성준은 마케팅 부서로 향했다.

상대적으로 나이가 어린 마케팅 부서는 부장인 해연도 아직 30대 후반에 팀원 대부분이 20대 후반이나 30대 초중반이었다. 해연이 워낙 자유로운 영혼이라 팀 분위기도 자유로웠다.

그러나 대표가 나타나자 직원들이 전부 돌처럼 굳어서 말을 아꼈다. 성준이 참관하겠다며 의자를 빼서 다리를 꼬고 앉으니 다들 덜덜 떨며 대화가 끊기지 않을 정도로만 회의를 이어 나갔다.

설상가상 라이벌인 C커피의 광고가 플레이되자 하얗게 질려서 성준의 눈치를 살폈다. 누가 봐도 A식품을 비꽈서 희화화하고 있었다. 무엇보다 광고에 등장하는 로봇은 성준을 묘사한 것만 같은 불쾌함이 들었다.

그래서 다들 더욱 얼어 조심조심 말하자 해연이 테이블을 탁 치며 말했다.

"아, 다들 왜 이래? 평소에는 재잘재잘 잘들 말하더니 왜 멍석을 깔아 주니까 낯을 가려? 대표님이 브랜드 이미지를 맘껏 훼손하라고 하시잖아."

"'맘껏'이라고는 안 하셨을걸요……."

옆에서 국문과 출신인 재열이 지적하자 성준이 대답했다.

"일단 아이디어를 내 봐요, 얼마든지."

그는 최대한 다정하게 말했지만 워낙 기가 센 탓에 가뜩이나 얼어 있던 분위기가 더욱 꽝꽝 얼어 버렸다. 몇 주 동안 고생해서 만든 팝업 스토어 기획안을 허사로 만들었지만 한 마디 불만을 표현할 수 없었다. 산업디자인을 전공한 가은이 말했다.

"저 광고를 역이용해 보는 건 어떠세요?"

"역이용?"

성준이 되물으며 가은을 보았다. 만화에서 막 튀어나온 것 같은 남자의 시선에 가은이 당황하며 대답했다.

"대표님 이미지를 C커피에서 만들어 줬잖아요. 로봇 같다고."

그녀의 말에 놀란 동갑내기 재열이 가은의 입을 틀어막았다.

그 로봇이 성준을 희화화한 것은 틀림없지만 전 직원이 쉬쉬하던 것이 가은의 입에서 툭 튀어나와 버리고 말았다. 성준이 태연하게 말했다.

"계속해 봐요."

그의 말에 재열이 두려운 표정으로 가은을 놓아주자 그녀가 말을 이었다.

"그러니까 팝업 스토어에 아예 대표님이 로봇 분장을 하고 나타나는 거예요. 그리고 직접 커피를 나눠 주시는 거죠. 그리고 우리 커피는 인간미가 없는 게 아니라 정밀한 거다. 이걸 확실하게 보여 주는 거예요. 대표님 자체가 화제성이 있으니까 영상 촬영을 하면 효과가 꽤 좋을걸요?"

그녀의 황당한 말을 듣다 못한 재열이 가은을 노려보며 말했다.

"넌 참 눈치 없어서 좋겠다."

"아이고, 눈치가 없어서 죄송합니다."

가은이 그를 흘기며 빈정거렸다. 해연이 심각한 표정의 성준에게 말했다.

"그냥 파격적인 아이디어를 내는 중이니까요."

"해 볼까요."

"네?"

"로봇 탈이요. 해 보죠."

얼마 뒤, 성준이 유하에게 팝업 스토어 구경을 오라고 했다. 유하는 생전 자기 일에 대한 이야기는 한 번도 안 하던 그의 초대에 의아해했다.

홍대 한가운데 설치된 A식품의 팝업 스토어에 도착해서, 유하가 조심조심 건물 안으로 들어섰다. 사람이 북적북적하고 요란한 웃음소리가 들리고 있었다.

스토어의 2층으로 올라가니 그 웃음을 유발한 존재가 있었다. 로봇 얼굴이 그려진 은색 박스를 뒤집어 쓴, 무척 키가 큰 남자가 에스프레소를 추출하고 있었다.

"안녕하세요! A커피 쿠폰 받으셨어요?"

우주복을 입은 직원들이 판촉 쿠폰을 나눠 주고 있었다. 유하가 작게 '감사합니다.' 하고 말하며 쿠폰을 받았다. 그런데 이 소란 속에서 그 커피 뽑는 로봇이 유하의 목소리를 들은 모양이었다.

로봇이 잠깐 다른 직원에게 일을 맡기고 성큼성큼 걸어 나왔다. 로봇탈을 쓴 사람이 나오자 말괄량이 여고생들이 까르륵 웃으며 두 손으로 탈을 마구 두드리고, 아이들이 그의 다리에 대롱대롱 달라붙었다.

그게 힘들까 봐 유하가 쩔쩔매며 손을 뻗는데 그가 로봇 탈

381

을 벗었다. 드러난 모습을 본 유하의 눈이 동그래졌다. 더워서 땀에 흠뻑 젖은 성준이었다. 그는 산소가 부족한 우주에 있다 온 사람처럼 심호흡했다.

"아, 덥다."

"서, 성준 씨? 여기서 뭐 하는 거예요?"

"커피 만들지. 줄까?"

그가 탈을 벗자, 팝업 스토어 안에 잠시 침묵이 흘렀다. 그러더니 말없이 여기저기서 핸드폰 카메라가 들이밀어진다. 성준이 유하의 손목을 잡아당기자 여고생들이 비명을 질렀다.

"뭐야? 누구야? 누군데 저렇게 생겼어?"

"이, 이성준이다……."

"이성준?"

"이 카페 대표……."

성준은 유하 말고는 보이지도 들리지도 않는지 무신경하게 그녀를 데리고 에스프레소 머신으로 향했다. 잠깐 멍해져 있던 유하가 입술을 꾹 물어 웃음을 참았다. 다른 사람들은 멍해져서 못 웃는데, 이미 그의 외모에 적응한 유하는 성준의 냉정함과 너무도 어울리지 않는 은색 우주복이 우스워 견디기 힘들었다.

그가 에스프레소에 캐러멜을 녹이고 차가운 우유를 넣었다. 유하가 좋아하는 캐러멜 마키아토를 만들어 내민 성준의 미간이 좁혀졌다.

"뭐야, 그 표정은."

"귀여워서……."

유하가 웃음을 삼키고 겨우 말하자 성준이 그녀의 손에 홀

더를 끼운 커피를 쥐여 주며 말했다.

"여기 나 귀여워하는 사람은 너밖에 없다."

"진짜 귀여운데요?"

"어, 너 의외로 겁이 없거든."

"저 무서운 영화 못 봐요."

"……그래?"

성준의 음흉한 표정을 보니 쓸데없는 정보를 준 것 같다. 유하가 빨대로 쪼옥 달콤한 커피를 마시고 감탄했다.

"맛있네요."

"오는데 발목은 괜찮았어?"

"네, 이제 구두 신고도 잘 걸어요."

"그거 마시면서 딱 5분만 기다려. 퇴근하고 데이트하자."

연애하는 기분이었다. 유하가 고개를 끄덕이고 팝업 스토어를 구경했다. A식품의 깔끔함은 어디로 갔는지 소란스럽고, 경쾌했다. 정밀함을 강조했다며 대놓고 자랑하는 팸플릿도 어쩐지 귀여웠다.

잠시 후 일을 마친 성준이 다가왔다.

"와, 더워 죽는 줄 알았네."

"고생했어요."

유하가 걱정스러워하는데 성준이 커피를 든 그녀의 손을 당겨 빨대로 커피를 한 모금 마셨다.

"가자."

"네? 아……."

유하가 머뭇거리며 고개를 끄덕였다. 그리고 자신도 커피를 한 모금 마시다가 무심코 물었다.

"근데…… 요즘 담배 안 피우네요?"

"어."

성준이 대답하며 씨익 웃는다.

"끊으라며."

너 한 방 먹었지, 이 표정이다. 저런 유치하기 짝이 없는 남자가 도대체 왜 이렇게 좋은 건지. 그 짓궂음에 가슴이 설렌다.

유하가 눈을 천천히 감았다가 다시 뜨고. 성준의 셔츠 칼라를 당기더니 그의 입술에 쪽 키스를 하고 말했다.

"잘했네요."

그녀의 행동에 성준이 굳어서 꼼짝을 못 했다.

아무래도 평생, 이 여자를 이기기는 틀려먹은 것 같다고 생각했다.

인형탈을 쓰고 일했더니 허기가 진 성준은 유하를 데리고 가까운 밥집에 들어갔다. 유명하다는 냉면집에 들어가서 식사를 하는데 유하가 자꾸만 웃었다. 시원한 냉면으로 더위를 식히던 성준이 표정을 찌푸리고 물었다.

"뭐가 그렇게 즐거워?"

"연애하는 것 같아요."

요즘 아내는 뭐 저렇게 재미있는 일이 많은지 모르겠다. 마치 세상을 처음부터 다시 하나하나 알아 가는 어린아이 같았다. 성준이 유하가 먹는 만둣국에서 만두를 뺏어 왔다. 그러자 유하가 발끈해서 말했다.

"네 개밖에 없는데."

"네 주먹보다 더 큰 네 개다. 어차피 남길 거잖아."

"안 남길 거예요."

"더 시켜 줄게. 내 연봉이 얼만데."

투덜투덜 소소한 걸로 다투다가, 성준이 유하의 뒷자리에 앉은 남자를 보았다. 옆에 태블릿을 놓고 일하며 밥을 먹는 남자를 보니 황당하단 생각이 들었다. 맞선 상대를 앞에 두고도 저러고 있었을 자신이 떠올라서.

"그딴 남자랑 결혼하다니 용감했네, 박유하."

"그딴 남자요?"

"선보러 나와서도 일하는 남자."

성준이 말하자 유하가 고개를 끄덕였다.

"으음, 그러게요. 사람 보는 눈이 없었어요. 내 만두까지 뺏어 먹는 대식가일 줄 알았나."

"아, 거 하나 먹었다고 되게 뭐라고 그러네."

말하면서 보니 유하의 얼굴에 웃음이 가득해서 성준은 속이 자꾸만 간지러웠다. 그래서 결국 그도 픽 웃고 말았다. 저렇게 자신을 놀리며 즐거워 어쩔 줄 모르는 걸 보니 아내는 꽤나 자신을 사랑하는 모양이다.

식사를 하고 나서 잠깐 주차를 해 놓고 산책을 하는데 갑자기 비가 쏟아졌다. 성준의 정장도, 유하의 얇은 원피스도 순식간에 젖었다.

둘은 급하게 달려서 바로 옆에 있는 카페에 들어갔다. 유하에게 기다리라고 하고 성준이 카페 앞으로 차를 가져왔다. 그가 우산을 펴서 유하를 데리러오다가 표정을 찌푸렸다.

비에 젖어서 가냘픈 몸 선이 드러난 유하가 남자들의 시선을 받았다. 성준이야 머리칼이 짧아 툭툭 털면 됐지만 유하의 긴 머리칼은 여전히 젖어 있었다. 성준을 발견한 유하가 다가왔다.

"저 지금 되게 웃기죠?"

유하가 물었다. 열심히 꾸미고 나왔는데 지금 제 모습은 엉망이라 시무룩해졌다. 그러나 정작 성준은 우유처럼 하얀 얼굴에 젖은 머리칼이 달라붙어 있는 그녀의 모습에 화가 날 지경이었다. 감춰 버리고 싶을 정도로 야했다.

발목 다 나았다고 했지, 저 여자. 어디 가만두나 보자.

성준이 유하의 어깨를 팔로 감싸 우산 속으로 당겼다. 유하가 멈칫했다. 비가 와서 몸이 추웠는데, 그의 품은 이상할 정도로 뜨거웠다.

"안 웃겨. 열 받게 예뻐."

성준이 하는 직설적인 말에 유하의 얼굴이 조금 붉어졌다. 그녀가 작게 투정했다.

"거짓말쟁이……."

"가까운 곳에서 씻자."

"집…… 별로 멀지도 않잖아요?"

"멀어. 너 감기 걸릴까 봐."

"……."

"걱정돼서 그래."

감기 걸릴까 봐 걱정된다는 남자의 목소리가 오싹하도록 야했다. 유하가 머뭇거리다 고개를 끄덕였다. 그러자 성준이 그녀를 거칠게 끌어 차에 태우고 가까운 호텔로 차를 몰았다.

다시, 묘목을 심다

비에 젖은 둘이 호텔에 들어서니 컨시어지가 기겁을 해서 담요를 받아다 건넸다. 성준이 담요를 받아 유하의 어깨에 둘러 주었다.

"추워?"

성준이 유하의 뺨을 쓰다듬으며 묻자 그녀가 고개를 살짝 들고 허리를 숙인 그를 보았다. 유하가 무언가 말하려다가, 잠깐 주변을 둘러보고 눈치를 살핀 후 얼른 그의 손을 잡아 엘리베이터로 데려갔다.

둘의 뒷모습을 보며 호텔의 직원들이 소곤거렸다.

"봤어? 이성준 고객님?"

"응, 어쩜 저렇게 아내밖에 안 보지……."

"아, 부럽다."

"부러워? 난 좀 오싹하던데…….”

그들의 대화가 들리진 않았지만 유하는 눈치로 무슨 대화 중인지 알 수 있었다. 성준은 유하가 무안할 정도로 그녀만 보고 있었다. 그래서 부끄러움에 선뜻 성준을 걱정하지 못하다가, 엘리베이터가 올라가기 시작한 후에야 손을 뻗어 남편의 머리칼을 어루만졌다.

"당신이 나보다 비 더 많이 맞았어요.”

"너랑 나랑 같아?”

성준이 무뚝뚝한 목소리로 물었다. 하긴. 엘리베이터 유리에 비치는 체격을 보니 이 정도 비에 감기 걸릴 남자 같진 않다. 유하가 물었다.

"불편하지 않아요? 키가 너무 커서.”

"불편하지. 세상 모든 게 낮아.”

"으응.”

"가끔씩은 내가 조금 작았으면 좋겠어. 널 이렇게 안았을 때 남지 않고 꽉 차는 기분이 들었으면 해.”

"…….”

"곁에 있어도 네가 부족해.”

그가 중얼거리며 객실 문을 열었다.

출발하며 바로 예약했던 터라 객실은 이미 준비가 되어 있었다. 은은한 장미향이 느껴지는 거실이 있고, 양쪽 벽 뒤에 각각 욕실과 침실이 있었다. 성준은 몇 번 묵었던 객실이라 익숙하게 유하의 팔을 잡아 욕실로 데려갔다. 욕조에 따뜻한 물이 차 있었다.

성준이 유하의 어깨에서 담요를 내려 주고, 뒤에서 그녀의 팔을 두 손으로 감쌌다.

"천천히 씻어."

목덜미 가까이에서 그의 숨이 느껴지고, 곧 유하의 원피스 지퍼가 천천히 내려갔다. 성준의 손이 그녀의 마른 등을 쓰다듬자 유하가 눈을 꼭 감았다. 그녀의 긴 속눈썹이 파르르 떨렸다.

"감기 걸리겠다."

성준이 중얼거렸다. 비에 유하의 몸이 차가워졌다. 그녀의 머리칼을 한쪽 어깨로 모아 앞으로 넘기고, 하얗게 드러난 피부에 입을 맞췄다. 유하의 입술에서 '아!' 하는 탄성이 흘렀다.

"정말…… 걱정하는 거 맞아요?"

유하가 울 것 같은 목소리로 묻자 성준이 대답했다.

"걱정하지. 엄청."

"빨리 씻……."

유하가 입을 다물었다. 성준의 손가락이 유하의 날개뼈 주변에서 빙글빙글 돌더니 척추뼈를 타고 느릿하게 내려갔다. 그가 기운을 전부 빼 가는 것만 같은 기분이었다. 유하의 가녀린 손이 벽에 닿았다. 그러지 않으면 몸을 지탱할 수 없었다.

"사랑을 하게 되면 뭐부터 할까. 생각을 해 봤어."

성준이 뒤에서 천천히 그녀의 골반을 감싸며 귀에 속삭였다.

"근데 나는 빼도 박도 못하게 사내놈이라서."

"읏……."

"생각나는 게 섹스밖에 없더라."

그의 손이 유하의 허벅지를 쓰다듬었다. 유하는 그 뜨거운 손에 서 있기 힘들어 뒤에 서 있는 성준의 품에 등을 기댔다. 넓고 단단한 품에 안기니 안정감이 있었다. 유하가 야릇한 목소리로 투정했다.

"그건…… 전에도 많이 했어…… 아…….."

"사랑하면서 하는 것과는 다르지."

"뭐가…… 달라요?"

성준이 웃으며 유하의 몸을 자신 쪽으로 돌리고 원피스를 완전히 벗겼다. 그가 혼잣말하듯 말했다.

"더 달콤하지 않을까."

물에 젖은 원피스가 먼저 바닥에 떨어졌다. 폭 젖은 속옷 차림이 마음에 드는지 성준이 한 걸음 물러섰다. 밖에서 다른 사람들이 그녀를 볼 때는 불쾌했는데, 둘밖에 없으니 이젠 느긋하게 감상하고 싶은 마음이 들었다.

"저 감기 걸려요."

유하가 그렇게 말하며 입술을 깨물었다. 성준이 군침을 삼켰다. 성질 급한 사람이 사탕을 먹듯, 저 하얀 살갗을 사정없이 깨물어 급하게 삼키고 싶었다.

그가 유하의 브래지어를 벗기고 손으로 가슴을 쥐었다. 차가워진 몸에 뜨거운 손이 닿을 때마다 전기가 통하는 것처럼 찌릿했다. 유하가 울상을 지으니 아예 입에 넣고 혀로 톡톡 건드렸다. 유하가 참는 듯한 울음소리를 냈다. 성준이 그녀를 바라보며 말했다.

"여보라고 해 봐."

성준이 명령조로 말하자 유하가 고개를 떨구며 작게 말했다.

"여, 여보?"

"하는 김에 오빠도."

"갑자기 무슨 오빠예요?"

"연인인 적이 없어서 못 들어 봤잖아. 해 줘, 빨리."

"오빠……."

"이름 붙여서."

세 살 차이. 연애를 했다면 '오빠'라는 말이 익숙했을 수도 있다. 그런데 그게 왜 이리 부끄러운지.

"……성준 오빠."

유하가 얼굴을 붉히며 말하자 성준이 미소를 지었다.

"응, 유하야."

유하가 그제야 고개를 들었다. 성준이 빤히 자신을 보고 있었다. 그의 집요한 시선이 부끄러워 못 견디겠는지, 유하가 젖은 원피스를 찾아 들고 제 몸을 가렸다. 그녀의 순진한 행동이 오히려 성준을 자극했다. 그가 유하의 두 뺨을 잡고 허리를 숙였다.

"같이 씻을까?"

"저 제대로 씻고 싶어요."

유하가 말하며 한 손으로 성준을 밀치고 문을 닫아 버렸다. 그러고는 욕실 거울로 제 빨개진 얼굴을 확인하고 울상이 되고 말았다. 저런 남자가 뭐가 좋다고 이렇게 얼굴이 빨개지는지 모르겠다.

유하가 씻고 먼저 욕실에서 나오니 성준이 받아 둔 옷가지가 있었다. 그는 아직 씻고 있는 모양이었다. 잠옷을 챙겨 입고 창가에 있는 테이블로 걸어가니 디저트 몇 종류와 따뜻한 홍차가 놓여 있었다.

유하가 의자에 앉아 홍차를 한 모금 마셨다. 베르가못 향이 듬뿍 올라와 그녀의 몸을 사르륵 녹였다. 유하가 턱을 괴고 밖을 바라보았다. 비가 내리는 서울의 야경이 눈에 들어왔다.

"예쁘다."

그녀가 즐거워하며 유리창에 손가락을 가져가는데 앞에 성준이 털썩 앉았다.

"뭐가 그렇게 예뻐?"

성준이 묻자 유하가 여전히 창밖을 보며 말했다.

"야경이요. 비 오니까 정말 예뻐요."

"예쁜가."

"우리 정말 남들 연애 때 해 보는 거 지금 다 해 보네요. 같이 데이트도 하고, 비 오니까 이렇게……."

그녀가 부끄러워하며 성준을 보았다. 그리고 작은 목소리로 말을 이었다.

"……호텔에 쉬러 오고."

그 말에 성준이 짓궂게 말했다.

"와, 이 여자 그렇게 안 봤는데 아주 발랑 까졌네. 연애 때 호텔에 쉬러 온다고?"

"누가 누구보고…… 날라리."

"날라리?"

성준이 어이가 없어 한쪽 눈썹을 치켜들었다. 유하는 장난이었다는 듯 웃었다. 그녀의 맑은 웃음소리가 성준의 정신을 빼놓았다.

성준이 더 못 기다리겠는지 유하의 팔을 붙잡아 일으켰다. 그리고 침대까지 가는 것도 견디기 힘들어 허리를 숙여 입을 맞추기 시작했다. 유하의 휘어진 허리를 성준의 팔이 지탱했다.

누가 먼저랄 것도 없이 두 사람은 입고 있던 잠옷을 벗었다. 유하가 성준의 목을 감싸 안고, 그가 그녀를 두 팔로 안아 들고 침대로 향했다.

그녀를 침대에 눕히고, 성준은 부족한 키스를 실컷 충족했다. 보드라운 입술이 촉촉하게 젖을 때까지 키스를 하며 손으론 그녀의 유연한 몸을 애무했다. 허벅지 사이를 놀리듯이 쓰다듬는 손길에 유하가 못 견디고 입을 꾹 다물어 버렸다. 그러자 성준이 검지를 그녀의 입에 넣어 강제로 벌리게 했다. 뜨거운 숨과 달아오른 교성이 어쩔 수 없이 흘러나온다.

"야하네."

성준이 중얼거렸다. 유하는 자신을 내려다보는 성준의 눈빛에 다급해지는 기분이었다. 누가 누구보고 야하다는 건지.

그녀가 뭐라 말하려고 해서 성준이 손가락을 빼니 유하가 다시 말했다.

"얼른……."

"조르는 거야?"

성준은 몸이 못 견딜 정도로 치미는 욕망에 시트를 움켜쥐었다. 유하가 고개를 끄덕이며 '네.' 하고 소리를 냈다. 아내가 이렇게 야해질 수도 있었나. 그녀의 자그마한 몸이 달콤한 아이스크림 같아서 녹아 버릴까 두려웠다.

성준이 유하의 다리를 조금 더 벌렸다. 성준의 손이 닿자 유하가 칭얼거리는 듯한 교성을 냈다. 그의 고통스러울 정도로 단단해진 것이 아래에 닿았다. 곧 유하의 표정에 아픔이 번졌다. 그래서 그녀가 막으려는 순간 성준이 확 깊이 들어가 몸을 겹쳤다. 피임을 하지 않은 건 처음이라 유하가 생경함에 눈을 동그랗게 떴다.

"너, 너무 갑자기…… 아파요……."

유하가 성준의 목을 꼭 안고 말했지만 그가 들은 척도 하지 않았다. 성준은 욕설이 나올 것 같아 입을 다물었다. 그녀의 안에 들어가니 정신이 짓뭉개지는 기분이었다. 성준은 몸을 지배하는 쾌감을 견디려 했다. 그러나 움직일 때마다 이성을 전부 잡아먹는 감각에 제 몸을 조절할 수가 없었다.

"아프다고…… 아……."

고통을 호소하던 유하가 대답조차 해 주지 않는 성준이 원망스러워 손끝으로 그의 어깨를 꽉 눌렀다. 그의 힘에 몸이 부서질 것 같았다. 고통과 동시에 뜨거운 쾌감이 유하의 정신을 쏙 빼놓았다.

성준이 자제하려 애쓰고 있다는 걸 유하도 알았다. 금방 욕이라도 할 것처럼 일그러진 성준의 얼굴이 섹시했다. 유하는 아프다 원망하면서도 머릿속이 새카매져서, 더 안아 달라는 듯이 성준의 목을 끌어안았다.

성준은 뒤늦게, 숨조차 제대로 쉬지 못하는 유하를 위해 잠깐 페이스를 늦추고 서서히 파정했다. 그제야 유하가 눈을 뜨고 그를 봤다. 성준의 본능이 인간과 짐승을 오가는 사이, 유하는 너무 울어 눈이 새빨갛게 부었다. 그가 옆에 누워 유하의 헝클어진 머리칼을 정리해 주며 물었다.

"유하야."

"……."

"아프기만 해?"

그가 물으며 눈에 주름이 잡히게 웃었다. 참을성 없이 정욕을 풀고 난 남자의 목소리는 짓궂기 짝이 없었다. 유하가 대답하기 싫은지 말없이 성준의 품에 얼굴을 묻었다.

"대답 안 해 줄 거야?"

성준이 장난기 가득한 목소리로 재촉하자 유하가 대꾸했다.

"안 할 거예요……."

성준이 킥킥 웃었다. 그가 천천히 유하를 놓아주고 버려 놨던 가운을 대충 걸쳤다. 그리고 거실에서 유하가 한 입도 못 먹은, 앵두가 올라간 캐러멜 무스 접시를 가져왔다. 너무 힘들어서 입맛이 없는데 단 걸 먹으란다. 잠옷을 겨우 끼워 입은 유하가 말했다.

"배 안 고파요."

"체력을 보충해야지."

"……싫어요. 이대로 잘래요."

"난 네가 못되게 굴 때가 제일 좋더라."

성준이 유하를 붙잡아 자기 무릎에 앉혔다. 그러고는 그녀가 거부할 틈도 없이 입을 맞췄다. 치열 하나하나까지 사랑스러워 죽겠다는 듯한 입맞춤이었다. 그녀의 입술이 앵두처럼 새빨개질 때까지 성준은 키스를 멈추지 않았다.

유하가 점점 힘이 풀려서 그만하라는 듯 성준을 밀었다. 그러자 그가 유하의 머리칼 사이에 손가락을 넣고 머리를 감싸 더욱 난폭하게 입을 맞췄다. 결국 유하의 머리며 옷이 완전히 헤집어진 후에야 성준이 키스를 멈췄다. 그가 가쁘게 숨을 쉬는 유하에게서 채 10센티미터도 떨어지지 않은 곳에서 속삭였다.

"쉽게 해 주려고 했더니.

"머, 먹을게요…….'

"배 안 고프다며. 억지로 먹이기 싫은데."

그의 느긋한 말에 유하가 고개를 도리도리 저었다.

"엄청 먹고 싶어요."

성준은 반쯤 유하를 울려 놓고서야 만족한 표정이었다. 그녀의 뺨과 사정없이 짓눌려진 가슴에서 복숭아 같은 분홍빛이 돌았다. 유하의 몸이 푹신한 침대에 다시 눕혀지고 성준이 그녀의 위를 덮쳤다. 그가 다시 유하의 가슴에 입술을 묻었다. 유하가 억울해하며 '케이크…….' 하고 말했지만 곧 그 소리마저 끊어졌다.

토요일 아침 일찌감치 눈을 뜬 유하가 옆을 보았다. 성준의 퇴근이 늦어 먼저 잠들었는데, 언제 들어왔는지 그가 곁에서 자고 있었다. 이제 그는 어떻게든 집에 들어와서 자려고 애썼다.

요즘 들어 남편은 자주 웃었다. 그렇게 행복해 본 적이 없는 사람처럼 사소한 것에도 즐거워했다.

유하가 침대에 무릎을 꿇고 몸을 숙여 성준의 뺨을 콕 찔렀다. 그러자 그가 앓는 소리를 내며 눈을 떴다.

"왜 아침부터 귀여운 짓이야."

성준이 허스키한 목소리로 중얼거리자 유하가 말했다.

"당신이 자니까 심심해서."

그녀가 말하자 성준이 한 손으로 덜 떠진 제 눈을 문지른다. 그의 입꼬리가 즐겁게 호선을 긋는다.

"놀아 줄게. 그래."

그가 말하며 눈을 뜨고 유하의 머리칼에 쪽 입을 맞췄다. 그러자 유하가 그가 눈 뜨기만 기다렸다는 듯 얼른 물었다.

"저게 뭐예요?"

그녀가 침대 아래에 상자를 가리키자 성준이 하품을 하며 몸을 일으켰다. 유하가 침대를 내려가 상자를 들려 하는데 꽤 무거워 쉽지 않다. 느리게 몸을 일으킨 성준이 상자를 한 팔로 가볍게 들며 말했다.

"나도 공부하려고 책 샀어."

"무슨 공부요?"

그녀가 의아해하자 성준이 상자를 열어 책 한 권을 꺼내 보였다. '아빠들의 필독서'라고 쓰여 있다. 그 외에도 상자에는 육아에 관한 책이 가득 들어 있었다. 유하가 웃으며 말했다.

"와, 기특하네요. 공부할 생각을 다 하고."

"서재에 두고 올게."

성준이 무뚝뚝하게 말하고 제 서재로 향했다. 그런데 유하가 그의 뒤를 따라온다. 성준이 물었다.

"왜 따라와?"

"나도 당신 서재 구경할래요."

"싫어."

"왜에. 뭐가 있는데 맨날 잠가 놔요?"

전에는 성준이 무뚝뚝하게 거절하면 유하 역시 무덤덤한 얼굴로 포기했는데, 요즘은 계속 조른다. 성준이 표정을 찌푸렸다. 역시 이 여자, 자기가 서운한 표정을 지으면 성준은 마음이 찢기는 기분이란 걸 눈치챈 것 같다.

결혼 전에는 자신만의 공간이 있는 게 너무 당연해서. 아내가 자신의 공간에 안 들어오는 것도 당연하게 여겼었다. 어차피 작은 집도 아니니 방 한 개 정도는 잠가 놔도 유하가 신경 쓰지 않을 거라고 생각했는데 저런 표정을 지으면 이길 수가 없다.

성준이 별수 없이 문을 열어 안으로 들여보내자 예상대로 유하가 멈칫했다.

책이 들어있는 책장은 하나뿐이고, 나머지는 전부 경매로 산 야구용품들뿐이다. 특히 얼마 전 은퇴한 데릭 지터-前 뉴욕 양키즈 선수-와 관련된 건 다 사 모으는 듯했다.

"이게 무슨 서재예요? 책이 없는데."

"있잖아. 여기."

성준이 그나마 꽉 차 있는 책장 하나를 가리킨다.

처음에는 일밖에 모르고, 사납기 짝이 없는 그가 벽처럼 느껴졌는데. 요즘 보면 그냥 보통의 남자구나 싶다.

별달리 착한 것도 아니고, 유난히 다정하지도 않지만 언제나 성실하고 노력하는. 그냥 그런, 내가 사랑하는 남자.

유하가 뒷짐을 지고서는 장난기 어린 눈으로 성준을 올려다보았다.

"부끄러워서 서재 안 보여 준 건가 보다. 그렇죠?"

"……."

"책 싫어해요?"

그녀의 놀림에 성준이 괜히 뺨을 긁적였다.

"시끄러워."

"책장 하나 더 사야겠네요. 책 꽂을 곳이 없네."

유하가 말하자 성준이 프루스트의 잃어버린 시간을 찾아서 양장본 세트를 가리켰다.

"이거 버리고 여기다 꽂으면 돼."

"네에? 책을 왜 버려요?"

"저건 진짜 못 읽겠더라."

그가 투덜거렸다. 유하는 이해를 못 했지만 성준에겐 명확한 이유가 있었다. 성준이 아무거나 서재 채울 책을 알려 달라고 했더니, 찬후가 가져다준 책이 저 세트였다. 그 자식은 뭐 저렇게 복잡한 책을 읽고 있는지.

영국에서 아예 안 돌아 왔으면 좋겠다. 큰 인물이나 돼라, 이 자식.

성준이 유하를 안아 들어 책상에 앉혔다. 그리고 자신은 오늘 도착한 책 한 권을 들고 의자에 앉았다. 유하가 혼잣말했다.

"야구 용품 때문에 책 놓을 곳이 없다니."

"책은 수능 볼 때 충분히 많이 읽었어. 이것도 너 때문에 읽는 거야."

그 말에 유하가 웃으며 다리를 교차로 흔들었다. 성준은 앞에 보이는 그녀의 앙상하게 마른 발목을 손으로 붙잡았다. 유하가 자신을 올려다보는 성준에게 말했다.

"책 하니까 생각났는데, 파리에 어떤 서점은 작가 지망생들이 하루에 한 권씩 책을 읽는 조건으로 숙박을 하게 해 준데요."

"으음."

"가 보고 싶어요."

"혼자 어디 가서 숙박할 생각하지 마."

"왜 얘기가 그렇게……."

책상을 두 손으로 쥔 유하의 눈이 살짝 감겼다. 성준이 유하의 다리를 당겨 입을 맞추고 있었다. 그가 낮은 목소리로 중얼거렸다.

"……책이고 공부고 나중에 하자."

그러자 유하가 웃으며 말했다.

"거봐요, 날라리."

"지금 눈앞에 네가 있는데 글자가 보이겠어?"

성준이 말하며 유하를 잡아끌었다. 신혼처럼, 눈만 마주쳐도 몸이 찌릿했다.

주말이 끝나자 유하는 아이를 가지잔 말을 취소할까 고민했다. 그녀가 두 팔로 애써 상체를 일으키려다 실패하고, 저 멀리 던져져 있는 잠옷을 향해 손을 뻗었다. 그것마저 실패한 그녀가 분노로 몸을 부들부들 떨었다.

해도 너무하는 것 아닌가? 사람이! 인간으로 태어났으면! 일 말의 이성과 참을성이 있어야지!

성준은 출근하기 위해 거울을 보며 넥타이를 매고 있었다. 유하가 침대에 엎드려 말했다.

"……이혼해요."

그녀의 말에 성준이 유하 쪽으로 몸을 돌렸다. 그가 고개를 비스듬히 기울이고 물었다.

"왜?"

"왜? 왜냐는 말이 나와요, 지금?"

유하가 분해서 노려보자 성준이 어깨를 으쓱였다. 그러더니 진이 빠져 꼼짝도 못 하는 유하의 몸을 똑바로 눕히고 그녀의 머리맡을 집었다. 몸을 숙이고 내려다보는 그의 눈은 여전히 차갑고, 사나웠다.

"안 돼."

그리고 다른 한 손으로 유하의 얼굴을 쓰다듬었다. 그 집착으로 가득한 손길에 움찔거리게 된다. 유하가 불만스럽게 입을 열었다.

"나쁜……."

'나쁜 놈'이라고 말하려다 유하가 입을 꾹 다물고 원망스러운 눈으로 보기만 한다. 성준이 표정을 찌푸리며 물었다.

"왜 끝까지 안 해?"

"내가 욕하면 귀엽다면서요? 누구 좋으라고."

그런 이유였다니. '이혼'이라는 말에 순간 신경이 곤두섰던 성준은 종알대는 유하가 귀여워서 픽 웃었다. 그가 최대한 다정히 물었다.

"진짜로, 왜 화가 났는데?"

"몰라서 물어요?"

"응. 모르지."

그가 고개를 기우뚱한다. 맞다. 이 남자는 하나하나 얘기해 주지 않으면 모르지. 무신경한 이성준 씨.

유하가 자기 입으로 말하기 부끄러워 이불을 눈 밑까지 당겼다.

"당신이 맨날 날 못살게 굴어서, 카페에서 툭하면 졸잖아요."

"그게 내 탓이야? 네가 체력이 없는 탓이지."

성준이 그 와중에 불만을 말하자, 유하가 더욱 앙칼지게 흘겼다. 그가 태연히 말했다.

"네가 아이를 가지고 싶다며. 그래서 아이가 생기도록 노력하고 있잖아."

"이게 노력이에요?"

"응. 정말 널 위해서야."

정말이지, 말이나 못하면…….

유하가 조금 작아진 목소리로 말했다.

"필요할 때만 해도 되잖아요. 그럼."

"이기적인 소리 하지 마. 나보고 죽으란 거냐?"

"……됐으니까 빨리 나가요."

"알았어. 사랑한다."

"……"

"사랑한다니까?"

"……나도 사랑해요."

엎드려 절 받아 놓고 성준은 만족스러운 표정으로 침실을 나간다. 유하는 하루라도 빨리 아이를 가졌으면 좋겠다고 생각하며 한숨을 쉬었다.

A식품 대표 이성준이 로봇 탈을 쓰고 판촉을 한 일은 SNS를 타고 빠르게 퍼져 나갔다. 라이벌 회사의 광고를 역이용한 이 마케팅은 성준의 월등한 외모로 시너지를 얻었다. 그 효과는 당장 매출에 드러났다. 심지어 어린아이들까지 A식품 카페를 보면 로봇을 떠올리며 부모에게 들어가자고 할 정도였다.

효과가 증명되었으니 성준도 계속 모델을 안 하겠다고 우길 수가 없었다. 무엇보다 얼굴이 나간 보람이 있었다. 로봇탈을 벗은 그와 유하의 다정한 모습 덕에 흉흉하던 스캔들이며 지라시들이 한순간에 가라앉았다.

성준과 같이 점심 식사를 하기 위해 유하는 A식품 빌딩 앞에 도착했다. 그녀가 빌딩 옥외에 붙은 A식품 간판 파티시에 미첼과 성준의 얼굴을 보고 웃음을 터트렸다. 약속 시간에 맞춰 밖으로 나오던 성준이 웃고 있는 유하를 발견하고 민망해하며 말했다.

"그래, 웃어라. 웃어."

유하가 웃다가 눈물까지 고여서 성준에게 물었다.

"세상에 어떻게 저렇게 못생기게 나왔어요? 이렇게 잘생긴 남자가."

"실물이 나?"

평생 주변에서 잘생겼다고 해도 들은 척도 안 하던 그였지만 아내가 잘생겼다고 하는 건 무척 신경이 쓰였다. 유하가 말했다.

"당연하죠. 다른 사람들도 다 그렇게 얘기하지 않아요?"

"남들 얘긴 내 알 바 아니지. 너한테만 들으면 돼."

그가 당연하다는 듯이 말했다. 하여튼 정말 하나밖에 모르는 외골수다. 저렇게 남 얘기 안 듣는 사람이 회사는 어떻게 운영할까. 유하가 부끄러운지 괜히 바닥을 보며 말했다.

"다른 사람들 말도 좀 신경 쓰시죠?"

"다른 사람들이 너 예쁘다고 하는 건 신경 쓰이더라. 아, 젠장. 또 생각하니까 열 받네."

성준이 신경질적으로 말했다. 지난 번 팝업 스토어가 크게 홍보가 되어 매출이 회복된 것은 좋은데, 동시에 유하의 얼굴이 여기저기 떠 있어서 열이 받았다. 질투가 나서 앉아 있지도 못하겠다.

"나만 봐도 모자란데…… 인터넷을 없앨 수는 없나."

그의 투덜거림에 유하가 작게 웃으며 '어린애.' 하고 말했다.

슬슬 여름이 지나가고 있었다.

A식품 빌딩 뒤에 초등학교가 있었다. 그 골목 안에 유명한 쉐프의 비스트로가 있다고 해서, 둘은 그 방향으로 걸어가는 중이었다. 나무 그늘이 바람에 이리저리 움직였다. 나뭇잎에

부서진 햇살이 자잘하게 둘의 얼굴에 닿았다.

평일 오후, 길에는 사람이 전혀 없어 초등학생들의 함성 소리만 유쾌하게 퍼졌다. 성준이 한 손을 주머니에 넣고 말했다.

"오늘 너한테 프러포즈할 생각인데."

"……네?"

"3년 전에 안 한 것 같아서 지금 하려고. 뭐 특별히 상상하던 프러포즈 있어?"

이 남자가 무신경한 건 알았지만 받고 싶은 프러포즈를 물어볼 정도인 줄은 몰랐다. 성준이 중얼거렸다.

"역시 티파니……."

"티파니?"

"매장을 하나 사야 하나."

성준이 신중하게 말했다. 부부는 닮는다고 했나. 손 큰 것까지 닮았다. 유하가 가볍게 한숨을 쉬고 말했다.

"됐어요. 결혼 3년 만에 무슨 프러포즈예요?"

"원래 다른 부부들도 다 결혼 계획 짜면서 프러포즈하고, 늦으면 결혼 후에도 하고 그러는 거야. 프러포즈 자체가 중요한 거 아냐?"

"안 받아도 됩니다, 이성준 씨. 고집부리지 말아요."

"그럼 이건 버려?"

성준이 주머니에서 작은 상자를 꺼내며 묻자 유하가 더더욱 기가 막혀 멈춰 섰다.

"지금 길에서 저한테 반지 주려고요?"

"이거 반지 아니야."

"그럼요?"

"……사실 반지야. 어디 들어가서 줄까?"

"아, 됐어요. 그냥 줘요."

유하가 귀찮으니 빨리 끝내자는 듯 손을 내밀었다. 성준이 자기 생각에도 기가 막혀서 킥킥 웃더니 상자를 열었다. 그가 반지를 꺼내서 유하의 손가락에 끼워 주고, 나지막이 말했다.

"나랑 결혼하자. 박유하."

그가 진중하게 말하자 유하가 조금 웃었다. 싫은 척하긴 했지만, 바람이 적당히 부는 좋은 날씨에 가장 햇살이 눈부신 시간. 아이들의 재잘거리는 목소리가 들리는 이곳이 딱 마음에 들었다.

결혼 3년 만에 프러포즈를 받는 여자가 있을까 싶기도 하고. 결혼하자는 그의 말에, 가슴이 두근거리기도 하고…….

유하가 새침하게 대답했다.

"만나자마자 결혼이라뇨. 좀 생각해 볼게요."

처음 만났을 때. 이렇게 말했어야 했다. 유하의 장난에 성준이 피식 웃었다.

"아. 까다로우시네. 좋습니다. 생각하세요."

그가 장단을 맞춰 주자 유하가 고민하는 시늉을 하더니 물었다.

"으음, 성준 씨는 내 어디가 마음에 드는데요?"

"얼굴이 맘에 듭니다."

그가 단호하게 말하자 유하가 경악하며 물었다.

"얼굴 때문에 결혼하자고 한 거였어요?"

"얼굴이 아니면. 첫 만남부터 남자가 여자한테 결혼하자고 할 이유가 뭐가 있어."

선을 본 여자들 중에 유하가 제일 마음에 든다고 했었다. 첫 만남에서. 그 말이 유하의 입에서 이혼하잔 말이 나오기 전까지 가장 로맨틱한 말이었는데 그게 오직 외모 때문이었다니! 유하가 울상이 되어 말했다.

"아니, 뭔가…… 있잖아요, 왜. 첫 만남부터 끌리는 매력……."

"그 끌리는 매력이 얼굴이었다."

찔러도 바늘 하나 안 들어갈 것 같은 단호함이다. 유하가 토라지자 성준이 그녀의 뒤를 따라 걸으며 물었다.

"왜 삐져?"

"다른 건 없어요?"

"예쁜 거 말고? 귀여웠지."

"외모 말고!"

"웃는 게 예뻤…… 아, 알았어. 지금 생각할게."

유하가 흘기자 성준이 항복한다는 듯 두 손을 들어 보이곤 신중하게 고민하기 시작했다. 한참 고민하던 그가 말했다.

"역시 없는데."

성준이 심각한 표정으로 중얼거렸다.

"네 장점 중에 네 외모를 넘을 만한 건 하나도 없어."

"얄미워……."

얄밉긴 한데, 예쁘다는 그의 말이 싫지는 않았다. 예뻐서 사랑하는 것이든, 사랑해서 예뻐 보이는 것이든. 이 남자는 정말 아내가 예뻐 어쩔 줄 모르는 모양이니까.

유하가 손으로 살며시 성준의 팔을 감싸 쥐었다. 나무가 스치며 파도 같은 소리를 냈다. 성준이 담담한 목소리로 말했다.

"살다 보니까, 더 좋아져."

"네?"

유하가 고개를 들고 그를 올려다보자 성준이 시선을 마주하고 말을 이었다.

"살다 보니까 점점 더 네가 좋아진다고."

"……바보."

"그러게. 내가 너하고 있으면 좀 한심해지지."

성준이 말하더니, 부드럽게 웃는다. 그의 웃음에 곧, 유하도 행복한 표정을 지었다.

날이 갈수록 카페 목련에는 단골이 늘어났다. 나리도 회사가 가까우니 툭하면 커피를 마시러 들렀다. 옆 가게의 사장들과도 조금씩 친해졌다. 그리운 사람들이 늘어난다.

그러다 요 며칠, 유하의 몸이 영 좋지 않았다. 비틀거리는 유하를 발견한 다정이 화들짝 놀라서 달려왔다.

"사장님. 진짜 집에 가셔야 하는 거 아니에요? 얼굴이 너무 창백해요."

"으응……. 오늘은 진짜 가야겠다. 미안. 대타 있을까?"

"저랑 강호 오빠랑 둘이 어떻게든 할게요. 조금만 기다리면 오후 타임 애들 오는데요, 뭐."

다정의 말에 유하가 파리한 얼굴로 대답했다.

"고마워. 요즘 몸이 별로 안 좋네……."

"얼른 들어가세요."

"응. 잘 부탁해."

카페에서 나온 유하가 집으로 향했다. 새로 채용한 수행 비서는 머리가 희끗한 60대의 남자였다. 원래 희강의 운전기사였다가 최근 성준이 이동시켰다. 아버지에게 이미 수행 비서가 있는데 무슨 운전기사까지 따로 필요하냐면서. 뭐 여러 가지 이유가 있었지만 결정적으로 유하에게 젊은 남자를 붙여 놓을 생각이 없다는 것만은 확실했다.

덕분에 자리를 옮긴 운전기사는 뭐가 그렇게 즐거운지 항상 싱글벙글이었다. 희강의 치다꺼리를 하다 유하의 수행 비서가 되니 세상 편한 모양이었다.

안색이 안 좋다는 수행 비서의 걱정을 들으며 집으로 돌아왔다. 강영 아주머니가 신기하다는 듯이 말했다.

"오늘은 다들 일찍 오셨네요. 아이고, 어쩌나. 아침부터 몸이 안 좋다더니."

"조금 피곤해서…… 그런데 성준 씨도 집에 있어요?"

"네. 조금 아까 들어오셔서 서재에 계세요."

이 시간에 무슨 일일까. 유하가 의아해서 고개를 갸우뚱하며 성준이 있다는 서재로 향했다.

문을 살짝 열고 서재에 들어간 유하의 얼굴에 미소가 번졌다.

"아……."

따뜻한 가을의 햇살이 포근하게 들어오는 창가. 성준이 육아 서적을 펼쳐 놓고 책상에 엎드려 잠들어 있었다. 책상 위에 열심히 공부한 흔적이 가득했다.

내가 이런 사람이랑 사는 구나, 하고 가슴이 두근거렸다. 좋은 아빠가 되지 못할까 봐 아이 낳기를 거부하던 남자가, 이제는 저렇게 책을 쌓아 놓고 준비를 한다. 눈물이 나올 것만 같아서 고개를 잠깐 젖혔다. 우린 참 외로운 사람들이었는데, 이렇게 만나서 얼마나 다행인지.

유하가 성준을 꼭 안아 주니 그가 잠에서 깼다. 그녀가 다정히 물었다.

"무슨 일이에요? 이 시간에."

"잠깐 스케줄이 비어서. 너…… 열 있는 거 아냐? 뜨거운데."

성준이 근심 가득한 얼굴로 물었다. 유하의 이마를 손으로 감싸고 열이 있나 확인하는데, 그녀가 어지러워 비틀거렸다. 그러다 유하가 자기도 모르게 '아.' 하고 소리를 냈다.

"저 잠깐만요."

"왜?"

유하가 아무것도 아니라는 듯 손을 젓고 방으로 향했다. 마음이 조급해져서 다섯 개가 남아있는 임신테스트기 중에 하나를 집어 들었다. 매달 확인하다가, 생각보다 임신이 쉽지 않아 이번 달에는 아직 확인하지 않았었다.

한참 후 유하가 서재로 돌아왔다. 성준이 얼굴이 빨개진 유하에게 걱정스럽게 말했다.

"같이 병원 다녀오자."

"아, 저기……."

"감기?"

"그게 아니라, 저 임신……한 것 같아요."

유하가 낸 목소리를 끝으로 둘 사이에 침묵이 흘렀다.

유하는 멍하니 눈을 깜빡거리며 성준을 올려다보았고, 그는 유하의 두 배 정도 당황해 얼어 있었다. 꽤 긴 침묵이 흐르고 성준이 뒤늦게 말했다.

"어, 어쨌든 병원은 가야겠네. 일단 난 차로 가서…… 아. 겉 옷 따듯하게 입고 나와. 아닌가? 열이 나면 시원해야…… ."

언제나 냉정하기 짝이 없던 성준이 횡설수설한다. 유하가 당황할 것까지 그가 다 당황해 주니 오히려 마음이 놓였다.

얼마 뒤, 병원에서 아기집을 확인한 날의 늦은 밤. 성준은 유하를 데리고 카페 목련으로 향했다.

열 시에 문을 닫은 카페는 조용했다. 딱 기분 좋을 정도의 온도였다. 서울이 맞나 싶을 정도로 유난히 공기가 맑은 밤이었다.

성준이 제 겉옷을 벗어 야외에 놓인 의자에 깔아 주는 사이, 유하는 테이블 위에 놓여 있던 조명을 켰다. 순식간에 밝아졌다. 빛이 촉촉한 흙 위에 머무른다.

"우리 꼭 도둑 같지 않아?"

성준이 삽으로 땅을 파며 말하자 유하가 웃었다.

"낮에 올 걸 그랬죠?"

"아니, 이렇게 둘만 있는 거 좋다."

"응, 오래 기억날 것 같아요."

가져온 목련 묘목의 뿌리보다 조금 깊게 땅을 판 후 물을 충분히 채웠다. 유하가 물 뿌리는 것이라도 도와주려 했지만 성준이 무서운 표정을 지었다.

"의사 말 못 들었어? 초기에 조심하라잖아."

"꼼짝도 하지 말라는 말은 아니거든요?"

"그 말 맞아. 앉아."

성준이 무심코 강요하다가, 자기 표정이 무섭나 싶었는지 곧 씨익 웃어보였다. 그 갑작스러운 웃음에 유하가 또 한바탕 웃었다. 이렇게 원하던 것을 다 가져도 되나, 불안할 정도의 행복이 느껴졌다. 그것은 유하에게도, 성준에게도 마찬가지였다.

가족이 있었으면 했다. 나의 가족이, 나의 사랑이 있었으면 했다.

잠시 후 마당에 목련 묘목이 심어졌다. 성준이 그것을 바라보며 말했다.

"나무 잘 돌봐 줘."

"응. 맨날 볼게요."

"볼 때마다 나의 노고를 생각하고. 아니다, 아니야. 내 생각을 해. 그냥."

성준이 강조하자 유하가 손으로 입을 가리고 웃었다. 성준이 손을 털며 말했다.

"됐다. 집에 가자."

"벌써요?"

"일찍 자야지."

"으음, 집에 가면 그네에 앉아서 조금만 놀아요. 네?"

"아, 진짜. 네가 나한테 어린애라고 할 자격이 있냐?"

성준이 투덜거리면서도 기분 좋게 웃으며 유하의 손을 쥐었다. 어디 하나 다칠까 조심조심하던 성준이 그녀의 손만큼은 단단하게 쥔다. 유하가 연하게 웃었다. 두 사람은 느린 걸음으로 카페를 나섰다.

이제 겨우 묘목을 심었을 뿐인데, 벌써 목련 향기가 나는 기분이었다.

에필로그 1

유하는 안 그래도 말랐지만 뼈가 가늘어 더 가냘파 보이는 체구였다. 임신하고 바로는 입덧 때문에 앙상할 정도로 마르더니, 다행히 조금씩 식욕이 좋아졌다. 유하가 화장대 앞에 앉아 두 손으로 뺨을 꾹 눌러 보았다. 식욕이 좋아지는 정도가 아니라 폭발해 버렸다. 그녀는 어제 먹은 음식을 손가락으로 세어 보다가 움찔했다.

"엄청나다⋯⋯."

임신 전에 하루 종일 먹던 양을 한 끼에 먹는 것 같다. 앙상할 정도로 마르던 것은 복구된 지 오래고, 최근에는 이전 몸무게를 훌쩍 넘고야 말았다. 그래도 여전히 마른 편이긴 했지만 아무래도 자제할 때가 온 것 같다.

유하가 한숨을 쉬는데 강영이 성준이 왔다고 알려 주었다.

그래서 현관 쪽으로 나갔는데 성준의 손에 양념치킨이 들려 있었다. 유하가 경계심 강한 야생의 작은 동물처럼 멀찍이 떨어져 성준을 살폈다.

"내가 다이어트할 거라고 말하지 않았어요?"

"했어."

"근데 왜!"

"넌 다이어트 해. 내가 먹고 싶어서 사 온 거야."

우와. 세상에 저렇게 치사하고 못된 남편이 또 있나. 다이어트하겠다는 아내 앞에서 굳이! 치킨을 사다가 흔드는 심보는 뭐란 말인가!

유하는 처음으로 이 집이 커서 다행이라고 생각하며 계속 뒤로 물러섰다.

"저 진짜 안 먹을 거예요."

"딱 한 조각만 먹자."

"왜 방해하는 건데요!"

"개인적으로."

성준이 유하의 얼굴 바로 앞에 치킨을 들어 올리고 말했다.

"네가 살이 쪄서 기분이 무척 좋거든."

"진짜 못됐다……."

"좀만 더 찌면 더 예쁠 것 같은데."

"거짓말."

"진짜야. 아예 팍 많이 쪄도 좋고. 내 눈에만 예쁠 때까지."

그가 짓궂게 말하고는 유하의 이마에 쪽 입을 맞추고 말을 이었다.

"넌 지금도 너무 말랐어."

"치……."

"얼른 와, 먹자."

성준이 식탁 쪽으로 향하는데 양념치킨 냄새가 솔솔 풍긴다. 남편이 도와주질 않아 서럽다. 근데 치킨이 먹고 싶으니까 더 서러웠다.

유하가 뿌루퉁해져서 자리에 앉자 성준이 긴장하기 시작했다. 며칠 전에 괜히 놀렸다가 유하를 울린 이후로 지금 그녀를 건드리는 것은 자중해야 함을 배웠기 때문이다. 어떻게 달래나 고민하는데 유하가 손가락으로 치킨을 가리켰다.

"먹여 주세요."

"어? 어, 그래야지. 안 그래도 그러려고 했어."

성준이 말하더니 얼른 치킨을 꺼내 살만 뜯어내기 시작했다. 영 손재주가 없는 성준이 낑낑거리며 살을 뜯고 있자 유하의 표정이 살짝 풀렸다.

"부위별로 발라 줄까?"

접시에 치킨을 올리며 성준이 묻자 유하가 안 웃은 척 입술을 꼭 닫고 고개를 저었다.

"이것만 먹을 거예요. 한 조각."

"응, 알았어."

남편이 못되긴 했는데 말은 잘 듣는다. 성준이 치킨을 조금 집어 유하의 입에 가져다주니 그녀가 결국 웃음을 터트리고 말았다. 생전 남이 수발들어 주던 사람이 저렇게 애쓰고 있으니 그게 은근히 귀여웠다.

"왜 웃어?"

성준이 고개를 기우뚱하자 유하가 눈웃음을 지으며 말했다.

"당신이 귀여워서요."

"음, 알고 있긴 한데. 그래도 네 입으로 들으니 기분 좋네."

그가 능청을 떨자 유하가 더욱 즐겁게 웃었다. 그제야 유하가 치킨을 먹기 시작했다. 한참을 우물거리며 그녀가 물었다.

"근데 정말 왜 이렇게 자꾸 살찌라고 그래요?"

"요즘 너 안으면 느낌이 너무 좋거든. 말랑말랑해 가지고. 좀 더 찌면 딱 건강해 보일 것 같은데."

"난 싫은데……"

"아기를 위해서도 조금 더 찌는 게 좋다고 했잖아, 의사가."

성준이 달래자 유하가 마지못해 고개를 끄덕거렸다. 성준이 발라 놓은 살을 포크로 집어 유하의 입에 넣어 주고 말했다.

"네가 많이만 먹으면, 치킨 살 다 발라 줄게. 귤도, 하얀 거 다 까 줄게."

그 말에 유하가 살짝 웃음이 터지는 것을 참고 말했다.

"귤 먹을래요."

"어, 잘한다. 부려먹어. 실컷."

성준의 능청에 유하가 못 견디고 웃기 시작했다. 자꾸 먹여서 살은 찔지 몰라도, 옆에서 계속 웃겨 주니 태교에 나쁜 남자는 아닌 것 같다.

성준의 노력으로 유하는 보기 좋을 정도로 살이 올랐지만 유하는 은재가 태어나자마자 원래 몸무게로 돌아와 성준을 크게 실망시켰다.

아들의 이름은 '은재'로 정했다.

아이가 태어나자 한동안 연락이 잘 되지 않던 친척들이 수시로 부부의 집에 드나들었다. 특히 종현은 학교가 끝나면 굳이 그 먼 혜화동에 들렀다가 집으로 돌아갔다.

아이가 생기니 신기하게도 주변에 대하여 날 서 있던 것들이 가라앉는 기분이었다.

목련 묘목이 자라는 만큼 아이도 자랐다. 아빠가 커서 그런지 은재는 또래보다 많이 먹고, 그만큼 빨리 자랐다.

유하의 퇴근이 가까워지자 베이비시터가 은재를 데리고 왔다. 유하가 아이를 안아 들고 잠깐 야외 테이블로 나갔다. 테이블에서 커피를 마시던 나리가 한 손으로 턱을 괴고 웃었다.

"은재 이제 두 돌 된 거 맞아? 다 컸는데?"

나리가 과장해서 말하자 유하가 웃었다. 그녀도 잠깐 자리에 앉아 커피를 한 모금을 마시는데 어느 틈에 은재가 엄마 품에서 벗어나 저 멀리 가다가 철퍼덕 넘어졌다.

"은재야!"

유하가 놀라서 달려가 아이를 안아 들었다. 아이가 손에 묻은 흙으로 유하의 옷을 쥐었다. 넘어지고도 뭐가 그렇게 재미있는지 생글생글 웃는다. 금방 흙투성이가 된 유하의 옷을 본 나리가 웃었다.

"와, 너도 참 반응 느리다."

"내가 뭐가 느려?"

"어떻게 애가 거기까지 가서 넘어지도록 못 잡냐?"

"……원래 좀 둔한 걸 어떡해?"

"너 학교 다닐 때 운동 못했지?"

못했다. 그것도 엄청. 유하가 대답 없이 뽀로통해 있으니 나리가 말을 이었다.

"운동신경도 없는 애가 뭘 믿고 운동을 안 해. 나랑 운동하러 다니자니까."

하여튼 운동하라고 잔소리하는 게 남편이랑 똑같다. 잔소리쟁이들.

유하가 나리를 흘기며 자리로 돌아와 은재를 무릎에 앉혔다. 나리가 손을 흔들었다.

"은재야. 이모 해 줘, 이모."

"응, 은재야. 이모 해 봐."

그러자 은재가 '이모!' 하고 말한다. 그러고는 부끄러운지 유하의 품으로 얼굴을 쏙 숨겼다. 그 모습에 나리가 유쾌하게 웃었다.

"은재가 너랑 하는 짓이 똑같다."

"얼굴도 닮았지?"

유하가 은재처럼 순한 얼굴로 보자 나리가 폭소했다.

"표정이 아주 판박이야, 판박이. 아무튼 난 간다. 너희 남편 불편해."

"둘이 성격이 똑같아서 그래."

"어머, 넌 무슨 그런 끔찍한 소릴 하니?"

나리가 기분 나쁘다는 듯 혀를 차고 카페를 나갔다. 둘 다

일에 미쳐 사는 사람들이면서 서로를 이상한 눈으로 본다.

유하가 은재의 손을 물티슈로 꼼꼼하게 닦다 보니 웅성거리는 소리가 들렸다. 이제 익숙하다, 이 웅성거림이.

유하가 고개를 들자 예상대로 성준이 카페 안으로 들어서고 있었다.

최근 해외시장까지 기하급수적으로 A식품의 카페가 늘어났다. 베이커리며 MD며 모두 순항이었다. 성준은 여전히 악바리였다. 제 손으로 일군 회사를 끝없이 쌓아 올렸다. 지금 H그룹 내에 성준보다 잘나간다고 볼 수 있는 계열사는 없을 정도였다. 회사가 다시 상승세에 올라서자 성준은 조금 여유로워졌다. 그가 조금 덜 사납고, 덜 일을 시키니 회사의 전반적인 분위기도 좋아졌다. 물론 회사가 상승세라 그런 거겠지만.

성준이 유하에게 다가와 그녀 품에 안긴 은재를 받아 들고 맞은편에 앉았다.

"박유하, 커피."

성준이 말했지만 유하는 테이블에 턱을 괴고 남편을 빤히 보기만 한다. 그녀의 눈빛에 성준이 그녀 가까이 몸을 숙이고 말했다.

"커피 달라고, 사장님. 시원한 거."

"나는 성준 씨가 해 주는 커피가 마시고 싶은데요?"

"이러기야? 하루 종일 일하고 온 남편한테."

성준이 성격대로 표정을 찌푸리자 유하가 손가락을 하나씩 접으며 말했다.

"이번 주에 당신이 야근을 몇 번 했더라……."

"은재야, 엄마랑 있어. 아빠가 금방 커피 만들어 올게."

성준이 바로 유하에게 은재를 안겨 줬다. 유하가 서둘러 일어나는 그를 보며 까르륵 웃었다. 엄마가 웃으니 은재도 신나는지 따라 웃는다. 성준이 곧 아이스 아메리카노 두 잔을 가지고 나왔다.

"아무래도 내가 아내한테 너무 잡혀 살지 싶다, 유하야."

성준이 앞에 앉으며 투덜거리자 유하가 고개를 갸우뚱한다.

"아닌데요? 내가 남편한테 꼭 잡혀 사는데."

'꼭 잡혀' 산다는 말이 싫진 않았다. 성준이 어깨를 으쓱였다. 그러더니 흙투성이인 유하의 옷을 턱짓하고 물었다.

"근데 옷은 왜 이래? 누가 그랬어?"

"당신 아들이요."

"하는 짓이 나랑 닮았네."

"그런가…… 나리 언니는 저 닮았다고 했는데."

"너랑은 얼굴이 닮았지."

둘이 알콩달콩 이야기하는 사이, 활동량이 많은 은재가 또 유하의 무릎에서 탈출했다. 유하가 잡으려 하자 성준이 그녀의 팔을 붙잡았다.

"놔 둬. 나 닮았으면 원래 돌아다녀."

"자꾸 넘어지니까……."

"계속 넘어지면서 걷는 거 배우는 거지."

"집에서 넘어지면 되잖아요."

"나를 좀 그렇게 과보호해 봐라."

성준이 얼굴에 영 안 어울리는 볼멘소리를 냈다. 계속 티격

태격 다투다가도 그런 볼멘소리가 귀여우니, 남편을 정말 좋아하긴 좋아하는 모양이었다. 유하가 웃자 성준이 기분 좋은 표정을 지었다. 그사이 목련까지 아장아장 걸어간 아이가 나무를 쓰다듬으며 말했다.

"나무야, 심심해?"

아이가 묻는 말에 성준이 움찔했다. 그럴 리가 없다. 잘못 들은 거야. 쟤가 벌써 동생 가지고 싶다고 성화할 나이일 리가 없어.

유하가 저렇게 말하라고 벌써 주입식 교육을 시작했나? 아냐, 그냥 나무가 심심한가 보다 하는 거야. 동생 가지고 싶단 얘기가 절대 아닐 거야.

머릿속이 복잡해진 성준이 모른 척하는데 은재가 시무룩하게 말했다.

"나도 심심해……"

"아닐 거야, 아냐."

성준이 극도로 현실을 부정하자 은재가 아장아장 아빠가 있는 곳으로 향했다. 그러다 흙 위에 또 한 번 넘어지려 하자 놀란 성준이 달려갔다. 급하게 은재를 안아 든 성준이 순식간에 창백해진 얼굴로 중얼거렸다.

"간 떨어지는 줄 알았네."

"누가 과보호를 한다고요, 이성준 씨?"

어느 틈에 그의 곁으로 온 유하가 실눈을 뜨고 바라봤다. 성준이 뜨끔해서 괜히 발로 바닥을 툭툭 찼다.

"어, 돌이 있는 줄 알았는데 없네. 뭐야, 괜히 뛰었네."

"하여튼…… 솔직하질 못해, 사람이."

"나 지금 엄청 빠르지 않았어? 너로서는 상상도 못 할 속도지? 안 그래?"

성준이 괜히 말을 돌리자, 말 돌리지 말라고 하려던 유하가 입술을 살짝 내밀었다.

"솔직히 제가 느리긴 하네요."

"어, 넌 운동 좀 많이 해야 돼."

성준이 잔소리를 시작하려는데 은재가 고개를 내밀더니 성준에게 말했다.

"아빠, 나무가 심심해."

"너 심심하단 말 어디서 배웠어? 아. 시터 아주머니가 심심하신가 보다. 그렇지?"

성준이 괜히 베이비시터가 심심한 걸로 우기려는데 은재가 콕 집어 말했다.

"나무우. 응?"

진짜 문제는 이 아들내미의 얼굴이 유하랑 너무 닮았다는 것이다. 그녀 특유의 유독 까만 눈이며, 작고 하얀 얼굴이며. 심지어는 치열도 닮았다. 그런 얼굴로 나무가 심심하다는데 이길 재간이 없다. 성준이 다정하게 대답했다.

"그래, 나무 하나 더 심자? 아빠가 심어 줄게."

"우와!"

은재가 신나서 만세를 하더니 성준의 품에 폭 안겼다.

"아빠 좋아."

"으응, 나도 우리 은재가 참 좋다."

성준이 즐거운 표정으로 은재의 등을 다독거리는데 그의 셔츠 밑단이 팽팽하게 당겨진다. 내려다보니 유하가 당기고 있었다. 그녀가 초롱초롱 은재와 닮은 눈으로 성준을 봤다.

"나무만요?"

"어."

"은재도 심심하다는데에."

"말꼬리 늘리지 마."

유하는 제 입으로 하나만이라도 좋다고 했으면서 쉽게 말을 바꿨다. 아들 하나로도 맨날 뛰어다니며 정신이 없는 주제에. 성준이 모른 척하려는데 유하가 불쌍한 척을 했다.

"남편도 맨날 야근하는데……."

"……셔츠도 당기지 마."

뭘 하면 남편을 이길 수 있는지 하나부터 열까지 다 아는 것 같다. 유하가 시무룩한 얼굴을 하자 성준이 결국 못 견디고 소리쳤다.

"제장. 낳자. 낳자고 그래!"

그가 욕지기를 하니 놀란 유하가 손으로 은재의 귀를 가렸다. 그러나 곧 소원이 성취되어 기쁜지 배시시 웃는다. 아, 이 여자를 이기려고 했던 내가 바보지. 성준이 생각하며 한숨을 쉬었다. 하나 키우기도 힘들어하면서 둘째를 낳고 싶어 하는 아내의 마음이 이해는 잘 가지 않았지만 그래도 유하가 좋아하니 성준도 받아들이기로 했다.

느릿느릿 서촌 거리를 걸었다. 하루 종일 걷고 싶다는 생각이 들 정도로 딱 좋은 날씨였다. 정원에서 실컷 뛰어놀아서인가, 은재는 신이 났는지 유모차에서 장난감을 마구 흔들더니

금방 잠이 들었다. 마치 바람이 재운 것처럼 순식간에. 아이가
잠들자 데이트 분위기가 났다.

유하가 숨을 깊게 들이 쉬더니 말했다.

"바람이 좋아요."

"응, 좋다."

"당신도 좋아요."

뒷짐을 진 유하가 유모차를 미는 성준에게 말했다. 그러자
성준이 유하를 잠깐 보다가 다시 앞을 본다. 그의 얼굴빛이 노
을과 같아진다.

"나도 네가 좋다."

그가 슬쩍 웃으며 대답했다.

에필로그 2

　이듬해 봄. 한 번 바닥을 보고 나니 A식품은 오히려 견고해졌다. 해외시장은 기하급수적으로 커졌다. 화상을 통한 회의만으로는 부족해서 눈으로 확인하기 위해 출장을 다녀왔다. 해외 지점 출장에서 돌아온 성준은 조금이라도 빨리 아내와 아이들을 보고 싶어 미칠 지경이었다.

　그래도 주말 내내 쉬기 위해선 잔업을 마쳐야 했다. 먼저 회사로 돌아가 일을 모두 끝낸 성준이 집무실을 나서며 기현에게 말했다.

　"주말에 연락하지 말라고 해. 아무도."

　"예."

　대답은 잘하는데 저래 놓고 바쁘면 큰일 났다면서 호들갑 떨고 전화할 게 분명하다. 하기야 주말에 전화할 정도로 큰일이면 어쩔 수 없긴 하지.

사흘이나 가족을 못 봤다. 성준이 빠르게 차로 향하는데 기현이 봉투 하나를 내밀었다.

"아, 대표님. 찬후가 선물을 보냈습니다."

그러자 성준이 혀를 차더니 봉투를 받았다.

"그 자식 무슨 쓸데없는 짓이야."

그가 중얼거리며 봉투를 열고 피식 웃었다. 책이다. 그것도 찬후 본인이 직접 번역한 책이었다. 흰색 반듯한 표지의 철학 서적이었다. 하여튼 이 자식은 꼭 이렇게 어려운 책만 골라서 준다. 나 싫어하나 보다. 배은망덕한 놈. 기특한 마음에 웃던 성준이 곧 표정을 팍 구겼다.

"유하한테도 보낸 건 아니지?"

"예, 대표님 앞으로밖에 안 왔습니다."

기현이 바로 대답했다. 성준은 물었다.

"박찬후, 결혼은 안 한대?"

"예, 아직 그런 얘긴 없던데요?"

"빨리 결혼하라고 해. 빨리할수록 축의금 많이 준다고."

하여튼 몇 년이 지났는데도 여전히 찬후를 견제한다. 영국에서 학위를 준비하는 남자가 유하와 만날 일이 뭐가 있다고. 기현은 성준의 집요함에 몸서리쳤다.

성준은 바로 카페 목련으로 향했다. 카페 앞마당에는 목련이 두 그루 자라고 있었다. 하나는 아직 꽃이 필 정도로 자라지 않았지만 하나는 올해 처음으로 꽃이 피었다. 성준이 들어서자 막 준비를 마치고 나오던 유하가 그를 발견하고 얼른 걸어왔다.

성준이 안기라는 듯 두 팔을 벌리자 유하가 작게 웃었다.

"사람들이 보잖아요."

"아, 너무하네. 사흘 만에 만나는데 그까짓 남의 시선이 중요해?"

"네, 중요하거든요?"

유하가 핀잔하고는 꽃이 담뿍 핀 목련 나무 가까이로 다가 갔다.

"얼른 집에 가야겠어요."

그녀가 말하며 미소 지었다. 카페 마당의 흙이 마음에 들었 는지 민들레가 자라고 있었다. 조금 더 날씨가 따듯해지면 민들레꽃도 눈처럼 피려나. 유하가 제 손을 잡고 앞장서는 성준 을 따라 걸으며 카페를 돌아보았다. 목련 두 그루와 민들레로 온 마당이 꽉 찬 기분이다.

성준은 유하에게 꿀이라도 발라 놓은 것처럼 주말 내내 그 녀 뒤를 따라 다녔다. 언제나 하얗던 그들의 집은 두 아이의 낙서로 엉망진창이었다.

성준이 하얗던 침실 벽에 그려져 있는 거대한 낙서를 보며 허리를 숙이고 물었다.

"은재가 여기까지 손이 닿기는 해? 어떻게 이렇게 높이까지 낙서를 해?"

"그러게 말이에요."

"우리 벽지 색깔 바꿀까? 흰색이 깨끗해 보이질 않잖아."

낙서를 보며 골치 아파하는 성준을 보더니 둘째 아이 은하를 안아 재우던 유하가 작게 웃었다. 그러더니 곧 소리 내어 한참을 웃는다. 성준이 그녀를 보며 고개를 기우뚱했다.

"왜 웃어?"

"상상했던 그대로여서요."

"그래?"

"하얀 벽에 우리 아이들이 낙서하는 상상을 했어요. 그럼 깔끔쟁이인 내 남편이 얼마나 투덜거릴까."

"으음."

"투덜거리다가 결국 다른 색으로 칠하자고 할지도 모르겠다."

"날 너무 잘 아는데."

그가 말하자 유하가 맑게 웃으며 대답했다.

"내 상상엔 언제나 당신이 있었으니까요. 내가 가족을 꿈꿀 때마다 꼭 내 옆엔 당신이 있어서, 모든 게 꿈꾸던 그대로라서 꿈일까 봐 불안하네요."

그녀가 말하더니 막 잠든 아이를 침대에 눕혔다. 성준이 괜히 오싹해서 팔을 쓱쓱 문지르자 유하가 의아해하며 물었다.

"추워요?"

"아니, 이런 여자를 잃을 뻔했다고 생각하니까 갑자기 오싹해서."

그가 진심이라는 듯 진지한 표정을 짓자 유하가 작게 웃었다. 그러더니 잠이 모자란 듯 하품을 하자 성준이 그녀를 침대에 데려다 눕혔다.

"좀 자."

"내가 안 놀아 줘도 괜찮겠어요?"

유하가 눕자마자 졸음이 쏟아지는 주제에 장난스럽게 묻자 성준이 대꾸했다.

"응, 나는 나가서 은재랑 얌전히 놀고 있을게."

그 말에 유하의 입가에 미소가 돌았다.

베이비시터가 있다고 해도 아이 둘에 카페 일까지 하려니 많이 피곤했던 모양이다. 유하는 눈을 감자마자 잠든 줄도 모르고 오전 내내 잤다. 비스듬히 침실에서 정원으로 나가는 문으로 해가 들어왔다. 적당히 어둡고, 적당히 밝은 방. 곤히 자던 유하가 자신을 흔드는 고사리 손에 눈을 떴다.

"엄마. 나와 봐아."

"으응?"

유하가 몸을 일으켰다. 이제 네 살인 은재는 보통 네 살이 이만한 게 맞나 싶을 정도로 쑥쑥 자랐다. 아무래도 아빠의 유전자가 힘을 쓰고 있는 모양이다.

잠이 덜 깬 유하가 제 손을 잡아끄는 은재의 뒤를 따라 걸었다. 정원 밖으로 나가니 성준이 있었다. 성준이 여전히 졸음이 가득한 유하를 발견하고 미소를 지었다.

"잘 잤어, 유하야?"

그가 물으며 끌어안자 유하가 고개를 끄덕였다. 남들 볼 때는 안 안기려 들었지만, 집에서는 그럴 이유가 없었다. 성준의 넓은 품에 안기면 마음이 편안해졌다. 그에게서 흙과 나무 냄새가 난다.

"당신이 집에 있으면 잠이 더 잘 와요."

유하가 말하자 성준이 품에 얼굴을 묻은 그녀의 머리칼을 쓰다듬으며 물었다.

"왜?"

"안심이 돼서……."

잠꼬대하듯이 말하던 유하의 몸이 성준의 손에 이끌려 목련 나무 그늘 그네에 앉혀졌다. 늦은 오후의 비스듬한 햇살, 봄의 향기에 서서히 유하의 잠이 깼다. 미장센이 아름다운 영화에 푹 빠져 있는 기분이었다. 점점 이 순간을 놓치기 싫은 마음에 눈이 커졌다. 은재의 허리에는 올까 싶은 묘목이 두 개 심어져 있었다. 부자가 그 앞에 쪼그리고 앉았다. 유하가 고개를 갸우뚱했다. 그러자 은재가 손가락으로 묘목을 가리키며 말했다.

"엄마. 얘 이름은 단이고, 얘 이름은 풍이야."

은재가 또박또박 말을 하자 유하가 중얼거렸다.

"단이랑 풍…… 아, 단풍이구나?"

"응, 합쳐서 단풍! 은재가 심고 싶어서 아빠가 심어 줬어."

"그래?"

"응, 엄마 카페에 은재랑 은하 나무 있잖아."

카페에는 은재와 은하를 임신했을 때 심은 목련 나무가 두 그루 있었다. 유하가 '응.' 하고 웃으며 고개를 끄덕이자 은재가 말했다.

"그러니까 단이랑 풍이는 엄마랑 아빠 나무야."

은재의 말에 유하의 눈이 동그래졌다. 정작 묘목을 심은 성준 본인도 몰랐는지 그 역시 놀란 표정이었다. 은재가 말했다.

"엄마는 목련을 좋아하잖아. 은재는 단풍이 좋으니까!"

"와…… 우리 은재 정말 최고네."

유하가 말하며 은재에게 팔을 벌렸다. 그러자 아이가 쪼르르 달려와 안겼다. 자리에서 일어선 성준이 심각하게 말했다.

"유하야. 진심으로 묻는 건데."

"네."

"우리 아들 천재 아닐까?"

성준이 매우 진지하게 묻자 유하가 웃는다. 성준은 그녀를 졸졸 쫓아다니며 연신 캐물었다.

"아니, 진짜로. 웃지 말고 진지하게 생각해 봐. 네 살짜리가 벌써 그런 인과관계를 깨달다니."

"네에, 알겠습니다. 그런 걸로 해요."

유하가 웃으며 자신도 단풍 묘목 옆에 웅크려 앉았다. 이 자그마한 나무가 그토록 감동일 수가 있을까.

은재는 동생에게도 알려 주려고 침실로 달려갔다. 유하는 침대에 꼭 붙어서 은하가 깰까 봐 작은 목소리로 소곤소곤 단풍나무에 대해 알려 주는 은재를 행복한 얼굴로 바라보았다. 성준이 그런 그녀를 뒤에서 끌어안고 말했다.

"봄이네."

"그러게요. 날씨 참 좋다……."

"응, 참 좋다."

성준이 대답하고 천천히 유하의 손을 잡았다. 목련 꽃이 활짝 피었다. 성준이 목련 나무를 올려다보며 말했다.

"전에는 이해가 안 갔어. 우리 집에 왔던 사람들마다 목련 얘기를 하는 거야. 봄에 잠깐 피는 목련이 뭐가 그렇게 좋은가."

"으응."

"그런데 살아 보니까. 목련이 완전히 진 후에도 두근거릴 때가 있더라. 내년 봄이면 또 목련이 피겠구나. 목련이 피면, 우리 유하가 행복해하겠지."

"……."

"그런 기다림까지도 전부 사랑하게 된다."

유하가 성준을 올려다보았다. 목련꽃을 바라보는 그의 시선에 행복이 가득했다. 유하가 말없이 웃었다. 그리고 성준의 팔에 가만히 머리를 기댔다.

봄날의 햇살은 목련꽃처럼 하얗고 폭신했다. 올해도 목련이 피어서 기뻤다. 좋은 봄이었다.

외전

　스물두 살 초가을, 제대가 얼마 남지 않은 성준은 머리가 아주 짧았고 모자를 푹 눌러쓰고 있었다. 여전히 덥던 어느 날의 공원이었다. 올해 유난히 날씨가 더워 단풍 비슷한 것도 없었다. 새파란 나무들이 적당히 부는 바람에 흔들거리던 날. 인혁이 성준을 돌아보고 물었다.

　"야, 이성준. 뭐 해?"

　"먼저 가 있어."

　성준이 말하자 친구들 무리가 의아해하며 먼저 예약해 놓은 야구장으로 달려갔다. 성준이 그들을 보내고 혀를 찼다. 담배를 물고 표정을 찡그린 채 가려다가 쓱 뒤를 한 번 돌아봤다.

　그의 뒤에는 벤치 하나가 반대로 놓여 있었고 거기에 교복을 입은 여자애 하나가 앉아 있었다. 단발머리 여자애가 큰 소리도 못 내고 어깨를 달싹거리며 우는데 자꾸 신경이 쓰였다.

그렇다고 말 걸고 달래 줄 만한 성격도 아니다. 애초에 군인 티 팍팍 나는 남자가 말을 걸었다가 겁먹으면 어떡하나 싶었다.

태어나서 한 번도 이딴 짓을 해 본 적이 없었는데 왠지 저 여자애는 신경이 쓰였다. 울고 있는 뒷모습이 너무 서러워 보였다.

수험생일지도 모르겠다. 성준도 수능 직전엔 툭 건드리면 욕이 나올 정도로 예민했으니까. 그때 기분을 생각하니, 저러다 어린 마음에 무슨 짓이라도 하면 어떡하나 안 하던 걱정이 드는 것이다.

성준이 주머니에서 동전 몇 개를 찾았다. 그리고 공원 자판기에서 이온음료 하나를 뽑았다.

그러고는 모자를 푹 눌러쓰고 벤치 뒤에서 허리를 숙여 여자애 옆에 캔을 내려놓았다.

"마셔."

그가 중얼거리고 친구들이 있는 방향으로 달려갔다.

벤치에 앉아 있던 여고생이 낮고 사나운 목소리에 놀라서 움찔거리다 옆을 보았다. 그러나 목소리의 주인은 오간 데 없이 음료수 캔 하나만 놓여 있었다. 놀라서 두리번거리는데 저 멀리 까만 모자를 쓴 키 큰 남자가 사회인 야구단을 위한 구장으로 달려가는 모습이 보였다.

소녀, 유하가 어쩔 줄을 몰라 두 손을 오므렸다가 살며시 캔으로 손을 뻗었다. 물기가 맺혀 있는 캔에 하얗고 가느다란 손가락이 닿았다. 막 자판기에서 뽑은 이온음료가 아주 차가웠

436

다. 그녀가 캔을 만지작거리다 울어 새빨개진 눈을 깜빡였다.

"차가워."

아주아주 차가운 음료였다. 유하가 캔을 쥐고 다시 한 번 남자가 있는 쪽을 보았다. 그 남자는 신경이 쓰였는지 유하가 있는 방향을 돌아봤다가, 그녀가 자신을 보고 있는 것을 알고 모자를 푹 눌러쓰고 몸을 돌려 버렸다. 뒷모습마저 쌀쌀맞아 보이는 남자다.

놀라서인지 울음이 그쳤다. 그러다 유하가 저도 몰래 살짝 미소를 지었다. 아직 더운데, 단풍 끝이 조금씩 붉어진다. 초여름의 선선함. 차가운 따듯함이다.

작가 후기

    안녕하세요. 기진입니다. 즐겁게 읽어 주셨기를. 오로지 그 것 하나만 간절히 바라며 후기를 적습니다.
    목련이 피는 계절에 쓰기 시작하여 유난히 더웠던 2016년의 여름을 지나, 곧 단풍이 물들 계절에 책이 나오게 되었습니다. 출간을 앞둔 지금, 저 또한 새로 묘목을 심는 기분이 듭니다.
    지금은 커다란 기업을 이끌고 있는 워커홀릭 사업가들이 지금에 이르기까지 얼마나 많은 부부싸움과(!) 화해가 있었을까 하는 걱정(!)에서 시작된 이야기였습니다.
    너무 바쁜 남자와 행복한 가정을 꿈꾸는 여자의 충돌은 해피엔딩으로! 마무리되었습니다.
    유하와 성준이 혜화동에서, 소중한 두 아이와 행복한 날들을 보내길 바라며 여기서 이야기를 마칩니다.

완결까지 쓸 수 있도록 힘을 주신 로망띠끄 독자님들 항상 감사합니다!

마지막으로 이 책을 구매해 주신 독자님들께 글로는 다 표현할 수 없는 감사를 전하고 싶습니다.

다시 한 번, 정말 감사합니다!

기진 드림